# 奥のほそ道

リチャード・フラナガン
渡辺佐智江訳

白水社

# 奥のほそ道

捕虜番号サンビャクサンジュウゴ（335）に捧ぐ

お母さん、彼らは詩を書くのです。

パウル・ツェラン

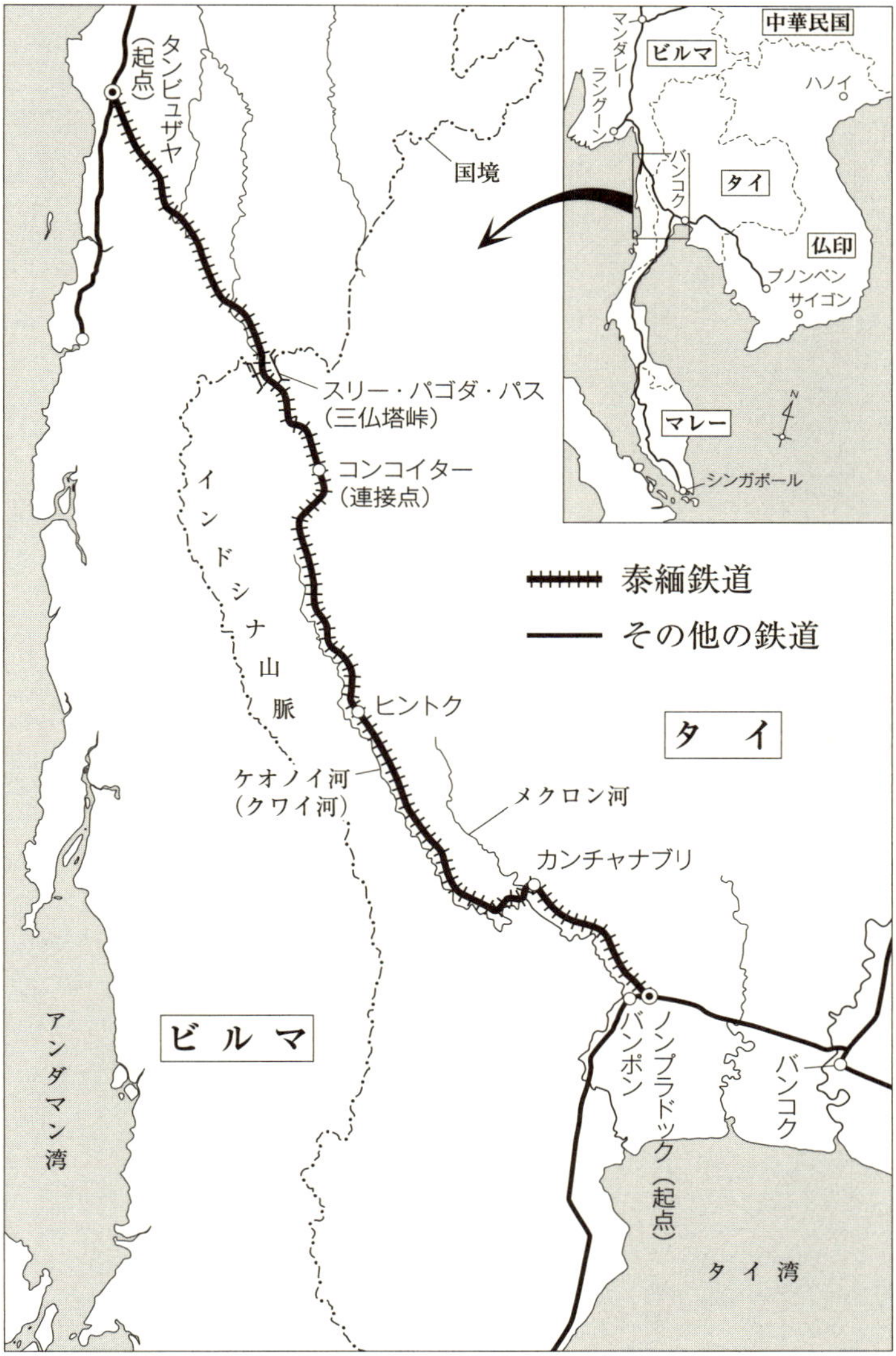

タンビュザヤ（起点）
国境
中華民国
ビルマ
マンダレー
ラングーン
ハノイ
バンコク
タイ
仏印
プノンペン
サイゴン
マレー
シンガポール
スリー・パゴダ・パス（三仏塔峠）
コンコイター（連接点）
インドシナ山脈
泰緬鉄道
その他の鉄道
ヒントク
タ　イ
ケオノイ河（クワイ河）
メクロン河
カンチャナブリ
ノンプラドック（起点）
バンポン
バンコク
ビ　ル　マ
アンダマン湾
タ　イ　湾

装画　安井寿磨子
装丁　緒方修一

牡丹蘂《しべ》ふかく分出《わけいず》る蜂の名残哉

芭蕉

# 1

なぜ、事の初めにはいつも光があるのだろう。ドリゴ・エヴァンスの最初の記憶は、教会の礼拝堂にあふれる太陽の光だった。彼はそこに、母親と祖母といっしょにすわっていた。木造の教会。まばゆい光、彼はよちよち歩きでその超越的な光のなかに迎え入れられては出て行く。女たちの腕のなかへ。彼を愛した女たち。海へ入り、浜辺へ戻って来るように。幾たびも。

いい子ね、と母親が言いながら息子を抱きしめ、離す。いい子ね、坊や。

それは、一九一五年もしくは一九一六年のことだったはず。彼は一、二歳。影が現れたのは、もっとあとのこと。持ち上がる前腕の形をしたその黒い輪郭は、灯油ランプのてらりとした光のなかで飛び跳ねていた。ジャッキー・マグワイアが、エヴァンス家の暗く狭い台所にすわって泣いていた。当時は、赤ん坊以外泣く者などいなかった。ジャッキー・マグワイアは老けた男で、四十、もしかしたらもっと上だったかもしれない。手の甲であばた顔から涙をぬぐっていた。それとも指でだったか。

ドリゴ・エヴァンスの記憶にしっかり残っていたのは、彼の泣き声だけだった。なにかが壊れるような音だった。次第に間遠になるその音は、罠に掛かり喉を絞められている兎が後ろ足で地面を叩くのを思い起こさせた。これしかほかに似た音は聞いたことがなかった。ドリゴは九歳で、親指にできた血豆がなんなのかわからず、母親に見てもらおうと、家のなかに戻っていた。それまで大人が泣いているのを見たのは一度だけだった。大戦でフランスにいた兄のトムが帰郷し、列車から降りたときの光景に驚いた。兄は、線路際の熱せられた土埃にさっと背嚢を降ろすと、いきなり泣き出したのだ。

大人の男が泣くなんてなにがあったのだろう、ドリゴ・エヴァンスは兄を見ながら思った。のちに、涙を流すことは単なる感情の発露となり、感情は人生における唯一の羅針盤となった。人々は感情に従うようになり、感情の表出は劇場となって、そこでは人々は、舞台から降りれば自分が何者なのかわからなくなる演者だった。ドリゴ・エヴァンスは長生きして、こういったさまざまな変化を見届けることとなるだろう。人々が泣くのを恥じ、泣けば弱さをさらすことになって問題が生じると恐れた時代を思い起こすことになるだろう。彼は生きながらえて、真実を言えば本人の気持ちを傷つけるからと、人々が賞賛に値しないのに賞賛されるのを目のあたりにすることとなるだろう。

トムが帰宅したその晩、みんなでドイツ皇帝《カイゼル》を焚き火で燃やした。トムは、彼らが耳にしていた戦争のことも、ドイツ人のことも、ガスや戦車や塹壕のことも、いっさい語らなかった。なにも言わなかった。人の感情は、人生のすべての経験を反映したものだとは限らない。まったくそうでないこともある。彼はただ、炎を見つめていた。

## 2

幸せな男に過去はなく、不幸せな男には過去以外なにもない。ドリゴ・エヴァンスは、年老いてから、自分がこの言葉を読んだのかそれともでっち上げたのかわからなかった。でっち上げた、混同した、砕けた。容赦なく砕けた。石から砂利へ砂塵へ泥へ石へと、世界はめぐる。世界がこんなふう、あんなふうである理由や説明を彼が求めるたび、母親はそう答えたものだった。世界というのはね、坊や、そういうものなのよ。遊びで砦を築くため、露出した鉱脈からぐらぐらした石を一つもぎ取ろうと格闘していると、それより大きい別の石が親指に落ちて来て、爪の下に大きな血豆ができてずきずき痛んだ。

母親は、ランプの光が最も強く当たっている台所のテーブルにドリゴを乗せると、ジャッキー・マグワイアの意味の取れない凝視を避けながら息子の親指を持ち上げ、光で照らした。ジャッキー・マグワイアは、すすり泣きながら、いくつかのことを語った。先週、女房が末の子どもを連れ、列車でローンセストンへ向かったきり戻っていない。

ドリゴの母親が、肉切り包丁を手に取った。刃の縁に沿って、固まった羊の脂肪がクリーム状に付いていた。刃先をこんろの炭のなかに入れた。煙が小さな渦を巻いて上がると、台所に焦げた羊の肉のにおいが立ち込めた。包丁を引き抜くと、赤く輝く刃先が鮮やかな白く熱い粉できらめいていて、ドリゴはそれを魔法のようだと思うと同時に恐ろしかった。

じっとしてるのよ、と母親が言って思い切り強く手を握ったので、ドリゴはびっくりした。

郵便車に乗ってローンセストンへ行き女房を捜したが見つからなかった、とジャッキー・マグワイアが語っていた。ドリゴ・エヴァンスが手元を見ていると、赤く熱い刃先が爪に触れ、母親が甘皮を焼いて穴を開けると煙が出た。ジャッキー・マグワイアが言うのが聞こえた――

女房のやつ、消えちまったんだよ、エヴァンスさん。

煙が親指から噴き出た少量の赤黒い血に取って代わり、赤く熱い肉切り包丁の恐怖は去った。

行きなさい、と母親が言い、彼をそっと押してテーブルから離した。行きなさい、坊や。消えちまった！とジャッキー・マグワイア。

こういったことはすべて、世界は広くタスマニア島がまだ世界そのものだった日々の出来事だった。そして遠く離れ忘れられたその島の多くの辺境の地、いくつかはクリーヴランドにも増して遠く離れ忘れられたそのなかの、四十人ほどの集落に、ドリゴ・エヴァンスは住んでいた。流刑地時代からある、馬を継ぎ立てたその集落は、うらぶれて人々の記憶から消え去ったが、鉄道の支線が通ることで生き残り、わずかながら崩れかけたジョージ王朝様式の建物があり、一世紀にわたる追放と喪失を耐えた者たちのための避難所となった、ベランダ付きの木造の小さな家が点在していた。

熱のなかでゆらゆらと踊るユーカリとフサアカシアの森を背景にしたその地は、夏は耐えられないほど暑く、冬はただただ過酷だった。まだ電気は通っておらず、ラジオも聴けず、一九二〇年代なのに、生活は一八八〇年代か一八五〇年代というところだった。何年も経ってから、比喩をついぞ使いもしなかったトムが――人生はすべて比喩に過ぎず、本当の物語はここにはない――自分に迫り来る死を思い、老いに伴う恐怖にかられたのか（と当時ドリゴは思った）、あそこは長い秋のような死にゆく世界だと言った。

二人の父親は鉄道保線員で、一家は線路脇にあるタスマニア州政府鉄道が保有する、下見板を張った小さな家で暮らしていた。夏、水が涸れると、蒸気機関車用に備えられたタンクからバケツで水を汲んだ。罠で捕ったポッサムの皮を掛けて眠り、兎を罠にかけ、ワラビーを射止め、ジャガイモを育て、パンを焼いて糧にした。一八九〇年代の恐慌を生き延び、ホバートの路上で人々が死ぬのを見てきた父親は、こんな労働者の楽園で暮らせることになった幸運が信じられなかった。あまり楽観的になれないときには、「人は犬みたいに生きて犬みたいに死ぬんだ」とも言っていたが。

ドリゴ・エヴァンスがジャッキー・マグワイアを見知ったのは、ときどきトムと休日を過ごしていたからだ。トムのところへ行くときは、ジョー・パイクの荷馬車の後ろに乗せてもらい、クリーヴランドを出発してフィンガルバレーに続く分かれ道まで行った。ジョー・パイクがグレイシーと呼んでいた老いぼれ馬が上機嫌で駆けて行くとき、ドリゴは前に後ろに揺られながら、頭上の青い大空に指のように伸びてなびく、大きくくねったユーカリの大枝に自分が姿を変えるところを想像した。湿った樹皮と枯れ葉の匂いをかぎ、はるか上方で声高にさえずる緑と赤のジャコウインコの一群を見ていた。ミソサザイとミツスイドリのさえずり、ハイイロモズツグミの鞭を鳴らすような鳴き声、そこに挟まれる、グレイシーのしっかりした蹄の音、荷馬車の引き革と木の轅《ながえ》と鉄の鎖がきしる音やガチャガチャと鳴る音を味わう。夢のなかで思い出す感覚の世界。

彼らは古い馬車道を進み、宿駅《しゅくえき》として使われていた建物を過ぎる。そこは鉄道ができて廃業し、いまは荒れ果てて廃墟同然となっていたが、ジャッキー・マグワイアの一家を含む貧しい家族たちが暮らしていた。数日ごとに、埃が舞い上がり自動車がやって来ることを告げると、子どもたちが茂みや馬車置き場から現れて、肺が燃え脚が鉛になるまで、その騒がしい雲を追いかけた。

フィンガルバレーに続く分かれ道でドリゴ・エヴァンスはすべり降り、ジョーとグレイシーに手を振って別れを告げ、クリーヴランドよりもさらに小さいことで知られる町ルエリンを目指して歩き出す。ルエリンに着くと、北東に進んで柵のある放牧場を抜け、雪に覆われたベン・ローモンドの大山塊を見て自分の位置を確かめ、茂みを抜けてベンの背後の雪国へ向かった。そこでトムは、ポッサムの罠猟師として二週間働き、一週間休む。昼下がりにドリゴは、トムが住まいとしている、尾根の下の洞穴に着く。そこは犬の後ろ脚のように曲がった洞穴の奥に隠れていた。洞穴は、母屋に続く片流れ屋根の自宅の台所よりもわずかに狭く、トムがかがんで立てる程度の高さ。両端が卵のように狭まっていて、開口部は張り出しで守られているから、そこで一晩中火を焚き洞穴を暖められる。

トムはいま二十代前半、ときどきジャッキー・マグワイアに自分と仕事をさせる。トムは声がよくて、夜には一、二曲歌うことが間々ある。そのあと、火明かりのそばで、ドリゴは二人のポッサムの罠猟師たちの蔵書である古い『ブレティン』と『スミス・ウィークリー』を、字の読めないジャッキー・マグワイアに、そして、読めると言うトムに読み聞かせてやる。二人はドリゴが読むローズおばさんの人生相談のコラムやブッシュ・バラッドが好きで、それを「うまい」、ときには「すごくうまい」と思った。しばらくすると、ドリゴは学校で使っている『英語の詩歌集』という本から、二人に聞かせるため詩を暗記するようになった。二人のお気に入りは、テニスンの「ユリシーズ」だった。

ジャッキー・マグワイアが火明かりのなかで笑みを浮かべ、あばた顔を出来立てのプラムのプディングのように明るく輝かせて言う。昔の物書きってのはすごいなあ！　兎の首締める真鍮の罠よか、しっかり言葉をつなげていけるんだもんなあ！

ドリゴは、ジャッキー・マグワイア夫人がいなくなる一週間前に目撃したことを、トムに言わなかった。兄は片手を彼女のスカートのなかに入れ、彼女――エキゾチックで浅黒く、小柄で情熱的な女性――は馬車置き場の裏の鶏小屋に背を預けていた。トムは彼女の首に顔を埋めていた。彼女にキスしていた。

何年も、ドリゴはたびたびジャッキー・マグワイア夫人のことを考えた。本人の名前はついにわからなかった。名前は、捕虜収容所で毎日夢見ていた食べ物のようなものだった――そこにあってそこになく、頭のなかに押し上げられ、それに手を伸ばすといつも消えてしまったもの。そのうち、彼女のことはあまり考えなくなり、さらに時が経つと、まったく考えなくなった。

## 3

ドリゴは家族でただ一人、小学校の終わり、十二歳のときに能力試験に合格し、奨学金を受けてローンセストン・ハイスクールに進学した。学年よりも少しばかり歳が上だった。初日の昼食時、トップヤードと呼ばれる場所へ行き着いた。枯草と土埃、樹皮と葉、一方の端に数本のユーカリの大木がある平坦な場所だった。ドリゴは三年と四年の上級生たちを眺めていた。もみあげを生やし、すでに男らしい筋肉をつけた者たちが、おおよそ二列に並び、押し合いへし合いしながら、部族の踊りかなにかのように動いていた。すると、キック・トゥ・キックの妙技が始まった。一人が自分の列から相手の列に向かってボールを蹴ると、相手の列の全員がボールに向かって一斉に走り、それが高く上がった場合は、飛び上がりキャッチしようとする。乱暴にボールを奪い合ったとしても、成功した者は瞬時に祀り上げられ、褒美として相手の列にボールを蹴り戻し、その手順が繰り返される。

昼休み中、それがずっと続いた。当然上級生たちがほとんどのボールを取り、ほとんどのキックをものにして支配した。下級生のなかには数回ボールとキックを取った者もいたが、多くは一回、あるいはまったく取れなかった。

ドリゴはそのすべてを、最初の昼休みに眺めていた。同じ一年生が、少なくとも二年生にならないとキック・トゥ・キックには参加できないと言った――上級生たちは強すぎるし速すぎる。それに、敵を振り払うためなら、平気で肘で頭を、こぶしで顔を、膝で背中を突いたりする。ドリゴは、年少者たちがパックから数歩下がったところにとどまり、ボールが高く上がりすぎてスクラムを越えて来るキックを漁ろうと待ちかまえていることに気がついた。

二日目、彼らに加わった。三日目、パックの後ろにいると、彼らの肩越しに、ドロップパントが高く上がって味方の側にゆらゆらと向かって来るのが見えた。一瞬、ボールは太陽のなかにとどまり、それをつかみ取るのは自分なのだと思った。パックめがけて走り出したとき、ユーカリにたかっている蟻のにおいがし、ユーカリの枝のロープのような影が離れていくのを感じた。すべてがスローモーションになり、混み合った場所で必要なだけのスペースを見つけたが、そこにひときわ体が大きくて頑強な男子たちがなだれ込んできた。太陽から垂れ下がっているボールは自分のもので、あとは体を伸ばせばいいだけだ。目はひたすらボールを追っていたが、いま走っているスピードでは間に合わないと思って飛び跳ねると、両足が一人の男子の背中にあたり、両膝がまた別の男子の肩にあたって、ほかの者たち全員の頭上、目も眩む太陽のなかへと昇っていった。奮闘の絶頂で両腕を高く伸ばすと、ボールが両手に収まるのを感じ、これで太陽から落ちていけるとわかった。

ボールをしっかり抱えたまま思い切り背中で着地した勢いで、息がほとんど飛び出した。荒く息をしながら身を起こし、楕円形のボールを手に光のなかに立ち、これまでいた世界よりもっと広い世界に加わる体勢を整えた。

よろめきながら後退していると、群れが敬意を表すように彼のまわりに場所を空けた。

だれだ、おまえ、と体格のいい少年が訊いた。

ドリゴ・エヴァンスです。

やるじゃないか、ドリゴ。キックはおまえだ。

ユーカリの樹皮の香り、タスマニアの真昼の青く強い光（ドリゴはその鋭い光に目を切りつけられないよう、しっかり目を細めなければならなかった）、引き締まった自分の肌にあたる太陽の熱、くっきりと濃く短い少年たちの影、スタート地点に立っているという感覚、いままでいた世界を変わらず認識できて、捕まえられて、失っていない状態で、喜びにあふれ新しい世界に入って行くという感覚――こういったことすべてをドリゴは意識していた。熱い土埃、少年たちの汗、笑い声、仲間とともにいることの不思議で純粋な喜びを意識していたように。

蹴れ！とだれかが叫ぶのが聞こえた。チャイム鳴る前に蹴れよ、そしたら勝負つくから。

自分の人生は、一瞬勢いよく太陽に飛び込んだこの瞬間を目指してこれまでずっと旅してきた、そしていま、そこから永久に旅立つのだと、ドリゴ・エヴァンスは存在の奥深くでわかっていた。この先、これほどリアルなものはないだろう。人生がそのような意味を持つことは、二度となかった。

# 4

賢いわよね、とエイミーが言った。ジャッキー・マグワイアが母親の前で泣いているのをドリゴが見た十八年後、彼女はドリゴとホテルのベッドに横たわり、「ユリシーズ」を諳誦している彼の短い巻き毛を指に巻きつけていた。部屋はうらぶれたホテルの四階にあり、奥行きのあるベランダに通じていて、下を走る道と向かい側の浜辺の景色がそれにすっかりさえぎられているため、二人は南極海の上にすわっているような錯覚にとらわれた。下のほうで、海水が絶え間なく砕けては引いていく音が聞こえた。

手品だよ、とドリゴ。だれかの耳から硬貨を取り出すみたいな。

ちがうわよ。

ちがうな、とドリゴ。ちがう。

じゃあ、なに？

ドリゴには定かでなかった。

それに、ギリシア人だの、トロイア人だの、なんのこと？　なにがちがうの？

トロイア人は血族だった。彼らは負ける。

じゃ、ギリシア人は？

ギリシア人？

〈マグパイズ〉とか。ポート・アデレードのフットボールチーム。ちがうちがう、ギリシア人のことよ。彼らってなんなの？

暴力。でもギリシア人はぼくらの英雄だ。彼らは勝つ。

なぜ？

もちろん手品さ。トロイの木馬、その神々への捧げ物のなかに死をもたらす男たちを隠していた。

彼はなぜなのかはっきりわからなかった。

一つのものにもう一つのものが入っている。

じゃあ、なぜ彼らを憎まないの？　ギリシア人を。

彼はなぜなのかはっきりわからなかった。そのことを考えれば考えるほど、なぜそうなのか、なぜトロイアの一族が悪運に見舞われたのかわからなかった。神々というのは時を表す別の名前に過ぎないという気がしたが、そんなことを言えば、神に逆らったらわれわれは到底勝てはしないということになるから、愚かだと思った。だが、二十七歳、まもなく二十八歳になろうとしている彼は、他人の運命に関してはそうでなくとも、自分の運命に関しては、すでに運命論者のようになっていた。人生は、このようなものだと示して見せることはできても決して説明しようのないものであり、言葉――直接に言い表さないあらゆる言葉――こそ自分にとって最も偽らざるものだというように。

ドリゴはエイミーの裸体の向こうを見ていた。うぶ毛が光る胸から腰へとつながる三日月のようなラインの向こう、風雨にさらされ白いペンキが剝がれかけているフレンチドアの向こうで、月光が海の上に細い道をつくり、それが彼の見つめる先へ走り去り、翼を広げた鷲のような雲のなかへと続いていた。それは彼を待っているかのようだった。

我が決意は揺らがず
進みゆかん、落日の彼方、
西空のあまねく星が沈む海の彼方へ、死するその時まで

どうしてそんなに言葉が好きなの、と訊くエイミーの声が聞こえた。

ドリゴの母親は、彼が十九歳のとき結核で死んだ。彼はその場にいなかった。タスマニアにすらおらず、本土にいて、奨学金を受け、メルボルン大学で医学を学んでいた。実際には、二人を隔てる海は一つだけではなかった。オーモンド・カレッジでは、名だたる家系を背負った連中と出会った。彼らは、イングランドの名家に行き着くオーストラリア建国以前からの家系と功績を誇りとしていた。彼らは、数世代にわたる一族の系譜、政界での地位や企業の名、名門同士の結婚の数々、所有する邸宅や大牧羊場を並べ立てることができた。ドリゴは年老いてようやく、そのほとんどがアンソニー・トロロープの書いてみせたどんなものにも勝る作り話だったということに気がついた。

それは実に退屈でもあり、興味をそそられるものでもあった。あれほど確信に満ちた人々に出会っ

たことはなかった。ユダヤ人とカトリック教徒は劣等、アイルランド人は醜悪、中国人とアボリジニーは人間ですらない。彼らはそういったことを考えていたのではない。そういうものだと知っていたのだ。ドリゴはほかにもいろいろ驚いた。彼らの家は石でできている。彼らが使うナイフやフォークはずっしり重い。彼らは他人の生活を知らない。自然界の美しさなど目に入らない。ドリゴは家族を愛していたが、誇りには思わなかった。家族の最大の功績は、生き延びたことだった。彼は一生かかって、それがどれほどすごいことだったのか思い知ることとなる。だが当時――いま初めて手にしている名誉、富、財産、名声とは縁がなかったそのとき――それは汚点であると思われた。恥をさらすまいと、母親が死ぬまで家族には近寄らないでいた。葬儀のとき、ドリゴは涙を見せなかった。

答えてよドリー、どうして?とエイミーが言い、彼の太腿の上で指を一本這い上がらせた。

のちにドリゴは、閉じられた空間、人込み、路面電車、列車、ダンスパーティーなど、自分が内側に押し込まれ光をさえぎられるあらゆるものを恐れるようになった。息が苦しくなった。夢のなかで、母親の呼ぶ声が聞こえた。

坊や、いらっしゃい、坊や。

だが彼は行こうとしなかった。あやうく試験に失敗するところだった。何度も「ユリシーズ」を読み返した。もう一度フットボールをやった。光を、教会の礼拝堂で垣間見た世界を捜し、上昇しまた上昇して太陽の奥を目指した。やがてキャプテンとなり、医師となり、外科医となり、あのホテルのベッドにエイミーと横たわって彼女のくびれた腰の向こうに月が昇るのを眺めるまで。そして「ユリシーズ」を何度も読み返した。

長き日は暮れなん　月はおもむろに昇り

海はうめく、数多の声集いて。来たれ、我が友、
未だ遅きに失《し》することなし　新たな世界を求めゆかん。

彼は事の初めに光をつかまえようとした。

「ユリシーズ」を何度も読み返した。

またエイミーを見た。

言葉はぼくが最初に知った美しいものだったからだよ、とドリゴ・エヴァンスは答えた。

## 5

ドリゴが一時間後に目を覚ますと、彼女は唇をチェリーレッドに塗り、ガスの炎のような瞳を縁取る睫毛にマスカラを塗り、髪をアップにし、ハート形の顔を露わにしていた。

エイミー？

行かなくちゃ。

エイミー――

それに――

いてくれよ。

なんのために？

ぼくは――

なんのために？　もうあたし——

きみが欲しい。片時も離れたくない、きみが欲しい。

——聞き飽きたわ。エラと別れる？

キースと別れるか？

行かなくちゃ。一時間したら行くって言ってあるから。今夜はトランプゲーム。笑っちゃうわよね。

戻って来るよ。

ほんとに？

ああ。

それから？

秘密ということになってる。

あたしたち？

いや。そう。いや、戦争。軍の機密。

え？

船が出るんだ。水曜に。

え？

三日後——

わかってるわよ、水曜がいつかは。どこへ？

戦争。

どこ？

知るわけないだろう。

どこへ行くの？
戦争だよ。どこもかしこも戦争じゃないか。
また会える？
ぼくは――
あたしたち。あたしたちは？――
エイミー――
ドリー、また会える？

## 6

ドリゴ・エヴァンスは、五十年の歳月が、冷凍工場のどこかでゼイゼイ息を切らして震えながら過ぎたような気がしていた。狭心症の錠剤が効いてきて、胸を締めつけられる感じが引いてゆき、片腕のしびれが消えていた。薬が効かない内部のひどい病は震える魂にとどまっていたが、ホテルの浴室から寝室に戻れるまでには回復した。

ベッドに戻りながら、彼女の剝き出しの肩に目をやった。その柔らかな肌と曲線には、いつも心がときめいた。彼女が眠たげな顔をいくぶん上げて訊いた――

なんの話をしてたの？

また横になって彼女にぴったり身を寄せると、彼女が言っているのは眠りに落ちる前の会話のことだとわかった。明け方、シティホテルの部屋にふわりと出入りしていたもの悲しい音に逆らうかのように、遠くで一台の車が大きな音でエンジンを吹かした。

ダーキー、と、当たり前だというように彼女の背中に囁いてから、彼女には当たり前ではないと気づき、ガーディナー、と付け加えた。話していると、下唇が彼女の肌に触れた。顔はおぼえていないんだ。

あなたの顔とは似ていない、と彼女。

それは問題じゃない、とドリゴ・エヴァンスは思った。ダーキー・ガーディナーは死んだのだから、そんなことはまったく問題ではなかった。そして、明白で単純きわまりないことをなぜ書けないのか、ダーキー・ガーディナーの顔がなぜ思い浮かばないのかと思った。

ムカつくことに、避けらんないのよね、と彼女。

ドリゴはほほ笑んだ。彼女がムカつくというような表現を使うのにはどうしても慣れることができなかった。彼女が根は粗野で、そのような一風変わった言葉を使う環境で育ったとはわかっていたが。彼は老いて乾いた唇を彼女の肩に押しつけていた。この歳になってもおれを魚のように打ち震えさせる女とはなんなのか。

テレビつけても雑誌開いても必ず目に入るもの、その鼻が突き出てるのが、と彼女が自分の冗談に活気づいて続けた。

ドリゴ・エヴァンスは自分の顔のことなど取り立てて考えたことはなかったが、それは至るところにあるように思えた。二十年前、彼の過去を取り上げたテレビ番組で公に知られるようになってからというもの、その顔は、慈善団体のレターヘッド、記念硬貨といったさまざまなものから、彼を見つめ返すようになった。大きな鉤鼻、物思いにふけっているような面持ち、少々不精な印象で、かつての黒い巻き毛はいまでは薄く白く波打っていた。彼の年代のほとんどが下り坂と言われる年月に、彼は再び光のなかへと上昇していった。

本人にとっては不可解なことに、ここ数年で彼は、戦争の英雄、著名な外科医、時代と悲劇の象徴、伝記や演劇やドキュメンタリーの題材となっていた。崇敬、聖人扱い、お世辞の対象。戦争の英雄に共通した風貌、気質、経歴が自分にあることはわかっていた。しかし、その彼は彼ではなかった。死ぬより生きるのに成功したというだけのこと、戦争捕虜を代弁する者がもうあまり残っていないというだけのことだった。敬意を示さないのは、死んでいった者たちの記憶を侮辱することであるように思われた。それはできなかった。第一、もう気力がなかった。

英雄、臆病者、詐欺師——なんと呼ばれようと、そのどれも、いまではますます自分とは関係がなくなっていくように思えた。それは、どんどん遠のき霞んでゆく世界に属するものだった。自分が国民から称賛されているのは知っていた。盛りを過ぎた外科医の彼と仕事をしなければならない者たちからは疎まれ、ほかの捕虜収容所で似たようなことをやったのに、くやしいことに彼には自分たちにない存在感があり、それゆえ自分たちよりはるかに国民から愛されるようになったと感じ取った多くの医師たちからは、やや軽蔑され妬まれはしても。

あのドキュメンタリーのせいで、とドリゴが言った。

だが、当初は注目されても気にしなかった。むしろ密かに少しばかり楽しんでもいた。しかし、もうちがう。自分に批判的な存在に気づかなかったわけではない。彼らに同意することのほうが多いくらいだった。名声は、他人のまちがった見方によってもたらされたものと思えた。政治やゴルフといった、人生には明らかに邪道だと見なしているものを避けた。だが、結腸の腫瘍を切除する新しい技術を開発する試みは成功しなかったどころか、間接的に数人の患者を死なせた可能性すらあった。メイソンに肉屋と呼ばれているのを偶然耳にしたことがある。振り返れば、無謀だったかもしれない。

だが成功していれば、度胸と洞察力を讃えられていただろう。多くの女性関係と必然的にそれに伴う欺瞞は個人的な不祥事にとどまり、公にはならなかった。易々と気軽に嘘をつき、操り、だませることに自分でもいまだに驚いており、自分に対する評価は現実的には低かった。彼のうぬぼれはそういったことだけではなく、ほかにも愚かな点は多々あった。

この歳になっても――先週七十七歳になった――自分の性格が人生で形づくってきたものに当惑していた。結局、昔と変わらず豪胆で、昔と変わらず慣習を受け入れるのを拒み、昔と変わらずゲームを楽しみ、昔、収容所で仲間を助けるためどこまでやれるか確かめようというどうしようもない熱望にかられたように、親しい同僚で外科医師会の評議員、頭が切れ優秀で退屈極まりない男リック・メイソンの妻リネット・メイソンの腕のなかに駆り立てられた。相手は一人二人ではなかった。その日書いていた序文で――不要に事実を明かすことなく――自分を取り巻くこういった状況を今度こそどうにか正直にそして謙虚に本来の状態に戻し、自分の役割を医師という役割以上でも以下でもないものに戻し、自分ではなく忘れ去られた多くの人々に焦点を当てることで正しい記憶を取り戻したいと願った。心のどこかで、修正し悔い改めるのが必要だという気がしていた。それよりもどこか深いところで、そのように己を卑下し、謙遜すれば、さらに自分に有利になってはね返って来てしまうのではないかと不安になった。追い込まれた。自分の顔は至るところにあるが、もう彼らの顔が見えなくなっていた。

我れ、名のみの者となれり、とドリゴが言った。

だれ？

テニスン。

聞いたことない。

「ユリシーズ」

もうだれもそんな人のもの読まないわ。

もうだれもなにも読まないさ。ブラウニングと聞いて銃だと思うくらいだからな。

あなたが読むのはローソンだけかと思ってたけど。

そう。キプリングでもブラウニングでもないときはね。

それか、テニスンじゃないとき。

出会いしものの欠片こそ我れ。

でっち上げでしょ、それ。

ちがう。それは実に――なんだっけ。

適切？

そう。

全部諳誦できるのよね、とリネット・メイソンが言い、しわが寄った彼の太腿を片手でなで下ろした。ほかにもたくさん。なのに人ひとりの顔も思い出せないんでしょ。

ああ。

彼の死に際にシェリーが来た。シェイクスピアも。詩人たちの言葉はふいにやって来た。それらの言葉は実際の経験と同じほど彼の人生を占めていた。あたかも、人生は一冊の本、一つの文章、いくつかの言葉、ごく単純な言葉に納め得るものだというように。おまえは死の宴の真っ只中にやって来た。その笑みは青白く冷たき月のごとし。昔の物書きってのはすごいなあ。

死はわれらのお医者様、とドリゴが言った。彼女の乳首はすばらしいと思った。その夜のディナーの席で、あるジャーナリストから広島と長崎への原爆投下について尋ねられた。

一度ならともかく、二度ですよ。なぜ二度なんです？

連中は怪物だったんだよ、とドリゴ・エヴァンスは答えた。理解できないだろうが。

女も子どもも怪物だったわけですか？　胎児もですか？

放射能はその後の世代には影響しないよ。

だが、そういうことを訊かれたのではないことを彼はわかっていたし、それに、放射能の影響がないと言えるかどうか知らなかった。ずっと前に、影響はないとだれかから聞いた。あるいはあると。おぼえていられなかった。最近は、自分が言ったことは正しくて、正しいことは自分が言ったことだということにしていたが、それはますます心もとないものになっていた。

ジャーナリストが言った。生存者に関する記事を書きました。彼らに会い、撮影しました。彼らの苦しみはすさまじく、一生涯続くものです。

きみが戦争のことをなにも知らないということじゃない。きみは一つのことは学んだ。だが戦争には数多くのことがある。

ドリゴ・エヴァンスは顔をそらし、そしてまた振り向いた。

ところできみ、歌は歌う？

いまドリゴは、その情けない、ぎくしゃくした、早い話がばつの悪いやり取りの記憶をいつものように肉体のなかに埋もれさせてしまおうと、リネットの一方の乳房を手で包み、二本の指のあいだに乳首を挟んだ。だが、思考はほかの場所にとどまっていた。これからずっとあのジャーナリストは、戦争の英雄が実は主戦論者の核擁護の愚かな呆け老人で、話の終わりに歌は歌うかと訊いてきたという話をネタに儲けるのはまちがいないだろう。

だが、ジャーナリストのなにかが、ダーキー・ガーディナーを思い起こさせた。それがなにかは判然としない。顔でもないし、物腰でもない。笑み？　頬？　大胆なところ？　ドリゴは彼に不快感をおぼえたが、こちらの名声の威光に屈しまいとする点には感心した。内的な首尾一貫性――誠実さといったものか。あくまで真実にこだわる姿勢？　わからない。似たような特徴なのか、動作なのか、癖なのか、特定できなかった。妙な羞恥心が湧き上がった。愚かだったのかもしれない。そして、まちがっていたのかもしれない。もう、なにも定かではない。ダーキーが殴打されたあの日から、なに一つ定かではなかったのかもしれない。

我れ、腐りし怪物とならん、とドリゴは珊瑚色の貝殻のような彼女の耳に、柔らかい渦巻きが言うに言われぬほど感動的で、いつも冒険へ招いているように思える、女性たちが持つその器官に囁いた。そうっと耳たぶに口づけした。

思ってることを自分の言葉で言わなくちゃ、とリネット・メイソンが言った。ドリゴ・エヴァンスの言葉でね。

彼女は五十二歳、もう子どもはできないが愚かなことをするわけではなく、老いた男に支配されている自分を軽蔑した。彼には妻だけではなく、ほかに女がいることは知っていた。それに加えて、もう一人二人いるとにらんでいた。自分が彼の唯一の愛人だという蠱惑的なうぬぼれすらなかった。自分で自分がわからない。彼は老人特有の饐《す》えたにおいがした。胸はたるみ、乳首はしなびていた。性交は頼りなかったが、感覚ばかりを問題としないのは妙に健全だと思っていた。彼が相手だと、愛されているという確固たる安心感があった。しかし彼の一部――彼女が最も求めている部分、彼のなかの光である部分――はつかまえどころがなく、未知のままだった。彼女の夢のなかで、ドリゴはいつも彼女の少し上に浮かんでいた。一日のうち何度も、彼に腹を立て、非難し、脅し、冷淡になった。だが夜も更け、彼のそばに横たわると、彼以外は望まなかった。

汚れた空だった、とドリゴが言い、彼女は彼が再び立ち上がる気配を感じた。いつも遠のいていたな、空も耐えられないというように。

## 7

彼らが一九四三年初頭にシャム（タイの旧称）に到着したときにはちがっていた。ひとつには、空は晴れて広かった。見慣れた空だな、とドリゴは思った。乾季で木々は葉を落とし、ジャングルは視界が開け、地面は埃っぽかった。またひとつには、食糧があった。多くもなく足りてもいなかったが、飢餓は恒常化しておらず、飢えは男たちの腹と頭に猛り狂ったもののように棲みついてはいなかった。日本人にやらされる作業も、蠅の大群のように彼らを殺そうとする狂気には至っていなかった。つらかったが、初めのうちは正気を保っていた。

　ドリゴ・エヴァンスが視線を落とすと、彼が無言の戦争捕虜の一団の先頭に立つその場所から続く鉄道のルートに目印をつけるため大日本帝国陸軍の技師が地面に打ち込んだ測量用の杭が、まっすぐ並んでいるのが目に入った。日本人技師によれば、杭はバンコクの北からビルマまで四百十五キロメートルにわたって打たれているということだった。

　彼らは、まだ限定的な計画である大鉄道のルートの概略を述べたが、それは日本軍の最高司令部による遂行不能の命令、大々的な檄のように思われた。それは、死に物狂いになり狂信的になって生まれた架空の鉄道であり、木と鉄と、それを建設するためこれから投入されることになる数多の命でつくられるのと同時に、神話と非現実性でできている。だが、現実主義者によってつくられた現実などあっただろうか。

捕虜たちはなまくらな斧と腐った麻縄を手渡され、それらを使って仕事にかかった。計画された線路の通り道に沿って一キロにわたり立ち並んでいるチークの巨木を切り倒し、掘り起こし、取り除く。

おれの親父がよく言ってたよ、おまえら若いもんは自分の役目を果たすってことがないって、とジミー・ビゲロウがなまくらでへこんだ斧の刃を人差し指でトントン叩きながら言った。親父のやつ、ここに来てみろってんだ。

# 8

のちには、だれもそれをおぼえてはいないだろう。最大級の犯罪のように、なにも起こらなかったかのごとくになるだろう。大勢がこうむる、苦しみ、死、悲しみ、屈辱的で哀れで無意味なとてつもない苦しみ――それはすべて、このページやほかの数冊の本のページにだけ存在するのかもしれない。恐怖は形と意味を与えられて、一冊の本のなかに収められ得る。しかし現実では、恐怖は意味を持たず、形も持たない。恐怖は恐怖そのものでしかない。恐怖が支配するあいだは、恐怖以外のものは世界に存在しないかのようだ。

本書の背景となる物語は、一つの帝国がシンガポール陥落とともに終焉し、別の帝国が勃興する一九四二年二月一五日に始まる。だが一九四三年までには、過度に勢力を広げ物資が不足していた日本は勢いを失い、この鉄道の必要性が表明されるようになる。連合国は中国の蔣介石率いる国民党軍にビルマ経由で装備を支給し、米軍が海域を押さえる。日本は敵の中国軍へのこの重要な補給線を断ち、ビルマを抜けてインドを手中に収めるために——指揮官たちはいまこれを猛烈に夢見ている——ビルマの兵力を増強し、陸路で物資を送らなければならない。だが、日本軍には必要な鉄道を建設する資金もなければ重機もない。そして時間もない。

しかし、戦争にはそれ自身の論理がある。大日本帝国は勝利を確信している——日本人の不屈の精神、西洋が持ち合わせない精神、帝国が天皇陛下の御心と呼び、そう理解している精神。この精神をもって最後には勝利すると帝国は信じている。そして、そのような不屈の精神を助け、そのような信念を支持するものとして、帝国には幸いにして奴隷がいる。大勢のアジア人及びヨーロッパ人の奴隷。そこには二万二千人のオーストラリア人捕虜も含まれており、そのほとんどは本格的な戦闘も始まらないうちに、戦略上の必要性から、シンガポール陥落の際に降伏した。そのなかから九千人が鉄道建設のために送られるだろう。一九四三年十月二十五日、蒸気機関車Ｃ５６３１が日本人高官とタイ人高官を乗せた車両三両を牽引し、走行する初の列車として完成した〈死の鉄路〉の全線を走るとき、それは果てしなく続く人骨の臥所《ふしど》を通り過ぎ、そこにはオーストラリア人の三人に一人の遺骨があるだろう。

今日《こんにち》、蒸気機関車Ｃ５６３１は、東京にある日本の非公式の国の戦没者追悼施設である靖国神社の一部をなす博物館に、誇らしげに展示されている。神社には、蒸気機関車Ｃ５６３１ばかりでなく、霊璽簿《れいじぼ》も保存されている。これには、一八六七年から一九五一年にかけて、戦争で日本の天皇に仕えて死んだ二百万人以上の人々の名前が記されている。この聖なる場所で霊璽簿に祀られることで、あらゆる悪事が赦される。これら多くの名前のなかには、第二次世界大戦後に戦争犯罪で有罪となり処刑された千六十八人の男たちの名前がある。そして、処刑された戦犯千六十八人のなかには、死の鉄路の建設に関わり、捕虜虐待の罪に問われ有罪判決を受けた者たちもいる。

蒸気機関車C5631前面の銘板には、このことはいっさい記されていない。鉄道建設の惨禍にも言及されていない。その鉄道の建設に従事して死んだ大勢の人々の名前もない。もっとも、死の鉄路で命を落とした死者の総数すら定かではない。連合国の捕虜は、その壮大な計画で酷使された者たちのほんの一部——約六万人——で、彼らとともに、二十五万人のタミル人、中国人、ジャワ人、マレー人、タイ人、ビルマ人がいた。あるいはもっと。これら強制労働者のうちの死亡者数は、五万人、十万人、二十万人と歴史家によって差があり、だれにもわからない。

そしてこの先もだれにもわからないだろう。彼らの名前はすでに忘れ去られた。彼らの失われた魂のための名簿はない。せめて彼らにこの断章を。

ドリゴ・エヴァンスは、その日の早いうちに、ガイ・ヘンドリックスが描いた捕虜収容所の絵を集めた本に添える序文を書き終えた。数か月間書き上げられずにいて、いまやすっかり遅れた仕事をやり終えられるよう、三時間邪魔が入らないようにと秘書に頼んでおいた。書き終えてはみたが、それはまたしても、他人に死の鉄路を簡潔に説明する紹介として潤色された、あれは要するになんだったのか理解しようと試みて挫折した代物であるように思われた。

当たり前すぎると同時に私的すぎる書き方だという気がした——なぜかそれで、これまでずっと解明できなかった疑問を思い起こした。頭は多くのことでいっぱいなのに、それらをページの上に書き留められなかった。多くのこと、多くの名前、多くの死者。それなのに一つとして名前を書けなかった。序文の初めにガイ・ヘンドリックスについて記述し、彼が死んだ日の出来事の概要と、ダーキー・ガーディナーのことを記した。

だが、その日の最も重要な詳細についてはまったく触れなかった。いつものように緑色のインクで書いた序文を見つめた。夢と挫折のあいだの深淵に、真実が感じられる読むに値するものがあればいいがという、単純だが後ろめたい希望を抱きながら。

## 9

もっともな理由から、捕虜は緩慢に狂気に陥り、それに続くのは、「線路」という一語だった。それからはずっと、捕虜にとっては二種類の人間しか存在しなかった。「線路にいた」人間と、そこにいなかった人間。あるいは一種類だけかもしれない――「線路を生き延びた」人間。あるいは結局、これすらも不適切かもしれない。ドリゴ・エヴァンスは、「線路で命を落とした」人間だけという考えにますます取り憑かれていた。彼らだけが、人を十全に人間にする恐ろしいまでの苦痛を体験し、恐怖を知り尽くしたのではないかと思った。

ドリゴ・エヴァンスは、また線路の杭を見下ろすと、それらのまわりに、理解できず、伝えられず、解明できず、見通せず、言い表せないものがあふれていると思った。杭は単純な事実で説明される。しかしそれらはなにも伝えなかった。線とはなんだ、と彼は思った。線？ 線とは、ある一点から別の「幅のない長さ」の一点へ――現実から非現実へ、生から地獄へ――向かって進むものである、とユークリッドが子ども向けの幾何学でそう説明していたのを思い出した。幅のない長さ、意味のない人生、生から死への行進。地獄への旅。

半世紀のち、パラマッタのホテルで、ドリゴ・エヴァンスはうたた寝し、寝返りを打ち、死者をその口に含んだ銀貨オボルス一枚でステュクス川を渡り地獄に届ける、汚らしい渡し守カロンの夢を見た。夢のなかで彼は、身の毛もよだつ、おぞましい、恐るべきカロンを説明するウェルギリウスの言葉を口にした――顔は乱れた白髪で覆われ、獰猛な目は炎と輝き、汚れた衣が肩の結び目から垂れている。

リネット・メイソンとそこに横たわっていた夜、彼はベッドの傍らに、どこでも必ずそうするように、本を置いていた。中年になって、読書の習慣は戻っていた。良書は再読したいという気持ちにさせる、というのが彼の持論だった。すばらしい本を読むと、自分の心を読み直さずにはいられなくなる。彼にとってそういう本はまれで、歳を重ねるにつれ、ますますまれになった。それでも、自分を永遠に縛りつけるイタケーをもう一つ探し求めた。午後遅い時間に読んだ。夜にはどんな本でも目を通すことはほとんどなかった。それはお守りとして、あるいは幸運をもたらす物として存在したからだ――自分を見守ってくれて、夢の世界を安全に航行させてくれる親しい神のようなものとして。

その夜の本は、日本の戦争犯罪を謝罪するためにやって来た日本人女性たちで構成される代表団から贈呈されたものだった。彼女たちは、丁重な物腰でビデオカメラを手にやって来て、贈り物を持参し、そのうちの一つは好奇心をそそられるものだった――日本の辞世の句を訳した本、日本の俳人が最期のときに句を詠む伝統の所産。彼はそれを、枕元の黒っぽい木のベッドサイドテーブルに、頭と並ぶよう注意深く置いていた。書物には自分を守ってくれる霊気があると、傍らにそれがなければ自分は死んでしまうと信じていた。女がそばにいなくても問題なく眠れた。本がそばになければ、決して眠れなかった。

## 10

ドリゴ・エヴァンスはその日の早い時間にその本を拾い読みした。一つの句が気になった。十八世紀の俳人之水《しすい》は、死の床で辞世の句を詠んでほしいと乞われ、筆をつかみ、句を描いて死んでいった。之水が紙に円を一つ描いたのを見て、門弟たちは驚いた。

之水の句は、ドリゴ・エヴァンスの潜在意識を流れていった。包含された空白、果てしない謎、長さのない幅、巨大な車輪、永劫回帰。円――線と対照をなすもの。渡し守に支払うため、死者の口に含ませたオボルス銀貨。

# 11

ドリゴ・エヴァンスは、ジャワ島の高地にある捕虜収容所を抜けて線路へ向かった。その収容所で、大佐として、拘束された千人の兵士——大部分がオーストラリア人——の副司令官となった。彼らは、スポーツ、教育プログラム、音楽会でだらだらと時間を過ごし、それは、人生が少しずつなくなっていくような感じだった。故郷を懐かしんで語り合い、中東で兵士としての人生を歩みはじめたときの光り輝く物語を並べ立てた——夕暮れに見た砂岩を積んだラクダの隊列。ローマの廃墟と十字軍戦士の城。銀で縁取られた長く黒い外套を着て背の高い黒いアストラカン帽をかぶったチェルケス人傭兵。首にブーツをかけて彼らの横を通り過ぎる、大柄なセネガル人兵士。彼らは、ダマスカスのフランス人の娘たちを思い出すとやるせない気持ちになった。パレスチナではアラブ人の横を車で走り過ぎるとき、トラックの後ろから彼らに向かってユダ公！と叫んだが、その後エルサレムでアラブ人の娘たちに出会った。ユダヤ人の横を走り過ぎるときトラックの後ろから彼らに向かってアラブ野郎！と叫んだが、その後青いショーツをはき白いブラウスを着て、袋に入れたオレンジを押し売りするキブツのユダヤ人の娘たちを見た。彼らは、ヤビー・バロウズに関する話にまた笑った。ハリモグラから借りてきたような髪の毛。カイロの売春宿で丸一日はりきった末に股間を掻きむしりながら戻ってきて、見下ろし、こう尋ねてその名がついた——なんだ、この黒スケのザリガニ《ヤビー》は？　エジプト野郎の便座からひっついたなんかだろ？

　哀れなヤビー、と彼らは言った。しょうもない哀れな野郎。

しばらくのあいだ、何事もなかった。ドリゴはこぼれたアラック酒でネバネバするカイロのカフェのテーブルで、友人たちのために恋文を代筆した。ありふれた欲望を詩的な言語に隠し、決まってこんなふうに始まった――砲火の光を頼りに、君にこの手紙をしたためている……

石、粒状の乾いた山羊の糞、乾いたオリーブの葉が散乱するシリアの戦闘で、重装備で足をすべらせながら、膨張したセネガル人の死体を時折り通り過ぎ、彼らがそれぞれに考えをめぐらしていると、戦闘と小競り合いの連続音と炸裂音と爆音がどこか遠くから聞こえてきた。死人と死人の武器と装備がそこかしこに石のように散乱しているので、もはや文句も言えず考えることもできない膨張した体を、避けるのではなく踏みつけた。三人のキプロス人のラバ追いの一人が、どの方角に向かっているのかとドリゴ・エヴァンスに尋ねた。彼には皆目わからなかったが、それでも全員を束ねておくためになにか言わねばならないと心得ていた。

近くにいたラバがいななった。彼は目の端からモルタルの粒をかき落とすと、いま立っているアズキモロコシの畑を見まわし、自分の地図とラバ追いの地図――どちらも細かく描かれていない――にまた目をやった。とうとう彼は羅針盤を見て決め、その決定はどちらの地図とも一致しなかったが、彼が下す多くの決定同様、ほとんどが正しい結果となる直観を信じ、正しくなくても取りあえず動くことはでき、そのことが頻繁にさらに重要になっていると理解するようになっていた。彼が前線に近いオーストラリア帝国軍第七大隊野戦救護所の副司令官だったとき、戦術的退却の混沌のなかで野戦病院をたたむよう命令を受け、翌日は戦術的前進の混乱となった。

救護所のほかの者たちは、トラックで戦線後方の離れた場所まで退避していたが、彼は残っている物資とともに最後のトラックを待っていた。しかし現れたのは、二十頭の頑強なラバを連れた三人のキプロス人たち、そして、彼らの地図で三十二キロ南、自分の地図で四十二キロ西にある新しい前線にある村へ物資とともに移動せよという、新たな命令だった。小柄で話し好きのごたまぜのキプロス人たちが、ごたまぜの連合軍のまたもう一つの部分をなし、そこシリアで、ごたまぜのヴィシー・フランス軍と戦った。後になってだれもおぼえていない、大規模な戦争のさなかの小さな戦争。

## 12

二日で済むことが、ほぼ一週間かかった。二日目、山中に続く険しい道で、ドリゴと三人のラバ追いは、乗っていたトラックが壊れた七人のタスマニア人機関銃手の小隊に出くわした。率いていたのはダーキー・ガーディナーという若い軍曹で、同じ目的地に向かっているところだった。彼らは、ヴィッカース重機関銃、三脚、弾薬を入れた金属の箱を予備のラバに移し、ともに進んで行った。ダーキー・ガーディナーがときどき静かに歌うなか、彼らが岩だらけの斜面やガレ場を登っては越え、山道、破壊された村々を抜け、腐りかけた肉、半分倒れかけているぐらぐらした石壁を過ぎ、あのこぼれたオリーブ油のにおい、死んだ馬のにおい、散らばった椅子や壊れたテーブルやベッドのにおい、壊れた家のつぶれた屋根のにおいに何度も遭遇しているとき、前方と後方で敵が75ミリ砲を撃ちつづけていた。

ようやく低地にたどり着くと、彼らは、撃ち込まれる25ポンド砲の砲弾から男たちを守ってくれなかった乾いた石壁を通り過ぎた。男たちはいま、壊れ散乱した装備と武器とフランス製のヘルメットに囲まれて安らかに横たわっていた。彼らは死者のあいだを縫って歩きつづけた。石造りの半月形をした射撃壕のなかの死者は、死に対する防御として無意味に積み重なり、砲弾で破壊された古い石の水路からこぼれた水でおぞましい沼地になったアズキモロコシの畑では死者が膨張し、村の七軒ある家のなかでは十五人が死を逃れようとして死んだ。壊れた光塔の前で死んでいる女が布に小さくまとめて包んでいた持ち物は道の砂埃のなかに散乱し、彼女の歯はカボチャの上に乗り、死体の一部が吹き飛ばされて焼け焦げたトラックのなかで悪臭を放っていた。

のちにドリゴ・エヴァンスは、包んでいた布のかすれた赤と白の花模様がとても愛らしかったのを思い出し、それ以外のことについてはほとんど思い出せないのを妙に恥と感じた。彼は忘れていた。破壊された村の家々のまわりに漂っていた石の粉の苦い味、骨と皮ばかりになって死んでいたロバのにおい、死んだ哀れな山羊のにおい、壊されたベランダのにおいとなぎ倒されたオリーブの木立のにおい、高性能爆薬の饐えたにおい、こぼれたオリーブ油の濃厚なにおい、それらすべてが混じり合って一つのにおいになり、そのにおいで彼は苦境にある人間を連想するようになったことを。彼らは死者を鼻孔に近づけまいとタバコを吸い、死者に自分の心を蝕まれまいと冗談を言い合い、自分は生きているのだと確認しようと食べ、ダーキー・ガーディナーは自分が殺されるかどうか賭けをして、賭けに勝つ見込みは常に増していると信じていた。

彼らは真夜中にトウモロコシ畑を抜け、フランス軍が激しい戦闘でオーストラリア軍から奪ったあとなぜか捨て去った緑色のフレアライトで照らされている、破壊された村にやって来た。フランス軍が攻撃に使っていた追撃砲は、防戦するオーストラリア人を人間ではないモノに変えていた。乾きかけ赤黒くなった肉とウジがわいた内臓、血肉の痕がついた砕けた骨、歯をむき出して硬直した顔。ドリゴ・エヴァンスは、どんな笑みにもその恐ろしい死の歯を見るようになってきていた。

ようやく彼らが命令された村へたどり着くと、そこはまだフランス軍に占領され、イギリス海軍に激しく爆撃されていることがわかった。遠く海上では軍艦が気炎を上げ、巨砲は手順よく村を破壊しようと、まず納屋、次にその横の石造りの家、続いて家の裏にある離れ屋へと撃ち込んだ。ドリゴ・エヴァンス、ラバ追い、機関銃手は、目の前で町が瓦礫と砂埃に化すのを、安全な距離をとって見ていた。

死なずに残っているものがそこにあるとは考えにくかったが、それでも砲弾は降りそそいだ。正午、予期せずフランス軍が撤退した。オーストラリア軍は砲弾が炸裂して焦げた黄色い地面を前進し、崩れたベランダの壁を抜けて進み、砕けたタイルをまたぎ、折れた木々にそのまま残っている根鉢、ねじれた銃、火砲の破片をよけて通った。砲員たちはすでに膨張し傷口をあけ、飛び出た目玉から流れているゼリー状のものが無精髭の生えた頬の汚れに混じって汚らしい糊のようになっていなければ、真昼の太陽に照らされて眠っているように見える者もあった。だれもが、飢えと疲労しかおぼえなかった。山羊が一匹、彼らの前をひっそりとよろよろ歩いて行った。脇腹から腸を垂らし、肋骨を露出させ、頭を高く上げ、音も立てず、気力だけで生きているかのように。たぶんそうだったのかもしれない。

ボー・ジェスト氏そのまんまじゃねえか、と赤毛のひょろりとした機関銃手が言った。ともかく彼らは山羊を撃ち殺した。彼のフルネームはガリポリ・フォン・ケスラー、フオンバレーのりんご園の栽培者で、だらけたナチの敬礼でよく挨拶していた。その名は、彼のドイツ人の父親が、自分は旧世界でいっぱしの者だったというふりをしてつけたもので、ケスラーという百姓風の名前に貴族的な「フォン」を付け加えたのだが、そののち第一次世界大戦中に反ドイツが叫ばれるなか自分の納屋を焼き払われたとき、新世界ですべてを失うのではないかと恐れた。彼らがほかのドイツ人移住者たちと暮らしていたホバートの向こうの山の村落は、即座に村名をビスマルクからコリンズヴェールに変更し、カール・フォン・ケスラーは、息子の名前を、父親にちなんだ名前から、息子が生まれる前の年にオーストラリアがトルコへの惨憺たる侵略に参加したことにちなんだ名前に変えた。その名前は、古くなったりんごの芯のような顔には立派すぎるため、彼はただケスとして通っていた。

町で彼らは、燃えて真っ赤に焼けたフランスの戦車、横転したトラック、破壊された装甲車、弾丸で穴だらけになった乗用車、道に散乱した弾薬と紙と服と砲弾とピストルとライフル銃の山を歩き過ぎた。混沌と瓦礫のなか、店は開いており商売が行なわれ、人々は自然災害に見舞われたあとのように片付けに追われ、非番のオーストラリア兵は土産物を買いながらぶらぶらしていた。

彼らは、死体を喰らおうとやって来たジャッカルたちが吠え立てる声を聞きながら眠りに落ちた。

# 13

最初の光でドリゴが目覚めると、ダーキー・ガーディナーが村の大通りの真ん中で火を熾《おこ》していた。彼はその火を前にして、銀白色の魚の模様を織り込んだ青いシルクが張られた豪奢な肘掛け椅子にすわっていた。片脚を一方の肘掛けにかけ、つぶれたフランス製のタバコの箱をいじっていた。その椅子の海のなかで、やせた黒い体を汚れたカーキ色の軍服に包んでいる彼を見て、ドリゴは見知らぬ浜辺に打ち上げられた大型の海藻ブルケルプの枝を思い起こした。

ダーキー・ガーディナーの背嚢の大きさはほかの者の半分しかないように見えたが、そこからは食糧やタバコが無尽蔵に供給されるらしく——闇市で取引する、漁る、盗む——その小さな奇跡によって、「黒太子」の異名を授かった。彼がドリゴ・エヴァンスにポルトガル産のイワシの缶詰を投げ渡したとき、ヴィシー・フランス軍が75ミリ砲と重機関銃で村を猛攻撃しはじめ、航空機一機が飛来して機銃掃射した。だがすべてはどこかほかの場所で起こっていることのように思えたので、彼らはジミー・ビゲロウが見つけてきたフランスのコーヒーを飲んで雑談し、命令か戦争に見つけてもらうのを待っていた。

ラビット・ヘンドリックス――合わない入れ歯、引き締まった体――は、ダマスカスの葉書の裏にスケッチを描き終えようとしているところだった。リザード・ブランクーシの妻メイジーの写真がボロボロになりかけているので、それの代わりにしようとしていたのだ。彼女の顔に蜘蛛の巣をかけたように細かいひびが広がり、感光乳剤の残りが巻き上がって多くの小さな紅葉のようになり、だれなのかわからなくなっていた。ラビット・ヘンドリックスの鉛筆画は同じポーズと首の感じをとらえていたが、目元は本人よりも少しメイ・ウエストっぽく、胸のあたりは本人よりもはるかにメイ・ウエストっぽくて、メイジーが自慢しようもなかった谷間を、本人より露骨に誘惑するような顔つきを表現し、メイジーがめったに語らないことを語っていた。

説明してくれよ、とジミー・ビゲロウが言う。なんでおれたちは、フランス人のために戦ってるアフリカの黒人の群れを機関銃で撃つんだ？　フランス人は、中東でイギリス人のために戦ってるおれたちオーストラリア人を殺そうとしてんのに。

素描――それは偽りの絵らしいから、妙な裏切りになるのだが――を見てリザード・ブランクーシは悩んだ。しかし自分を除く全員に妻は最高だと思われてしまったから、女房そっくりだと断言し、絵と交換に時計をやるとラビット・ヘンドリックスに申し出た。ラビットはその申し出を断り、スケッチブックを取り出すと、朝のコーヒーを飲んでいる仲間たちをスケッチしはじめた。

ジャック・レインボーが、オーストラリアの東ですらねえじゃねえか、と言った。彼の顔は世捨て人のようで、口調は港湾労働者のようだったが、実際はホップを栽培する農夫だった。北だ、と彼が言った。次の村がどこかわかんねえはずだよ。おれたち、自分らがどこにいるかもわかっちゃねえんだから。はるか北だ。

おまえはいつだってアカだったもんな、ジャック、とダーキー・ガーディナー。おれは朝飯までには死んでるって、十二対一で賭けてもいい。実にフェアだろ。

ジャック・レインボーは、いますぐここで撃ち殺してやるよと言った。

ドリゴ・エヴァンスは、軍曹が戦争を生き延びるというほうに二十対三で十シリング賭けた。

そのとおり、とジミー・ビゲロウ。まったくだ。おまえは生き残るよ、ダーキー。

硬貨を二枚放り上げる、とダーキー・ガーディナーが言い、足元の袋からコニャックの瓶を取り出し、全員のコーヒーに注いだ。結果に賭ける、でももし三回続けて二枚とも表が出ても、統計的にはまた二枚表になるはずだ。だからまた二枚とも表に賭ける。振るたびに毎回最初と同じ。いい考えだろ?

それからまもなく、戦争はついに彼らを見つけた。ドリゴ・エヴァンスが肘掛け椅子のそばに立ってコーヒーを注ぎ、ヤビー・バロウズが朝食を入れた保温箱を持って野外の炊事場から戻って来たとき、75ミリ砲の砲弾が飛んで来る音が聞こえた。ダーキー・ガーディナーが椅子から飛び出してドリゴ・エヴァンスの腕をつかみ、彼を地面に引き倒した。爆発が宇宙波動のように彼らを抜けて行った。

ドリゴが目を開けてあたりを見まわすと、銀白の小さな魚の模様の青い肘掛け椅子が消えていた。砂煙のなかに、一人のアラブ人の少年が立っていた。彼らは少年に伏せろと叫んだが気に留めないので、ヤビー・バロウズがうずくまった状態から身を起こし手振りでしゃがめと合図したが、それも効果がないと、少年に駆け寄った。その瞬間、また砲弾が飛んできた。爆発の勢いでアラブ人の少年が彼らのほうに吹き飛ばされた。喉元が弾丸の破片で切り裂かれた。彼らが駆け寄る間もなく少年は死んだ。

ドリゴ・エヴァンスが、まだ自分を押さえているダーキー・ガーディナーに顔を向けた。二人のそばでは、ラビット・ヘンドリックスが埃まみれの入れ歯を口に押し戻していた。ヤビー・バロウズは跡形もなかった。

賭けはそのままにしておくよ、と黒太子が言った。

ドリゴが返事をしかけたとき、敵機が一機、彼らがいるところから離れた側を機銃掃射しながらまた飛んできた。機体は彼らの頭上にせり上がると、突然プッと黒い煙になった。そこから落ちた一つの小さい点が開いてパラシュートになり、操縦士が脱出したことがわかってきた。飛行士が風にあおられて彼らのほうに向かって来ると、ルースター・マクニースがキプロス人のリー・エンフィールド小銃をつかみ、狙いを定めた。ドリゴ・エヴァンスが銃身を押しのけ、馬鹿なまねはやめろと言った。

ヤビーは？　唇を砂利だらけにし、目玉を白く猛り狂わせたルースター・マクニースが怒鳴った。なにやらかしたんだ？　あの子どもは？　どうなってんだ？

彼は整った顔をしているようだったが、ジャック・レインボーが指摘したように、近くで見ると、予備の部品で組み立てられているようだった。それに加えてどうしようもない役立たずの兵士という評判だったから、彼が再びリー・エンフィールドを肩に持ち上げ狙いを定めて撃ったとき、標的に命中したことにだれもが驚いた。落下傘兵は強い突風に吹き飛ばされたようにぐいと引っ張られ、いきなりドサリと落ちた。

その日遅く、ヤビー・バロウズが運んでいた保温箱に入っていたがいまでは冷たくなったポリッジを彼らがようやく食べたとき、ルースター・マクニースの傍らにすわる者はいなかった。

## 14

そして彼らは話しつづけた――冗談、身の上話、戻って来られなかった哀れな連中、オーストラリア軍の保養施設に使用するため接収されたトリポリの宮殿、投げ銭当てとクラウン・アンド・アンカーといった賭け、ビールと仲間、廊下のはずれの部屋から賭場に降りて来て投げ銭当てをやり、自分がついているかどうか確かめようとする売春婦たち、シリアの子どもたち相手に山村でやったフットボール。そしてジャワでは、降伏したあと、彼らが群れをなして薪を取りに出かけたとき、濡れたサロンを巻いた女たちが茶を摘んでいるところをときどき見かけた。女たちが乾いたサロンに取り替えて互いの髪からシラミの卵を取っている姿はとても美しかった。そこを歩いて通り過ぎるとき、ガリポリ・フォン・ケスラーが言った――あれをただ歩いて通り過ぎる、それが懲罰ってもんだぜ。

しかし、彼らへの懲罰は始まったばかりだった。半年後、シャムでの新しい計画に向かうため、トラックで海岸へ運ばれた――千人もが、シンガポール行きの老朽船の油だらけの船体に三日間ぎゅうぎゅう詰めにされたあと、チャンギ刑務所へと行進した。そこは快適な場所だった――白い二階建ての兵舎、心地よく風通しがよくこぎれいな芝生、立派ないでたちの溌溂としたオーストラリア人兵士たち、散歩用の短いステッキを持ち、赤い垂れ飾りがついたソックスを履いた将校たち、ジョホール海峡の眺望、菜園。やせ衰え、オーストラリアとオランダの軍服の寄せ集めを着て多くは靴も履いていないドリゴの部下たちは目立った。「ジャワのクズども」とチャンギのオーストラリア人捕虜の司令官クロウバー・キャラハン准将が彼らを命名したが、ドリゴ・エヴァンスが懇願したにもかかわらず、キャラハンは彼らに衣服、ブーツ、必需品を与えるのを拒んだ。それどころか、物をよこせとキャラハンに要求するドリゴ・エヴァンスの反抗的な態度ゆえに指揮官を解任しようとして、失敗した。チビのワット・クーニーが、チャム・ファヒーに脱走の計画を持ちかけた。シンガポールの波止場の作業班に連絡し、そこで木箱かなにかに閉じこもって船に積み込んでもらい、そうやってシドニーに戻る。

いい考えだなワット、とチャム・ファヒーが言った。実際、そうではないが。

彼らはチャンギ収容所のベストメンバーとフットボールの試合をやり八ゴール差で負けたが、ゲームが四分の三まで進んだところで、シープヘッド・モートンが演説をぶつのが聞こえた。それはどんなときもお決まりのフレーズで始まる——

諸君に告げるべきことがある。第一に……

二週間後、「ジャワのクズども」は到着したときと同じボロボロの服を着て出発し、そのなかには木箱に入っていないワット・クーニーもいた。彼らはいま正式に「エヴァンスJフォース」と命名され、鉄道駅へ連れて行かれ、米の運搬に使われる小さい鋼の密閉箱のような貨車に詰め込まれた——貨車一両につき二十七人、すわるスペースもなかった。酷暑のなか、彼らはゴムの木のトンネルとジャングルを抜け、ぎゅうぎゅう詰めで汗まみれのオーストラリア兵とわずかに開いた引き戸のあいだから見えるのは、頭上で果てしなく続く絡まった草木、遠ざかる色とりどりの布のかぶり物をかぶって田んぼで働くサロンを巻いたマレー人、インド人、中国人の日雇い労働の女たち。彼らは残酷な竈《かまど》のような閉じた暗闇にいた。彼らはほかの若者たち同様、まだ自分を知らなかった。自分のなかにある多くのものに出合うため、いま旅している。

彼らの足下では線路がガタゴトと鳴りつづけ、体が揺れて、汗で濡れた互いの腕と脚がぬらりと触れた。三日目の終わり近く、彼らは、水田とサトウヤシの木立、肌が浅黒く豊満で漆黒の髪を持つ美しい笑みを浮かべたシャムの女性たちがぱっと通り過ぎるのを目にするようになった。彼らは代わる代わる腰を下ろし、隣の男に両脚をかけて眠り、饐えた吐瀉物、腐ったような体と糞と吐瀉物の、煙が立ちのぼるような悪臭にすっぽりと包まれ、煤まみれになり意気消沈して延々と続く道のりを行き、五日間なにも食べず、六回停車して、三人死んだ。

五日目の午後、彼らはバンコクから六十五キロのところにあるバンポンで列車から降ろされた。柵の高いトラック一台につき三十人が牛のように詰め込まれ、猿のように互いにしがみつき、細かい砂が二十センチ近く積もった道を走ってジャングルを抜けていった。鮮やかな青い蝶が彼らの頭上を舞った。西オーストラリア人捕虜は、それが肩にとまると叩きつぶした。

日が暮れたが、道はまだ続き、その夜遅く、彼らは汚れにまみれ土埃に覆われて、ターサオに着いた。土の上で眠って夜明けにトラックに戻り、一時間、牛が通れる程度の道を山のなかに向かって行った。道の果てでトラックを降り、夕方まで行進し、川のそばの小さな空き地でようやく足を止めた。彼らは恵みの川に飛び込み、泳いだ。鋼の箱に五日間、トラックに二日間――水はなんとすばらしいのか。肉体の至福、ベールの向こうの世界の恩恵――清潔な肌、無重力状態、ほとばしる水の世界のなかの静穏。彼らは毛布にくるまり、夜明けに猿の鳴き声で起こされるまで眠りこけた。

監視員は、彼らをジャングルで六キロ行進させた。一人の日本人将校が切り株に上り、彼らに向かって演説した。

天皇陛下の鉄道建設を助けにここまでの長旅、ご苦労だった。捕虜であることは大いなる恥である。大いなる！　天皇陛下のために鉄道を建設することで名誉を挽回せよ。大いなる名誉である。大いなる！

将校は、予定している線路の進路に沿って測量士が打った杭を指差した。杭はたちまちジャングルへと消えた。

彼らは線路の最初の部分を敷設するためにチークの林を切り払い、三日後にその作業を終えて初めて、今度はそこから数キロ離れた場所に自分たちの収容所をつくるよう言い渡された。立ち並ぶ高さ二十五メートルもの竹、巨木、枝が水平に伸びたカポック、ハイビスカスや低木——これらすべてを彼らは切り、掘り返し、燃やして地面をならし、半裸の男たちが炎と煙のなかに出たり入ったりし、二十人の男たちが牛の集団のようにひとかたまりになってロープを引き、とがって危険な大量の竹を引っ張り出していた。

次に彼らは材木を探しに行き、一・五キロ離れたイギリス軍の収容所を通りかかった。そこは悪臭がして病人だらけ、将校たちは自分のことにかかりきりで、部下のためにはほとんどなにもしなかった。准尉たちは、兵が釣りをするのを止めるため川を見まわった。数人のイギリス人将校はまだ釣り竿を持っていたから、自分たちの魚だとわかっているものを兵卒ごときに横取りされるわけにはいかない。

オーストラリア人が自分たちの収容所の空き地に戻ってくると、年配の日本人監視員がモガミケンジと自己紹介し、自分の胸をドンと叩いた。

ピューマという意味だと彼は言い、笑みを浮かべた。

彼が作業の指示をした——長めのパラン《なた》で屋根の骨組みを切ったり刻み目をつけたりする、ハイビスカスの樹皮の層をはいで紐状にし継ぎ目を縛る、ヤシの葉で屋根を葺き、割って平らにした竹で釘一本打たずに床をつくる。収容所の最初の部分を建てる作業を数時間行なったあと、その老監視員が、よし、ヤスミ、と言った。

彼らは腰を下ろした。
あいつそれほど悪いやつじゃねえな、とダーキー・ガーディナー。
いちばんまともだろうよ、とジャック・レインボー。けどな。いくらかでも機会があったら、なまくらなカミソリの刃で目からケツの穴まで裂いてやるよ。
モガミケンジがまた胸をドンと叩き、ピューマ、ビンガ・クロスビー、と言い放った。そしてピューマは小声で歌いはじめた――
ポジテ〜ブにいこう
ネガテ〜ブはよそう
しっかり前向き
どっちつかずじゃだめだよミスタ
ノーッ　どっちつかずじゃだめだよミスタ！

## 15

線路でまだ余裕があった当初、男たちは竹でつくった小さな舞台を両側から炎で照らし、夜に出し物を催した。ドリゴ・エヴァンスとともにそれを観ているのは司令官のレクスロス大佐で、まったく対照的な見本だった――肉屋の体に載った追いはぎの頭、イギリス上流階級の口調、そのすべてがバララットの挫折した服地屋の息子をつくり上げている。懸命にイギリス人にまちがえられようとするオーストラリア人、人生のほかのところではものにできなかった機会を狙って一九二七年に軍隊に目をつけた男。彼とドリゴ・エヴァンスは同じ階級だったが、経験によって、そしてまた医師ではなく軍人であるおかげで、レクスロスはドリゴより上だった。

　レクスロス大佐がドリゴ・エヴァンスに顔を向け、英国人の国民性は強固で、英国人の団結力は固く、英国人の精神は壊れず、英国人の血はともに困難を乗り越えるものと信じている、と言った。

　キニーネ（抗マラリア薬）もあれば助かるが、とドリゴ・エヴァンスが返した。

　イギリス人収容所の捕虜数人が、第一次大戦のときのあるドイツ人捕虜を題材にした寸劇を演じていた。夜気に群れ飛ぶ虫で、演者たちが少しかすんで見えた。

　レクスロス大佐が、おまえの態度は気に入らんと言った。マイナス面しか見ていない。前向きに考えねばならん。国民性を讃えるというように。

　わたしは国民性を治療したことは一度もないが、とドリゴ・エヴァンス。

　オーストラリア人たちがドイツ人捕虜をはやし立てていた。

　栄養失調による病は嫌というほど見ているよ。

　あるものは仕方がない、とレクスロス大佐。

　言うまでもなく、マラリアや赤痢や熱帯性潰瘍もね、とドリゴ・エヴァンス。

　芝居が終わると、観客はからかい、鋭く口笛を鳴らした。ドリゴは、レクスロス大佐がいつもなにを思い起こさせるか、やっとわかった――エラの父親がよく食べていたボスク梨。腹が減った。錆びたような皮のその梨が嫌いだった。しかしいまそれが食べられるなら、どんなことでもしよう。

　飢餓による病だ、とドリゴ・エヴァンスは繰り返した。薬は助けになるだろう。だが、食べ物と休息はもっと効果的だ。

　日本人のために鉄道を建設する作業がいまのところは彼らを殺す狂気となっていないにしても、すでに肉体的に参ってきていた。ペラグラで指を失ったレス・ウィトルが、手首に縛りつけた竹の棒で、壊れかけたアコーディオン――水牛の皮で継ぎを当て、かがってばらばらにならないようにしている――を弾いていた。それに合わせて歌うジャック・レインボーは、視力を失っていた。ドリゴ・エヴァンスは彼を見ながら、そうなったのはビタミン欠乏症のせいか、それともいくつかの疾患が組み合わされて害を与えたのかと考えていた。原因がなんであれ、食べ物でそれが、そして目にする苦痛のほとんどすべてが癒されることを思うとつらかった。ジャック・レインボーの隠者のような顔はカボチャのようにふくらみ、その下のやせ衰えた胴体も脚気《かっけ》で不自然にむくみ、潰瘍――それは腫れた向こう脛を骨まで食い破っていた――は視力を奪われたピンク色の虹彩のような見かけとなって、その傷口から、多くは彼同様奇怪に損なわれている捕虜の群れを見つめていた。夢見てきた観客をいまこそ見られるようにと願っているかのように。

演者たちはいま、映画『哀愁』の一場面を演じていた。レス・ウィトルがロバート・テイラー、ジャック・レインボーがヴィヴィアン・リーの役。二人は竹の橋の上を互いに向かって歩いていた。

もう会えないと思っていたよ、と、指のないレス・ウィトル扮するロバート・テイラーが、わざとらしくイギリス人の口調をまねて言った。

あたしもよ、と、目が見えず、むくんで、潰瘍ができたジャック・レインボー扮するヴィヴィアン・リーが言った。

ダーリン、とレス・ウィトル。少しも変わっていないね。

ひとしきり笑いが起こり、その後で彼らは映画の主題歌「オールド・ラング・ザイン」を演奏した。

つまり、とレクスロス大佐が続けた。それはわれわれの身についているんだ。

なにが？

英国のストイシズム。

あれはアメリカ映画だったよ。

勇気、とレクスロス大佐。

われわれの将校たちは日本軍から金をもらっている。一日二十五セント。彼らはそれを自分で遣う。

日本人は将校が働くことを求めていない。すべきなのに。

なにをすべきだというんだ、エヴァンス。

この収容所で働くべきだ。便所を掘る。病院で看護する。雑役。病人のために設備をつくる。松葉杖。新しい施設。手術室。

ドリゴはここで深く息を吸った。

そして賃金を出し合い、それを遣って病人に与える食料と薬を買うべきだ。

それも有効だ、エヴァンス、とレクスロス大佐。そうすることでこの苦難を乗り切るという例だ。ボルシェビズムじゃない。

同意する。それが正しい例なら。

だがレクスロス大佐は、すでに舞台に上がろうとしているところだった。演者たちに礼を言い、大英帝国を恣意的に民族グループに分けるのは虚構だと語った。イギリスのオックスフォードからオーストラリアのウードナダッタまで、一つの民である。

彼の口調はか細くそしてかん高く、鼓舞するような演説をする才能はなかったが、自分の階級ゆえにその能力を授かっていると勘違いしていた。ガリポリ・フォン・ケスラーが言ったように、尻の穴で笛を吹いているような響きだった。

であるから、とレクスロス大佐が続ける。大英帝国の一員として、イギリス人として、われわれは帝国の生命である秩序と規律を守らねばならない。われわれはイギリス人として苦闘し、イギリス人として勝利するのだ。以上。

その後で彼はドリゴ・エヴァンスに、川を見渡す場所に死んだ仲間を埋葬できるちゃんとした墓地をつくる計画に携わりたいかと訊いた。

ドリゴ・エヴァンスは、それより、生きている者が死なないように、日本人が蓄えている魚の缶詰を黒太子に盗ませるほうがいい、と答えた。

黒太子は盗っ人だ、とレクスロス大佐が言った。この墓地はすばらしい最後の安住の場所となるだろう。仲間のためを思う者全員が尽力するに値し、現在やっているように、森の奥に行進して行って適当な場所に埋めるよりもはるかにいい。

黒太子は、わたしが仲間の命を救う手助けをしてくれますよ。

レクスロス大佐は、墓地の場所と、階級により区割りした墓の配置を描いた大きな見取り図を出し、将校にはケオノイ河（クワイ河）を見晴らす特に美しい場所を確保した、と誇らしげに言った。仲間は死にはじめている、死体に対処することはいまや最優先事項だと指摘した。

これには反論の余地がないはずだ。ここに至るまでずいぶんと手間がかかった。きみにも関わってもらえたらありがたい。

猿が一匹、近くの竹藪でキーキー鳴いた。

仲間のためを思ってやっているんだ、とレクスロス大佐が言った。

16

木々は葉をつけ、葉は空を覆いはじめ、空は黒くなり、黒さはどんどん世界を呑み込んでいった。食糧は減る一方だった。モンスーンが吹き、当初、それが雨の前兆だとわかるまで、彼らはありがたく思っていた。

するとｒ「スピードー」が始まった。

「スピードー」とは、もう休日はない、ノルマは増えに増えて、作業時間はどんどん長くなる、という意味だった。健康な者と病人の区別はすでにあいまいになっているのに、スピードーによって、病人と死にかけている者の区別がさらにあいまいになった。スピードーのために、捕虜は昼も夜も一回ではなく二交代分働くよう、ますます頻繁に命じられた。

雨が激しくなり、チークと竹は彼らの周囲に迫ってきた。レクスロス大佐は赤痢で死亡し、ほかの者たちとともにジャングルに埋葬された。ドリゴ・エヴァンスが指揮を執った。黒い天に届かんばかりに茂ったずっしりと重い緑が彼らを黒い泥土にまた引きずり降ろしたとき、彼は病人に与える食べ物と薬を買うため、将校たちへの報酬に税を課した。絶え間ない緑色の恐怖が彼らのかさぶただらけの体とぼろぼろの内臓に、熱のある頭と汚れて潰瘍ができた脚に、糞を垂れ流しつづける尻にますます強くのしかかるなか、彼は働くよう将校たちを説得し、なだめすかし、強く要求した。

男たちはドリゴ・エヴァンスを本人がいるところでは「大佐殿」と呼び、いないところでは「兄貴」と呼んでいた。彼らに背負わされようとしている重荷を考えると、兄貴にしては自分があまりに小さいと感じることがあった。ドリゴ・エヴァンスがいて、そしてまた、同じ容貌、癖、話し方の別の男がいる。兄貴は高潔だがドリゴはさにあらず、兄貴は献身的だがドリゴは身勝手だ。

彼はそれが自分の役目だと感じて慣れてゆき、それが続くほど、周囲の男たちは彼の役割をますます確たるものにした。それはまるで彼らが彼を兄貴という存在にしようとし、彼に対して高まる尊敬、噂話、評価といったものがどうしても必要であるかのようだった――こういったことすべてのせいで、彼は自分ではないと自覚しているあらゆるものとして振る舞うはめになった。彼が手本を示して彼らを導くというよりは、まるで彼らが付き従うことで彼を誘導しているかのようだった。

そしていま彼らは彼とともに、決して終わらない叫びのように積み上げられていく日々を、ともによろよろと進んでいった。濡れた緑色の金切り声が、キニーネによる難聴でかえって増幅されたとドリゴ・エヴァンスは思った。マラリアで朦朧とした状態にあると、一分過ぎるのに一生分かかり、苦難と恐怖の一週間を思い出せないこともあった。そのすべてが、決して訪れない終局を、彼と彼らに意味をなすなんらかの出来事を、彼ら全員をこの地獄から解き放つなんらかのカタルシスを待っているようだった。

それでも、たまに手に入るアヒルの卵や指幅分ほどのヤシ糖、何度も繰り返される冗談などが、めずらしくすばらしいもののように大切に磨かれ味わわれ、それが生きていくことを可能にした。まだ希望はあった。そして、蟻のように働きづめで重要なのは鉄道だけという別の世界へと掃き出されながら、縮みつづける捕虜たちは、育ちつづけるスローチハット（縁の垂れたソフト帽）の下から、つぶやいたり悪態をついたりしていた。担当する線路の区画で作業する裸の奴隷として、縄と棒、ハンマーとかなてこ、藁のカゴと鍬だけで、背中と脚と腕と手で、線路のためにジャングルを切り開き、線路のために石を砕き、線路のために土を動かし、線路を敷設するために枕木と鉄のレールを運んだ。裸の奴隷は、飢え、打ちすえられ、疲れ切っても線路で働いた。そして裸の奴隷は、線路のために命を落としはじめた。

体力のある者も弱っている者も、事態を予測できなかった。死人が増えはじめたのである。先週は三人、今週は八人、今日は何人になるのかだれにもわからない。病院小屋——病院というほどのものではなく、最悪の状態にある者たちだけが、薄く細長い台の上に、汚れたまま壊疽の悪臭にまみれて横たわることが許される場所——はいま、死にゆく者たちであふれていた。もはや健康な者はいなかった。病人と、重病人と、死にかけている者だけだった。ガリポリ・フォン・ケスラーが女性に触われないのは懲罰だと考えたのは、遠い日のこととなった。女性を思い描くことすら、遠い日のこととなった。いまでは彼らの頭には、食べることと休むことしかなかった。

飢餓がオーストラリア人をつけまわした。それは一人ひとりの一つひとつの行動と思考に身を潜めた。それに対抗しようとして、彼らはオーストラリア人の知恵を差し出すしかなかったが、それは自分たちの腹よりも空っぽな意見でしかなかった。彼らは、オーストラリア人のドライさ、オーストラリア人の悪態、オーストラリア人の記憶、オーストラリア人の連帯で結束しようとした。だが突然、「オーストラリア」は、シラミと空腹と脚気の前には、盗みと殴打と果てしない強制労働の前には、ほとんど意味がなくなった。オーストラリアは縮み、しぼみ、一粒の米もいまでは一つの大陸よりははるかに大きく、日々肥大していくのは男たちのくたびれて垂れ下がったスローチハットだけで、それはいま、彼らのやつれた顔に、空っぽの暗い目、すでにウジ虫を待つ黒い影のかかったくぼみでしかないような目に、巨大なソンブレロのようにぬっとのしかかっていた。

そして、死者はまだ増えつづけていた。

# 17

ドリゴ・エヴァンスは、口に唾液があふれたため、垂らさないように、何度か手の甲で口を拭わなくてはならなかった。自分用の長方形のブリキの飯盒の蓋に置かれている、下手に切られた筋の多い焼きすぎたステーキ、錆びたブリキにこびりついている煤けた脂を見下ろしながら、この世でこれ以上にほしいものは考えつかなかった。夕食にそれを届けた食事当番を見上げた。食事当番は、昨夜、黒太子率いる一団がシャムの商人たちから牛を一頭盗み、茂みで屠殺し、見張りをヒレ肉で買収したあと、残りを密かに収容所の炊事場に渡した。ステーキ——ステーキ！——を一枚切り分け、焼き、夕食としてドリゴに供した。

この食事当番が病人だとドリゴ・エヴァンスにはわかった。そうでなければ厨房の仕事をしているはずがない。飢えによるいくつかの病気に罹っている。その男にとっても、そのときステーキは世界でなによりほしいもの、常ならぬものであるのに変わりはないとドリゴ・エヴァンスはわかっていた。急いで身振りを交えながら、それを病院へ持って行き、最も具合の悪い者たちに分け与えるよう、食事当番に言いつけた。食事当番は、相手が本気なのかどうかはかりかね、動かなかった。

大佐殿に召し上がっていただきたいと皆申しております、と食事当番。

なぜだろう、とドリゴ・エヴァンスは思った。なぜおれはステーキはいらないと言っているんだろう。どうしようもなく食べたいし、部下たちは、感謝のしるしのようなものとして自分に食べてもらいたがっている。だれも自分が肉を食べることを妬んだりしないのはわかっているが、ステーキは目撃者を要する試験、彼が合格しなければならない試験、彼ら全員に必要な物語となる試験であることも承知していた。

下げなさい、とドリゴ・エヴァンスは言った。

口のなかにあふれる唾液をぐっと飲み込もうとした。頭がおかしくなるのではないか、みっともなくあるいは屈辱的に前言を撤回してしまうのではないかと不安になった。自分の心は穏やかではない、彼らが自分に求めている多くのもの、大人としてふさわしいものに欠けている、と感じた。それなのにどういうわけか、自分ではない多くのものになるよう大勢の男たちにこうして導かれ、彼らのリーダーにおさまっている。

またぐっと飲み込む——まだ口は唾液でいっぱいだった。彼は自分のことを、自分が強いとわかっている男だとは、レクスロスのような強い男だとは思わなかった。レクスロスは、ステーキを自分の権利だとして食べ、そのあと飢えた男たちの眼前で満足げに追いはぎのような歯をほじるような男。対照的におれはなにを受け取る資格もない弱い男、大勢が期待を込めて強い男という像をつくり上げているだけの弱い男だ。理にかなわない。彼らは日本人の捕虜であり、おれは彼らの希望の囚人だ。

ぐずぐずするな！と、抑制を失いそうになりながら鋭く言った。

それでも食事当番は、相手が冗談を言っていると思っているのか、自分が誤った解釈をしているのではと不安にかられているのか、動かなかった。そのあいだずっと、ドリゴ・エヴァンスは、ステーキがあと一瞬でも長く目の前に置かれたら、両手でつかんで丸ごと飲み込み、この試験に失敗し、正体を現してしまうだろうと怖かった。男たちに操られていることに怒りをおぼえ、自分の弱さに腹を立て、突然立ち上がり激怒して怒鳴り出した——

さっさとしろ！　これはおまえたちのだ、わたしのではない！　持って行け！　分けろ！　分けろ！
食事当番は自分もそのステーキに一口ありつけるかもしれないと安堵し、大佐がみんなの言うとおりの兄貴だったことをうれしく思い、そっと移動して、自分たちのリーダーが実に立派な人物であることを示す話をまた一つ携え、病院へステーキを持って行った。

## 18

ドリゴ・エヴァンスは美徳を嫌悪し、美徳が賛美されることを嫌悪し、こちらに美徳があるふりをする、あるいは自分に美徳があるふりをする人々を嫌悪した。そして、歳を重ねるにつれ美徳があると言われれば言われるほど、それを嫌悪した。美徳というものを信じていなかった。美徳とは、着飾って拍手喝采されるのを待っている虚飾だった。彼は高潔だとか立派だとかいうのはもうたくさんだったから、リネット・メイソンがきわめて人間的だと感心したのは、彼女の欠点ゆえだった。すべては束の間のものというのは奇妙な真実だと思ったのは、彼女の不実な腕のなかでだった。

彼女は特権というものを知っていて、それを疑って夜を過ごすことは決してなかった。自分の美しさが失われていくにつれ、いまでは静止しているボートからその航跡が遠のいていくにつれ、自分が彼に必要とされるよりも、はるかに彼を必要とするようになった。どちらも気づかないうちに、彼女は彼にとってもう一つの義務となっていた。そうは言っても、いま、彼の人生は義務だらけだった。妻に対する義務。子どもたちに対する義務。仕事、委員会、慈善活動に対する義務。リネットに対する義務。そのほかの女性たちに対する義務。疲弊する。スタミナが必要。ときどき、自分でも驚くことがある。そのような偉業は評価されてしかるべきじゃないのか。それには異質な勇気を要する。それは忌まわしい。自己嫌悪に陥ったが、レクスロス大佐を相手に自分らしくいられなかったのと同様に、いま自分ではなかった。そして、彼に分別と方向性と進みつづける能力、多くの義務の上にさらなる義務を与えているのは、あの収容所でともにいた男たちの存在があるからだと信じていた。

彼女のこと考えてるんでしょ、とリネットが言った。

またしても彼は無言だった。ほかのさまざまな義務をこなすように、男らしいと思える態度でリネットに耐えた――さらに愛情を示して、遠のいていく二人のあいだの距離を埋めたのだ。彼女にはますます退屈させられた。彼女が刺激的な存在でいつづけなかったなら、何年も前に会わなくなっていただろう。セックスは漫然と行なわれ、彼は自分に対しても彼女に対しても昔のようではなくなったと認めざるを得なかったが、リネットは気にしないようだった。実のところ、彼も同様だった。彼女の背中のにおいをかぎ、柔らかな太腿のあいだに手を休めさせてもらえれば十分だった。彼女は嫉深く身勝手なこともあるが、彼女の卑小さに満足感をおぼえずにはいられなかった。

彼女が副編集長として関わっている雑誌の政治とゴシップ、こちらが見下している上司相手に耐えているささいな屈辱、仕事における成功、恐れ、深く心に秘めた欲望などについてとりとめもなく話しているとき、彼は「スピードー」の最中のいつも汚れていたあの空がまた目に浮かび、ダーキー・ガーディナーが殴打されたときの話を書こうとした昨日まで、長いあいだ彼のことを考えなかったなと思い返していた。

ドリゴは、鉄道建設で死んだ捕虜ガイ・ヘンドリックスが描いた素描と挿絵を集めた本に序文を書いてほしいと頼まれていた。ドリゴは終戦までずっと彼のスケッチブックを持ち運び、隠していた。空はいつも汚れていて、いつも動いていて、理由もなく人が死ぬことのないどこかましな場所、生が偶然ではないなにかに応答する場所に向かって走り去っているように思えた。ダーキー・ガーディナーは正しかった——なにもかも投げ銭当てのゲームだった。青いみみず腫れが走り血がたまった、あの痣だらけの空。ドリゴは、ダーキー・ガーディナーを思い出したかった。彼の顔、歌っているところ、あのひょうきんでいたずらな笑み。だが、彼の姿を一心に呼び出そうとしてみても、見えるのは、惨禍から走り去って行くあの汚れた空だけだった。

振るたびに毎回最初と同じ、とダーキーが言っていたのをドリゴはおぼえていた。いい考えだろ？

認めないし、これからも認めないんでしょ、とリネット・メイソン。言いなさいよ。ちがうの？

払わなかったな。十シリング。

彼女のこと考えてるんでしょ？

知ってるのよ。

二十対三。おぼえてる。

あなたが彼女のこと考えてるときって、わかるの。

あのね、とドリゴがリネット・メイソンの肉付きのいい肩のところで囁いた。今日序文を書いてたら、「スピードー」のところで行き詰まった。雨季のあいだずっと、一日の休みもなく、七十日間昼も夜も働かされた。連中がダーキー・ガーディナーを殴りつけたときのことを思い出そうとしてたんだ。哀れなガイ・ヘンドリックスを火葬にしたのと同じ日だった。その日のおぼえてることを書こうとした。おぞましいと同時に崇高。だが、そういうものじゃなかった。

わかるのよ、ほんとに。

みじめで愚かだった。

来て。

連中は飽きたんだと思う、ぶちのめすことに。ジャップは。

さあ。寝ましょう。

ナカムラ、卑劣な野郎で操り人形みたいに威張って歩くオオトカゲ、あと日本人技師二人。それとも三人だったか。それすらおぼえていない。とんだ証人だな。連中、最初は本気で彼を懲らしめたがったが、そのうち飽きてきたんじゃないのか。われわれが線路でハンマー振り下ろすのに飽き飽きしてたように。想像できるか？　ただ労働する、それも、単調で退屈でつまらない労働。

寝ましょうよ。

つらい、汗まみれの労働。溝を掘るような。一人が一瞬手を止めた。じゃあここまでか、とぼくは思った。ありがたい。やつは片手を額にやって汗を払い、鼻を鳴らした。それだけ。そしてやつは、ダーキーをぶちのめす仕事に戻った。それにはなんの意味もなかったし、いまもない。だがそうは書けないだろう？

でも書いたんでしょ。

書いたよ。なにか。確かに。

ありのままに。

いや。

ちがうの？

正確ではあった。

夜、外では、見つかる当てもない失くし物を捜しているかのように、トラックがバックしながらわびしい音を立てていた。

どうしてそのことにこだわってるのかわからないわ。

うん。

ほんと、わからない。苦しんだ人たちは大勢いたんじゃないの？

いたよ。

じゃあ、どうしてそのことにこだわってるの？

彼は無言だった。

どうして？

ドリゴはパラマッタのホテルのベッドに横になったまま、この部屋の向こうの世界は善きものにあふれていると、あと数時間でまた青空はやって来るのだと、心のなかの青い大空は幼年期の失われた自由と永遠につながっているのだと考えるべきだと思った。だが彼の心は、収容所の黒い筋がついた空を見るのをやめることができなかった。

おしえて。

それは、油受けに浸された汚らしい布をいつも思い起こさせた。

知りたいの。

いや。知らなくていい。

死んだんでしょ、彼女。あたし、生きてる人にしか嫉妬しないから。

女から先へかすむぞ汐干《しおひ》がた
一茶

# 1

ドリゴ・エヴァンスはアデレードにいた。行き先はわからないが出発する前の一九四〇年も遅い猛暑のなか、ワラデール駐屯地の第七大隊野戦救護所で最後の訓練をしていた。半日の休暇証を持っていた――なんの役にも立たないが。トムがシドニーから彼宛てに、アデレード郊外の海岸近くでホテルを営んでいるおじのキースが会いたがっている、手厚く面倒を見てくれるだろうと電報を打った。ドリゴは、キース・マルヴァニーとは面識がなかった。彼について知っているのは、父親の末の妹と結婚したが、彼女は数年前に自動車事故で他界したということだけだった。キースはその後再婚したが、トムにクリスマスカードを送って最初の妻の家族と接触を保っていたので、トムはドリゴがアデレードに配置されたと彼に知らせていた。ドリゴはその日おじを訪ねることにしていたが、借りようとしていた車が故障したため、その夜は街で開かれる赤十字主催のダンスパーティーで第七大隊所属の医者仲間たちと落ち合うことにした。

当日はメルボルン・カップの開催日で、レース後、通りにはけだるい興奮が残っていた。パーティーまで時間をつぶそうと街路を歩いていると、ランドル通り近くの古い書店に行き当たった。雑誌の創刊かなにかの夕方のイベントが進行中で、髪を乱し、大きなネクタイをゆるく結んだ青年が、堂々と雑誌を朗読していた。

僕らは酔いどれのように絶望の解毒剤を知らない、
夜の怒れるペンギンたちが
広場の敷石をまたぎ、
霧がかかった街灯の明かりで靴紐を結ぶ。

ドリゴ・エヴァンスには、なんのことかまったく理解できなかった。いずれにせよ、彼の嗜好はすでに、思春期に古典に遠く旅してそれ以外の場所にまた旅することがめったにない者の偏見に固まっていた。同時代のものにはほぼなじまず、半世紀前の文学を好み、彼の場合は、ヴィクトリア朝の詩人と古代の作家だった。

少人数の群れに阻まれて見てまわれないので、人を避けられそうな店の奥の木がむき出しになった階段を昇っていった。二階は、奥にある使われていない二つの小さめのオフィスと、やはり人がいない、道路に面した屋根窓のところまで幅広の粗削りの板が敷かれた、大きな部屋が占めていた。至るところに本があり、見てまわることができた――積み重ねられてぐらついている本、箱に入っている本、奥のわきの壁の幅いっぱいに据えられた床から天井まである棚に、統制が取れていない民兵のようにばらばらの角度で立てかけられ詰め込まれている古本。

部屋は暑かったが、階下の詩の朗読よりははるかに息苦しく感じられなかった。あちらこちらで本を手に取っては注意を引かれつづけたのは、屋根窓から差し込む太陽の光がつくる斜めのトンネルだった。彼のまわりでは塵が浮遊し、渦巻く光のなかで、揺らめき、打ち震えていた。古典作家の昔の版でいっぱいの棚がいくつかあるのを見つけ、借りて読んだことしかないウェルギリウスの『アエネーイス』の廉価版があればと、なんとなく見てまわりはじめた。しかし、ドリゴ・エヴァンスが求めていたのは古典の秀逸な詩というわけではなく、そのような書物のまわりに感じるオーラ、外に向かって放たれ、かつ、内へ向かって自分を引き入れ、おまえは独りきりではないと言って別の世界へと誘《いざな》ってくれるオーラだった。

交わるというこの感覚、この手触りに、圧倒されることがある。そのようなときには、世界には一冊の書物しか存在せず、あらゆる書物は、進行中のさらに壮大な作品への入口だという感じがした──尽きることのない美しい世界、想像の産物ではなくありのままの姿である世界、始まりも終わりもない書物。

階下から大声が聞こえてきたのに続いて、騒がしい男たちの一団と二人の女が現れた。一方の女は大柄で赤毛、黒っぽいベレー帽をかぶっており、もう一方はそれより小柄で金髪、耳のところに深紅の花を飾っている。時折り彼らは、半分歌い半分唱えるように、走れ、オールド・ロウリー、走れ！と、声をそろえて騒がしく繰り返していた。

男たちはそれぞれに、オーストラリアの空軍、海軍、帝国軍の平常服を身につけ、見たところ、少し酒が入っているようだった。どの男も小柄なほうの女の注意を引こうとしていたが、女はだれにも関心がないらしかった。なにかが彼女をほかの者たちから隔てていて、彼らは彼女に近づく方法を探ろうとするのだが、彼女の腕に制服の腕が添えられることはなく、彼女の脚を制服の脚がかすめることはなかった。

ドリゴ・エヴァンスは、こうしたことすべてを一瞥しただけではっきりと見て取り、彼女にも彼らにもうんざりした。彼らは彼女の飾りにすぎず、自分のものにならないとわかりきっていながら虜になっている彼らを軽蔑した。彼の目から見れば男たちをよだれを垂らす犬程度のものにしている彼女の支配力を嫌い、それゆえ女にも嫌悪感をもよおした。

彼は顔をそむけ、本棚に向きなおった。いずれにしても、外科医の訓練を終えようとしていたときにメルボルンで出会ったエラのことを考えていた。エラの父親はメルボルンの高名な弁護士、母親は有名な農場経営の一家の出で、祖父は連邦憲法の起草者だった。彼女自身は教師だった。彼女はときに退屈だったが、彼女の住む世界と彼女の容貌は、ドリゴにとって変わらず鮮やかに燃えていた。彼女の話が丸暗記したような陳腐なものばかりで、しかも迷いもなく繰り返すため本当はなにを考えているか定かでなくても、彼女はやさしく愛情が深いと思った。そして彼女が運んで来たのは、安定し、永続し、自信に満ちあふれ、不変と思える世界だった——暗めの色調の木でできた居間とクラブ、シェリーやシングルモルトを入れたクリスタルのデカンター、鼻を突き、わずかに陶酔を誘い、わずかに閉所恐怖症を引き起こす、優雅な麝香の香りの世界。エラの家族は、将来を嘱望された下の階層の青年をその世界に歓迎しようとするほどにはリベラルで、歓迎の条件は完全にその世界の条件であるとするだけ因襲的だった。

若きドリゴ・エヴァンスは期待を裏切らなかった。いまでは外科医であり、エラと結婚することになるだろうと思っていた。エラとのあいだでそれが話題になることは一度もなかったが、彼女も同じように考えているのはわかっていた。エラとの結婚は、医学の学位を取り、任命され、昇進し、前進し、その先へ向かうことに等しいものだった。読むという力をトムの洞穴で認識して以来、ドリゴはそういうふうに一歩ずつ前進してきた。

棚から一冊取り出し、胸のところまで持ち上げると、本は影から出て一筋の光のなかに入った。本をそこで持ったまま、本を、光を、塵を見つめた。まるで、世界が二つあるかのようだった。この世界。そして隠れた世界は、遅い午後の光の筋を——旋回し、揺らめき、でたらめにぶつかり合い、まったくちがう方向へ向かって飛び交う粒子を——瞬間的に捕らえ、現実の世界として現れる。その遅い午後の光のなかに立っていると、どんなステップであっても、必ずさらによい方向に向かうと思われた。どこへ向かうかとかなにに向かうかとは考えなかった。なぜとは考えなかった。前進するのではなく、太陽の光のなかの塵の一片のように衝突したらどうなるかとは考えなかった。

部屋の向こう端にいる小さな集団が、群れをなして再びこちらに向かって来た。それは魚の群れか夕暮れに飛ぶ鳥の群れのように動いた。ドリゴは近づきたくなかったので、通りに面した窓に近い本棚を端から端まで伝った。しかし群れは、鳥や魚のように動き出したときと同じようにいきなり止まり、彼のいる本棚から数歩のところで固まった。何人かがこちらを見ている気配を感じたので、いっそうじっと本を見つめた。

また目を上げると、群れが動いた理由がわかった。紅い花をつけた女がこちらへ歩み寄り、光と影がつくる縞模様のなかで、すぐそこに立っているのだった。

## 2

女の目は、ガスの青い炎のように燃えていた。獰猛な目だった。しばらくのあいだ、その目だけに気を取られていた。目は彼を見ていたが、そこに表情はなく、まるで彼を飲み干しているだけのようだった。おれを値踏みしているのだろうか。鑑定しているのだろうか。彼にはわからなかった。この確信に満ちた態度に彼は腹が立ち、心もとなくなったのかもしれない。すべて手の込んだ冗談で、女はいまにも笑い出し、男どもも加わって自分を笑うのではないかと不安にかられた。一歩後ずさりすると本棚にぶつかったので、それ以上後退できなかった。片手を体と本箱の棚のあいだに押し込み、体をぎごちない角度にひねって女に向け、そこに立っていた。

書店に入っていらしたところを見ました、と女が言い、笑みを浮かべた。

のちに、彼女はどのような見かけだったかと訊かれたら困ってしまっただろう。花、とついに結論した。茎を耳の後ろにはさみ、髪に大きな紅い花をつけていたため、大胆な感じを受けた。けれども、それで彼女の様子を説明したことにならないのはわかっていた。

あなたの目、と女がいきなり言った。

彼は黙っていた。実のところ、なんと言えばいいのか見当がつかなかった。これほどとんでもないセリフは聞いたことがない。目だって？　気づいたら女を見返し、同じく相手を飲み干すようにじっと見つめていた。女は気にする様子もなかった。そこには、奇妙で不安にさせられるほどの親密さのようなものがあり、こちらが女を上から下まで見つめても、自分を見ている相手があなたならかまわないという、不可解な女の態度に衝撃を受けた。

これにはめまいをおぼえ、とまどいもした。女は、唇の右上のほくろが示すように、ちょっとしたあらがいくつかあるようだった。彼は、そういった欠点の総体がどういうわけか美となり、この美には力があり、その力は意識され、かつ意識されないものだとわかった。ドリゴは確信した――この女は、自分の美しさゆえに求めるものはなんであれ手にする権利があると思っているんだろう。だが、おれは手に入らないぞ。

とても黒いんですね、と女が笑みを浮かべて言った。でも、そう言われること、多いんでしょうね。

いや、と彼が言った。

まったくの事実ではなかったが、いま言われたとおりに言われたことはない。なにかが、女に背を向け、女の奇異なしゃべりを振り払い、歩き去ることを押しとどめた。彼は、本棚の向こう端にいる男どもにちらりと目をやった。彼女は本気でそう言ったのではないか、自分だけに言ったのではないかと動揺した。

あなたの花ですけど、それ——

彼はなんの花かわからなかった。

盗んだんです。

女には彼を値踏みする時間がたっぷりあるらしく、そうした結果自分の好みだとわかり、わたしはあなたのなかにこの世で最も魅力的なものをすべて見つけたと彼に思わせるような感じで笑った。まるで、彼女の美しさ、彼女の瞳、魅力的ですばらしい彼女のすべてがいま、彼のなかにも存在するかのように。

お好きですか？と彼女。

とても。

椿の木から、と女は言い、また笑った。すると、笑うのをやめて——少しはじけるような、突発的でわずかにかすれており、なぜかとても親しげな笑い——身を乗り出した。香水のにおい。そして酒のにおい。だが、女がこちらの不安を意に介さずにいること、気を引こうとしたり気のある振りをしているのではないことが彼にはわかった。彼はそれを促しも求めもしなかったが、なにかが、なにか否定できないものが二人のあいだで交わされたような気がした。

彼は背中にまわしていた片手を下ろし、向きを変え、正面から相手に向かい合った。窓から二人のあいだに光の矢が落ち、そのなかで塵が上昇し、彼は女を独房の窓の外に見るように見た。そして笑みを浮かべ、なにか言った――なにを言ったのか自分でもわからない。光の向こうの男たちに目をやり、影のなかで待っている彼女の親衛隊のだれかが利己心でこちらへやって来て、おれのぎごちなさを利用してこの女を連れ去ってくれと願った。

どういう兵隊さんなんですか、と女が訊いた。

どうということはありません。

持っていた本で、自分のチュニックの肩に縫い止められている緑色の円がはめ込まれた三角形の茶色い布を軽く叩いた。

第七大隊衛生隊。医師です。

彼は少しばかり腹が立ち、またいくらか怯えた。美が自分となんの関係があるんだ？　彼女の表情、声、服装、彼女のすべてが、ある身分の女のそれとわかったというのに。彼はいま医師となり士官となったものの、自分の出自からさほどかけ離れてはいないので、こういうことを強く意識した。

押しかけてしまったんじゃないかと――

雑誌の創刊のことですか？　そんなことありません。興味のある人ならだれでも歓迎すると思いますよ。なくてもね。あそこにいるティッピー――女に向かって片手を振る――ティッピーは、自作を朗読していたあの詩人はオーストラリア文学に革命を起こすって言ってます。

勇敢な男ですね。わたしはヒトラーと戦うのに志願しただけですが。

ひと言でも意味が取れました？と女が、動揺せず、探るような表情で訊いた。

ペンギン？

女が、渡りにくい橋を渡り切ったかのように大きく笑みを浮かべた。

あたしは靴紐が気に入りましたけど。

女の崇拝者の群れのなかの一人が、ポール・ロブスン風に歌っていた――老いぼれ馬のロウリーは、走りつづけるだけなのさ。

ティッピーがあたしたちを引っ張ってきたの、と、今度はドリゴとは長年の友人であるかのようになれなれしい口調で言った。あたし、彼女のお兄さん、彼の友だち数人。彼女は一階にいる詩人の教え子なの。あたしたち、将校クラブでカップの中継を聴いていたんだけど、彼女、あたしたちをここに連れて来てマックスの朗読を聴かせたがって。

マックスってだれです?

詩人。どうでもいいことだけど。

ロウリーって?

馬。それもどうでもいいけど。

彼は無言で、なんと言っていいかわからず、女の言葉は意味をなさず、女の言葉は二人のあいだで交わされるあらゆるものに無関係だった。馬も詩人もどうでもいいのなら、なにが重要なのだ? 女のなにか――激しさか、強引さか、無謀さか――にとてつもなく不安をおぼえる。この女はなにを求めているんだ? どういう意味なんだ? 立ち去ってほしかった。

ドリゴが男の声を聞きつけて振り向くと、群れのなかの一人――オーストラリア空軍士官の青い制服を着ている――が二人の横に立っていて、女に、配当金の話し合いを終わらせたいから戻って来てくれないか、と気取ったイギリス風の口調で言った。女がドリゴの視線を追って青い制服を認識すると、顔つきがすっかり変わった。まるで別の女のようで、生き生きとドリゴを見ていた目は、別の男を見て急に死んだようになった。

青い制服は、彼女の視線を無視しようとドリゴに顔を向けた。

彼女が選んだんですよ、と男が言った。

選んだとは、だれを？

オールド・ロウリーです。百対一。カップ史上最も高いオッズ。彼女は知っていた。どのお馬さんかよくわかってた。あそこにいるハリーなんて、二十ポンド手にしましたからね。

ドリゴがそれに応じて言葉を返す前に、女は空軍士官に、感じはいいが感情がこもっていないとわかる口調で話しかけた。

女はドリゴを指差して、もう一つお友だちに質問があるの、と言った。それが終わったら、戻って配当金の話をするから。

その短い会話を終えると、女はドリゴに向きなおり青い制服を完全に無視したので、一瞬の間をおいてから、制服は仲間のところへ戻って行った。

## 3

なんですか、質問て。

なんの質問か全然わからない、と女。

彼は弄《もてあそ》ばれているのかと不安になった。立ち去るべきだと直観したが、なぜかそこに引き止められた。

なんの本？と、彼の手を指差して尋ねる。

カトゥルス。

ほんとに？　またほほ笑む。

ドリゴ・エヴァンスは女から解放されたかったが、自分をそう仕向けられなかった。あの瞳、あの紅い花。そのはずはないだろうが、自分にほほ笑みかけているようなあの感じ。彼は片手を背中にまわして、その辺りにある本の背を、ルクレティウス、ヘロドトス、オウィディウスを、指でコツコツ叩いた。

ローマの詩人です。

なにか読んできかせて。

彼は本を開き、見下ろし、見上げた。

本気ですか？

もちろん。

すごく乾いた感じなんだが。

アデレードだってそうよ。

彼はまた本を見下ろし、読んだ——

　またしても空腹が
　チュニカと外套のあいだを
　つついていた。

彼は本を閉じた。

あたしにはさっぱりわからないけど。

ぼくだってそうですよ。ドリゴは詩で彼女を侮辱してやりたいと願っていたが、失敗したと悟った。女はまた笑みを浮かべていた。彼女は侮辱すらも口説いているように聞こえさせ、そのうち彼は、自分が口説いているのではないかと思いはじめた。

助けを求めて窓に目をやった。助けはなかった。

もっと読んで、と女が言った。

急いで数ページめくって手を止め、また数ページめくって手を止め、そして読みはじめた。

生き、そして愛したい。
説教し非難する年寄りなど
気にもせずに。
太陽は沈んでもまた昇れるが、
私たちは——

奇妙な怒りが込み上げてきた。なぜおれはよりにもよってこんな詩を読んでいるんだ？　気を悪くするようなものを読んでやればいいじゃないか。だが、ほかの力に捕らえられ、導かれて、声を低くそして力強く保ちながら読み進めた。

私たちは、光が輝くその短い時間に、
長い夜を眠りつづけねばならぬのだ。

女は親指と人差し指でブラウスの上の端をはさみ、彼を見つめているあいだずっとそれを引き上げていたが、本当はそれを下に引っ張りたいとその目は語っているようだった。

彼は本を閉じた。なんと言ったらいいかわからなかった。本棚から、彼女から、あの恐ろしい凝視、凶暴な青い炎のような彼女の目から離れられるさまざまなこと――楽しいこと、無害なこと、残忍なこと――が心をよぎった。だが、彼はそういうことをいっさい言わなかった。口にするかもしれないさまざまな愚かなこと、失礼だが必要だと思うさまざまなことを言う代わりに、こう言っていた――

あなたの目は――

ぼくら、愛なんてくだらないって話をしてたんですよ、と聞きなれぬ声が割り込んだ。

ドリゴが振り向くと、青い目を連れ戻すために崇拝者の一団から抜け出して二人に合流したらしい、志願者のなかでもとりわけ哀れな男、親しい友人がそこにいた。ドリゴにも話しかけなければと思ったのか、友人は彼にほほ笑みかけてきた。ドリゴが何者なのか、彼女とどういう関係なのか推し量ろうとしているのだろう。無理だね、と言ってやりたかった。

ほとんどの人は愛もなく生きる、と友人が言った。そう思いませんか?

わかりません、とドリゴ。

友人は笑みを浮かべた。口をドリゴにはゆがめ、彼女にはゆっくりと開けて、おれの仲間、おれの世界、雄蜂の群れに戻れと招く。彼女は志願者を無視して背を向け、すぐ戻るからと言った――自分が目の前の男といられるよう立ち去ってくれとはっきり意思表示して。これは、そう、はっきりと自分たち二人ということだった。ドリゴは、彼女が無言ながらも明確に伝えるのを見て、自分はそれを望んでいないし、同意してもいないと思ったが。

愛について話すなんてくだらない、と志願者は続けた。愛なんて必要ない。最上の結婚は相性で決まる。科学によれば、われわれはみな電磁場を生み出している。正しい向きにある反対イオンを持つ人に出会うとき、二人は引きつけられる。でもそれは愛じゃない。

じゃあ、なんなんです？とドリゴが訊いた。

磁力ですよ、と志願者が答えた。

## 4

ナカムラ少佐はトランプが不得手だったが、最後の一番に勝ったところだった。対戦相手である下の将校たちとオーストラリア人捕虜たちは、彼に勝たせたほうがいいとわかっていたからだ。ナカムラは、通訳のフクハラ中尉を通して、オーストラリア人の大佐と少佐に今宵の礼を言った。日本人少佐は立ち上がり、後ろによろけて倒れかけたが、体勢を立て直した。うつ伏せに倒れそうになったというのに、妙にはりきっている様子だった。

ナカムラが振る舞ったメコンウィスキーは二人のオーストラリア人将校にも影響を及ぼし、ドリゴ・エヴァンスは慎重に立ち上がった。ここで、兄貴としての役割を果たさねばならない。ひと晩中口に出さずに控えていたが、いまこそ実行すべき。

少佐殿、「スピードー」は三十七日間休みなく続いています、とドリゴ・エヴァンスが切り出した。ナカムラは笑みを浮かべながら彼を見て、ドリゴ・エヴァンスも笑みを返した。天皇陛下のお望みをかなえるには、人員を賢く利用すべきではないでしょうか。鉄道を建設するには、男たちをだめにするのではなく、休ませる必要があります。一日休めば、体力を温存できるのみならず、精神状態も良好に保てるでしょう。

彼は、ナカムラが激怒し、殴られるか脅されるかする、あるいは少なくとも怒鳴りつけられるものと予想していた。だが日本人司令官は、フクハラ中尉が通訳したとき笑っただけで、足早にそこを離れ、フクハラが彼の返答をドリゴに通訳しているときには、すでによろめきながら出て行くところだった。

捕虜たちは幸運だと少佐殿は言っておられる。天皇陛下のために死ねば名誉を回復できるのだから。

ナカムラが立ち止まり、きびすを返し、彼らに語った。

確かにこの戦争は残酷だ、とフクハラ中尉が通訳する。そうではない戦争などないだろう。だが戦争は人間だ。戦争はわれわれという存在だ。戦争はわれわれの行ないだ。鉄道は人間を殺すかもしれない。わたしは人間をつくらないが、わたしは鉄道をつくる。進歩は自由を要求しない。進歩は自由を必要としない。少佐殿は、進歩はほかの理由から生じると言っておられる。ドクター、あなたはそれを非自由と呼ぶ。われわれはそれを、精神、国家、天皇と呼ぶ。ドクター、あなたはそれを残酷な行為と呼ぶ。われわれはそれを運命と呼ぶ。われわれが勝っても負けても。それは未来なのだ。

ドリゴ・エヴァンスはおじぎをした。少佐で副司令官のスクイジー・テイラーもそれに従った。

だがナカムラ少佐はおさまらず、また話を続け、言い終えるとフクハラが言った――

少佐殿が申しておられる――大佐、あなたの大英帝国は、非自由を必要としなかったとお考えか？それは非自由の枕木を並べつづけ、非自由の橋を架けつづけて建設されたのだ。

ナカムラ少佐は向きを変えて出て行った。ドリゴ・エヴァンスは、捕虜将校用の小屋にある自分の寝台、身の丈に比べてはるかに短い簡易寝台へよろよろと歩いていった。寝台はばかげた特権で、彼はそれを気に入っていた。実際には、それは特権でもなんでもないからだ。腕時計を見た。十二時四十分。うめいた。長い脚に合わせるため、竹で三脚を組み立て、その上につぶした灯油缶を置き、それをまた竹を使って押さえていたが、寝返りを打つとしょっちゅう倒れた。

寝台の横に置いてある短くなった蠟燭に火を灯し、横になった。ぼろぼろの本——収容所では貴重品——を手に取った。気を紛らわすため就寝前に読んでいる恋愛小説で、あと少しで読み終えるところだった。しかしいまは、酒がまわり、疲れ、気分が悪かったので、読む気力もなく、動きたいとも思わず、すでに眠りに落ちそうになっていた。本を戻し、蠟燭の火を消した。

# 5

老人は、若い自分が捕虜収容所で寝ている夢を見ていた。ドリゴ・エヴァンスにとって夢を見ることはいま、最も現実的なことだった。彼は、沈みゆく一個の星の如く、知を追い求めた。人たる者の及ぶ限りの、さらにその彼方へと。

身を起こした。

何時だ?

もうすぐ三時。

行かなくては。

エラの名前は言わないでおいた。妻という言葉も、家という言葉も。

キルト、どこいったんだ?

また彼女のこと考えてたんでしょ。

ぼくのキルトは？

つらいわ。

どこ行ったんだ、あのキルト。

ここにはキルトを身につけて来たのに、見当たらない。仕事で一九七四年にシドニーへ移り住んで以来所属し、公にはウィスキーの悪習、秘密裡には女性関係の悪習以外には自分でもわからない理由で後援者となっていたパラマッタ・バーンズ協会の年に一度のディナーのあとのことだ。

エラじゃないわよ。だってそれ、愛じゃないもの。

彼は妻のことを考えた。自分の結婚生活は、底知れずわびしいと思った。なぜ自分が結婚したのか、なぜ数人の女性と寝ることがまちがっていると見られるのか、なぜこういったことすべてがますます意味を失っているのか、理解できなかった。下腹部でどんどん強くなっている妙な痛みはなんなのか、なぜ自分がやたらとリネット・メイソンの背中のにおいをかぎたがるのか、なぜ自分の人生で現実味のあることといえば夢だけなのか、わからなかった。

ミニバーの冷蔵庫を開けてグレンフィディックのミニチュアボトルの最後の一本を取り出すと、ボトルを取り出せば即座に電子的に記録される新しいタッチパッドの技術に気づいてかぶりを振った。すべてが既知のことで、なにも体験する必要のない、より整然とした新しい世界、より従順な世界、境界と監視の世界がやって来るのを感じ取った。公的な自己——硬貨や切手に載せられる側——は来るべき時代とうまく融け合い、別の側、私的な自己——ほかの人たちが隠そうとする側——は、ますます理解できず不愉快になるだろうと自分でわかっていた。

私的な自己は、あらゆるもの、感情にさえ訪れる新しい順応の時代にそぐわなかった。人々が過剰に互いに触れ、まるで人生を語ればその神秘性を説明したりそれが混沌としているのを否定したりできるというように、自分たちの問題について語るようになったことに困惑した。彼は、なにかがしおれていくのを感じた。リスクはますます査定され、極力除去され、食事の仕度を眺めることが詩の朗読よりも感動的なものと感じられ、野草からつくられたスープに嬉々として金を払う、当たりさわりのない新しい世界に取って代わられるように感じた。収容所では野草からつくられたスープを飲んでいて、まともな食事がしたかったというのに。彼の頭のなかに退避したオーストラリアは、死者の物語で記された。生者のオーストラリアは、見知らぬ国になっていくように思われた。

ドリゴ・エヴァンスは、人生が詩のイメージのなかで想像され生きられる、あるいは彼にとってますますそうなのだが、人生が一篇の詩の影響を受ける時代に育った。テレビ時代が到来し、それとともにもたらされたセレブリティ——知りたいとも思わない者たちだとドリゴは感じた——という概念はその時代を終わらせたのかもしれないが、それでも時折り詩を糧にし、詩の優美な神秘性をもって己れの人生を表現する者たちの明晰さに、深く考えるわけではないものの、イメージにぴったりの題材を見出すこともあった。

ドリゴは、彼が一九七二年のアンザック・デイ（第一次世界大戦で犠牲になった兵士を追悼する日）に鉄道を再訪するというドキュメンタリーによって、まず国民意識に刻み込まれ、その地位はトークショーに出演することでさらに高まり、そこでは別の仮面である保守派の人道主義者というスタンスを取った。

彼は、自分が長生きしていて、これからさらに向こう見ずに生きたいという永遠の欲望を感じているのを自覚しながら、ウィスキーのミニチュアボトルのふたを開けた。ぐいと飲むと、ミニバー近くの床でつま先にキルトが触れた。それを着けてベッドに目をやると、デジタル時計と緑色に光る煙感知器が投げる奇妙な常夜灯のなかで、リネットが水中にいるように見えた。片腕で目を覆っている。

彼はその腕を持ち上げた。彼女は泣いていた。声も立てず、身じろぎもせずに。

リネット?

だいじょうぶ。行って。

彼は言いたくなかったが、言わなければならなかった。

どうしたんだ?

なんでもない。

彼はかがんで、苔のような色が映った彼女の額に唇を押しあてた。おしろいの味がする。追いつめるようなジャスミンの香りに、逃げたいという思いをいつもかき立てられる。

求めてるのに得られないのはつらいわね。

彼は車のキーをつかんだ。裏道を酔って運転するのは実に愉快なことだった。ライトに照らされ、絶対に捕まらず、またしても逃げおおせるゲーム。すばやく身仕度を整え、グレンフィディックの最後のミニチュアボトルの残りを飲み干し、なくしたスポーラン（キルトの前に下げるポーチ）をいらいらしながら五分間捜しまわった末に、日本の辞世の句を集めた本の下にあるのをようやく見つけ、部屋を出たが、本を持ってくるのを忘れてしまった。

## 6

翌週、ドリゴは四十八時間の休暇を与えられた。軍用機に乗せてもらいメルボルンへ戻り、エラとの静かで空っぽな一泊二日のあいだ、できるかぎり音を立て、できるかぎり動こうとした。蹴りつけられて殺されようとしている男が足元の泥土に必死でしがみつこうとするように、これまでにないほど彼女を求めた。

アデレードの書店で話しかけてきた女のことを何度かエラに話そうとした。だが、話すことなどあるか？　なにも起こらなかった。エラと踊った。酒を飲んだ。なにが起きたというんだ？　なにも起こらなかった。

エラを救命ブイのように抱きしめた。彼女とベッドで交わり、自分をそして彼女を新たに発見する。なんとなく不倫をしているのではないかとふいに思わせられるようなものが彼女にまったくなくて、ありがたかった。黒髪、黒い瞳、肉付きのいい体――彼女は美しかった。それなのに、なにも感じなかった。

なにが起きたのだ？　彼が考えていたのは実は髪や瞳ではなく、舞い踊る無数の無意味な塵のように邪魔してくる感情だった。妙な罪悪感を抱いて、気が沈んだ。だが、なにをしたというのだ？　なにもしなかった。せいぜい数分間話しただけで、背を向けて書店を出た。彼女の名前すら知らない。彼女になにを求めた？　彼女はなんと言った？　なにもなかった！　なにも！　彼女の名前すら知らないじゃないか。

そのときまで、エラが属する世界は安全性と確実性においてこの上なく信頼できるように見え、その世界の一員になりたいと願っていたが、突然生気を欠いたつまらないものに思えた。彼はそこに、以前はとても魅力的に思えた、あの漠然とした居心地のよさ、消し去れない権力と特権の匂いを見出そうとしたが、いまではなんの意味もなくなり、それればかりか、ぞっとさせられた。

エラやほかの者たちは、ドリゴが最近ぎくしゃくするようになったのは、時代のあの偉大なる解決策つまり戦争が理由だと納得しようとした。戦争はのしかかる、戦争は狂わせる、戦争は台無しにする、戦争は弁解する。一方ドリゴは、戦争が逃げ道になるなら、それが始まるのが待ちきれないと思った。

とうとう彼は、あれはただのおかしな出会いだったというようにエラに告げたが、自分の言い方が浮気のように聞こえた。うまく伝えられないことを恥じた。なぜおれはエラを求めることができないんだ。そしてこの行きずりの他人を激情的で軽薄な女として描写したことで、起きたことを、彼女をそして自分自身をも裏切ったように感じた。話し終えたとき、ぞっとした。

きれいだったの、その人、とエラが訊いた。

別にどうということはないと答えた。なにか言い足さなければと思い、彼女はいい感じの――と言いかけて、記憶にないが不適切だと思われずにすむ特徴を探した――歯だった、と言った。いい歯だった。それくらいかな。

牙かしらね、とエラが少し上ずった声で返した。で、髪には紅椿？　それって、怪物みたいね。

だが、彼女は怪物などではなかった。彼女がそこに立ったとき、なにかが起こり、なにかが二人のあいだで交わされた。そうでなければよかったのにと彼は願った。エラがいま、見知らぬ人のように映ったからだ。この前までは楽しいと思っていた彼女のおしゃべりも、いまでは単純素朴で偽りに思えた。彼のためだけにつけている香水も、いまでは鼻についた。彼女を傷つけて、立ち去らせてしまいたかった。

わたし、妬くべきかしら、とエラ。

なにに？　あの本屋を出られて、どれほどほっとしたことか。

少しして、彼はエラにキスしていた。エラはやさしい、と自分に言った。自分のどこかでエラを哀れみ、それよりいっそう深いところで、彼女のやさしさと自分の哀れみゆえに二人とも苦しむことになるだろうとわかっていた。彼は彼女のやさしさを嫌い、自分の哀れみを恐れ、そのすべてから永遠に逃れたかった。そして、嫌い、恐れ、逃れたいと願えば願うほどキスしつづけ、さらに情熱的に抱きしめ合い、一瞬また一瞬と過ぎ、その日が次の日になり、命が命で満たされてゆくにつれ、気がふさいだ状態から抜け出し、紅椿の花をつけた娘のことは頭から消えかけた。

彼は気持ちが晴れてきて、パーティー、偶然の出会い、新しくできた知人が果てしなく渦巻き、休暇は飛ぶように過ぎ去っているように思えた。彼女の友人であれ彼女の両親の友人であれ、だれもがエラの男に会いたがっているらしかった。このようにして彼は大勢のメルボルンの社交界の人々と出会い、彼らのイメージのなかに自分を見るようになった――戦争が終わったら立身出世するだろう若者として。この完璧な人生のすべてが、実にいい感じにまとまっていた――彼とエラ、エラの家族、この世界の彼らの場所。それはほどなく彼の場所ともなるだろう。エラとのあいだでもつれかけていたことは、予期せずほどけ、楽になった。障壁はなくなり、以前と変わらぬ、むしろ以前より良い状態となり、書店も抱いていた疑念もすっかり忘れ去っていた。

アデレードに戻ると、いつもは嫌でしょうがない雑多な事務的な仕事に没頭した。ワラデール駐屯地の事務系ブロックにあるかまぼこ形兵舎――そこにはドリゴのほか数人の医療スタッフのオフィスがある――の外では、練兵場で埃が渦を巻き、彼は屋内のオーブンのようなすさまじい暑さのなかで、乗船の準備に余念がなかった。まだ手渡されていないか、だれも必要だとは考えない支給品と装備、目的も定かでなく終わりも見えない大量のペーパーワーク。夜には少しだけ涼しくなり、冷たいビールと氷で冷やしたラムパンチが振る舞われるパーティーが待っており、彼もそこに身をゆだね、求めていた忘却を得られることもあった。

キース・マルヴァニーから葉書が届き、彼が経営するホテル〈THE KING OF CORNWALL《コーンウォール王》〉に再び招かれた。葉書の表はホテルの彩色写真で、四階建ての石造りの大きな建物——どの階にも、無人の長い海岸を見渡せるベランダが三方にある——が写っており、葉書によると、一八八六年に建てられたという。ホテルの前にいる男たちのカンカン帽と口髭から判断すると、葉書そのものはそれより少しあとのものだった。ドリゴはその葉書を、事務用のファイルのどこかに置き忘れた。

ロンドン大空襲の報せ、そして、オーストラリア軍がリビアでイタリア軍と戦っているという第一報を受けて、だれもが業を煮やしたが、彼らはアデレードの駐屯地にとどまった。差し迫った船出と考え得る行き先——ギリシア、英国、北アフリカ、ノルウェーへの介入——が噂されては立ち消えになった。

ドリゴは日常生活に没頭した。猛烈に働き、頻繁にパーティーに出入りし、それ以外のものは遠くへ押しやった。ある午後遅く、担架の要請書の山の底に、キース・マルヴァニーから受け取った海辺のホテルの葉書を偶然見つけた。そして翌週の週末、十二時間の休暇があるのになにもすることがないので、彼に付いている当番兵の兄から借りた、石炭が燃料のスチュードベーカーのトラックで海岸を走った。

夕暮れ近く、アデレードの地元民の休暇村となっている小さな村落に到着した。海からのそよ風、波の音、熱が、耐えられるというだけではなく、どこか官能的で歓迎すべきものになった。浜辺は葉書にあったように大きく広がっていたが、〈コーンウォール王〉は写真よりも堂々としつつもくたびれており、うらぶれた昔日のものがかもし出す錬金術的な魅力があった。

なかに入ると、南オーストラリア風の細長く薄暗いバーがあった。天井が高く、南オーストラリアの夏の過酷な光を浴びたあとでは、薄暗さが心地よい。塗装された木の色合いと焦げ茶色が、外の世界のまばゆい光にさらされた目をなだめ、休ませてくれるようだ。頭上の扇風機が、酒を飲む者たちの低いドラムの音のような会話をリズミカルにかすめる。ドリゴがカウンターへ行くと、女性のバーテンダーが後ろの棚に置かれたボトルを整頓していた。彼女の背中に向かって、キース・マルヴァニーを探しているのだがご存じだろうかと訊いた。

わたしはキースの甥です、と言い足した。

ドリゴさんですね、と、バーテンダーが向きなおりながら言った。金髪をまとめてシニョンにしている。わたし——

カウンターを上から照らす円錐状の鈍い電灯の光で、彼女の青い瞳がきらめいた。一瞬、瞳のなかになにかが宿り、そして空っぽになった。

わたしキースの妻です、と彼女が言った。

# 7

彼の目は、ラムとウィスキーが置いてあるいちばん上の棚を走り、酒を飲んでいる者たちへ、〈THE KING OF CORNWALL〉と入ったバータオルへと、至るところを動きまわった。そのタオルの上に、湿った布巾を握った女の手があった。爪をバーガンディー色に塗った優美な指。彼は、それを口に含みたいという激しい欲望に捕らえられた。彼女の前で、自分がちらちら光りながら旋回しているような気がした。

おじに伝えてほしいのですが——

なんでしょう。

休暇が短くなったので、滞在できないと。
あなたは——
甥の——
ドリー？
彼は自分の名前を思い出せなかったが、正しいように思った。
あなたがドリー？　ドリゴ？　そう呼ばれているんですか？
まあ、そうです。ええ。
なんか……めずらしいですね。
祖父がそこで生まれたんです。祖父はベン・ホールの一味だったと聞いています。
ベン・ホール？
山賊《ブッシュレンジャー》です——

ターピンとデュバルの
時代のように
人々の友は無法者だった
勇者ベン・ホールもそうだった。

あなたはご自分の言葉でお話しにならないの？
ドリゴはわたしのミドルネームなのですが、それが——
定着した？

たぶん。

キースは留守にしています。お会いできなくてがっかりするでしょう。

戦争。

ええ。あのヒトラー氏。

また寄ります。

ぜひ、ドリー。滞在できないと聞いてとても残念がると思います。

彼は立ち去ろうとした。心の奥底では、興奮と裏切りが混じり合い、大混乱していた。まるで、自分は彼女のものなのに棄てられたというように。それとともに、彼女は自分のものだから取り戻さなければならないという感覚があった。ドアのところで振り返り、カウンターのほうへ二歩進み出た。

もしかして――と彼が言った。

彼女は親指と人差し指でブラウスのいちばん上をつまみ――鮮やかな色に染められた二つの爪は羽を広げたクリスマス・ビートルのよう――ブラウスを引き上げた。

書店の？

ええ、と彼女。

ドリゴはカウンターへ戻った。

思ったんですが、彼らは――

だれです？

彼は自分と彼女になにかを感じたが、それがなんなのかわからなかった。自分ではどうすることもできなかった。理解できなかったが、確かに感じ取った。

あの男たち。彼らは――

彼らがなんです?

あなたといっしょにいた。あの——

え?

彼らは——あなたの——あなたの崇拝者だった。

まさか。長いこと会っていなかった、将校クラブの友人のまた友人たちです。それと、その人たちの友人たち。で、あなたは若くて賢いお医者様?

まあ、若いのかな。あなたもだけど。

老けてきてるかも。あなたがいらしたこと、キースに伝えますね。

彼女はカウンターを拭きはじめた。飲んでいた客が、縁に泡がついた空のグラスを彼女のほうに傾けた。

はい、ただいま、と彼女。

彼は立ち去り、街なかへとトラックを走らせ、バーを見つけて前後不覚に陥るほど飲んだので、どこにスチュードベーカーを停めたのか思い出せなかった。だが目を覚ましたとき、彼女の記憶は消えていなかった。頭がズキズキし、動いて行動して考えるたびに感じる痛みを引き起こすのも癒すのも、彼女だと思えた。彼女だけ、彼女だけ、彼女だけ。

その数週間後、ドリゴは、雑念を追い払おうと、軍医官として歩兵隊の果てしない長距離行軍に参加して日に三十キロほど行進したが——谷のブドウ畑(そこで部隊はマスカットと赤ワインで水筒を満たした)から海岸(そこで泳いだ)へ、それから行進して戻り、また引き返す——酷い暑さだったので、その行軍そのものが敵のように感じられた。彼は疲労困憊して倒れた男たちの荷物を運ぶのを手伝い、度を越して自分を追い込んだ。とうとう隊長が、ほかの者たちに愚かだと思われないよう、少し加減しろと命じた。

夜には、文学から学んだ愛の表現形式と比喩的表現を用いてエラに手紙を書くことに没頭した。手紙は長く、退屈で、偽りだった。心は、文学で読んだことのない思いと感覚で苦しめられた。それゆえ、それらは愛ではないはずだと理解した。キースの妻に、渦巻くような憎しみと色情を抱いた。彼女の肉体を自分のものにしたかった。二度と会いたくなかった。侮蔑の念と奇妙な隔たりを感じた。知ってはならないことを知っているかのように、共謀しているように感じ、おかしなことだが、彼女もそのことを知っていると感じた。自分の部隊が海外へ出発すれば、二度と彼女のことは考えずにすむだろうと思った。それなのに、彼女のことを考えずにはいられなかった。

ドリゴがわずかしか食事を摂らず体重が減り、なにかに妙に夢中になっている様子を見た隊長は、ドリゴの人並み外れた熱意に感心するとともに少々心配になり、特別に二十四時間の休暇を与えた。エラは、休暇が短時間でメルボルンへ移動する時間がなければ、自分がアデレードへ行くと言っていた。ドリゴはエラと休暇を過ごすつもりでレストランも選んでいたが、エラに宛てた何通もの手紙やカードでは、休暇に入るところだとなぜか伝えていなかった。日が迫ってきたとき、彼女が段取りをするには遅すぎるだろうし、打ちひしがれるだけだろうから、休暇が取れたと彼女に伝えるのはむしろ気の毒だと考えた。黙っていることにしようと決め、〈コーンウォール王〉へは二度と戻るまいと心に誓っておじのキースに電話すると、キースは「おれのエイミー」――彼は妻をそう呼んだ――もおれ同様おまえに会えたら喜ぶだろうから、来てひと晩泊まっていけと招待された。

ぼくのエイミー、とドリゴ・エヴァンスは受話器を置いて思った。ぼくのエイミー。

# 8

ナカムラ少佐は、オーストラリア人将校たちとトランプに興じたあと、酒で深い眠りに落ちた。奇妙な夢のなかで、暗い部屋で迷い、象の脚に触れ、そういう柱が支えているのはどんな部屋なのか想像しようとしていた。ぐんぐん伸びる植物の巻きひげと積もる葉が巨大な奈落の口となって目のまわりで目隠しをつくり、なにも見えない。周囲の至るところに生命の気配を感じたが、わけのわからないものばかりのように思えた。この部屋のものはすべて予期せぬもの、野蛮なものだった——果てしないジャングル、威嚇してくる巨大で毛むくじゃらな猿のように自分を取り囲む、裸のオーストラリア人捕虜。

この部屋はなんだ？　どうやったら出られるんだ？　緑色の目隠しが喉に巻かれて息が苦しい。心臓がドクドクいっている。乾いた口のなかで銅のスプーンの味がし、ねっとりと冷たい汗が背中を這い、肋骨のあたりがかゆくてたまらず、自分が腐ったような悪臭を放っているのがわかる。揺り起こされていると気づいたときは、身震いしていた。

なんだ、とナカムラが大声を上げた。

最近は眠りが浅く、真夜中にいきなり起こされると、混乱し、腹が立つ。モンスーンの雨のにおいがしたかと思うと、外の地面を打ちつける音が聞こえ、その雨音の合間に、自分の名を呼ぶフクハラ中尉の苛ついた声がした。

なんの用だ、とナカムラがまた大声で言った。

目を開けると、飛び跳ねる影と震える光が見えた。体を掻いた。濡れたゴム引きケープが黒くきらめく円錐形をつくり、それは裾からフクハラの黒ずんだ顔まで続いていた。その顔は、難局に直面してもいつもそうであるように表情を崩さず、頭を刈り込み、水滴がついた鼈甲縁の眼鏡をかけ、口髭をたくわえている。その背後で灯油ランプを掲げているのはトモカワ伍長で、ずぶ濡れになった戦闘帽とそこから首にかかる帽垂れがダイコン（大根）のような頭を際立たせていた。

トモカワ伍長が歩哨に立っておりましたところ、トラック運転手と鉄道第九連隊の大佐殿が収容所に入って来られました、とフクハラが報告した。

ナカムラは目をこすり、それから肘を掻きむしったので、かさぶたが取れて血が出た。姿は見えないが、自分がマダニだらけだとわかっていた。咬むマダニ。腋の下、背中、肋骨のあたり、股間と、至るところを咬まれていた。掻きつづけても、マダニはいっそう深く潜っていくばかりだった。非常に小さなマダニ。あまりに小さいので、皮膚の下に入り込み、そこをかじる。

トモカワ！とナカムラが大声を上げた。やつらが見えるか？　見えるか！

ナカムラは片方の腕を持ち上げた。

トモカワはちらりとフクハラを見てから進み出て、ランプを掲げナカムラの腕を調べると、下がった。

見えません。

マダニだ！

見えません。

あまりに小さいからだれにも見えない。それがマダニの忌まわしいところだ。どうやって皮下に入り込むのか彼にはわからなかったが、毛穴に卵を産みつけて、卵は皮下で孵化し、そこで生まれ、育ち、死ぬのだと思った。掻き出さなければ。学問では知られていない、シャムのマダニ。

ナカムラは以前、トモカワ伍長に虫眼鏡で体を調べさせたことがあるが、この愚か者はそれでもダニは見えないと言い張った。ナカムラは、トモカワが嘘をついているとわかっていた。フクハラは、マダニはいない、その感覚はヒロポンの副作用だと言った。こいつになにがわかるんだ？　このジャングルには、これまでだれも見たことがないものや経験したことのないものが山ほどあるんだ。いつの日か、学問はこのマダニを発見して命名するだろうが、いまは、ほかの多くのことに耐えねばならぬように、これにも耐えねばならない。

コウタ大佐が、スリー・パゴダ・パス（三仏塔峠）へ進む前に、鉄道指令部からの新たな命令を少佐殿にお伝えしたいとのことです、とフクハラが続けた。大佐殿は、食堂で食事をなさっておられます。少佐殿のご都合がつき次第、ご説明するとのことです。

ナカムラは、震える人差し指を振って、簡易寝台横の小さな野戦用テーブルを指した。

シャブ、と彼がつぶやいた。

トモカワが司令官の顔から灯油ランプを離し、テーブルに置かれた図面、報告書、作業計画書――その多くには花を思わせる黒いカビがついている――の上を行ったり来たりする煤のような影を追った。

熱心で、若く、カツオドリのように首が長いフクハラ――ナカムラは、彼の熱意がうっとうしくなってきた――がさらに続けた。ほとんど通れない道にトラックが来たのは十日ぶりで、この雨ですからまたしばらくは――

わかったわかった、とナカムラが言った。シャブ！

トラックは三キロ離れたところで泥にはまって動きがとれなくなり、大佐殿は、トラックが運んでいる物資を地元民が略奪するのではないかと心配しておられます、とフクハラ中尉が締めくくった。

シャブ！とナカムラが噛みつくように言った。シャブ！

トモカワがテーブルの横に置かれた椅子の上にヒロポンの壜を見つけ、それをナカムラに手渡した。ナカムラは最近、ほぼ軍支給のメタンフェタミンだけで生き延びていた。ナカムラは壜を傾け、振った。なにも出て来なかった。簡易寝台に腰を下ろし、手のなかの空の壜を見つめた。

士気を高めるためだ、とナカムラがどんよりした口調で言い、ヒロポンの壜のラベルに書かれた軍の処方欄に目を通した。ナカムラはわかっていた。自分になにより必要なのは睡眠なのに、いまそれは得られなくなった。夜通しコウタと面談し、トラックを救助する手配をし、その上司令部の要求で不可能な時間内に鉄道の受け持ちの区間をどうにか完成させなければならない。シャブが要る。

ナカムラがいきなり乱暴にヒロポンの壜を小屋の開いた戸口から外へ投げると、多くのもの同様、それは音もなく泥とジャングルと果てしない夜の虚無のなかへと消えた。

トモカワ伍長！

は！と伍長は返事をし、どちらもそれ以上なにも言わなくても、トモカワは小柄な体をわずかに引きずりながら、小屋を出て暗闇へと向かった。ナカムラは額をなでた。

ナカムラは、鉄道建設を押し進めるために日々高めなければならない士気を思った。大本営がシャムとビルマをつなぐ鉄道を建設すると決めた当初、状況はちがっていた。ナカムラは、大日本帝国陸軍鉄道第九連隊の将校として、期待に胸躍らせていた。戦前、イギリス軍とアメリカ軍の双方は、そのような鉄道を建設することができるかを調査した結果、不可能だと断定した。日本の大本営は、ごく短期間で建設するとした。ナカムラにとって、この歴史的任務においてささやかだが重要な役割を担う歓び、人生を皇国の運命と一《いつ》にするという誇りは、計り知れないものだった。

しかし、一九四三年三月、ナカムラはこの神秘的な国の奥深くに分け入ったとき、それまで自分を形づくってきた仲間や都市から遠く離れたところ、そういった場所で育った男たちが生きるのに従ってきた順応という奇妙な規範など通用しない場所にいま自分がいることに、初めて気がついた。彼らは技師、兵士、監視員だった、彼らは彼らが携える軍規だった、彼らは天皇の願いの具現だった、彼らは計画と夢と意志を具体化する日本人の精神だった。彼らは日本だった。しかし彼らの数は少なく、苦力《クーリー》と捕虜は大勢いて、ジャングルは一日また一日と少しずつ彼らを追いつめていった。

仲間に溶け込んでいたナカムラは、ここに来て予期せず妙な具合に孤立してしまったとますます思うようになった。そして日増しに孤独感に苛まれるようになった。そういう不安をかき消そうと仕事に没頭したが、必死に働けば働くほど、仕事も等しくとんでもないことになってきた。雨季の到来とともに川はあふれて流れが早くなり、流木でいっぱいになり、危険すぎて重い荷を上流に運べなくなった。一方、道は、コウタ大佐がその目で見たように大部分が通れず、物資は減少していき、ほぼ底をついた。機械はなく、手工具だけで、しかもきわめて質が悪かった。初めのうちは、作業する捕虜の数がまったく足りないというのが問題だった。そしていまでは、捕虜はみなひどい健康状態で、死んでいないにしても死にかけていた。とどめに一週間前コレラが発生し、死体を処分するのもままならなくなってきて、苛酷な作業に耐えていた者たちまでが次々脱落した。食糧も減り、薬もほとんどなかったが、鉄道隊はナカムラに作業を進めるよう強く求めた。

ナカムラは、日本の地図、日本の計画、日本の図表、日本の図面を使って、意味も目的もないジャングルに、病んで死にかけている捕虜、因果関係がないらしい渦、どんどん速度を増しながら旋回し成長する緑色の大渦に、日本の秩序と日本の意味を押しつけた。そしてその大渦に出たり入ったりするのは、命令、そして、ケオノイ河やコレラの病原菌のように予測することも理解することもできない、現れては消えていくロームシャ（労務者）と戦争捕虜の果てしない流れ。時折り日本人将校がひと晩滞在し、酒を酌み交わし、噂話をし、近況を伝え合う。男たちは、日本人の栄誉、日本人の不屈の精神、日本の目前に迫った勝利を語り合って互いを鼓舞する。それから彼らもまた、どこまでも伸びる狂気の線路上のどこかにある自分の地獄へと消えて行く。

じっとりした風が小屋を吹き抜け、野戦用テーブルの上の湿った紙を乱した。ナカムラが、腕時計の光る針に目をやった。三時ちょうど。朝礼まで二時間半。彼は不安になっていた。マダニがひどくなってきて、いよいよ猛烈に胸を掻きむしり、その間フクハラは命令を待っていた。トモカワ伍長が、上官のために引き受けるすべての行動で見せるのと同じように卑屈なうやうやしい態度で戻り、おじぎをし、ヒロポンがいっぱいに入った壜を差し出すまで、ナカムラは口を開かなかった。

壜をつかみ取ると、四錠飲み下した。二度目にマラリアにやられたあと、疲れ切っていたが仕事を続けなければならなかったとき、それをこなすためにシャブを数錠飲んだ。いまではシャブは食べ物よりも必要なものとなっていた。そのような鉄道を、機械もなく、しかも荒野に建設するなど、超人的な仕事だ。衰弱しているはずが、シャブの効果で、来る日も来る日も倍の勢いで仕事に戻ることができた。壜を置いて顔を上げると、二人が自分を見ていた。

ヒロポンで高熱を乗り切れるのだ、とナカムラは突然決まり悪くなって言った。よく効く。それに、マダニも咬まなくなる。

早朝のもうろうとした状態がすでに魔法のように解けて新たに機敏さと活力を得たナカムラは、二人の男が目を伏せるまで、彼らをじっと見つめていた。

ヒロポンは麻薬などではない、とナカムラが言った。麻薬中毒になるのは、中国人、ヨーロッパ人、インド人のような劣等人種だけだ。

フクハラは同意した。フクハラは実につまらない男だった。

われらはヒロポンを発明いたしました、とフクハラ。

そうだ、とナカムラ。

ヒロポンは、日本人の精神の表現であります。

そのとおり。

立ち上がるとナカムラは、就寝のために服も脱いでいなかったことに気づいた。そればかりか泥だらけのゲートルがふくらはぎのまわりにきっちりと巻きつけられたままだったが、片方の脚のひもはほどけていた。

大日本帝国陸軍は、帝国の仕事をなすためわれらにシャブを与えるのであります、とトモカワが付け加えた。

そう、そのとおり、とナカムラが言って、フクハラに顔を向けた。捕虜を二十人連れて行って、トラックを助け出せ。

いまでありますか?

もちろんいまだ、とナカムラ。必要なら、収容所まで押して移動させろ。

そのあとはどういたしますか、とフクハラが尋ねた。一日休みを与えますか?

そのあとは線路で作業させろ。貴様らもおれも士気を上げ、続行するのだ。

ナカムラは掻かなくてもよくなった。ズボンのなかで男根がふくらみ、力がみなぎり、心地よかった。フクハラが立ち去ろうと向きを変えたところで、ナカムラが呼び止めた。

貴様は技師だろう、とナカムラ。天皇陛下にお仕えするには、すべての人間を機械として扱わねばならないとわかっているはずだ。

ナカムラは、シャブで感覚が鋭くなり、弱く感じていた場所に力を、しょっちゅう疑念に責め立てられる場所に確信を与えられるように感じた。シャブは恐怖感を取り除いた。自分の行動を客観視できた。明敏かつ強靱でいられた。

もし機械が動かなくなったら、もし絶えず力を加えなければ機械を作動させられないなら、その力を使え、とナカムラは言った。

気がつくと、マダニはようやく咬まなくなっていた。

## 9

自分に向かって歩いてくる男は、大きな輪郭だけで何もないシルエットのように見え、その何もないところへ、ドリゴ・エヴァンスは挨拶しようと片手を差し出した。

キースおじさんですね。

真昼の強烈な太陽のなかで、彼の巨体は光をさえぎり、アクーブラ（オーストラリア製のつばの広い帽子）がアスファルトに投げる影に頭が隠れていた。歳は四十そこそこのようで、威嚇的と言えなくもなかった。不安定な電信柱のような風采だったが、見たとおりのものはなにもなく、すべてが古い窓ガラスを通して見るように見えた——アスファルトの道路とセメントの縁石、ワラデールの練兵場の土、ドリゴ・エヴァンスがその正面で待っていたブリキの管のようなかまぼこ形兵舎が波立つ熱波のなかで曲がり、かがみ、震えていた。

おじの車、フォード・カブリオレの最新型に乗り込むと、キースが大きな男で、顔は五十歳くらいだとわかった。ミス・ビアトリーチェと呼ぶ小型のジャックラッセルテリア犬を連れており、それは、キース・マルヴァニーの大きさを強調するために存在しているように見えた――広い背中、がっしりした太腿、大きな足の陰で、息を切らした犬が死んだアルプスカモシカのようにぐったりしていた。

タバコを吸うには暑すぎたが、ともかく彼はパイプで一服した。煙が奇妙な笑みを取り巻いた。のちに、その笑みはキースが世の中を陽気なものだと思うことにして貼りつけているものなのだと判明した。人生がことごとくそれとは逆の事実を突きつけているにもかかわらず。キースの声がわずかに高めで、十代の少年を思い起こさせるものでなかったら、すっかり威圧されていたかもしれない。そして、アデレードの耐えがたい暑さがどこまでも続くのと同じように、その声に終わりはなかった。キース・マルヴァニーの世界は彼ひとりの自己充足的なものであり、それは、経営するホテル、市会議員の地位、妻、という三つの太陽をめぐるものであることが明らかになってきた。

海岸へと向かう途中、自分のしていることを愛する人間が情熱を傾けているまさにその対象を嘆くように、ホテルの商売を嘆いた。マイカー旅行者――彼はため息をつくように語尾の「者」を「しゃ～」と言う――は良し悪しだ。マイカー旅行しゃ～は、洗面所や食事にうるさくて、ある日八十人の一団で現れて、当然のように全員に食事が行き渡るものと思い、そうかと思えば、次の日曜にはチープなアフガニスタンのクッキーが売れればラッキー――マイカー旅行しゃ～は、風呂場の状態と汚れた石鹸について、オートモービル・アソシエーションとロイヤル・オートモービル・クラブにしょっちゅう苦情を訴えている。いつでもグチばかりだ、マイカー連中ってのは。それよりたちが悪いのは訪問セールスマンくらいなもんだ。今日なんて、ある旅行者がブロム剤とアスピリンを売るために部屋をオフィスとして借りたがったが、実のところはセックス関係なんだと思う。

セックス関係？

ほら、女性器とか、出産とか赤ん坊産まないとか、コンドームとか、英語の自由思想のパンフレットとか、そういうたぐい。

なるほど、と甥が定かではない様子で言ったので、彼は、他人が〈コーンウォール王〉をどう思おうと、堕落してなどいないことを明らかにする必要があると感じた。

まあ、おれは心が広いからねドリゴ、とキース・マルヴァニーが続けた。でも、メルボルンのトゥルース紙とかアデレードの法廷で、〈コーンウォール王〉がアデレードの密会の場だと宣伝されるのは困るんだ。上品ぶってるんじゃないよ。おれんとこのは、アメリカのホテルみたいに、客の女房以外の女性が部屋にいたらドアを開けておけなんて客に強要したりしないし。

あのな、と彼がいきなり言い、不倫とホテルの宿泊というテーマに熱が入ってきた。アメリカじゃ、関係各位、X氏は奥様ではない女性を自室でもてなしたため、ワットリアのウィステリアを立ち退くよう要請されました、って広告を地元に出される恐れがあるんだ。ひどいよな。つまり、自分の部屋で会うのを許しておいて、それからそういう広告で脅しをかけるわけだ。そういうとこは、スターリンがソ連を運営するみたいにホテルを運営する。

彼は今度はドリゴの家族の話を始めたが、彼が知っていること――トム少年のクリスマスカードに書いてあったことから拾った――は大方古い話で、ミス・ビアトリーチェが吹きつける風にかみついて窓から落ちそうになってくれたおかげで、ドリゴの母親がすでに亡くなっていることを初めて知ってお互い気まずい思いをせずにすんだ。彼は車のなかで前のめりにすわり、強風で倒れた木の幹のようにハンドルの上にのしかかり、大きな手でひっきりなしにハンドルを動かしていた。まるでそれが占い師の水晶玉で、永遠にアデレードの長くまっすぐで平坦な道で、なにかを、自分が生きるのを助けてくれる幻想を探しているかのように。

だが、ほかに走っている車はほとんどなく、ただまっすぐで平らな道が続き、熱波が歪んで立ちのぼっているだけだった。キース・マルヴァニーは、どんな沈黙が流れるだろう、ドリゴになにを尋ねられるだろうと気が気ではないというようにしゃべりつづけ、ドリゴに質問してもすぐに自分でそれに答えた。会話は、市会議員として、下水設備を導入するにあたり市長が出している提案と戦っているという話題に何度も戻った。ドリゴは仕方なく、湿った手に風をあてながら、窓の外を見つめていた。キースは相手が無関心なのも気にかけずにしゃべりつづけ、質問をしてはすかさず自分で答え、同意しないことを許さないらしい笑みですべての答えを締めくくった。断続的に入るクラリネットのソロのように、時折りエイミーのことを口にした。

現代的な女性。とても現代的。行動的で。仕事もよくやってくれる。戦争だろ、でも。すべて変わった。なにもかもだめにしてしまう、この戦争は。戦争前はそんなものは見たこともなかった。だろう？

まあ――

ああ、ないね。ロンドンが猛攻撃されただけじゃない。ちがう。一年前の醜聞をまた気にする者なんてもういない。おれは現代的な人間だ。でも、女房の相手をしてくれるちゃんとした親戚がいてくれて、とても感謝してるよ。

彼は笑みを顔に貼りつけてはいても、実にみじめな様子だった。

この前の晩、あいつはティッピーっていう赤毛の女といっしょだった。あの女にはがまんならん。

ティッピー？

そう、ティッピー――知ってる？

それは――

間抜けだろ? セキセイインコにつけるような名前じゃないか。今晩市議会があって、留守にしなくちゃならない。場所はゴーラー、遠い。今夜。おまえと過ごせなくて本当に残念だ。突然のことで――市長がおれに代表として出てくれと。なぜだろう。

たぶん――

なぜかわからん。ともかく、エイミーが相手をするから。正直なところ、おまえにエイミーを見てもらえるのはうれしい。いいかな?

答えても仕方がないので、ドリゴは答えようとするのをあきらめた。

ともかく、ゆっくり休めると思うよ。軍隊の寝棚じゃなくて、ちゃんとしたベッドでね。

〈コーンウォール王〉に着くと、キースはドリゴを四階の部屋へ案内した。すり切れた絨毯が敷かれた堂々たる階段を上がっていく途中、二人はエイミーが汚れたリネンを入れた袋を抱えて降りて来るところに出くわした。ドリゴは妙に胸が高鳴り、それは不適切ではあるものの、否定できなかった。彼女は夫に目をやった。ドリゴはその視線に、ふつうは周囲には見えない複雑な親密さを垣間見た――睡眠、香り、音を分かち合い、さまざまな癖を愛おしみ、かつそれに苛立ち、ささやかなこと大きなことにともに喜び悲しむ。二つをひとつに固める混ぜ物のないモルタル。

後ろでまとめてポニーテールにした彼女の髪が、吹き抜けの光に照らされてルビーゴールドに輝いていた。紹介されたとき、なんら共犯などしていないのに、共犯関係が確立された。ちらりと見ると、彼女の顔が不自然に輝いていて、ゆるい巻き毛が右の耳の前にマス釣り用の毛針のようにはらりと落ちた。書店でのあのときのことには触れずにいようと互いに無言のうちに同意したと、彼は理解した。

で、エイミー、とキース。客人のためになにか楽しいことを計画してくれたかな。

彼女が肩をすくめた。ドリゴは、彼女の乳房が矢車菊の青いブラウスのなかでわずかに揺れるのを意識した。

ヴィヴィアン・リー、お好きですか？とエイミーが訊いた。街で、『哀愁』っていうヴィヴィアン・リーの新作を上映してるんです。よろしかったら――

それなら観ました、とドリゴが言った。観てなどいなかったから、突然自分が嫌なやつだと思い、心が乱れた。彼女といることになるのが怖かったのか？　彼女を支配できると証明しようとしていたのか？

残念だな、とキース。でも、ほかにもなにかやってるだろうから。

ドリゴはもう、自分のことも、なぜそんなことを言ったのかもわからなくなった。だが言ってしまった。それからやはり思いがけなく、こう口にした――

でも、また観たいな。

押しのけては押し込む――このパターンが、その後繰り返されることとなる。

エイミーがまた肩をすくめると、ドリゴ・エヴァンスは彼女から無理矢理目をそらし、彼女が伸ばした片手の指を艶のある手すりに走らせ、それが下の階で再び視界に入って来るまで、階段を見下ろしていた。足を止めずそのまま虚空へと降りていく彼女の跳ねるポニーテールを、目で追った。

## 10

ドリゴ・エヴァンスはその夜さまざまなことが起こるものと予想していたが、まさかヒンドリー・ストリート近くのナイトクラブに連れて行かれるとは思いもしなかった。彼女は、もう映画を観たのなら展開がわかってしまいつまらないでしょう、と言った。彼は軍服、彼女はアンズ色の東洋風のシャツを着て、黒いシルクのバギーパンツをはいていた。それはなめらかな印象を与えた。彼には、体の線がはっきりしていて強靱に見えた。動きはすべるようだった。

先がわからないというのが大切、とエイミーが言った。そう思いません？

彼は思わなかった。わからなかった。ナイトクラブは広く、照明は暗く、暗幕がすべて引かれており、影と制服だらけだった。ドリゴは発酵したようなにおいに気づいた。春の雑草のわずかに酔いを誘うようなにおい。二人は、スウィングの楽団の演奏を聴きながら、マティーニを飲んだ。あたりには高揚感が漂っていた。しばらくすると会場の明かりが消え、楽団のメンバーがそれぞれに譜面台の蠟燭に火を灯し、給仕係はテーブルの蠟燭に火を灯した。

なぜ蠟燭を？とドリゴが訊いた。

そのうちわかるわ、とエイミー。

彼女は自分のことを語った。歳は二十四、彼より三歳若い。数年前にシドニーから移り住んだ。シドニーではデパートで働いていた。〈コーンウォール王〉でバーテンダーとして働いていたとき、キースと懇意になった。ドリゴは彼女にエラのことを話しながら、そのひと言ひと言が、自分の本当の気持ちと自分の裏切りに対する防御に聞こえた。だが、やがてそのような気持ちを払いのけた。

ドリゴは、おれとエイミーを隔てる壁は絶対的だと自分に言い聞かせた。二人の友情は、一方の側を彼女の夫、彼のおじという柱によって支えられ、もう一方の側をエラとの来るべき婚約によって支えられていた。彼はこのことで大きな安心感を得られ、障壁がない場合よりもエイミー相手に気が楽だった。

彼女といると、なぜか幸せな気持ちになった。長いあいだそういう気持ちになった記憶はない。蠟燭の影が顔にちらちら揺れるのを見ていると、さらに興味が湧いた。実に奇妙なことに、書店で初めて彼女に会ったとき、印象に残ったのは容姿ではなかった。だがいま、彼女ほど美しい女性は思い浮かばなかった。エイミーのすぐそばにいることを楽しみ、不当にも彼のものであるらしい女性を男たちがうらやましそうに、物欲しそうに見ている様子さえ楽しんでいた。彼女はおれのものではないともちろん自分に言い聞かせたが、その感覚は心地よかった。得意になった。

二人はやがて数人の海軍士官と話をし、そのあと士官たちがほかの相手と会話するためテーブルの端に移動したので、二人きりになった。エイミーは身を乗り出し、ドリゴの片手に片手を置いた。彼は意味がわからず、手を見下ろした。とてつもなく決まりが悪かったが、手を引っ込めなかった。

どういうこと？とドリゴが訊いた。

彼女も二人の手を見ていることに気がついた。

なんでもないわ。

彼女に触れられて彼はびくりとし、動けなくなり、騒音と煙とせわしい動きのなかで、その感触だけが存在した。宇宙と世界、自分の命と肉体、そのすべてが一つの電撃的な接触に集約された。彼女とともに二人の手を見つめた。しかし、それにはなんの意味もないと考えた。なにも意味してはならない。自分の手の上に彼女の手。彼女の手のなかに自分の手。それ以外のことを信じるのはまちがいだ。明日になれば、おれは近々婚約することになっている甥に戻り、彼女はおじの妻に戻るだろう。だがこれにはなにか意味があるはずだ、と彼はどうしても思いたかった——

なんでもない？と彼はわれ知らず聞き返していた。

緊張をゆるめようと努めたが、彼女に触れられて胸が高鳴るのを抑えられない。彼女が、彼の手の甲に人差し指を走らせた。

あたしはキースのものよ。

彼女は、ぼんやりと彼の手を見つめつづけていた。

そうだね。

だが彼女はちゃんと聞いていなかった。自分の指、その長い影を見つめている。彼は、彼女がちゃんと聞いていないことを知りつつ彼女を見つめていた。

そうだね。

彼女が自分に触れているのを感じ、その感覚は全身を駆け抜け、ほかになにも考えられなかった。

そしてあなたは、あなたはあたしのもの。

彼は驚いて顔を上げた。これで二度、彼女から不意打ちを食らった。そして二度、彼は妙に恐ろしかった。彼女はこちらをからかうどころか、不思議なことに偽りなく率直だったから。そのすべてに彼は怯えた。しかし彼女はまだ自分の指を、二人の飲みかけのグラスのあいだにある二人の手を、自分がたどる円を見つめていた。

え？

そのときようやく、彼女が顔を上げた。

もちろん、もちろんあなたはエラのもの。でも今夜は。今夜はあたしのもの。

彼女は、別に意味などないというように軽く笑った。

話し相手として。

彼女は片手を持ち上げ、それを耳の後ろで、気にしないで、というように振った。

どういうことかわかるでしょ。

しかし彼はわからなかった。まったく見当がつかなかった。彼女が言ったことにはなんの意味もなく、同時にすべてを意味するのだと、胸を高鳴らせ、かつ恐怖心を抱いた。彼女はつかみどころがなかった。彼は途方に暮れた。

給仕係たちがテーブルの蠟燭を消すと、楽団が「オールド・ラング・ザイン」をスウィング・ワルツで演奏しはじめた。それは、再会と別れ、円をつくっては引き裂かれる、昔を懐かしむ曲だった。数小節終わるたびに演奏家が一人また一人と身を乗り出して、自分の前にある蠟燭を吹き消す。

気がつくとドリゴは、エイミーと踊っていた。ダンスフロアがゆっくり暗くなっていくと、彼女は彼の肩に頭を寄せた。彼女の体は、いっしょにしなやかに揺れるよう彼の体を導いているようだった。体が彼女の体にそろそろと融合すると、これはなんでもない、なんの意味もない、どんなことにもつながらないと再び自分に言い聞かせた。

なにをつぶやいてるの?と彼女が尋ねた。

なにも、と彼は小声で答えた。

二人は円を描きながら、寄り添う体に不思議な安らぎを感じたが、それはまた、とてつもなく恐ろしい予感と緊張をもたらしもした。彼は、彼女の息、かすかな風を首に感じた。

最後の蠟燭が吹き消され、真っ暗闇になり、窓から突然カーテンが落ちると、満月の光が部屋にあふれて、人々は驚きはっと息を吞んだ。ワルツはいまフィナーレへと向かい、彼はすべての出来事を、だれもが決して自分の未来とはならないだろうと案じる奇妙な未来の郷愁として理解した。明日はすでに予告されているが、今宵だけは変わり得るという感覚。

水銀のような光と青いインクのような影のなかで、それぞれのカップルはゆっくりと身を離し、拍手した。二人はしばらく見つめ合っていた。彼にはわかっていた。彼女にキスできる、彼女の影のなかに少しだけ身を乗り出せば、どこまでも落ちていくだろうと。しかし彼は自分たちがだれなのか思い出し、もう一杯飲みたいかと訊いた。
家に連れて帰って、と彼女は言った。

## 11

ホテルに戻ると、彼女はキースと暮らしている各部屋に彼を案内した。彼は赤茶色の肘掛け椅子に腰かけた。背に掛けられたカバーからキースのポマードのにおいが、錦織りの張り地からパイプタバコのにおいがした。エイミーは蓄音機をまわし、聴いてほしいと言ってレコードを置き、針を落として、ドリゴがすわっている椅子の肘掛けに腰を下ろした。ピアノが鳴り、レースのカーテンを揺らす海風に合わせてサックスが出たり入ったりしてから、歌声が流れて来た。

隣のアパートから聞こえてくるピアノの音
ためらいがちにあなたに告げた
わたしの心のうち
ペンキが塗られた遊園地のブランコ
そういうどうでもいいもので
あなたを思い出す

レスリー・ハッチンソン、とエイミー。彼、王室の女性たちをよくご存じらしいわ。

よくご存じ?

エイミーはほほ笑んだ。

ええ、とそっと言ってドリゴに目をやる。よくご存じ。

彼女がカラカラとまた笑うと、感情豊かで豪放なその感じがとてもいいと思った。

歌が終わった。ドリゴは立ち上がって出て行こうとした。エイミーはまたレコードをかけた。ドリゴが別れの挨拶をした。ドアのところで上体を傾け、彼女の頬に丁重に口づけし、身を引こうとしたとき、エイミーが首に顔を寄せた。ドリゴは、彼女が頭を離すのを待っていた。

行って、と彼女が小声で言うのが聞こえたが、彼女は顔をつけたままだった。

蓄音機の針が、チ、チ、といいながら、レコードの終わりのところをまわっていた。

ええ、と彼は言った。

彼は待ったが、なにも起こらない。

針が溝にはまったまま砂の円を引っかく音が、宵闇に流れていった。

ええ、と彼は言った。

彼は待ったが、相手は動かない。しばらくして、片腕を軽く彼女にまわしてみた。彼女は身を引かなかった。

すぐに、と彼は言った。

息を殺していると、彼女がほんの少し体を押しつけてきた。彼は動かなかった。

エイミー。

なに?

彼は答えなかった。息を吐き、バランスを取ろうと足をもぞもぞ動かした。なんと言ったらいいかわからず、言葉を継げばこのあやうい平衡状態を崩してしまうのではないかと不安になった。片腕を落とし、押しのけられるだろうと予想しながら彼女の腰にまわした。だが彼女は押しのけずに囁いた
――

Amie《アミ》。フランス語で友だちっていう意味。

ドリゴのもう一方の手が、彼女の尻の見事な曲線に触れた。

子どものとき、母にそう教えられたの。

彼女はその手も押しのけなかった。

エイミー、アミ、アムール、ってあたしを呼んでた。エイミー、友だち、愛。

三つ揃いだね、とドリゴ。

彼女は唇を彼の首に移した。肌に彼女の息を感じた。彼女の体の感触で自分の体が硬直し、彼女にそれが伝わっているだろうと思い恥ずかしくなった。この魔法が解けてしまわないようにと、どの方向にも動くまいとした。これがどういう意味なのか、自分はどうすべきなのか、わからなかった。彼女にキスしようとはしなかった。

## 12

ドリゴはあたたかい手が両脚を這い上がってくるのを感じ、はっと目を覚ました。それが部屋に入ってきた早朝の陽光だということに気づくのに、しばらくかかった。エイミーからのメモがドアの下に差し入れられているのを見つけた。ホテルの仕事で三時頃まで忙しい――昼食時に披露宴が予定さ

れている――から、お別れを言えないと書かれている。

体にタオルを巻き、奥行きのあるバルコニーに出てタバコに火をつけ、腰を下ろし、ヴィクトリア朝のアーチから、目の前に広がり絶え間なくさざ波を立てる南洋を見晴らした。

ドリゴが彼女の部屋を出たとき、なにも起こらなかったと彼女は言った。そのとおりに言った。二人は抱き合ったが、それはなんでもないと彼女は言った。彼にとってなにかであり得たはずはない。抱擁した以外には、なにも起こらなかった。それだけは確かだった。書店でもなにも起こらなかった。抱擁？　葬式でだって人はそれ以上のことをするさ。

エイミー、アミ、アムール、とつぶやいてみる。なにも起こらなかったが、すべてが変わった。

彼は落下していた。

波が砕け砂を洗う音を聞きながら、落下していた。早朝の長い影から微風が立ち上がっても、彼はまだ落ちていた。落ちつづけていると、途方もなく自由になったように感じた。この先のことは、彼女同様、知る由もなく当惑させられるもの。それだけはわかっていた。それがどこに行き着くかはわからなかった。

胸を躍らせ、混乱し、意を決して立ち上がった。タバコを放り投げ、部屋に戻って仕度をした。なにも起こらなかったが、なにかが始まったのは確かだった。

# 13

ドリゴは軍営に、秩序と規律の生活に戻った。しかし彼にとって、その生活にはもう実質はなかった。現実とも思えなかった。人々は来て、話して、多くを語ったが、ただの一つも興味深いことなどなかった。彼らは、ヒトラー、スターリン、北アフリカ、ロンドン大空襲の話をした。エイミーの話をする者はいなかった。彼らは、軍需品、戦略、地図、予定表、士気、ムッソリーニ、チャーチル、ヒムラーの話をした。ドリゴは、エイミー！　アミ！　アムール！と叫びたかった。彼らの襟首をつかみ、起きたことを、彼女に思い焦がれ、どんな気持ちになっているか言いたかった。

みんなに聞いてもらいたいのはやまやまだったが、だれにわからせることもかなわなかった。彼らが味気ない会話をし、エイミーを、自分へのエイミーの情熱とエイミーへの自分の情熱を知らないことは、彼の無分別に対する保険だった。彼らの会話がドリゴとエイミーに向けられる日は、二人の秘めた情熱が公になって悲劇に変わる日だろう。

本を読む。どれも気に入らない。ページにエイミーを探す。そこにはいない。パーティーへ行ってみる。退屈だ。道を歩いて見知らぬ人たちの顔をのぞき込む。エイミーはそこにはいない。果てしない驚異に満ちていようが、世界は退屈だ。人生の部屋を一つ残らずあたってエイミーを探す。だがエイミーはどこにも見つからない。そして気づく――エイミーはおれのおじの妻で、おれの情熱は狂気で、それに未来はなく、それがなんであれ終わらなければならず、終わりにしなければならない。自分の感情はどうすることもできないから、感情のままに行動しないようにせねばならない。彼女に会わなければ過ちを犯すこともない。だから、二度とエイミーを訪ねはすまい。

次の休暇――六日間――が与えられたとき、ドリゴはおじのホテルへは戻らず、夜行列車でメルボルンへ向かった。そこでエラとの外出と彼女への贈り物に金をすべて使い、彼女に没頭して、エイミーとの奇妙な出会いの記憶をすべて追い払おうと努めた。一方エラは、彼の顔、目を貪欲に見つめ、彼は、ときどき恐怖に近い懸念を募らせながら、彼女の顔が、自分の顔、自分の目に同様の飢餓感を必死で見つけようとしているのがわかった。ドリゴ・エヴァンスにとって美しくエキゾチックだった顔は、いまでは想像を絶するほど冴えないものに思われた。初めの頃は魅了されていたその暗い目は、いまではだまされやすく牛のように信じやすいとさえ思えたが、そのことを考えまいと必死になればなるほど、そう考える自分がますます嫌になった。だから決意を新たにして、彼女の腕のなかに、彼女の会話のなかに、彼女の恐怖と冗談と語りのなかに身をゆだね、この親密さがエイミー・マルヴァニーの記憶をすべて消し去ってくれることを願った。

休暇最後の夜、二人は彼女の父親のクラブで開かれる夕食会へ行った。そこで会ったオーストラリア空軍少佐の冗談と話に、エラは何度も笑った。少佐が近くのナイトクラブへ行くと言うと、エラはドリゴに、彼はほんとに愉快な人だから、いっしょに行こうとせがんだ。ドリゴは、嫉妬でも安堵でもなく、その両方が入り混じったような、奇妙な感情を抱いた。

わたし、人といるのが好き、とエラが言った。

おれは多くの人といるとますます孤独を感じる、とドリゴは思った。

# 14

一日が始まった。捕虜が目を覚ます前に、主力の監視員と技師が目を覚ます前に、太陽が昇る数時間前に。ナカムラが湿った夜気を吸いながら泥のなかを大股で歩いていると、悪夢は霧散してゆき、メタンフェタミンで心臓と頭の働きが活発になり、心地良い期待感が湧いてきた。この一日、この収容所、この世界は、おれが形づくるのだ。フクハラが言っていたとおり、コウタ大佐はだれもいない食堂の竹でつくったベンチテーブルのところに腰かけ、魚の缶詰を食べているところだった。

大佐は頑強な男で、オーストラリア人ほども背丈があるが、顔は体格にそぐわず、鮫《さめ》のヒレのような鼻の両脇から皮膚が垂れ下がってさざなみになり、しわが寄った頰を這い降りているようにナカムラには思えた。

コウタは雑談はせず、すぐ本題に入り、乗り物の手配ができ次第、朝のうちにここを出ると言った。大佐はぐっしょり濡れた革のかばんから蠟引き帆布の書類入れを出し、そこから指令がタイプで打たれた紙一枚と、数枚の図面を取り出した。紙はひどく湿っていたので、ナカムラが読んでいると指に巻きついた。指令は歓迎できないものであり、また込み入ったものでもあった。

最初の指令は技術面に関してだった。線路を通すための主要な切り通しはすでに半分出来上がっていたが、鉄道司令部はナカムラの原案に変更を加えていた。次の区域の勾配に対処するため、切り通しの幅を現在の三分の一ぶんさらに広げたいという。広げるとなれば、さらに三千立方メートル分の石を切り出して運び出さねばならない。

トモカワが二人に饐えたお茶を淹れていたとき、ナカムラはかがんでゲートルの布を巻きなおしていた。ジャングルを切り拓くのに十分なのこぎりや斧はなかった。捕虜はハンマーとのみを用いて手で石を割った。ナカムラは捕虜に使わせるまともなのみも持ち合わせておらず、なまくらなものばかりで、研ぎなおそうにも炉にくべるコークスが足りない。ナカムラがすわりなおした。

圧縮機がついた鑿岩機《さくがん》があれば助かるのですが、とナカムラが言った。

コウタ大佐がたるんだ頰をなでた。

機械？

大佐はその言葉を宙に浮いたままにし、ナカムラに頭のなかで完結させるよう仕向けた――機械などないと知りながら乞い願うという恥をさらし、ふざけたまねをするとは。ナカムラはうなだれた。

コウタがまた口を開いた。

使えるものはなにもないんだ。仕方がない。

ナカムラはこの件を持ち出すのはまちがっていたと承知していたが、コウタ大佐が理解してくれているらしいので、ありがたく思った。二つめの指令を読む。鉄道完成の最終期限が、十二月から十月に前倒しになっていた。ナカムラは絶望した。仕事の完遂は不可能だ。

できるよな、とコウタ大佐。

四月もとうに過ぎました、とナカムラが、司令部が最終案を承認した時期をわかってもらいたいと、そう遠回しに言った。もう八月です。

コウタ大佐の目はナカムラの目に据えられたままだった。

いままでの倍がんばります、とナカムラが折れて神妙に言った。

貴様に嘘は言えん、とコウタ大佐。機械にしても道具にしても、必要に応じて増えるとはとても思えん。苦力《クーリー》は増やせるかもしれん。だがそれも定かではない。この鉄道では、二十五万人強の苦力と六万人の捕虜が作業している。イギリス人とオーストラリア人が怠惰なのは承知だ。疲れて働けない、腹が減って働けないと文句を言う。鋤《すき》でちょこっと一回すくったらもう休む。ハンマーをひと振りしたら手を止める。叩かれるといったどうでもいいことに文句を垂れる。日本兵は、仕事をさぼったら殴られると心得ている。卑怯者が叩かれずにすむ権利などなかろう。ここに送られてくるビルマ人と中国人苦力は、逃げるか死ぬかしている。ありがたいことに、タミル人は遠すぎてマレー半島に逃げ帰ることはできぬが、いまはコレラに罹ってそこらじゅうで死んでいて、さらに数千人到着してはいるが、それでも人力は足りない。どうしたものか。そのいずれも、対処しようがない。

ナカムラは、タイプされた手紙の続きを読んだ。三番目の指令は、捕虜百人を、彼の収容所から北へ百五十キロ、ビルマ国境にあるスリー・パゴダ・パス近くの収容所で労働させるため、配置換えするというものだった。

百人もの余分な捕虜など持ち合わせていない、とナカムラは思った。申し渡された期限までにこの区間を完成させるにはあと千人の捕虜が要るというのに、手放すなどあり得ない。ナカムラはコウタ大佐を見上げた。

百人がそこまで歩いて行くと？

雨季ではほかに方法がない。これについても致し方ない。

そこにたどり着くまでには大勢死ぬ、とナカムラにはわかっていた。恐らく大部分が。だがそうしなければ鉄道は完成しない、鉄道建設は天皇陛下のご命令である、完成させるにはこうするしかない、という決定が下された。そして彼にも、現実――彼が日々生きなければならないこの夢と悪夢の現実――には、鉄道を建設するにはほかに方法がないとわかっているが、それでも食い下がった。

ご理解いただきたい、とナカムラ。わたしの問題は実際的なものです。道具がなく、毎日要員が減っていくなかで、どうやって鉄道を建設できるでしょうか。

たとえほとんどの者たちが疲弊して死んだとしても、貴様は仕事を完遂せねばならん、とコウタ大佐が言って肩をすくめた。たとえ全員死んでもな。

ナカムラにはわかっていた。それほどの犠牲が出ても、天皇のお望みを実現するにはほかに道はないと。いずれにしても、捕虜などどれほどのものだ？　人間以下、チーク材の枕木、鋼のレール、犬釘のような、線路をつくるのに使われる資材にすぎぬ。ともかく、日本人将校である自分がもし敵に捕らえられてしまったら、最終的に帰国したとき処刑されるだろう。

二か月前までわたしはニューギニアにいた、とコウタ大佐が言った。ブーゲンビル島だ。ジャワの極楽、ビルマの地獄、死んでも帰れぬニューギニア、とな。

大佐が笑みを浮かべると、たるんだ顔がせり上がってまた落ち、それを見てナカムラは、段々になった丘の斜面を連想した。

このわたしが、兵士の言い習わしが常に真実とは限らないという証拠だ。だが、あそこは過酷だ。アメリカの空軍力はものすごい。連日われわれはロッキードに猛撃された。昼も夜も爆撃され、機銃掃射された。一週間分の食料でひと月戦うことを求められた。戦闘地域に塩とマッチしかなくても、われわれはいかなることにも対処できただろう。だが、アメリカ人とオーストラリア人はどうだ？　やつらは物質的な力、機械、科学技術を誇るばかりだ。いまに見ていろ！　われらは敵を壊滅させる戦争を遂行するのだ。われらの軍の将兵全員が、アメリカ人とオーストラリア人を皆殺しにしてやりたいと心の底から願っている。そしてわれらは勝利する。やつらの精神は崩れ去り、われらの精神は耐え抜くからだ。

大佐の話を聞きながらナカムラは思った。段々になったその顔の裡には、日本の数多のいにしえの叡智が宿っている、おれの祖国、おれの人生で、おれが最良のものと考えているあらゆるものが宿っている。大佐はやさしい声で、この話以上のことをおれに言い聞かせているのだろう。どれほど逆境にあろうと、どれほど道具と人力がなかろうと、おまえは対処し、耐え抜き、鉄道は建設され、戦《いくさ》に勝利する、それはすべて日本人の精神ゆえなのだ、と。

だが、その精神がどういうものなのか、それは正確になにを意味しているのか、ナカムラは言い表せなかった。それは善きもので、純粋で、ナカムラにとっては、彼らが日々それを労働の相手にしている棘のある竹やチーク、雨と泥と石と枕木と鋼のレールよりも真なる力だった。それは彼の肝となってはいたが、言葉で表せなかった。感じていることを説明するため、ナカムラはある話を語った。

昨夜、わたしはオーストラリア人医師と話をしておりました。医師は、日本が戦争を始めた理由を知りたがりました。わたしは、われわれの指針である四海同胞の尊さを説明いたしました。われらが座右の銘、「八紘一宇」について語りました。しかし伝わらなかったと思います。そこでわたしは、要するに、いまは日本をアジア圏の指導者とするアジア人のためのアジアである、われわれは欧州の植民地支配からアジアを解放しているのである、と申しました。説明するのが非常に困難でした。医師は自由について語りつづけました。

実を言うと、ナカムラはオーストラリア人がなにを言っているのかわからなかった。言葉はわかったが、内容についてはちんぷんかんぷんだった。

自由だと?とコウタ大佐が言った。

二人は笑った。

自由、とナカムラが言い、二人はまたくすくす笑った。

ナカムラ自身の考えは未知のジャングルであり、本人にも知り得ないものかもしれなかった。第一、自分の考えなどどうでもよかった。確信を持つことが大事だった。コウタの言葉は彼の癒されぬ心にはシャブのように効いた。ナカムラは、鉄道、名誉、天皇、日本を大切に思い、自分が優秀で立派な将校だと自負していた。しかしそれでも、感じている困惑がなんなのか、推し量ろうとした。

以前、捕虜がまだ音楽会を催していた頃のことですが、ある晩、それを眺めていたんです。ジャングル、焚き火、「ワルチング・マチルダ」を歌う男たち。わたしは感傷的になりました。共感すらした。心を動かされずにはいられませんでした。

だが鉄道は、ビルマの前線同様、戦場だ、とコウタ大佐が言った。

おっしゃるとおりです、とナカムラ。人間の行為と人非人《にんぴにん》の行為を区別することはできません。ここにいるのは人間で、あそこにいるのは悪魔だと示すことはできない、言葉で言うことはできない。

そうだ、とコウタ大佐。これは戦争で、戦争はそのようなことを超えている。この鉄道建設は、鉄道は軍事的な目的を持つものだが、それはさほど重要な点ではない。シャムとビルマ間の鉄道は偉大で画期的な建設であるということだ。欧州の機械を使わずとも、ヨーロッパ人が長年かけても建設するのは不可能だと断言したものを、われわれは驚異的に短い時間でつくるのだ。この鉄道は、われわれ及びわれわれの展望が、世界の進歩の新しい駆動力となる瞬間なのだ。

二人はまた少し、饐えた茶をすすった。コウタ大佐は、前線に身を置いていないこと、天皇のために死ねないことを思い悩むようになっていた。二人はジャングルを、雨を、シャムを呪った。ナカムラは、オーストラリア人に作業を続けさせることに難儀している、運命が与えてくれた重要な役割を連中がもう少し素直に受け入れたなら、連中を無慈悲に追い立てずにすむのに、と語った。粗暴な態度を取るのはわたしの性分ではありませんが、オーストラリア人の一向に折れない態度を前にしたら、そうするしかないではありませんか。

やつらには気概がない、とコウタ大佐が言った。ニューギニアでそれを見た。突撃されると、やつらはゴキブリのように散る。

やつらに気概があるなら、捕虜になって辱めを受けるより、死を選びますよ。

士官学校を出たばかりで、初めて満州国へ行ったときのことをおぼえている、とコウタ大佐が、ハンドルか取っ手に手をかけているかのように手を握りしめながら言った。少尉、青二才。五年前。はるか昔のことのように思える。戦闘に備えて、特別野外訓練をせねばならなかった。ある日、われわれは度胸試しに牢獄へ連れていかれた。中国人捕虜たちは何日も食事を与えられておらず、やせこけていた。縛られて目隠しをされ、大きな穴の前にひざまずかされた。担当の中尉殿が刀を抜いた。片手でバケツから水をすくい、刃の両側にかけた。中尉殿の刀から水が滴っていたのをいつも思い出す。見ていろ、と中尉殿が言った。こうやって首を刎《は》ねるのだ。

# 15

翌週土曜の午後、暑さは耐えがたいほどになっていた。エイミー・マルヴァニーは、昼食のひと仕事を終え、夕食の準備を整えたあと、着替えて泳ぎに行くことにした。〈コーンウォール王〉から道を渡ったところにある海岸を、大勢の人々が行き来していた。彼女は麦わら帽子、青いショーツ、白いキャンブリックのブラウス姿で、波の音と歓声を聞きながら砂の上を歩いた。男性にも女性にも見られていることを意識していた。

長く信じがたいほどに暑い夏の日々、官能的な夜、むさ苦しい寝室とキースが立てる音と彼のにおい、それらのせいで、エイミー・マルヴァニーは妙に落ち着かなくなった。切望であふれそうだった。出て行く、別の人間になる、別の場所へ行く、動き出して決して止まらない。しかし、自分の最も深い部分が動けと叫べば叫ぶほど、自分が一つの場所、一つの人生にへばりついていることを自覚した。エイミー・マルヴァニーは千の人生を求めたが、いまの人生のようなものは一つも求めはしなかった。

ときどき戦争とキースの寛容な性格をいいことに、夜、さまざまな場所に逃げ込んだ。ささやかな冒険もした――オーストラリア空軍の将校とひと晩踊ったあとで壁に押しつけられたが、激しくキスされ軽くまさぐられただけだったので、ほっとし、かつ少しばかり落胆した。訪問セールスマンと寝たこともあった。その男はホテル奥にあるバーにときどき来ていたのだが、ある夜、街の映画館の外でばったり会った。恐ろしいことに、一度始めたら最後まで行かなければ止めようがない気がした。キースに比べて彼の体は若くたくましく、精力的で熱心だった――過度に。ベッドで裸になったとたん、彼女は恐ろしくなった。触れられることにも、においにも、肌にも、耐えられなかった。消えてしまいたかった。

事が済んだあと、嘔吐し、とてつもない虚無感に襲われたので、二度としないと固く心に決め、罪悪感に対処した。奇妙なことだが、恐らくこの不貞があったから、その後キースに対して貞節を守ったのだと彼女は考えた。それに訪問セールスマンのことなど愛していなかったのだから、本当の不貞ではないと思った。キースへの愛――というほどでもないが――は、それでも愛だった。それでも彼を大切に思い、慰められ、やさしさと小さな思いやりのあれこれに感謝した。その惨憺たる夜に続く数か月間は、ある意味二人にとってこれまでにない最上のときとなった。それなのに、長く深く眠って穏やかに目覚め、キースがベッドまでお茶を持ってきてくれても、エイミー・マルヴァニーはほかのことを求め、それがなんなのかわからずにいた。お茶をすすり、彼の大きな背中が鈍重にドアから出ていくのを見送りながら、その希求がなんなのかと考えずにはいられなかった――腹を食い荒らすほどの希求、ときどきわれ知らず震えてしまうほどの希求、人生の本質そのものではないかと不安にかられる、姿が見えず名状しがたい恐ろしい希求。

たしか去年のことだった。火遊びをしたが、注意深くやった。友だちにすべきではないかもしれない者たちと親しくなったが、自分にも相手にも、まったく適切ではないにしても、不適切だとも言えないように思えた。そういう理由で、だれとも深い関係にはならないと決めると、不思議に自由になったような感じを――安心感すら――おぼえたので、大胆になり、書店で背の高い医者相手にしたようなことを、ときどき男たちに仕掛けてみたりした。しかしまた、結局自分の行動にはなんの非もなかったはずだとも思った。基本的にはそのなかのだれも愛したことはなく、変わらずキースを愛していたのだから。キースへの愛をより強くするバランスを見つけたように感じた。だが、書店であの背の高い医者に歩み寄ったとき、なぜ結婚指輪をはずしたのか自分でもわからなかった。

エイミーがそのことを考えていたとき、それまでだれにも言わなかったことをその背の高い医者には言ったと気がついた。なぜそうしたのかわからなかったし、なぜクラブで彼の手に手を重ねたのかもわからなかったし、なぜ彼が部屋を去ろうとしたとき抱きしめたのかもわからなかった。そういう愚かなことは二度とすまいと決めた。彼とのあいだで起きたことはもう終わったのだと、自分を納得させようとした。しかし心のなかでは別のなにかを恐れ、言葉や考えを恐れまいと必死に努めた。

まぶしい砂の上にタオルを敷いてそこに麦わら帽子を置き、服を脱ぎ捨てると、自分の若さと肉体を力として感じた。あたしは取るに足りない存在で価値がないけれど、たとえ短い時間だって、特別で価値ある存在なんだ。水をめがけて駆けて行った。膝の高さまでしか浸からずにぶらぶらしている多くの女たちとはちがい、エイミー・マルヴァニーは、波が頭上で砕けそうになる瞬間にその下に潜った。そして一気に浮き上がり、塩の味がして、空が耐えられないほど輝くと、彼女の混乱はすっかり消え去り、その混乱があった場所には、人生の新しい中心部に浮上したという不思議な感覚があった。一瞬、すべてはバランスが取れ、すべてが待っていた。

エイミーは漂った。沖で小さなヨットが一艘、静かな海に気だるそうに浮かんでいた。向きを変えて浜辺を見ると、古風なウールの水着を着た中年の男がこちらを見つめていた。毛が生えておらず、皮膚はオーブンに入れられる前の鶏のようだった。男があわてて顔をそらした。

再び彼女は、放っておいてはくれない、付きまとってくる奇妙なあの感情を抱いたが、自分がなにを求めているのかわからなかった。さらに数ストローク分先へ泳ぐと、海、太陽、そよ風が、彼女になにかを、なんでもいいからともかくなにかをするようにと促しているかのようだった。打ち寄せる波を見上げ、見下ろしていると、横に並んでいる大勢の人たちが、次の波に乗って岸辺へ向かおうと、それが砕けるのを期待し、望み、同じように待っていた。背後で波が巻き上がる壁のようにせり上がってきたとき、そのてっぺんに沿って、黄色い目をつけた銀色の魚が長い列をつくっていることに気がついた。

彼女が見るかぎり、魚はどれも波の表面に沿って同じ方向を向き、砕ける波に呑まれまいとせわしげに泳いでいた。その間ずっと、波は魚たちを手中におさめ、目指すところへ連れて行こうとし、きらめく鎖のように並んだ魚はどうあがこうと自分たちの運命を変えることはできなかった。エイミーは、自分が波の隆起のなかにまた昇りはじめるのを感じ、期待と興奮に身をこわばらせた。それを捉えられるかどうか、そしてもし捉えても、自分と魚はどこへ行き着くのか定かではなかった。

## 16

コウタ大佐が、片方のこぶしをゆるめて続けた――

中尉殿は両脚を広げ、刀を振り上げ、一声発すると同時に思い切り振り下ろした。頭が飛んで行った。わたしたちが中尉殿に続いてそれをやらされるあいだ、血は二か所から噴水のように噴き出しつづけていた。息苦しくなった。わたしはみっともない姿をさらすのが怖かった。何人かは両手で頭を隠して尻込みし、一人はやってはみたもののしくじったため、捕虜の肺が半分飛び出してしまった。頭はまだもとのところにあり、中尉殿がとどめを刺さねばならなかった。その間ずっと、わたしは目をそらさなかった――よい振り方とはどういうものか、悪い振り方とはどういうものか、捕虜の横のどのあたりに立てばよいか、捕虜を落ち着かせじっとさせておくにはどうすればよいか。いま振り返れば、わたしはずっと観察していた、学んでいた。それは斬首に限らなかった。

わたしの番がまわってきたとき、心のなかでは恐れおののいていたのに、すべてを落ち着きはらってやっていることが自分でも信じられなかった。父からもらった刀を震えもせずに抜き、それを落とすことなく教えられたとおりに濡らし、水滴が転がり、ゆっくりと走り落ちるのをしばらく見つめていた。その水を見つめることが、どれほど助けになったことか。

わたしは捕虜の背後に立ち、体を安定させ、その首を注意深く観察した――やせ細り、老い、しわに汚れがついている。あの首は忘れられない。始まったと思ったら終わっていた。手渡された紙で刀についた小さな玉のような脂肪を拭き取ろうとしたが、不思議なことになかなか拭き取れなかった。

わたしが考えていたのはこのことだけだった――これほどまでにやせこけた男のやせこけた首のどこに、こんな脂肪があったのだろう。男の首は、小便をかけた土のように汚れ、色がくすんでいたが、切ると実に鮮やかな色で、生き生きしていた――赤い血、白い骨、桜色の皮膚、黄色い脂肪。生命だ！　あの色は、生命そのものだった。

なんとたやすいことなのか、なんと鮮やかで美しい色であることかと思い、もう終わったのかと驚いた。次の士官候補生が進み出て初めて、捕虜の首が、中尉殿が手をかけた犠牲者のように二つの噴水からまだ血を噴いているのを見たが、量はわずかだったので、わたしが捕虜を殺害してからしばらく経っていたのだろう。

その男に対しては、もうなにも感じなかった。正直なところ、男が自分の運命をあれほどすんなり受け入れたことを軽蔑し、なぜ抵抗しなかったのかと不思議に思った。もっとも、だれでも同じではなかろうか。それでも、男がわたしに虐殺させたことに腹が立った。

ナカムラは、コウタがそう語りながら、まるで下稽古か練習でもしているように、利き手を握ってはゆるめていることに気がついた。

そしてだな、ナカムラ少佐、と大佐が続けた。腹のなかにとてつもなく大きなものを感じ、自分が別の人間になったかのようだった。わたしはなにかを得た、そう感じたのだ。それはすばらしく、また、おぞましい感覚だった。自分も死に、そして生まれ変わったかのような。

以前は、部下の前に立ったとき、どう見られているか不安だった。だがそのあとでは、ただ彼らを見る、それで十分だった。気にもしないし、恐れもしなくなった。彼らを、彼らの恐怖、罪、嘘をただ見つめることで、すべてを見、すべてを知った。あなたは邪悪な眼をしていると、ある晩女に言われた。わたしがただ相手を見るだけで、恐れさせるに十分なのだ。

だがしばらくすると、この感覚は薄れはじめた。わたしは混乱するようになり、途方に暮れた。部下たちが、無礼にも陰で再びひそひそ話すようになった。わたしにはわかっていた。だれもがもうわたしを恐れてはいなかった。それはヒロポンのようだ――一度やってしまうと、気分が悪くなってもまた求めてしまう。

そしてどうだ。いつも捕虜はいた。数週間一人の首も斬っていないときには、好みの首をつけた、死にそうなやつを見つけてきた。そいつに自分の墓穴を掘らせて……

ナカムラは、大佐のおぞましい話を聞きながら、そのようなおぞましい行為であっても、天皇陛下のお望みをかなえるのにほかに道はないのだと思った。

首、とコウタ大佐が、雨に洗われた夜を切り取る開いた扉のほうに目をやって続けた。いまわたしが人々に見るのはそれだけだ。彼らの首。こんなふうに考えるのはまちがっているだろうか。わからない。それがいまのわたしだ。初めて会った相手の首を見て見積もる――簡単に切り落とせるか、なかなか切り落とせないか。わたしが人々に求めるのは、その首、あの一撃、この命、あの色、赤、白、黄色、それだけ。

貴様も首だったんだ、わたしが最初に見たのは。とてもいい首だ――どこに刀を振り下ろせばいいか、正確にわかる。見事な首。頭は一メートルは飛んで行くだろう。そのはずだ。首が細すぎたり太すぎたりすることもあるし、連中が恐怖でのたうちまわったり悲鳴を上げたりすることがあるのだが――想像できるだろう――そうなるとやり損ない、怒りで死ぬまでめった斬りにするはめになる。貴様のところの伍長な、太くて短い首、やつの物腰。やつをひと息に殺すには、振り下ろすことと位置を定めることに集中せねばならんだろう。

コウタ大佐は、話しているあいだじゅうずっと、片手を握りしめてはゆるめ、握ったときには、また斬首するため刀を構えようとしているように、それを振り上げては降ろしていた。

鉄道は建設されねばならないが、鉄道だけの話ではない、とコウタ大佐。戦には勝たねばならないが、戦ばかりの話でもない。

欧州人に、自分たちが優れた人種ではないと自覚させることです、とナカムラが言った。

そしてわれわれが優れた人種であると識ること、とコウタ大佐。

両者はしばし無言だったが、やがてコウタ大佐が誦《そら》んじた。

京にても京なつかしやほとゝぎす

芭蕉ですね、とナカムラが言った。

さらに話すうちに、ナカムラは、コウタ大佐が自分と同様、伝統的な日本文学に情熱を抱いていることを知ってうれしく思った。二人は、一茶の句の純朴な知恵、蕪村の偉大さ、芭蕉の見事な俳文『おくのほそ道』のすばらしさを語るうちに、感傷的になっていった。『おくのほそ道』は、日本人の精神の真髄を一冊の書物に集約している、とコウタ大佐が言った。

二人はまた沈黙した。ナカムラは、理由もなく突如として気持ちが高揚するのを感じた。自分たちの鉄道がインドへの侵攻を成功させるという考え、八紘一宇という概念、芭蕉の句の美しさ。混乱し、オーストラリア人大佐に十分に説明できなかったこういったことすべてが、コウタ大佐のような寛容で立派な人物と語り合っていると、実に明快で明白につながっていて、寛容で立派であるように思えた。

鉄道に、とコウタ大佐が茶碗を掲げた。

日本に、とナカムラも碗を掲げた。

天皇陛下に！とコウタ大佐。

芭蕉に！とナカムラ。

一茶に！

蕪村に！

二人はトモカワが淹れた饐えたお茶の残りを飲み干して、茶碗を置いた。二人は次に言うべきことが思いつかない見知らぬ者同士だったから、再び訪れた沈黙が深遠なる共通の理解だとナカムラには感じられた。大佐は国民党の白い太陽で飾られた紺色のシガレットケースを開け、仲間の将校に差し出した。二人は火をつけ、くつろいだ。

二人は各々自分の好きな俳句をさらに吟じ、詩にというよりは詩に対する自分たちの感受性に、詩の偉大さにというよりは自分たちが詩を理解する見識の高さに、詩を知っていることというよりは、自分たち、そして日本人の精神の高尚な面を体現する詩を知っていることに深く心を動かされた。もうすぐ自分たちの鉄道で毎日ビルマまで走る日本人の精神、ビルマからインドへと向かうだろう日本人の精神、そこから世界を征服することになるだろう日本人の精神。

ナカムラは思った。このように、日本人の精神はいまそれ自体が鉄道であり、鉄道は日本人の精神であり、北の奥地へと続くわれらの細き道は、芭蕉の美と叡智をより広い世界へと届ける一助となるだろう。

二人は連歌と和歌と俳句を、ビルマとインドと鉄道を語り合いながら、その意義を共有しているというすばらしい感覚をおぼえた。具体的になにを共有したのかは、二人ともあとになってよくわからなかったが。コウタ大佐が加藤楸邨作の俳句を吟じると、二人は、鉄道の仕事によって自分たちはこの崇高なる日本人の才能――人生を簡明に、絶妙に描写する才能――を世界にもたらすのに貢献しているということで見解が一致した。この会話――それは一連の見解の一致でしかなかったが――で二人は、自身の困苦、そして苦しい闘いつまり仕事に関して、かなり気が晴れた。

ナカムラは腕時計を見た。

大佐殿、そろそろ失礼いたします。もう三時五十分になりますので。朝礼の前に、新しい目標達成のため作業部隊の予定を組み直さねばなりません。

ナカムラが立ち去ろうとしたとき、大佐がその肩に片手を置いた。

ひと晩中でもおまえと詩について語り合えたがな、と体の大きな男が言った。

暗く殺風景な小屋のなかで、ナカムラは、コウタ大佐が片腕を自分にまわして鮫のヒレのような顔を近づけたとき、相手が感情を昂ぶらせているのを感じ取った。コウタは腐りかけたカタクチイワシのにおいがした。口を開けていた。

別の世であれば、とコウタ大佐が語りはじめた。男たちは……男たちは愛する。

彼はその先を続けられなかった。ナカムラが身を離した。コウタ大佐は背を伸ばし、真意を知られなければよかったがと願った。ニューギニアで、彼らはアメリカ人捕虜と味方の両方を殺して食べた。飢え死にしかけていた。コウタは、かじられた鶏もものように、太腿が皮を剝がれ骨が飛び出している死体をおぼえていた。色。茶、緑、黒。甘味があった。ほかの人間に知ってほしかった。自分たちは飢えていて、ほかに道はなかったことを。まちがってはいなかったと言ってほしかった。抱きしめてほしかった。そして――

仕方がありません、とナカムラが言った。

ああ、とコウタ大佐が答え、身を引いて、国民党のシガレットケースをはじいて開け、ナカムラにもう一本タバコを差し出した。もちろんだ。

少佐が火をつけると、コウタ大佐がこう口にした——

満州国にても満州国なつかしや首見れば

コウタはシガレットケースをパタリと閉じ、笑みを浮かべ、片方のこぶしを握りしめ、向きを変えて立ち去った。奇怪な笑い声が、彼とともにモンスーンの夜の風の音に消えていった。

## 17

エイミー・マルヴァニーは、自分が簡単に嘘をつくようになっていることに驚き、この新しい能力を恥じると同時に楽しんでもいた。夕飯を食べながら、キースがいつものように市議会での駆け引きについてわめき出したとき、割り込んで、明日幼なじみの女友だちと過ごすと伝えた——車で人気《ひとけ》のない遠くの浜辺へ行き、ピクニックして泳ぐつもり、フォード・カブリオレを貸してね。キースは行っておいでと言うなり、市議会の新入りの事務員と、下水設備についての事務員の古臭い考えに関する話に戻った。

なにか現実味のあること言ってよ！　エイミーはそう叫びそうになった。だが、現実味のあることとはなんなのか、それがどういう響きなのか、もうわからなくなっていたし、絶対に彼の注意を引きたくなかった。そしてキースが、排水管のこと、下水設備がすぐにでも必要であること、最近の計画上の規制、万人に水洗トイレが行き渡る必要性、国の仕組み、規則、系統立った管理について話せば話すほど、暗闇でドリゴ・エヴァンスの指に触れられたいという思いが募った。

その夜はなかなか寝つけなかった。二度キースが目を覚まして気分が悪いのかと訊いたが、彼女が答える前にまた眠りに落ちた。唇の下のしわのところで塩っぽいよだれの泡が乾いている。ぐうぐう寝息を立てていた。

翌日はまず、満足するまで二回メイクをやり直し、数回着替えた末に、初めに選んだ服に落ち着いた。ダークな色のショーツ、彼女を引き立てる、ショールに見えるようにつくられた軽やかな綿のブラウス。すると、ブラウスを脱いで、オリヴィア・デ・ハヴィランドが『海賊ブラッド』で着ていたような、襟ぐりの深い赤いお気に入りのブラウスを選んだ。しかし、それに合うスカートがなかった。十時少し過ぎにドリゴ・エヴァンスを兵舎の外の見張りが立つ門のところで車に乗せたときには——彼は、その笑み、鼻、ふつうよりも長めの髪で、エロル・フリンに似ていなくもないと彼女は思った——動きにくいが自分では魅力的だと思っている、水色の花柄のスカートとクリーム色のホルターネックのトップを着ていた。

ドリゴが横にいると、退屈で馬鹿らしいと思えたさまざまなことが、楽しく興味深いものとなった。昨日はどんどん息苦しくなり逃れたいと願った牢獄のようなあらゆることが、今日は最高にすばらしい人生の背景のように感じた。しかし、途方もなく緊張していたせいで何度も車を立ち往生させてしまったため、ドリゴが運転を代わった。

エイミーは思った。彼がほしい、みっともないほどに、言い表せないほどに彼がほしい。なんてあたしは恥ずべき人間なのか、なんてこの心は邪悪なのか、どれほど世間に罰せられることになるか。その考えは、たちまち別の考えに代わった。あたしの恥ずべき邪悪な心は、世間よりも勇敢だ。しばし、この世には対峙できず征服できないものなどないように思えた。きわめて愚かな考えだとはわかっていたが、それでさらに胸が高鳴り、力が湧いた。

フォードは調子が悪かった。エンジンが唸り、ギアを入れるたびにものすごい音がした。騒音に包まれているとエイミーは自由に話せるように感じ、言葉は存在しないも同然で、流れて行くだけだった。

彼はいい人よ、とエイミーが言った。とてもやさしくて。ほんとよ。あたし、キースを愛してる。とっても。だれにでも好かれるの。いい人。

最高の男だね、とドリゴ・エヴァンスは言ったが、まったく心にもないというわけでもなかった。

ええ、とエイミー。いい人。あの市議会の役人たら！　下水設備のことなんてなにもわかってないのよね。

たわいない話をしているのは自分でわかっていた。ドリゴに本当に伝えたいのは、キースがただのひと言も本心を口にしたためしがないということだった。どの言葉も仮面。どれほどキースに現実味のあることを言ってもらいたいか、ドリゴに伝えたかった。たった一つでいいから、現実的なことを。だが、その現実的なことというのがなんなのか、エイミーは思い描けなかった。エイミー・マルヴァニーが聞きたかったのは、水洗トイレ、田園都市、しっかりした下水道計画の必要性、といった響きのものではなかった。矛盾したものを求めているのはわかっていた。つまるところ、夫にはまったく話をしてもらいたくなかった。ドリゴ・エヴァンスにはさまざまなことを語ってほしいが、呪縛が解けてしまうのが怖いから、なにも言ってほしくなかった――これはただの外出だ、故郷から遠く離れた場所で、あなたは自分の家族として見なされるものの一部としてぼくに背負わされた単なる義務だ、と言われるのを恐れて。そして彼女は、こういった奇妙な矛盾する心の乱れのすべて、結婚相手ではないこの男に対するあふれる感情のすべてを、自分の結婚相手について語ることによって言い表した――

キースはキース。

浜辺に続く道の端に着くと、ドリゴはタバコに火をつけた。エイミーが、スカートと尊厳の両方を守ろうとぎごちなく体を伸ばしながら、たわんだ有刺鉄線の柵を乗り越えようとして、太腿を引っかき叫び声を上げても、タバコをくわえたままだった。彼女は片脚をひねって戻した。つながった小さな血の玉、三つのきらめく赤い鋼球が、太腿の内側にゆっくりと浮かび上がった。

ドリゴ・エヴァンスはタバコを投げ捨て、しゃがんだ。

失礼、と礼儀正しく言うと、指を一本、水色のスカートの裾から太腿を上に向かってわずかにすべらせた。ハンカチで軽く傷を叩き、手を止め、見つめた。三つの血の玉がまたにじみ出た。

ドリゴが身を寄せた。彼女のもう一方のふくらはぎに片手を添えて、自分の体を安定させた。海の香りがした。彼女を見上げると、彼には読み解けない表情でこちらを見つめていた。彼の顔は、彼女の香りがした。カモメがうるさく鳴く声がした。彼女の脚に視線を戻した。

唇をいちばん下の血の玉に押しあてた。

エイミーは片手を降ろし、彼の後頭部に置いた。

なにしてるの、と、はっきりと強い口調で言った。

しかし彼女は、彼の髪に指を通した。奇妙な矛盾が忍び込んでは来たが。彼は、彼女の声にある緊張、触れる指の軽み、体から漂う圧倒されるような香りを読み取った。非常にゆっくりと唇の先で彼女の肌に触れ、口づけてその血の玉を取り去ると、太腿に紅い染みが残った。

彼女は彼の頭に手を乗せたまま、髪に指を通したままだった。彼はまた少し彼女に寄り、片手を持ち上げ、太腿の裏側に軽く添えた。

ドリゴ？

ほかの玉が大きくなってきて、一つめがまた現れた。ドリゴは、彼女が抗い、脚を振り、自分を押しのけ、蹴りつけさえするのを待ちながら、あえて見上げなかった。完璧な球体の血、欲望の三つの椿の花がふくれ上がりつづけるのを見つめていた。彼女の肉体は、記憶するのがかなわない一篇の詩だった。二つめの血の玉に口づけした。

彼女の指が、髪のなかでこわばった。太腿が太くなるあたりのスカートがつくる影の線を過ぎたところで、三つめの血の玉を舌で押し上げた。エイミーの指先が頭に食い込んだ。また脚に口づけすると、今度は塩の味がして、目を閉じ、太腿の上に唇を休ませ、彼女のにおいをかぎ、彼女の温かさを感じた。

ゆっくりと惜しむように脚から離れ、立ち上がった。

## 18

続く十五分間、スコールのような気まずい沈黙のなか、二人は草が生い茂る道をたどって浜辺へ向かった。暑くなってきて、どちらも汗をかいていた。だれもいない浜辺と海、その音、その意図、その孤独がもたらす安堵に感謝した。砂丘で互いから慎重に距離を取って着替えたあと、二人いっしょに海めがけて駆けて行った。

エイミーは、水のおかげで自分が十全で強いなにかに刷新されたような気がした。昨日自分という存在の中心を占めていたものは溶けて些細なものとなり、そっくり流れ去ったように思えた——食堂の翌週のメニュー、客室に新しい毛布をなかなか調達できないこと、主任のバーテンダーの体臭、キースが夜にパイプに火をつけるときに立てる気持ちの悪い吸うような音。

押し寄せる波の手前で二人はターンし、顔を濡らし、目をダイヤモンドのように輝かせた。果てしない海原で頭だけを出し、立ち泳ぎしながら見つめ合った。彼女は、彼が下から泳いで上がってきて、浮上するとき体をかすめるのがわかった。アザラシのように、人間のように。

その後、二人は砂丘のくぼみで休んだ。そこでは砕ける波の唸り声が鎮まり、風がそれた。体が乾くと、暑さが途方もない重さとなって戻って来た。エイミーは体を伸ばし、ドリゴもそれに続いた。彼女は背中が熱を吸い込むままにし、自分の頭が投げかける暗い影に顔を休めた。しばらくすると、彼女は体を寄せ、彼の腹部に頭を落ち着けた。彼はまたタバコに火をつけた。

ドリゴは白い筋がついた空に向かって片腕を上げ、これほど完璧なものは見たことがないと思った。片目をつぶり、もう片方で、自分の指が美しい雲に触れるのを眺めた。

なぜぼくらは雲をおぼえてることがないのかわかる?とドリゴが問いかけた。

それにはなんの意味もないからさ。

だけどそれはすべてだ、でもこの考えはあまりに壮大であまりに滑稽で捕まえていられないし、気にかけていることすらできない、とドリゴは思い、考えが雲とともに漂って行くがままにした。

ゆっくりと、いや、たちまち、時が過ぎていった。どちらなのかわからない。二人は身を寄せ合った。

ドリー?

ドリゴがなにやらつぶやいた。

キースと二人だけのとき、彼に耐えられなくなって、それで自分が嫌になるの、と彼女が言った。なぜかしら。

ドリゴ・エヴァンスに答えはわからなかった。砂丘にタバコを弾き飛ばした。

あなたといたいからよ。

時は消え去り、すべてが止まっていた。

だからなの。

なんであれ、二人を隔てていたもの、これまで二人の体を抑えつけていたものが消えていた。地が旋回してもそれは止まり、風が吹いてもそれは待った。手は肌を探り出した——肌、肌。ドリゴは自分の睫毛に彼女の睫毛のあり得ないほどの重さを感じた。彼女のパンティのゴムがつけたバラ色のかすかな溝に口づけし、赤道が世界をめぐるように腹部をまわった。二人が互いのまわりをめぐることに夢中になっていると、近くで鋭い金切り声がして、やがてもっと低い吠え声になった。

ドリゴが見上げると、大きな犬が一匹、砂丘のてっぺんに立っていた。濡れた口から血が混じったよだれを垂らし、体を引きつらせるコビトペンギンをくわえていた。突然、エイミーがはるか遠くへ行ってしまったような、自分が彼女の裸体のうえを漂っているような、不思議な感覚をおぼえた。彼の感覚は突如変化した。一瞬前まで、エイミーの肉体の香りと触感とかたちで、霧を吹いたようについている塩気を含んだ芳しい水滴で、酩酊するほどだった。一瞬前には、エイミーが自分の分身になったように思えたが、いまは遠く引き離されたようだった。互いに対する理解は神の理解よりも大きかった。だが一瞬にして、それは消えた。

犬が頭を横に傾けると、ぐったりしていたペンギンがぱたぱた動いた。犬は向きを変えて姿を消した。だが、ペンギンの咆哮——長く続くぞっとする声がいきなりやんだ——は彼の心に残った。

あたしを見て、とエイミーが囁くのが聞こえた。あたしだけを。

見下ろすと、エイミーの目が変化していた。瞳が皿のようになり、吸い込まれているように見えた──おれのなかに吸い込まれている。彼女の欲望のものすごい引力で、彼女に、自分のものではない物語に引き入れられているように感じ、最近夢見たものすべてが手に入ったいま、一刻も早くそこから逃れたくなった。自分自身を、自分の自由を、自分の未来を失うのが怖くなった。ついさっきあれほど高まった感情は、いまではつまらないありきたりのものに思え、逃げ出したくなった。だが、そうはせずに目を閉じた。彼女のなかに入ったとき、聞きおぼえのない声が、うめき声となって彼女の唇から漏れた。

荒々しい、ほとんど暴力的な烈しさで二人は交わり、互いの未知なる肉体を一つにした。彼はあの短く鋭い叫び声、絶え間ない孤独の恐怖、説明しがたい未来に対する恐れを忘れ去った。彼女の肉体は彼のために再び変異した。それはもはや欲望とか嫌悪ではなく、彼を形づくるもうひとつの要素であり、それがなければ彼は不完全な存在だった。彼女のなかにいると、力強く必要なものが戻って来るのを感じた。彼女がいなくては、自分の人生はもうどんな人生でもないと感じた。

しかしそのときでも、彼の記憶は二人の真実を呑み込みつつあった。のちに彼がおぼえていたのは、砂丘のてっぺんをかき乱し、捨てたタバコを呑み込んだ灰を引っかく海風になでられながら、二人の体が砕ける波とともにせり上がっては落ちていたことだけだった。

## 19

薄れゆく空気が、〈コーンウォール王〉の廊下でまどろんでいた。薄明かりは疲弊しているようだった。ホテルの厨房でガスのにおいがしたが、漏れは見つからなかった。上の階と、埃っぽく細長い絨毯が敷かれた凝ったつくりの階段で、エイミーが落胆だと思っているにおいが立ち昇っては沈んだ。埃の玉と乾燥、出来損ないの料理の脂、訪問セールスマンたちと、退屈しているか必死か、もしくはその両方である女たちの不幸な密会。あたしはそういう女の一人なんだろうか。エイミーは最上階に向かいながら考えた。あたしもそういう女なんだろうか。

だが、いまでは自分たちの部屋だと二人とも思っている角部屋にひとたびおさまると――腐食した蝶番《ちょうつがい》と錆びた錠がついたフレンチドアがきしみながら海に向かって開き、道では絶え間なく光が横切り、部屋には海の香りが漂い、空気は踊っているようで、そこではあらゆることが可能だと思えた――自分はそういう女ではないとはっきり意識した。彼のために氷とビールを二本用意しておいたが、ものすごい暑さなのに、彼女が入って来たときそれらは開けられていなかった。

ドリゴ・エヴァンスはマントルピースの上に置かれた緑色のベークライトの時計を指差した。分針がいつのまにか文字面から消えていたが、時針は彼女が来ると言った時刻を過ぎてから三時間待ったことを示していた。

日勤の従業員が帰るまで待たなくちゃならなかったの、と彼女が言った。こっそりここに来ても安全になるまで。

だれが帰ったの?

女性のバーテンダー二人と、主任のバーテンダーと、コック。ウェイトレスのミリー。だれも上がって来ないから。

だれも滞在していないような感じがする。

今夜はいるわ。宿泊客は全部二階下にしてあるから、この階にはあたしたちだけ。

二人は奥行きのあるベランダに出て、錆びついた鉄の椅子に腰かけ、一本のビールを分け合った。

キースの話だと、あなたは優秀な競馬の予想屋らしいね、とドリゴが言った。

馬鹿な、とエイミーが言った。あの鳥たち見て。そして、海鳥が死んだかのように突然海めがけて落ちる場所を指し示す。錬鉄の手すりのところへ行く。手すりのペンキははるか昔にはがれ落ち、橙色《だいだいいろ》の粉だけが残っている。古い岩のように赤くザラザラした酸化物に、片手を走らせた。

キースが、あなたは鼻が利くって、とドリゴが言った。

鳥たちが嘴《くちばし》にキスをくわえてまたせり上がってくる。エイミーは砂のような錆を指でつまみ、長く続く浜辺に目をやった。浜は数キロ続き、やがて頑強な藪しかない浸食された岬にたどり着く。彼女の頭にあるのは、遠く離れたことばかりのようだった。ドリゴが手を取ろうとすると、彼女はそれを引っ込めた。

キースがそう言ったの?

あなたは走路と馬体重をよく知っていて、勝ち馬を予想できるって。

笑っちゃう、とエイミーは言い、また考えに沈んだ。眼下の道から聞こえてきた犬の吠え声に驚き、不安げにあたりを見まわした。

彼だわ、とエイミーが言うと、ドリゴはその声があわてふためいているのを聞き取った。一日早く戻ってきたんだわ。行かなくちゃ、あの人——

大型犬だよ、とドリゴ。ちゃんと聞いてごらん。大型犬。ミス・ビアトリーチェのようなチビじゃない。

エイミーは口をつぐんだ。吠え声はやみ、男の声——キースの声ではない——が犬に話しかけるのが聞こえ、そして途絶えた。しばらくして彼女がまた話しはじめた。

あの犬、大嫌い。もともと犬は好きなんだけど。あの人、食事が終わるとあの犬をテーブルに上げるの。気持ち悪い舌をおぞましい蛇みたいに突き出して。

ドリゴが笑った。

それによだれを垂らして、ゼイゼイいって。テーブルに犬を上げるなんて、考えられる？

食事のたびに？

言っていい？　あなたにだけ。

もちろん。

ミス・ビアトリーチェのことじゃないの——だれにも言っちゃだめよ。

もちろん。

約束する？

もちろん。

約束よ！

約束する。

彼女はベランダの影がかかった洞穴のような場所に戻り、腰を下ろした。ビールを少しだけすすってからぐいっと飲み、グラスを置いて彼を見上げ、水滴がついたグラスに視線を戻した。

あたし、妊娠してたの。

自分の指を見つめ、指先と指先のあいだで湿った錆の粒をこする。

キースの子。

あなたは彼の妻じゃないか。

そうなる前。結婚する前。

彼女は話をやめ、影がかかったその長いベランダにほかにだれかいるのではないかとでもいうように、首を伸ばしてあたりを見まわした。だれもいないとわかると、彼に向きなおった。

だからあたしたち結婚したの。彼はただ――すごくひどく聞こえるだろうけど――彼はただ、結婚していないのに子どもがいるのは正しいことじゃないと思っただけ。わかる？

わかるとは言えないな。あなたは結婚することができた。実際、結婚した。

彼はいい人よ。いい人。でも、妊娠したとき、彼は結婚を望まなかった。あたしは望んだ。子どもを守るために。あたし――

また口を閉ざす。

彼を愛していなかった。そう。愛していなかった。それに。

それに、なに？

あたしのこと、悪い女だと思わないでくれる？

なぜ？

邪悪だと。あたし、邪悪じゃない。

なぜ？　なぜぼくがそんなことを考える？

だってあたし、カップを見にメルボルンへ行くって言ってたから。いつも行くことにしてるって周囲に触れまわったの。この土地は初めてで、だれにもわかるわけなかったし。でも――

でも、行かなかったと。

ううん。そうじゃない。行ったの。でもそれだけじゃなくて――

彼女はすばやく指をこすり合わせて、錆を取り去ろうとした。いきなりそれをワンピースのわきで拭うと、そこが赤く汚れた。

メルボルンである男に――医者に――会いに行って、それはキースが手配したの。そうするのがいちばんだってキースに言われて。十一月だった。そう。彼が決めたのよ。

沈黙が広がってゆき、砕ける波すらそれを埋めることはできなかった。

あたし、馬になんて少しも興味はなかった。

でもあなたはオールド・ロウリーがカップの勝ち馬になると選んだんだよね。百対一で。なにかしら知っていたはずだ。

百対一だったから選んだのよ。その馬が負けると思って選んだの。出発ゲートのところで遅れをとるかと思ったくらい。その馬を選んだのは、カップなんて大嫌いだから。そのすべてがいや。

エイミーが立ち上がった。

ここでは話したくない。

二人は部屋に戻り、ベッドに横たわった。彼女は彼の胸に頭を休めたが、あまりに暑いので、しばらくすると身を離し、二人は指先だけを触れ合わせて並んで横になっていた。

あの人がそこにすわっていた――キースが。ミス・ビアトリーチェを膝に載せてそこにすわり、言ったわ。メルボルンの男に面倒を見てもらうよう手配したって。男。どういうこと？　男？

彼女はしばらくこの疑問に呑み込まれていたが、それからまた話を続けた。

キースは犬を軽くたたいていた。あの犬ほど憎んだものはほかにない。あたしには触れようともしないで、そこで犬を軽くたたいたりなでたりしていた。

それでどうなったの？

なにも。あたしは男に会いにメルボルンへ行った。あの人はただ、犬をなでたりやさしく声をかけたりしていたわ。

## 20

はるか下の道路や浜辺で時折り起こる騒音がせり上がってきて、シュッ、シュッとゆっくり時を刻んでいる天井の扇風機が、それを旋回させていた。気がつくと彼は、彼女の息づかい、波、マントルピースの上の時計の音に耳を傾けていた。ある時点でエイミーがまた自分の胸に頭を寄せて眠っているのに気づき、そのうち彼も眠りに落ちた。遅い午後の海風を受けてカーテンがあくびをし、それとともに暑さが去って、黄昏のくすんだ光がふわりと入ってきた。次に彼がかすかに身を動かしたときには夜になっていて、ランプの明かりが灯り、エイミーが目を覚ましてこちらを見ていることに気づいた。

そのあとは？と彼が小声で訊いた。

あとって？

メルボルンで男に会ったあとは？

あ。そうね、と彼女が言い、口をつぐんで天井を、恐らくその向こうを見上げた。それは、戸惑うと同時にあきらめているような表情だった。まるで世界が、必ず天井のこの神秘的な場所に、あるいはその向こうの星々に戻って来ると思っているように。そう、と見上げたまま何度か繰り返してから、ようやく視線を落として彼を見た。

メルボルンへ行くのはレースを見るためというふりをしなくちゃならなかったの。馬と賭けについて必死におぼえて。ちょっとだけ興味を持ったかな。考える対象ができたからかも。手術が終わったあとは気にもしなかった、競馬の観戦みたいに。なんでもないふりをした。わからない。ともかく、だからときどき胸が痛んでしまうの。

キースは？

戻って来たとき、彼はやさしかった。とても。罪悪感にとらわれていたんでしょう。あたしはすごく動揺した。子どもがいなくなったのに、彼は結婚したがった——たぶん穴埋めするために。彼はあたしよりも恥じていたのかもしれない。わからないけど。

あなたは彼を愛したの？

成り行きね。すべては雪だった。あたしの頭のなかでは。そういうふうに感じたことある？　自分に世界があって、自分の考えてることがすべて雪に変わった。キースはとてもやさしくて、あたしは雪だった。あたしは恥じていたのかもしれない。自分を汚らわしいと思ったのかもしれない。汚らわしいと思った。オールドミスにはなりたくなかった。二人でうまくやれるとあたしは思ったのかもしれない。また妊娠して。今度はうまくやれるって。でもまちがってた。彼のやさしさゆえに彼を憎んだ。彼がこちらを憎み返すまで彼を憎んだ。おまえはおれをだまして結婚させたんだと言われた。どういうわけかそうにちがいないと思えたわ。おれをだました、おまえはひどいことをした、だから妊娠なんてことになった、って。いまはそう思っていないかもしれない。でも言われたことが言葉どおりの意味だけじゃないときもある。一つの文章に、一方のもう一方に対する思いのすべてがある。たった一つの文章に。おまえはおれをだました、だから結婚した。どんなに単語を重ねてもなにも意味しないのに、一つの文章になるとすべてを意味する。

エイミーはわきを下にして横になり、海のほうに目をやっていた。ドリゴはその背中に体を寄せて横たわりながら、彼女の枕に嫉妬した。二人は長いこと黙ったまま横たわっていた。彼は一本の指で、顔にかかった髪を耳にかけてやった。その貝殻のようなかたちにいつも心を引きつけられた。まるで終わりのない巨大な渦巻きに巻き込まれたかのように、激しいめまいをおぼえた。緑色のベークライトの時計が蛍光の針と数字だけになり、幽霊のように漂う円が時を刻みながら二人の上で浮かんでいるようだった。彼女がごろりと体の向きを変えて彼の胸におさまると、彼は彼女の息が胸をかすめるのを感じた。彼女が目を開けて自分の体をじっと見ているのがわかった。その向こうの遠いなにかを、それから近くのなにかを見つめているかのように。

だいぶ経ってから、彼は彼女の声で目覚めた。

聞こえる?と彼女が言った。

開いた窓からは波の音、三階下のバーからは男たちがフットボールの話をしながら出て行く音が聞こえた。足音、のんびりした人気《ひとけ》のない遊歩道を時折り走る車の音、子どもに話しかける女の声、ともにいて、ともにいることを許されている人々。

彼女が言った。波、時計。波、時計。

彼は再び耳を傾けた。しばらくすると耳が順応し、下の通りは静かになり、ゆっくりと立ち上ってきて轟く浜辺の音、時計がベルベットのようになめらかに時を刻む音が聞こえた。

海時間、と、また波が砕けたとき彼女が言った。人間時間、と、時計がカチカチと時を刻んでいるとき彼女が言った。あたしたちは海時間で動くの、と言って笑った。そう思ってる。彼がそれほどいやな人なら、どうしてとどまってるの？

いやな人じゃない、それが問題なの。愛してさえいるのかもしれない。あたしなりに。あたしたちじゃなくて。

でも愛は愛だ。

そう？　それって災いだと思うことがある。あるいは、罰。彼といるとき、あたしは孤独。彼の向かい側にすわっているとき、あたしは孤独。夜中に彼の横で目覚めるとき、あたしはとても孤独。そんなことは望んでないのに。彼はあたしを愛していて、あたしはわからない……残酷すぎる。彼はあたしを哀れんでいるのだと思うけど、それでは足りない。あたしが彼を哀れんでいるのかもしれない。わかる？

彼にはわからなかったし、理解できなかった。なぜ自分が彼女を求め、彼女を求めるほどいっそうエラに縛られるがままになるのかもわからなかった。彼女はキースに対して愛情を抱いているが、それは彼女をみじめにそして孤独にするばかりらしいのに、なぜそのつながりが彼女を幸せにする自分との愛よりも強いのかわからなかった。彼女が話しつづけていると、二人に起きているあらゆることが二人によって決められることは決してなく、二人は多くの人々がいて多くのつながりがある世界に生きており、そのどれも二人が互いといるのを許さないかのようだった。

ぼくらは二人だけじゃない。

もちろんあたしたちは二人よ、そうじゃなければあたしたちは存在しないもの。あたしたちが二人じゃないって、どういうこと？

だが彼は、自分がなにを言いたいのかわからなかった。その瞬間、自分が他の人々の思考と感情と言葉のなかに存在しているのだと感じた。自分がだれなのかわからなかった。彼は、二人がなんなのか、二人はこの先どうなるのか、言葉も考えも持っていなかった。世界は単になにかを許し、ほかを罰し、理由も説明もなく、正義も希望もないように思われた。単に現在があるだけで、それを受け入れるほうがよかった。

だがそれでも彼女は、解読できない世界を解読しようと話しつづけた。それでも彼女は、彼の意図、考え、望みを尋ねた。それでも彼は、彼女が到底無理だと即座に却下するつもりの一歩踏み込んだ約束を口にさせようと自分を追い込もうとしていると感じた。なんであれ二人のあいだにあるものに名前をつけてほしいと彼女は望んでいるようだったが、そんなことをしたら、それそのものを殺してしまうことになるだろう。

薄明かりのなかで、彼女が誓いを立てるのを聞いた――

あたし、いつか出て行く。いつか出て行って、彼があたしを見つけることはない。

彼女の言葉はにわかには信じがたかった。彼はなにも言わなかった。彼女は沈黙していた。彼は、なにか言わなくてはいけない気がした。

どうしてぼくに言うの?

キースを愛していないから。わからないの?

新たな不穏な事実を明かしたその言葉に、二人は衝撃を受けた。

しばらく二人とも口をつぐんだ。二人の向かい側でじっと待つ時を刻む緑色の円を除けば、二人は完全な暗闇にいて、そのなかに二人の体は溶け込んでいた。二人が暗闇に見つけたのはお互いではなく断片で、それは別のものを形づくっていた。彼は、彼女の腕と胴体に押さえられていなかったら、無数のかけらとなって飛び散ってしまうような気がした。

耳を澄まして、と彼女。あたしたちは海時間。

しかし海は静まり返り、唯一聞こえるのは、針が一本しかないベークライトの時計の音だけだった。真実ではないと彼にはわかっていた――彼女の貝殻のような耳に口づけたとき、彼女が眠っていたというのは。その瞬間この世でただひとつの真実は、そのベッドで二人がいっしょにいること。だが彼は、心が安まらなかった。

# 21

太陽が昇りきらないうちに、朝の空気はすでに天火のなかのようだった。メイドに恥ずべき痕跡を見られないよう、エイミーはドリゴがベッドを整えるのを手伝った。彼が上半身を洗うのを見ていた。濡れた器のような両手から落ちるかすかに光る顔は、湯気を立てるプディング。なにより目に留まったのは、日焼けした腕だった。水差し、髭剃り用ブラシ、安全カミソリなどをつかみ上げ、持つ様子。粗暴ではなく、穏やかな力強さ。張りつめた感じ。見知らぬ人のようだ。

彼はかがんで洗面器に頭を埋め、ぐらぐらする子羊の脚のように両脇に腕を広げていた。しかし子羊とは似ても似つかなかった――むしろ狼のようだと彼女は思った。しっかりと踏んばり、バランスを取り、待っている黒い狼。豊かな黒い脇毛が石鹸でなめらかになっている。胸。なにか――車、列車、彼女の心臓――を止めようとしているように片腕を上げ、なんでもないというようにそれを降ろしたときの肩。

彼女はいますぐ腋の下に顔を埋め、味わい、嚙み、そこにおさまりたかった。なにも言わず、体じゅうに顔を走らせたかった。こんなプリント地のワンピースなんて着るんじゃなかった——緑色、ひどい色、安っぽいワンピース、ぱっとせず、乳房を押し上げて露わにしたかったのに、引っ込めて覆っているなんて。彼を見つめていた。筋肉が隠れた小さな動物のように背中を走っている。彼が動くのを見つめていた。その背中、腕、肩に口づけしたかった。彼が顔を上げてこちらを見るのを見つめていた。

目、黒い目。見ていないのにちゃんと見ている。

彼女はその視線から急いで逃れようとなにか言ったが、その場にとどまった。彼がなにを考えていたのかは知る由もなかった。一度尋ねたことがある——わからないと彼は言った。あとで、彼は怖がっていたのだと彼女は思った。彼はハンサムだった。彼女はその点も嫌だった。確信に満ち満ちて、訳知り顔——この点もまた自分がまちがっていたと、あとになってわかった。訳知り顔だけれど、まったく気づいていない。

彼。それがまさに。

彼女がまだ自分を見ているのに気づいたドリゴは、目をそむけてうつむき、顔を赤らめた。

彼のすべてを知りたい、彼に自分のすべてを語りたい。けれどあたしは何者なのか。アデレードに家族がいる友人を訪ねるためシドニーからやって来て、そこに居つき、〈コーンウォール王〉のバーテンダーの仕事を得た。そこでキース・マルヴァニーと出会った。退屈な男だったけれど彼なりにやさしく、いろいろあって、あたしは何者なのか。バルメインの看板描きの娘。父はあたしが十三歳のときに死んだ。あたしたち兄妹七人は、自力で道を切り開いた。ドリゴのような男性に出会ったことは一度もなかった。

あたしよりも床に興味があるの？

なぜこんなことを言ってしまったんだろう。あたしは悪い女、あたしは恥知らずな女。それはわかっている。世間にそれが知れたところでどうでもいいと思うことがある。いま死の床にあったとしても、そのことを悔いはしない。なにも後悔してはいない。彼にシャツを手渡した。いらない。

彼がほほ笑んだ。皮膚の下で上腕二頭筋がボールのように前後に動く。タオルを受け取り、そこに笑顔を埋めた。動いているのにまったく動かない。

だが、彼は当てにならないような気がした。男はみな嘘つきで、彼も同じだろう——舌は一つだけなのに、檻に集められた野犬の数より多くを語る。あたしは多くを経験し、あらゆる方向へと歩いた。食堂にいる全員の目の前で、彼の愛しい男根をいますぐ口に含みたい。そうすればその人たちのコーヒーにクリームを入れてあげられる。

突然彼女は、彼に消えてほしくなった。彼を押しのけたかった。そうすることもできただろうが、彼に触れたらなにが起こるかと恐ろしかった。

ドリー?

尋ねかけ、求める。

起こるはずがない、でもきっと起こるだろう。この感情、この認識、このあ、い、い、あたしたちは、先に進むことがあるのだろうか。

ドリー?

なに。

ドリー、そうなる?

そうなるって?

怖くなる？　愛してるって言ったら。

ドリゴは答えずに顔をそむけ、エイミーは青いベッドカバーの綿の糸を探っては引き抜いた。

ああ、あたしは悪い女。自分にもキースにも嘘をつき、そのせいでこういう状況になったのに、悔やみもしない。愛を求めているのではなく、二人を求めている。

まだ朝だったが、二人は整えたばかりの寝床にまた身を横たえた。彼は片方の肘から下を彼女の乳房に走らせ、彼女のあごの下に片手をおさめた。彼女の首に鼻を上下に走らせた。彼女は身悶えした。彼の唇が開き、彼女の首が浮き上がった。

怖くないよ、と彼が言った。

彼が眠りに落ちると、彼女は立ち上がり、よろめいたがバランスを取り戻し、伸びをして、バルコニーの影のなかへと向かった。遠く浜辺で、子どもたちが波のなかで歓声を上げていた。暑さは母親のように有無を言わさず彼女に腰を下ろさせた。しばらくそこにすわり、波が砕けて轟く音を聞いていた。伸ばした脚の影が短くなっていることに気づくと、ようやく夫と暮らしている三階下の部屋へ向かった。

風呂を浴びても、そこかしこにドリゴのにおいが残っていた。彼は彼女の世界ににおいをつけた。彼女が夫婦のベッドに横たわり、夕暮れ過ぎまで眠り、目を覚ましたときには、彼のにおいしかしなかった。

## 22

半日、丸一日、空いている夜と、どんな時間でも捻出して、ドリゴ・エヴァンスはエイミーと過ごしていた。新しく見つけた移動手段は、オースチン・ミニ・ベイカーズ・バンだった。それは士官仲間がカードゲームで勝ち取ったものだったが、自分の車を持っているので、いつでも喜んでドリゴに貸した。キースはドリゴの訪問を喜び、さまざまな活動で夏のあいだますます頻繁に留守になるから、そのあいだ甥がエイミーに付き添ってくれるのはうれしい、とはっきり言った。

〈コーンウォール王〉でのドリゴの滞在時間は毎回数時間で、全部足しても数週間というところだったが、これまで生きた唯一の人生のように思えた。エイミーは、「あたしたちが現実の生活に戻るとき」、「夢が終わるとき」、というような表現を使ったが、彼女といっしょのその生活、その時間だけが、彼には現実だと思えた。それ以外はすべて影として通り過ぎる幻影で、そんなものには関わらず、気にかけず、ほかの生活、ほかの世界に、エイミー以外のことを考え行動するよう要求されると腹が立つ。

かつては軍隊生活にすべてを費やしたが、いまでは胸が高鳴るどころか、興味も湧かない。患者を見ても彼らは窓に過ぎず、それを通して彼女を、彼女だけを見た。これまで行なった切断、切開、処置、縫合は、どれも手際が悪く、下手で、無意味だったと思えた。彼女から離れていても、彼女の姿が見えて、ムスクの香りがする首のにおいがして、輝く目を見つめることができて、ハスキーな笑い声が聞こえ、わずかにむっちりとした太腿に指を走らせ、髪のルーズな分け目を見つめることができた。腕はそこはかとなく謎めいた女性的な豊かさに満ちており、張りつめてもたるんでもおらず、彼にとっては実にすばらしかった。彼女の欠陥は彼女を見るたびに増えていったが、いっそう胸が躍った。自分が見知らぬ土地の探検家になったような気がした。そこではあらゆることが逆さまで、それゆえいっそうすばらしい。

彼女には、エラが多くのハリウッドスターを引き合いに出して称賛されるさまざまな点が欠けていた。エイミーははるかに生身の存在だった。彼女から離れているとき、彼女の完璧な欠陥をさらに思い出そうとし、それに刺激され好ましく思ったことを思い出し、それらについて考えれば考えるほど、さらに多くの欠陥が思い浮かんだ。唇の上のほくろ、乱ぐい歯の魅力的な笑顔、少しぎごちない足取り――物思いに沈んで揺れながら、堂々としていると言ってもいいような歩き方。操れないものを操ろうとし、女性的であると同時に動物的であるなにかを表に出さず慎ましいふりをしているかのように。いつも不用意にブラウスを引っ張り、そうしなければ乳房がいまにもはみ出してしまうといわんばかりに、谷間の上に引っ張り上げている。

彼女が自分の自然な姿を避けて覆い隠そうとすればするほど、視覚的にはますますそれが顕著になっていたのを思い出す。自分が発散するものを恥じると同時にそれに胸躍らせる、動くパラドックスだった。笑うときはかん高く笑い、動くときは体を揺らし、彼にはムスクの香りと彼女がいつも結びついた。海風の不規則な息がホテルのベランダをふわりと抜け、開いたフレンチドアをそっと鳴らす。彼女はベッドで片手を自分の体に走らせ、なにやら当惑した様子で腰や太腿を見つめることがあった。彼女の肉体は、彼同様彼女にとっても解けない謎だった。彼女は自分のことを、欠陥のある構造物と言い表していた――脚のかたち、ウエストのサイズ、目のかたち。

ドリゴは、自分に対する彼女の気持ちを最初のうちは信じなかった。のちにそれを欲情として退け、ついにはもはや否定できなくなると、その獣性、その力、その信じられないような凶暴性に困惑するようになった。ドリゴ・エヴァンスのような自己評価の低い男には、この生命力があまりにも大きくあまりにも不可解だと感じられることがあったが、それはまた、容赦なく逃れられぬ圧倒的なものだとわかり、降伏した。

欲望はいま、有無を言わせず二人を支配した。二人は無謀になり、どんな機会も捉えて性交し、見つかって突然終焉を迎えるかもしれない影と瞬間を捉え、あるがままの自分たちを見るがいい、知るがいいと世間に挑んだ。挑発し、そうなることを求める一方で、それを避けそれを隠したが、どんなときもそのことにスリルを感じていた。海がせり上がり、〈コーンウォール王〉の分厚い青石の壁を突き破る。壁の内側で奮闘する二人は、体に玉のように噴き出したすべる汗にまみれて、ゆっくりと一つに溶け合う。二人は浜辺で、海で、それよりは手こずりながらカブリオレのなかで、〈コーンウォール王〉の裏手の道で、涼しい隠れ家のような地下のワイン貯蔵室に置かれたクーパーズ・レッドの樽の上で、一度は夜更けに調理場で、愛を交わした。彼は彼女の引き波に抗えなかった。

セックスのあとで、彼女の顔が脳裏に焼きついた。無表情で、とても近くて、とても遠い。見上げて、こちらのなかを、奥を、さらに向こうを見つめる。そんなとき彼女は、憑かれたようになっている。眉はくっきりと強く、燃えるような青い目は夜の光で銀色に輝き、こちらに焦点が合っていないように見えながら、まっすぐ見つめている。口をわずかに開け、笑みは浮かべず、息切れはそっと鎮まり、こちらは身をかがめ、かすかな風を肌に感じようと頬を寄せる。そうすれば、これは幻影ではなく彼女だと、彼女がともにベッドにいるのだとわかるだろうから。喜びやプライドではなく、驚嘆というものを知った。暗くなったホテルの部屋で、これほどに美しいものは見たことがないと思った。

一度、キースが早い時間に会合のため街へ行ったとき、彼女が朝、部屋へ来た。おしゃべりし、彼女が立ち去ろうとしたとき、抱き合い、接吻し、ベッドに倒れ込んだ。ベッドから脚を投げ出した彼女に、半分立ったまま腰を落として挿入した。顔を見下ろすと、彼女はそこにいないように、相手がいることに気づいてすらいないように見えた。

彼女の目はどんどん明るさを増したが、妙に焦点が合わなかった。唇は浅い息を逃がす分だけ開いていた。短く繰り返される滝のようなため息の一部は彼に対する反応、一部は彼女だけの恍惚。魂が抜けたような彼女の顔を見て、彼は怯えた。まるで、彼女が真に彼から求めるものは、この消滅、忘却で、二人の情熱は世界から彼女を消し去ることになるばかりであるかのようだった。おれは、彼女がそれに乗り、はるか彼方、おれが知らない別の場所へ行くための乗り物にすぎないのではないかと、一瞬、鈍い憤りにかられた。彼女に乱暴につかまれ引き入れられたとき、彼は自分の体が同じ旅をしていると理解した。彼女はこのすべてがおれだと思うのだろうか。おれじゃない。おれにとっても謎だ。

そのように続いていった終わりなき夏は、無謀運転の車が大破するように終わった。日曜の夜、キースが、知っていると、ずっと知っていたとエイミーに告げた。

## 23

キース・マルヴァニーは、事の初めから始動しており、ひとつとして彼の目に留まらないものはなかった。いつにも増してゆっくりと車を走らせた。灯火管制のため、街灯や一般家庭の電灯は点いておらず、車のヘッドライトはすべて遮光用のカバーで覆われていた。

知ってるよ、と彼が言った。ずっと知っていた。

エイミーの足元で、車の床が震えた。振動で自分を忘れようとしたが、振動は彼女に、ドリー、ドリー、ドリーと言っているように思えるばかりだった。夫を見ないようにし、まっすぐ夜を見つめていた。

最初からね、とキースが言った。あいつがバーに来ておれを呼び出したときから。

言葉と言葉のあいだに、何キロも過ぎたように思えた。車はガタガタ鳴る果てしない暗闇に迷い込んだようで、彼女は必死にそれを頭から追い払おうとしていたが、感じられるのは、キースから漂って来る悲しみ、世界を空っぽにするような悲しみだけだった。車は震えて単調な音を立てていたが、沈黙、孤独、実に恐ろしい静止だけが彼女を支配していた。こんな彼を見たのは、去年の夏にかわいがっていた妹を結核で亡くしたときだけだった。

これも悲しみのひとつのかたちなのだろう、と彼女は思った。喜びも、驚きも、笑いも、活力も、光も、未来もない。希望と夢は、消えた火のなかで冷えきった灰になっていた。会話も言い争いもない。実のところ、言うべきことなどあるだろうか。それは死だ。愛の死、とエイミーは思った。彼はハンドルに体を預けるようにしてそこにすわっていた。絶望という裂けた棒切れが、体に合わない服――茶色い幅広のズボン、緑色の綾織りのシャツ、冴えないウールのネクタイ――の袋から何本も突き出している。

ずるいと思ったよ、とキースが言った。

エイミー・マルヴァニーは、実際にはなにもないのだとして、真実を言わずにできるだけ反論した。あのとき二人は見ず知らずで、偶然出会っただけで――場所は書店だったと一応あなたに言ったはずよ――なにも起こらなかった。

なにも？とキース・マルヴァニーが言った。相変わらず笑みを浮かべている。その笑みで彼女は震え上がり、それと同じくらい恥じ入った。おまえは胃が縮まなかったのか？と彼が続けた。やつに話しかけることに、気持ちが昂ぶったり臆病になったりしなかったのか？

彼女は嘘をつきたくなかったので、黙っていた。沈黙は破滅的な自白になるが、言葉を発すればさらに状況が悪くなる。

おまえのことはわかってるんだよ、エイミー。わかっている。

なぜこの人にわかるの？と彼女は思った。なにもなかったのになぜわかったの？　でも彼にはわかったのだ。

もしも彼がほかの男だったなら、鎌をかけているのだと彼女は思っただろう。だが、キース・マルヴァニーは実直だった。彼女はドリゴと出会ってから失くしていたが、彼は不幸にも真実との関係を続けていた。彼女は最初に思い浮かんだことは決して言わず、三番目か四番目に浮かんだことを、誤りや綻びを確認したあとで言った。だがキースは、思っていることをそのまま口にした。知っていた、ずっと知っていた。ほかの多くのこと同様、黙って、辛抱強く、不平も言わずに知っているこの恐ろしいことを胸にしまっていたが、この夜、ロバートソン家からの帰り道、彼の目の前の闇のなかでなにかが口を開け、それ以上胸にしまっておけなくなった。

夏のあいだ、二人の結婚生活は落ち着いていた。より成長したのかもしれない、とエイミーは思った。それは、結婚後に彼女が替えてほしいと頼んだが拒まれた、エドワード朝の馬毛の家具のような感じだった。やわらかい部分に身をまかせて硬い部分を避ければ、たわんで居心地がいい。彼は身勝手ではなく、やさしい。けれど彼はドリゴではない。やがて、これは愛なのだと自分を欺くのがどんどんむずかしくなっていった。結婚生活はしぼんでいっていると感じた。夫のいるところに、二人の寝床に戻り、暑い夜には薄くなった黄色いコーデュロイのカバーを穏やかな手つきでそっと折り返したが、ほかの場所へと誘《いざな》う心の内や混迷は隠していた。

ときどき、ひざまずいて告白してしまいたいという強い衝動にかられた。日中はなんとか罪悪感と付き合えた。だが深夜や早朝にはそれが胃の中でふくれ上がり、胸を強く圧迫してきたので、呼吸を落ち着け、押しつぶされそうなその重さに耐えねばならなかった。求めているのは罪の赦しではなく、自分の真意と自分の人生をぴったりと重ね合わせ、そうしたのちに、立ち上がり、向きを変えて、永遠に立ち去る純粋さだけだった。

# 24

〈コーンウォール王〉で仕事を始めた最初の数か月間は、年配で下り坂のホテルの主人に関心を向けられたり、贈り物をもらったり、お世辞を言われたりすることを――無意識にそう仕向けてさえいたかもしれない――楽しんでいたが、次第にそういうことが煩わしくなってきた。ある夜、バーを閉めたあと、キースと二人だけになった。そうすれば、おかしなことを考えてこちらを見るのはやめてほしい、二人のあいだにはなにも起こらないだろうし、起こり得ない、と穏やかに伝えられるだろうと思ったからだった。しかし、そうはならず、気がつくと、愛撫の迷路にはまっていた。いつどうやって彼から逃れたらいいのかわからず、最後には、それに身をまかせて別の機会に伝えるほうが楽で賢いように思えた。

そして、二人がときどきするように、一つのことはもう一つのことにつながらず、世界を粉々にした。

中絶後、キースが罪悪感にとらわれ、結婚に気持ちが傾いたとき、エイミーは気が動転し途方に暮れており、なにも決められなかった。キースは彼女を自分の世界とホテルという環境にすっかり引き込んで、彼女がほかのことに気を取られないようにしようと根気よく努めた。皮肉にも、結婚の申し込みは、確実性と世間体において、泥沼から抜け出す唯一の道だと思えた。二人の顕著なちがいは、ほかのカップルのそれと大して変わりはないだろうと自分に言い聞かせた。

二人にちがいはなかったのかもしれない。彼が、やさしく寛大で、気づかいのある男だとわかってきた。人生で初めて、彼女は安定とそこそこの富を得た。キースは二十七歳ほどの年の差を尊重し、彼女が好きなように出かける程度の自由を与え、彼女はそれに感謝しないわけではなかった。耐えがたい生活ではなかった。

キースには好ましいところが少なからずあるのを彼女は知っていた。いっしょにいて気が楽だった。ホテルをしっかり管理し、彼女に不自由させず、冬には暖炉の火を絶やさず、夏には台所に氷を常備した。彼女を気づかった。彼にとってホテルがそうであるように、彼女は自分が、満たされるべきニーズ――彼はそのすべてに関心があるが、根本的な情熱はない――として彼の人生の一角に存在しているような気がした。彼は勤勉に働くことで、二人の空疎な生活を寄せつけないようにしていた。ホテルの仕事に精を出し、わずかな空き時間は、いままでどおりいくつかのスポーツクラブの役員と市会議員の仕事にあてた。

だがエイミーは、メンテナンス、快適さ、割られた焚きつけ、冷やした牛乳以上のものがほしかった。長年同じように折り返されて折り目がつき、自然にたたまれる色褪せた黄色いコーデュロイのベッドカバー以上のものが。荒廃、冒険、不確実さが。快適さではなく、地獄が。

夜、彼はときどき、彼女の背中側に横たわって腰や太腿をなでる。片手が乳房に触れると、彼女は大きなアシダカグモを思い浮かべる。するとその同じ指が、股間で彼女を悦ばせようとする。彼女はいっさい反応しなかった。なにもしないことが、関心を向けられることに対処する最善の方法だった。抗いもせず、受け入れもしなかった。彼が片脚をここに置いたとき、彼がそこに入ってきたとき、なにも言わず流れにまかせた。ただし頑《かたく》なにキスは拒んだ。あたしの口はあたしのもの。

彼はときどきそれに腹を立て、彼女のあごをつかんで顔を自分の顔に向け、彼女の唇のうえを唇でなぞり、彼女の引き結んだ口の上で舌をうねらせ——それは扉の錠を舐めるようなものだろうと彼女は想像した——それから彼女の顔を両手から離して、ときには、奇妙なおぞましい動物の鳴き声のようなうめき声を発した。

やがて彼は、彼女の応じ方を受け入れるようになった。終わると彼女は上掛けを払い、彼にひと言もかけず、身振りもせずに、怒ってむっつりした表情で浴室へ大股で歩いて行った。

彼を傷つければ自分も傷つくが、それには嘘がなく必要なことだと思った。彼が取り残されて、ごみ、泥、嫌悪すべき汚らわしいもののように感じていたとしても、それには理由が、奇妙な矛盾する理由があった。彼女は彼に知ってほしい、すべてを知ってほしいと思い、それと同じくらい、ドリゴと通じていることを秘密にして彼を傷つけないようにするためにはどんなことでもしようと思った。すべてを終わらせるだろう危局を求めながら、なにも変わってほしくなかった。彼を怒らせなくてはならず、絶対に怒らせたくなかった。

戻ると、彼女は彼に触れもせず話しかけもせず、背中を向けてベッドに横たわった。彼はパニックになっているのか、自分は誤解されていない、彼女は自分を愛している、自分が彼女に対して抱いているのと同じ気持ちを抱いているというなんらかのしるしを求めて確認しようとしているのか、のしかかるようにして彼女の額に何度も口づけしようとする。だが、反応はいっさいなかった。

エイミーは彼が背後で息を切らしているのを感じ、愛は善なるものでもなく、幸福でもないと知る。いつもキースを相手に不幸せだというわけではないし、ドリゴに対する気持ちも幸福感ばかりというわけではなかった。エイミーにとって愛とは、宇宙が一人の人間の裡で触れ、爆発し、その人間が爆発して宇宙になるというものだった。それは壊滅であり、世界を破壊する存在だった。

寝床に横たわり、キースが背後で声を殺して泣いている気配を感じながら、愛は、善と喜びのみならず、惨めさと残酷さと完全な否認まで、愛が持つ力のすべてが取り払われるまで終わらないと理解した。毎晩そこに横たわりながら、彼女は腹のなかで割れたガラスの破片が転げまわっているのを感じた――切りつけ、切りつけ、また切りつけて。

# 25

エイミーには、そういったことを話せる相手はいなかった。愛は公のもの、そうじゃなければ愛じゃない、と、トランプでファイブハンドレッドをしていた晩に――エイミーとキースはそこから帰宅する途中だった――彼女の友人が言った。愛はほかの人たちと分かち合わなければ死んでしまう。

毎月第一日曜の晩、キースとエイミーはロバートソン夫婦とトランプに興じた。その夜の話題は、有名な弁護士が医者の娘と懇意になり、妻を捨てたという最近のスキャンダルだった。それに続いて、いくつかの忌まわしい放棄と卑しむべき不倫が話題になった。一同の同情は、例外なく取り残された連れのほうに集まった。別の相手を見つけたほうの配偶者は、軽蔑、嘲笑、悪魔払いの対象だった。

主に悪魔払い。追放。

エイミーはそれを、そういう劇的な決着を願った。しかし、事態は血を流した。血を流して流して、血は止まらない。劇的な結末はなく、キースの妹が結核で哀れな最期を迎えたように、ゆっくりとしおれていくだけだ。血が流れ、さらに血は流れて。

訊きたいこと、知りたいことがたくさんあった。あなたは本当にそう思うの？と訊いてみたかった。秘めた愛は愛ではないの？　それは存在しないように運命づけられているの？　それは死ぬまで血を流しつづけるの？

トランプ用のテーブルをひっくり返してカードを風に散らし、立ち上がり、本音を言えと迫りたかった。答えて、と言いたかった。名づけられない愛も愛ではないの？　それはほかのにも増してすばらしい愛ではないの？　あたしはほかの男を愛している、と全員に告げたかった。カードが地面に向かってひらひらと舞うとき、全員の持ち札に価値がないことが判明し、勝ち取ったすべてのポイントが無意味な猿芝居だと明らかになるとき、こう言ってやろう。この別の男性は本当にすばらしい人だと、この先三十年間彼に会えなくても彼を愛しつづけるだろう、彼が死んでも自分は死ぬまで彼を愛するだろう、と。

だがそうはせずに、ハリー・ロバートソンが切り札のジャックを出すのを眺めていると、彼と、彼と常に組んでいるキースが勝った。

浮気なんて簡単よ、とエルシー・ロバートソンが言い、次の勝負のためにカードを集めて切った。情けないったら。嘘ついて、信頼につけいればいいだけ。

エイミーは、彼らが愛について語っているのだと思った。浮気は簡単なことじゃない、と思った。苦しい。とてもとても苦しい。浮気するのは、人格に欠陥があるからじゃない。ただそうなってしまうのだ。裏切りですらない。自分に正直であることが大事なら、配偶者相手に演じる猿芝居こそ本当の裏切りではないのか？　そして、世間とロバートソン夫婦が求め、承認するのは、この、本当の裏切りではないのか？

彼女は、もう一人の女性から、あなただけではないという、なんらかの合図、見方、言葉を待っていた。だが、なにもなかった。その日の午後、ドリゴから、所属部隊が水曜に出航すると告げられていた。彼は死ぬかもしれない、あるいは生き延びたとしてもあたしのところへは戻ってこないかもしれない。彼がギリシア人とトロイア人について語ったことを思い返した――ギリシア人はまた勝つのだろうか。

あたしの愛は、すばらしいけれどまったく愛とは言えないものなのだろうか。自分が別の人間を介してだけ存在するようになったと感じたとき、なぜそれほどの恐ろしい孤独感に襲われたのか。

このことだけはわかっていた――あたしはひとりきり。

夜、トランプ遊びを終えて立ち去ったとき、キースはいつになく静かだった。いつもならよくしゃべるのに、ここのところどんどん口数が少なくなり、ファイブハンドレッドをやっているあいだ、ほとんど口を開かなかった。キースが発する悲しみは、世界を空っぽにするようだった。エイミーは、カブリオレのサイドウィンドウがガタガタ鳴る音、道の騒音、モーターがかすかにカタカタいう音以外気にすまいとしたが、伝わってきたのは、キースが自身に深く埋没している気配だけで、ガタガタ、トントン、カタコトいう音がひたすら鳴りつづけた。

魔法は消えた、と彼が言った。

議会にはきっとあなたの言うことがわかるわよ、とエイミーが、その夜交わされた会話を継いで言った。

議会？　キースは、まるで自分が食料品の店主で、彼女が店に入ってきた客で、不可解にも常識を一袋ちょうだいとでも注文したというように彼女を見た。議会の話じゃない、と言うと、道に視線を戻した。

彼女は言うべきではないとわかっていたが、じゃあなんのこと?と明るく言った。

それはまやかし、嘘のようなものだった。すべてはいま、大なり小なり嘘だった。

一瞬、キースが彼女に向きなおって見つめた。暗闇ではっきりしなかったが、怒って（それは当然だろう）あるいは責めて（それなら救われただろう）こちらを見つめているのではなく、見つめられているかぎりこちらは逃れられない恐ろしい裁きを突きつけていた。そこにある哀れみ、恐怖、痛みを暗闇は覆い隠せず、彼女はそれが自分に永遠に取り憑くのではないかと恐ろしくなった。突如、心底震え上がった。

知らなかったんだよ、とキースが言った。ちゃんとは。

あたしはこの人を愛せない、とエイミーは心のなかで言った。愛せず、愛してはならず、絶対に愛せるはずがない。

キースが声を荒らげずに続けた――おれのまちがいであればいいと願った。そんなひどいことを考えるなんて、おぞましい嫉妬深いじじいさんだとおまえが証明してくれればと。そんなことを考えた自分を恥ずかしく思わせてほしいと。でもいまは。いまはちがう。なにもかも……明らかだ。

しばらくのあいだ、キースは思いに、企みに、裏切りの計算に心を奪われているようだった。するとあいまいでゆっくりとした口調で言った――

おまえがなにか言うと、それはこう……なんというか……

また道に視線を戻す。

ライフルで撃鉄がカチッと鳴る音を聞くようだったよ。

彼女は夫を抱きしめたかったが、そうはしなかったし、そうすることはないだろう。

おれはなにかすべきだった、なにか言うべきだったのかもしれない、とキースが続けた。でもなにを言えばいいのかと思った。やつは彼女と歳が近いと心の中で思った。おれは、年寄りの太ったまぬけだ。おれは――

口をつぐむ。目を潤ませているのだろうか。泣きはしないだろう。あたしより勇敢だもの。それにもっとまとも。でも、あたしが求めるのは美徳じゃなくて、ドリゴ。

疑っていた。そう、とキースが、膝の上のミス・ビアトリーチェに話しかけるときのような口調で言った。で、思った、なあキース、おやじさんよ、やつが来たら消えろ。二人はいっしょにいて、燃え尽きて、彼女はおれのところに帰ってくるだろう。だが、おれが犯したミスはこれが最初じゃない。

軍用トラックが一台通り過ぎ、それがカブリオレに一瞬投げ込んだ細長いかすかな光のなかで、彼女は横を盗み見た。だが、長くまっすぐなアデレードの道のはるか前方を一心に見つめる、影がかかった彼の顔は、彼女になにも語ってはいなかった。

赤ん坊を堕ろさせるべきじゃなかった、とキースが言った。

ギアを落とすと、車の床がエイミーの足の裏で揺れた。その振動は彼女に向かって、ドリー！　ドリー！　ドリー！と叫んでいるようだった。

おおよそ、見当は、ついていた、とキースが続ける。おまえ、おれ……舌がもつれる。ひと言ひと言が、果てしなく理解し得ない宇宙だった。おれたち、と続ける。

彼女は自分のなかに夫に対して深い感情があることを認識した。しかし、さまざまなことを感じはしたが、それは愛ではなかった。

なにもないわ、キース。

そうだ、もちろん。もちろん、なにもない。

あたしにどうしろと言うの？

どうする？　するって？　なにができる？　魔法は消えたんだ。

なにも起こらなかったわ、と二度目の嘘を言った。

おれたち、と言って彼女に顔を向ける。おれたち？と訊く。しかし彼は心もとなく、途方に暮れ、フランスのように打ち負かされた様子だった。おれたちはなれたはずだ。おれたちはなにかになれたはずだ。そうなんだ。

そうね。

なれた。でもなれなかった。エイミー、なれたか、おれたちは？　おれは赤ん坊を殺し、そのことがおれたちを殺したんだ。

## 26

月曜の朝、ドリゴ・エヴァンスがアデレード・ヒルズへの長距離行軍を率いようとしていたとき、家族から緊急の電話だから取るようにと連隊本部に呼ばれた。事務所はトタンの大きなかまぼこ形兵舎で、そこで参謀将校たちが、パン屋と陶房の窯以外ではあり得ないほどに高い気温のなかで働いていた。地獄の熱は閉じ込められ、その上仕事場はカラシ色に塗られた薄汚れたメゾナイトの一枚壁でいくつかに仕切られているためさらに息苦しく、仕事などできない状態だった。苛立ちから、みな喫煙量が増え、空気には靄がかかっており、それと張り合えるのはにおいだけで（タバコの煙、汗、ぎゅうぎゅう詰めになった獣が発する饐えたアンモニア臭が混じり合っている）、全員がひっきりなしに咳をしていた。

ドリゴを待っていた電話は、当直士官の受付の向かい側の壁に掛かっており、口実をもうけて外に出ようとする者たちが引きも切らずその前を通って行った。このどうにもならないプライバシーの欠如を相殺するのは、タイプライターのキーがはじけ、キャリッジが戻り、電話が鳴り、男たちが大声を上げ、咳込み、扇風機がそこここで低く唸りながら、耐えがたい暑さを叩き切って、いくつもの不快きわまりない熱い房にしている、狂ったような不協和音だった。

ドリゴはベークライトの受話器を持ち上げ、送話器に体を寄せ、着いたことを知らせるため咳払いした。一瞬音が絶え、それから彼女のまちがえようのない声が短い言葉を発するのが聞こえた。

彼、知ってるの。

自分が、止めてくれるものもなく宇宙を落下していくような気がした。どこかはるか下に自分の体があり、受話器と結ばれていて、それは電話線につながっていて、それは〈コーンウォール王〉のエイミー・マルヴァニーが立っている場所まで走る別の電話線につながっている。自分の体が男たちに背を向けているのがわかった。また咳をしたが、今度はわざとではなかった。

え？とドリゴが言った。エイミーの声がよく聞こえるように、そして、ほかのだれにも聞こえないように、片手で受話器の端を覆った。

あたしたちのこと、とエイミーが言った。

ドリゴは濡れた襟と首のあいだに指を一本走らせた。耐えがたい暑さだった。空気をしっかり取り込もうと、深く息を吸っていた。

どうして?

わからない。どうしてなのか、なんなのか、わからない。でもキースは知ってる。

ドリゴは次にエイミーが、キースと別れる、もしくはキースに追い出された、と言うだろうとわかっていた。いずれにしても、これでエイミーと二人、人生を始めることになるだろう。彼はこういったことをすべて理解しており、これに対して、そうだねと言うだろう——そうだね、ぼくはエラ・ランズベリーとは終わりにして、そう、すぐに自分のほうの段取りをつけて、二人、正真正銘のカップルになろう。彼には、こういうことすべてが当然の姿なのだと思えた。

エイミー、とドリゴが小声で言った。

戻って、とエイミー。

え?

彼女のところに。

ドリゴは、自分が天火のような事務室に引きずり戻されているように感じた。どこでもいいからここ以外の場所で話したかった——埃だらけの書店、浜辺、ペンキがはがれかけたフレンチドアとそよ風とひっそり錆びていく錬鉄のバルコニーがある、彼がいまでは二人のものだと思っている角部屋。

エラのところへ戻って、とエイミーが言う。

彼は、背後にすわっている当直士官に話の内容がわからないように言葉を区切りながら、できるだけ単調にそして感情を交えずに切り返した。

どう。いうこと。戻る?

彼女のところに。そういうこと。そうして、ドリー。

彼女はそれを望んでいない、と彼は思った。望むはずがない。それならなぜそう言ってるんだ?

見当がつかない。顔が紅潮した。この制服には体が熱すぎ、大きすぎるように感じた。腹が立った。言わなければならないことがたくさんあるのに、なにも言えない。カラシ色のメゾナイトの壁が迫ってきて、軍服の、規律と規則と権威の重さに圧迫されているのを感じた。息が詰まりそうだった。

エラのところへ行くのよ、とエイミーが命じた。

彼の体はただ、かまぼこ形兵舎の不快きわまりない天火のような部屋から逃げ出したい、脱出したいと――

エイミー。

行って。

ぼくは――

ぼくはなに？

思ったんだ。つまり――

つまり、なに？

すべてはいま逆になっていた。彼女を求めれば求めるほど押しのけられた。するとエイミーが、キースが来る、ごめんなさい、切らないと、と言った。彼、喜ぶわ。

ドリゴ・エヴァンスは喜びはしなかったが、まったく予期していなかった大きな安堵に包まれた。すぐに連隊本部の焦熱地獄の外へ出よう。エイミー・マルヴァニーが自分の人生に持ち込んだ麻痺状態に近い圧倒的な混乱から解放される。これからは、エラ・ランズベリーとともに、まっすぐに正直に、自分の人生を歩むことができる。自由になれる。もう嘘偽りの大きな渦のなかを泳がなくていい。エラ・ランズベリーとの愛を見つけるという務めだけに心を傾けることができる。だから、あとになって、なぜ自分がああいうことを言ったのか、ついにわからなかった。ただし、ひと言ひと言が本気だった。一つのセリフで、その自由を捨て、それとともに、愛が育まれるある程度の希望を捨ててしまうことになるのに。

戻って来るよ、とドリゴ・エヴァンスが言った。終わったら。エイミー、きみのもとへ。そしたら結婚しよう。

それは苦難に、そして破滅にすら向かう道だということはわかっていた。一瞬前には考えもしなかったことが、いまは避けがたいものに思え、ほかに取るべき道はなかったかのようだった——埃が舞う書店での出会い、ペンキがはがれかけ、海風にカーテンが物憂げに波立つ寝室、燻製室のように暑いトタンの小屋での逢瀬。ベークライトの受話器が汗でびしょ濡れになって耳をすべった。彼女がすでに電話を切っていて、自分がたったいま口にしたことをひと言も聞かなかったかもしれないと理解するのに、一、二秒かかった。

彼女に会わなければ——それしか考えられなかった。彼女に会おう。残り二日のどちらかの晩にどうにか兵舎を抜け出して、会って話をする。

出発だ、エヴァンス、と背後から声がした。振り向くと、クリップボードを手にした第七大隊所属の参謀将校がいた。

ドリゴの頭のなかには、許可を得ずにどうやってワラデールを出たらいいか、どこで乗り物を見つけたらいいか、どこで密かに会えばいいかという考えが渦巻いていた。

第七大隊衛生隊は、今夜シドニー行きの列車に乗る。着いたら、どの船に乗るか申し渡される。最終目的地は太平洋上のどこかで告げられる。予定はすべてキャンセルし、十七時ちょうどに出発するよう指令が下されている。

ドリゴは頭がくらくらしていた。言われたことの趣旨が飲み込めてきた。

しかし――水曜だと思っていましたが。

参謀将校は肩をすくめた。

動き出せることになってほっとしてるよ。五時間ある。参謀将校が手首を持ち上げて腕時計に目をやった。それには少し足りないか。

ドリゴは、二度とエイミーに会うことはないのだと思った。そのことを知った上で、これからは仕事をし、活動し、寝て、起きて、生きていかねばならない。そしていま、行き先はわからないが、戦争で駆り出される地へと赴く。心の奥底に抱えていることを、愛しい人に知られないままに。

## 27

夜、暑さは終わりがないように思われた。しかし、二年前の夏とはちがっていた。戦争が容赦なく続き、浜辺の家族のほとんどには父親の姿がなく、スーツやタンクトップではなく軍服がバーで酒を飲み、彼らの話は新しい言葉だらけで、〈コーンウォール王〉のメインのバーでも奥のバーでも、エル・アラメイン、スターリングラード、ガダルカナルなど、これまで知られていなかった土地の名を挙げていた。その日は猛暑日の連続十一日目で、〈コーンウォール王〉のバーは戦前のカップの開催日当日のように忙しかった。火かき棒で妻を殺した男が、殺人を暑さのせいにした。エイミーは夕方に浜辺で散歩していたときに割れたビール瓶で足を切り、早めに帰宅していた。風呂で足を洗い、包帯を巻き、居間として使っているホテルの部屋へ入って行くと、キース・マルヴァニーがラジオの前に立ち、スイッチを切っているところだった。

今夜の放送はよかった、と雑音がそっと消えてゆくとき彼が言った。おまえも楽しめたと思うよ。以前はそこそこ楽しんでいたが、いまはもう、夫の家庭の儀式には、わけても、夫の好きな週一回のラジオの連続番組を黙って聴く——そこに挟まれるのは、夫がマッチを擦る音、パイプを吸う音、犬がよだれを垂らす音——などということには耐えられず、できるかぎり避けていた。ラジオの連続番組、夫のパイプ、夫の老人くさい動作を毛嫌いした。夫が呼吸するのと同じ空気、毎日浸かっている、重苦しく、息苦しく、臭い空気が嫌でたまらなかった。

キースが肘掛け椅子に腰を下ろすと、ミス・ビアトリーチェが膝に跳び乗り、主人がパイプにタバコを詰めているあいだ、ゼイゼイいいながらよだれを垂らしていた。窓はすべて開いていたが、浜辺で海の息に触れたあとでは、エイミーには息苦しかった。腰を下ろす。片方の足が痛んだ。宵の海風が入って来たが、それは椅子の背カバーに染み込んだポマードのにおいを際立たせ、赤茶色の肘掛け椅子に染みついたむっとするパイプタバコのにおいを強め、すぐにここから立ち去ってもう戻りたくないと思わずにはいられない、むっとする犬のにおいを思い起こさせるだけだった。

今晩、議会の会合が終わったあとのことなんだが、とキース・マルヴァニーが始めた。エイミーは、市の仕事に関わる苦労話をまた一つ聞かされるのではないかと不安をおぼえながら、カーペットについた犬の毛を見下ろしていた。

議会の事務員のロン。ロンのことおぼえてるか?

いいえ。

おぼえてるだろ。ロン・ジャーヴィスだよ。おぼえてるだろ、ロン・ジャーヴィス。

いいえ。

ロン・ジャーヴィスが、ジャワにいるわが軍について、口伝えによくない知らせを聞いたって言うんだ。

エイミーが目を上げた。口を開けた彼の笑みからはなにもわからなかった。うっとりした、半ばほうけたような表情だと思った。だがその瞬間、相手は自分より常に先が見えているのだったと思った。エイミーは、ロン・ジャーヴィスという名前は聞いたことがないと言ったが、いま、犬のウィペットのような小さな顔と名前が結びついた。キースは善意をもって最悪のことを取り繕おうとしているのだろうか。パイプに火をつけ、タバコが熟した石炭のようになるまでポッポッと音を立てて息を吹き込むと、一度も笑みを絶やさずに、肘掛け椅子で身を乗り出した。膝に挟まれているミス・ビアトリーチェがやかましく吠えながら、キースの腹のうねりに合わせようとした。

おれは頼んだんだ、というか、それ以上だな。ロンに言った、ドリゴ・エヴァンスという甥がいるんだが、どんなことでもいいから甥のことや彼の部隊のことを調べてくれないかって。ドリゴについてくわしく伝えておいた。で、ロンがきのう情報を持ってきた。エイミー、あまりよくない知らせだ。

エイミーは眉をひそめて立ち上がり、上げ下げ窓によろよろと歩み寄った。

いや、まったく思わしくない、とキースが続ける。実に深刻だ。だから秘密なんだ。極秘。

彼女は窓のそばに立った。夜間の外の気温は室内より低いとはいえ、外の熱はまだ過酷で威嚇するようだった。物が乾いてゆき、砕け、割れる、不安を誘う小さな音が聞こえてきた——草、木、きっとほかにも。はるか上の屋根で、トタンが容赦なく陽に照りつけられて収縮し、大きな音を立てて反り返っているのが見えるようだった。切ったほうの足にわざと体重をかけ、痛みが強く駆け上がるようにした。

深刻?とエイミー・マルヴァニー。深刻って、なにが?　彼らは捕虜だとあたしたちわかってるじゃない。ジャップが人でなしだってことも。でも彼らは安全よ。

ドイツにいるオーストラリア人捕虜とは連絡が取れる。休暇に行ってるようなものだ。でもアジアにいる捕虜となれば、状況はちがう。知らせもないし、信頼できる証言もない。シンガポール陥落のあと、彼らについてちゃんと伝わってこない。九か月ものあいだ、あいつの部隊についてはなんの音沙汰もない。アジアで数千人の捕虜が死んだのではないかと考えられている。

そうかもしれない。だけど、ドリゴが死んだという証拠はないわ。

彼らが聞かされてるのは――

だれが言ったの？　だれがそう言ったの？　キース、だれなの？

それは……諜報機関だと思う。つまり――

キース、だれ？

わからない。だが、ロンは――彼は知ってるんだ。いろんな人を。

いろんな人？

地位のある人たち。国防省の人たち。

キース・マルヴァニーは口をつぐんだ。仮面のような笑みはそれとは別のもの――哀れみ？　不安？　怒り？――を示しているように見えた。そして、容赦なく強い口調で続けた。

信じたくない話だが、生還するのはごく少数だろうということだ。

キースが、問いかけてすぐさまそれに自分で答えるといういつもの習慣を捨てたことにエイミーは気づいた。彼は言い争いに勝とうとしてはいなかった。なにかを伝えようとしていた。自分の勝利はすでに決まっているというように。

あたしたち、彼から手紙を受け取ったじゃない、とエイミーは言ったが、かん高い声を発しているのが自分でわかった。

あのカード？

そう、カード。それに、彼のお兄さんのトムがあなたに書き送ってきたでしょう。あたしたちが受け取ったあと、タスマニアにいる彼の家族も受け取ったって。

自分でもか細く説得力のない声だとわかった。

エイミー、おれたち宛てのカードの日付は一九四二年五月で、届いたのは十一月、三か月前だ。連絡があってから一年近くなる。ひと言も――

そうよ、そう、そう、とエイミー・マルヴァニーが言った。早口で、はっきりと、そうすれば自分の言い分が覆されるのではなく証明されるというように。

ひと言もない、それ以後は。

そうよ。片足にいっそう体重をかけても、ほとんど痛みを感じなかった。習慣と環境、結婚生活の安心感と保障だけではもうだめだ。別れよう。だが、この苦々しい考えを抱いてすぐに混乱した。どうやって？　どこで？　なにを頼りに生きていけばいい？

ドリゴの家族が十二月に受け取ったカードの日付は、四月だった。

そうね、キース。そう、そう、そう。

彼女の体は放り投げられ、転がされ、バランスを取るのを助けてくれる言葉を求めて手を伸ばしていた。ドリゴが捕虜になったと聞いてから、彼に宛てて百通を超える手紙を書き送ったことは言わなかった。一通だけでも届いているはず、と思った。

ロン・ジャーヴィスは、ほかの情報源から報告が上がっているとも言った。思わしくない。兵士たちは骨と皮ばかりで、飢え死にしかけているらしい。

新聞の記事にはなにもないわ。

あったよ。残虐行為。虐殺。

プロパガンダよ。敵を憎むように仕向けるための。

切ったほうの足に全体重をかけたが、ほとんど痛まなかった。

プロパガンダなら、とんでもないプロパガンダだな。

でもそれ以外はなにも載ってないし、続報もないもの。

これは戦争だよ、エイミー。悪い知らせは知らされずに消える。オーストラリア軍の五分の一近くが行方不明で、確実に追跡できるのはほんの一握りだ。

だからって彼が死んだことにはならないわ。死んでしまってたらいいと思ってるように聞こえるわよ。彼は死んでなんかいない。あたしにはわかる。わかるのよ。

海風がやんだことに彼女は気づいた。世界さえ、呼吸するのに苦労した。外から、乾き切った葉がピリッと折れる音が聞こえたような気がした。キースが咳払いした。話はまだ終わっていなかった。

ロン・ジャーヴィスがさらに問い合わせてくれて、と言いながら、ハンカチで唇を拭いた。脱出できた捕虜が一人いる。家族にはまだ知らされていない。国の士気のためだろう。それに、ほかのルートからの確認を待っているんじゃないかな。赤十字とか。

家族になにを知らせるの?

おまえは知りたいだろうと思って。でも、おれはあいつの家族にはとても言えない――いずれにしても、おれの出る幕じゃない。秘密を口外することになる。国の安全は言うまでもなく。これはあくまでもここだけの話だ。

言うことなんてなにもないでしょ。さっきから、なんの話?

ドリゴ・エヴァンスが収容所で死んだと、脱走者が明かしたんだ。

エイミーの思考は遠のき、奇妙な感じだった。キースは自分を愛しているのだとふいに思った。そんなことは長いあいだ考えもしなかった。

エイミー、確かなんだ、ドリゴは死んだ。半年前に死んだんだ。

キース・マルヴァニーの言葉、無邪気な声が、廊下に敷かれた黒と白の四角いタイルにこぼれ出た。おまえは知りたいだろうと思ってね。

彼の言葉がだれもいない廊下を駆け抜け、すり切れた細長いヤシのマットを走って、エイミーを捜した。だが、彼女は部屋からいなくなっていた。

キース・マルヴァニーは、自分が、食べようとしてなにかを殺した男のような気がした。なにかほかのことを言いたかったのだ、たったいま口にしたとんでもない嘘を正当化する本当のことを。愛している、と言いたかった。そうはせずに、口笛を吹いてミス・ビアトリーチェを膝に呼び寄せた。犬の耳の下をくすぐりながら、これでいいんだ、と犬に語りかけた。そう、これであいつもあきらめがつくだろう。

嘘はつかなかったと考えて、自分を慰めることにした。死亡が確認されていないのは事実だが、ロン・ジャーヴィスにあいまいなところはなかった——その捕虜が当局に提出した名前の一覧に、D・エヴァンス少佐とあった。これで、二人幸せになれる。仕事と時間が解決する。

必ずね、とミス・ビアトリーチェに言った。必ず。

その夜遅く、エイミーがひとりで食事室に続く台所を片づけているところを見つけた。室内に染みついたにおいはむしろ強くなっているようだったが、濡れたクリーム色のタイルとスチールは、電灯に照らされてきらめいていた。彼女が感情を表さずに、やることがまだ残っていると言い、またこすって磨くのを、彼は戸口に立って見ていた。

彼がいなくなると、彼女は使っていた雑巾を落とし、くずおれた。子どものように床にしゃがみ込んだ。片足でタイルの床を何度も打ちつけた。しかしなにも感じなかった。なんでもいいから、それに向かって祈りたかった。だが彼女はわかっていた。彼が死んだと、世界は奇跡を起こしてはくれないと、人々は死ぬのだと、人々が死ぬのを自分に止めることはできないと。人々は自分から去ってゆき、自分はその人たちをいっそう愛し、やはり自分にはその人たちが死ぬのを止められないのだと。

キース・マルヴァニーは、居間の赤茶色の肘掛け椅子に腰を落ち着け、就寝前に一服しようとパイプにタバコを詰め、背カバーに頭をゆだねると、左側のこめかみを汗が伝うのを感じた。彼に爆発音は聞こえなかった。爆発とそれに続いて上がった炎で、四階建ての優美な石造りのホテルは、くすぶる瓦礫、焼け焦げた梁、二面の壁だけになった。

露の世の露の中にてけんくわ哉
一茶

# 1

ひと滴、落ちた。

タイニー、とダーキー・ガーディナーが小声で呼びかけた。

A字形の長い小屋——竹の支柱で支えられ、壁がない——のキャンバス地の屋根を打ちつけるモンスーンの雨音で、ダーキー・ガーディナーには自分の声もほとんど聞こえなかった。雨音がけたたましいそういう夜は、生き延びようとするのが精一杯だが少なくともそれをともにする仲間がいる日中よりも、ある意味いっそうわびしく、つらかった。ジャングルは騒音の幕となって打ち震え、泥はひっきりなしに雨に打ちつけられてかきまわされ、見えない水が殴りつけるような奇怪な音を立てながら流れ、そのすべてに彼は気が滅入った。

また滴が落ちた。

おいおまえ、とダーキー・ガーディナーがかみつくような小声で言った。どけよ。

ダーキー・ガーディナーは、放置された日本軍のトラックを取りに行くのを手伝ったあと、小屋に戻ってからどれくらい経ったのか見当がつかなかった。竹でつくったシラミだらけの二つの寝台に端から端まで並んで寝ている二十人の捕虜のあいだに自分の場所を探しあてようとしたのだが、自分の右側の位置の捕虜タイニー・ミドルトンが、転がって台の上のこちらの寝場所のほとんどを占領していたのだ。それでダーキーは、タイニーの隣に体を押し込むはめになった。そこは竹の柱の真下だったので、それを伝って水滴が顔に落ちてきた。タイニーの体は煉瓦の壁が押しつぶしてくるように感じられたが、こいつひいき目に見ても三十八キロねえな、とダーキーは思った。タイニーは白癬《はくせん》だらけだから触りたくなかった。そこでまたかみつくように小声で言った――

どけろって、タイニー。

相手になにも聞こえていないのは明らかだった。ダーキー・ガーディナーは時刻を確認しようと顔の上に手首を持ち上げたが、そこにはなにもない。数か月前、ポルトガル産のイワシの缶詰一個のために、文字が蛍光色の腕時計を売った。腕を下ろした。ありがてえのは、まだ暗いってことだ、とダーキーが独り言を言った。体が濡れて疲れていたが、あと数時間は休める。ダーキーはどんなにささいなことでも常にありがたいことを探していて、結果的にそれをよく見つけた。いまは目を覚ましていたが、ありがたいのは、起きて鉄道の作業に行かずに、長く眠れることだった。それはありがたいことだ。タイニーを動かしさえすれば、快適に眠れる。白癬のことは考えないことにして、隣に横たわっている体を押した。

どけろよ、このデブ野郎。

しばらくするとダーキーはあきらめ、タイニーに背を向けて横向きになり、滴がかからないように頭を引っ込めて横たわっていた。愚かにも、背中は体の前面よりも白癬を拾いにくいと思った。自分自身の闇のなかで体を丸め、だれにも気づかれないことを確認してから、頭上の背嚢に手を伸ばし、台から胸のところまで引き降ろした。暗闇で手探りしたあと、二つの小さな奇跡をそこから取り出した。茹でたアヒルの卵と、練乳が入った缶。

練乳か卵か。どっちにしよう。

迷った末に、練乳――彼が日本軍のトラックから盗んだもの――はいつまでも腐らないから、あと数日ではあるが、手をつけないことにした。ビルマの戦場へ向かう途中で収容所を通りかかった日本人将校の図嚢から盗んできた絵筆と交換に、ラビット・ヘンドリックスからアヒルの卵を手に入れた。盗むときは手早く慎重に行ない、調べられるほど多くは盗らず、そこそこやっていくのに役立つ程度にとどめた。

ラビット・ヘンドリックスは、収容所の日本人司令官から、葉書に彼と彼の仲間たちの絵をスケッチする――日本にいる恋人や家族に送るためらしい――のと交換に、アヒルの卵を二つ手に入れたのだった。日本人はこのようなかたちでラビットの才能をときどき役立ててはいたが、彼が描いた収容所の日常――過酷な労働、殴打、拷問――のスケッチや水彩画を見つけようものなら彼を殺すだろうから、ラビット・ヘンドリックスはそれらを注意深く隠しておいた。だが、彼の仕事にも終わりが来た。前の晩、線路での作業を終えたラビットは、激しい腹痛に襲われ、すぐさま用を足さなければならなくなった。立ち上がるかどうかというところを、近くで作業していたチャム・ファヒーが見つめていた。ラビット・ヘンドリックスが下を向くと、足元にたまった重湯の色をした便のぬかるみに、腸が自分の運命を書いたのが見えた。九日前にコレラが発生してから、捕虜たちは日本人よりもこれを恐れるようになっていた。

チャム・ファヒーとさらに二人がダーキーを手伝い、間に合わせにつくった粗雑な担架にラビットを乗せて「ドリー」――線路とそこから六キロ近く離れた収容所をつなぐジャングルの道――を運んだが、ラビットが激しく吐いたときになくした入れ歯を暗闇で捜すはめになり、ますます遅々として先に進まなかった。苦労して夜のジャングルを戻って行き――彼らを導くのは、泥の轍と、前方遠くから聞こえる病んだほかの捕虜たちがうめく声だけ――ようやく午前零時少し前に収容所に着いたときには、泥と水っぽい吐瀉物にまみれていた。そうしてラビット・ヘンドリックスは、水彩画のセット、スケッチブック、秘密の素描画とともに、コレラ隔離所に姿を消した。そこにはますます多くの者が送り込まれ、戻って来たのはほんの一握りだけだった。彼の所持品で残されたのは、黒ずんだアヒルの卵だけ。いまダーキー・ガーディナーは、その殻を器用に三つに分けてむいた。

またしても雨が大きくうねりながら降っていた。その動きは新鮮な湿った風を起こし、それは兵舎として使われているみじめな小屋をさっと抜け、そこの二つの長い竹の寝台にずらりと並んで寝ている男たちの糞と腐敗の悪臭を流し去った。ダーキーはその風を希望と感じることにし、これもありがたいことなのだと自分に言い聞かせようとした。だが、雨はまた顔に落ちはじめ、寝返りを打とうとすると、タイニーがまだそこにいたので再び押しやったが、タイニーは死んだも同然で、びくともせずにいびきをかいていた。

タイニー、よけてくんねえか?

うるせえぞダーキー、と寝台の向こうからだれかが怒鳴った。

ダーキーには、タイニーをどうすることもできなかった。しかも臭い。また雨が強く降って来た。頭が熱っぽく、音がやかましいので、なにが自分の頭のなかのものでなにが外のものなのか判然としなくなるときがあった。タイニーに初めて会ったときのことを思い出していた。このがっしりした男は、上半身裸になり、見事な体を曲げたりそらしたりしながら、得意気に歩きまわっていた。日曜の朝に闊歩してる雄鶏みたいだ、とチャム・ファヒーが言っていた。

わずかな量の食事しか与えられず、飢餓状態に置かれても、タイニーの場合は体重の減少が肉体の見事さを強調するばかりで、肉体は衰えているというより研ぎすまされているように見えた。タイニーの体はあらゆるものに打ち勝った――マラリア、赤痢、ペラグラ、脚気《かっけ》。彼の堂々たるさまがそれ自体免疫だというように、ほかの男たちを打ち倒し、殺しはじめているこれらのどの病にも影響されなかった。収容所に衰弱させられることも、日本人に打ち砕かれることもなかった。

岩に穴を開けるのがタイニーの仕事だった。穴が必要な深さになるまで、大ハンマーで表面にゆっくりと棒鋼《ぼうこう》を打ち込む。十分な数の穴ができると、日本人の技師がそこに爆薬を詰めてその部分を吹き飛ばす。ダーキーはタイニーの補助役で、棒鋼を支え、打ちつけるたびにそれを四十五度回転させて、打ち込むのを助けた。タイニーはほかの捕虜とちがって精力的に働き、だれよりも早く割り当てられた仕事を終えることを誇りにしていた。それは、自分を捕獲した日本人に対する彼の勝利を意味した。

白人がどういうものか、ちっこい黄色野郎どもに見せてやる、と彼は言った。

その結果、全員同じようにこなすよう日本人が要求していることには気づいていないらしかった。

あのターザン野郎のせいでおれたちくたばるぞ、とシープヘッド・モートン。

タイニーが作業で新記録を打ち立てるなら――彼はいつもそれを目指しているらしかった――日本人技師たちは日々新たに一日の割り当てを決めるだろうし、彼ほど強靱ではない者たちは、それを達成しようとして苦しむことになるだろう。

頼むからよ、やつに言ってくれよ、とシープヘッド・モートンがダーキーに言った。

言えって、なにを？

たく、さん、だ。たくさんだ。

たくさんたくさん、それとも、ただのたくさんか？

うるせえ。

なあ、手加減しろよ、とダーキーがそののちタイニーに言った。

タイニーがにたりと笑った。

ちょっとでいいから。だれでもおまえみたいな速さで作業できるわけじゃねえんだ。

タイニーは教会通いの敬虔な福音主義者だった。不気味な笑みを浮かべ、神は働き喜ぶためにわれらにこの肉体をお与えになった、と言った。

近頃じゃそいつのことあんまし聞かねえけどな。でも、おまえが手加減しねえと、おれたちみんなすぐ神様にお目にかかることになる。このまんまだと、おまえが全員の死神になっちまうぞ、タイニー。

神はちゃんとおれたちを見ていてくださる。おれはそう思う。

そして筋骨隆々のキリスト教徒タイニーは、百メートル競走を走りきった走者のように両手を腰にあて、わずかに力を抜いて、体を奮闘と弛緩のあいだの状態にし、ぴんと張って完璧、腹立たしい笑みをうっすらと浮かべながら、ダーキー・ガーディナーを見据えた。

ダーキーは次第にタイニーを憎むようになっていった。日本人技師たちがなじみのないメートル法で割り当てを——最初は一日一メートル、次に二メートル、それから三メートル——指示するたび、タイニーは日本人の要求よりも少ない時間でやり遂げてしまうため、ほかの全員——高熱を出している者、飢えている者、死にかけている者——がこの狂人の作業量に合わせなければならなかった。みな、生き延びるのに必要なことのために、失われゆく体力を消耗しないようにと、ゆっくり、少なくやろうとした。だがタイニーはちがう。腹部を波打たせ、胸をせり上げ、獣のような腕の筋肉を誇示した。かつて羊毛刈りの小屋で働いていたときのように、ばかげた羊毛刈り競争でもするようにそれに対処し、夜が来るとまたしても王者となる。だが彼のうぬぼれは日本人の得になり、仲間を殺すばかりだった。

「スピードー」が始まった。日中、日本人は、さらに殴打の回数を増やし、さらに食事の量を減らし、さらに過酷にさらに長い時間彼らに仕事をさせた。捕虜が日本人の立てたスケジュールにさらに遅れると、ペースはとんでもない勢いに速められた。ある夜、捕虜が疲れ切って竹の寝台に倒れ込んで眠ろうとしたとき、切り通しに戻れと命令され、夜勤が始まった。

切り通しとは、岩にあけられるべき、幅六メートル、深さ七メートル、長さ五百メートルの切り込みのことだった。汚れにまみれた裸の奴隷たちが、竹を燃やした火と、竹にぼろ布を詰めて灯油をかけた粗末なたいまつで照らされて、踊る炎とすべる影がつくる異様なぞっとする世界で作業していた。ハンマーを使う者たちは、それを振り下ろすときに影がつくる暗がりに棒鋼が見えなくなってしまうので、いっそう集中しなければならなかった。

その最初の夜、タイニーは初めて悪戦苦闘した。マラリアに罹り、体が震え、大ハンマーを上げ下げする動きは美しさに欠け、意志の力だけが頼りで、痛々しかった。数回ハンマーを扱いそこねたので、そのたびにダーキー・ガーディナーは飛びのかなければならなかった。一時間もしないうちに——あるいは数時間経っていたかもしれないが、ダーキーはどれくらいだったか正確に思い出せなかった——タイニーがハンマーを途中まで振り上げ、地面に落とした。そしてジグを踊るように前後に動いてよろめきながら半円を描き、地面に崩れ落ちるのを、ダーキーは呆然と眺めていた。

小柄で筋肉質、顔の肌がまだらのオオトカゲと呼ばれる監視員がやって来た。オオトカゲは白斑のせいで頭がいかれていると言う者もいれば、頭がいかれているんだから、なにがあろうと関わらないのがいちばんだと言う者もいた。何人かは、やつは悪魔だと言った——不可解で、逃れられず、無慈悲なのに、まるで最後に苦悶しているとでもいうように、こちらがとまどうほどいきなり親切になることがあった。しかし、線路で働く者たちはもうだれも神を信じてはいなかったので、悪魔を信じることもできなかった。単にオオトカゲは、そんな人物でなかったらと多くの者が願う存在だった。

オオトカゲは彼らが働いているところをちらりと見てから、考えているというように非常にゆっくりとほかのところへ目をやってから、同じくらいゆっくりと向きなおった。この奇妙な誇張した動きは、暴力が爆発するお決まりの前触れだった。重たく長い竹の棒で一、二分間タイニーを打ちつけてから、頭と腹を気まぐれに数回蹴った。オオトカゲの仕打ちが続いているあいだ、ダーキーはさほどひどくないと思った。普段とちがうのは、タイニー・ミドルトンだった。

彼は以前、おれの体はどんな殴打よりも強いというように、体をこわばらせ、ほとんど横柄な態度で殴打や蹴りを受けていたが、いまはぼろ布か藁でできたなにかのように、爆破された岩の上で転げまわっていた。殴打強打をずだ袋のように受けていた。殴打が終わったとき、驚くべきことに、タイニーはすすり泣きはじめた。

オオトカゲは驚いた。ダーキー同様、あっけにとられて見つめつづけた。線路で泣いた者など一人もいない。痛みや恥辱からでも、絶望や恐怖からでもないはずだ、だれもがそれとともに生きているんだから、とダーキーは思った。

頭を振り、汗がこびりついた汚らしい体を炎の影にわしづかみにされながら、タイニーはいま、影を打ち払おうとしているのにうまくいかないというように、自分の胸を半ば叩き、半ばひっかいていた。ダーキーには、彼が自分の肉体を非難しているように思えた。この強靱な肉体は必ず勝利し、小さな精神と小さな心を遠くまで運んできたのに、いまは——炎と影と痛みがつくるあの異様でぞっとするつくりかけのトンネルで——無情にそして予期せず彼を裏切ったから。そしてタイニーは体をぐらぐらさせながら取り乱した。

おれ！と自分を打ちつけ掻きむしりながら叫んだ。おれ！　おれ！

だが、彼がなにを言おうとしているのか、だれにもわからなかった。

おれ！と叫びつづける。おれ！　おれ！

ダーキーはタイニーを立たせ、オオトカゲに片目を据えて大ハンマーを手に取り、タイニーに棒鋼を渡した。タイニーがしゃがみ、二人でさっきまで開けていた穴に棒を刺し、潤んだ目でそれをしっかり見据えると、ダーキーは大ハンマーを振り上げ、下ろした。二度目に振り上げたとき、四十五度まわすようタイニーに頼まなければならなかった。ハンマーが振り下ろされ、振り上げられた。タイニーはびくともせず、必要な支えであるかのように棒鋼を握りしめていたので、ダーキーはまた、棒鋼を四十五度まわすよう頼んだ。幼児の手を取るときのようにやさしく話しかけ、その夜は同じ声音で、まわしてくれ――まわしてくれよな――まわしてくれ、と言いつづけた。そしてこのようにして、すべていつもどおりというように、二人は作業を続けた。まわしてくれ――まわしてくれよな、とダーキー・ガーディナーは唱えた。まわしてくれ。

しかし、なにかが変わっていた。

ダーキーにはわかっていた。続く数週間、タイニーのたくましい体が衰えていくのを注視していた。日本人たちはそれを知っていて、ますます邪悪にそして頻繁にタイニーを殴りつけるようになった。タイニーはこのことも気にかけていないようだった。シラミはそれを知っていた。だれもがシラミにたかられていたが、その日からシラミがタイニーに群れはじめたことにダーキーは気がついた。タイニーは自分の体にそれが群がっていることを気にする様子もなく、もう体を洗おうともせず、用を足す場所も気にしなかった。続いて白癬が寄りついた。菌ですら、人が生きることをあきらめ、すでに死体のようになって腐って土に還っていく瞬間を感知しているかのようだった。タイニーにはわかっていた。やって来るものを止めるものがもはや自分のなかになにも残っていないと。

ダーキーはタイニーに寄り添いながらも、彼のなかのなにかが、以前は大きく、誇り高かった男が、いまでは糞を垂れ流す骸骨になってしまったことに嫌悪感を抱いていた。ダーキーのなかのなにかが、タイニーはあきらめた、それは性格の弱点だと考えずにはいられなかった。そう考えるのは、自分の気分を晴らすため、自分にはまだそういうことを選ぶ力があるから、生き続け、死んだりしないと自分を納得させるためだとわかっていた。だが心のなかでは、そんな力はないのだとわかっていた。タイニーの悪臭を放つ息に真実を嗅ぎ取っていたからだ。その悪臭がなんであれ、病気を伝染《うつ》されているのではないかと不安になり、その息から逃れたかった。しかしタイニーを助けなければならない。なぜそうするのかとはだれも尋ねなかった――だれもが知っていた。彼は仲間だった。ダーキー・ガーディナーはタイニーが嫌でたまらず、馬鹿なやつだと思っていたが、生かしておくためならなんでもするつもりだった。勇気、生存、愛――これらすべては、一人の男のなかだけに生きているものではないから。それらは彼ら全員のなかで生きるか、全員を道連れに死ぬ。彼らは、一人を見捨てることは自分たち全員を見捨てることだと信じるようになっていた。

## 2

ダーキー・ガーディナーが卵を食べられるように準備したとき――指にはさまれたそれは、湿った蠟のよう――こってりしてわずかに吐き気をもよおすような強烈なにおいがした。口をつける寸前に手を止め、考え、ため息をついた。眠っているタイニーの体を、強くはないがしつこく揺すった。

ようやくタイニーが目を覚ますと、ダーキーは彼の鼻に卵を近づけ、声を出さないようシッと言った。タイニーがぶつぶつつぶやき、ダーキーはスプーンで卵を二つに割った。タイニーは、それが拝受しようとしている聖餐だというように、両手を器のかたちにして差し出し、ポロポロ崩れる黄味を取りこぼすまいとした。器状にしたタイニーの手のなかに、ダーキーが、毛布の下に取っておいた前回の食事で出された小さく握った焼き飯の半分を足した。

だれにも見られず聞きつけられない濡れた暗闇のなかで、どうやって余分に食べ物を手に入れたのかとだれからも聞かれない真っ暗な孤独のなかで、二人はこっそり食べはじめた。ダーキーは、一口ひと口味わいながらゆっくり食べた。口に唾があふれたので、はねるような大きな音が聞こえはしないかと心配したが、それは夜の湿ったほかの音にかき消された。

指についた煤のような脂をきれいに舐めた。腹のなかに卵と握り飯が腐ったかたまりのように落ち着き、喉には酸っぱくて脂っぽい炎がとどまった。おれは死ぬつもりはない。タイニーに寝場所のほとんどを取られたことももう気にしない。まだ唇に米粒の感触が、口のなかにうまい脂とこってりした黄味の味が残っていて、めまいをおぼえ、それから眠くなった。自分が溺れているのかどこかのベッドにいるのか定かではなく、そのベッドは、ザリガニ、りんご、アンズのクランブル、蒸し焼きにした子羊の脚が並んだテーブルでもあり、湿り気のないベッドには清潔な毛布が掛けられ、ベッドの足元では火が焚かれ、寝室の小さな窓の向こうをみぞれが叩いている。食べ終わった、もっと食べたい、どんどん深く沈んでいく、テーブルのところにいる、眠っている。

次に目覚めたとき、胃はこぶしのようだった。まだ暗かった。口のなかで石鹸のような味がして、ぎゅっと締めつけるようなひどい痛みでしなびた腹がゆがんだ。半ばうめき、あえぎながら、やっとの思いで起き上がり、自分の寝場所の下に置いてある水を満たした灯油の缶をつかみ、ベンジョ——日本人は収容所の掘り込み便所をそう呼べと言い張った——に向かって暗闇と泥と雨のなかを裸足で歩き出した。

　小屋から離れたところにあるベンジョは、長さ十八メートル、深さ二メートルの溝で、男たちはその上に置かれたぬめっとした竹の板に危なっかしくしゃがんで用を足す。下で揺れている排泄物はくねるウジに覆われ、ウジは、チャム・ファヒーが言ったように、ラミントン（チョコレートに浸しココナッツをまぶしたスポンジケーキ）にまぶされたカサカサのココナッツのようだ。それは不快きわまるものだった。捕虜たちが最も嫌いな監視員をやっつける方法を考え出そうと競い合っていたとき、いつかオオトカゲをベンジョで溺れさせてやろうと冗談を言った。彼らにとっても、それ以上のおぞましい死に方は考えつかなかった。

　日本人が夜通し燃やしつづけろと命じたかがり火は、降りつづく雨でずっと前に水浸しになって絶えていた。星と月の光はモンスーンの雲にほとんどさえぎられ、世界は暗かった。ジャングルは残されたものの大半をびしょ濡れにしていた。ダーキー・ガーディナーは、大きくあるいは突然動いて腸をねじり、漏らしてしまわないように、自由なほうの手で腹をつかみながら、ぎごちなく短く跳ねて行った。身を二つに折らんばかりにし、みすぼらしい収容所に並ぶがたがたの竹の小屋のぼんやりした黒い輪郭を頼りに進んで行った。小屋のなかから、捕虜たちのうめき声やいびきや突然あえぐ声が聞こえてきた。それは痛み、悲しみ、記憶、死に際の声だったかもしれない。あるいはそのすべてか。そして、疲弊と苦悶と希望の音をそっくり泥のなかへと流し去るのは、容赦なく唸りを上げる豪雨の音だった。

　腹部をわしづかみにされるような痛みですっかり目が覚め、漏らさずに歩こうとして緊張し息を切らしていたダーキーは、ベンジョにはまだ遠いぬめぬめする道端で足をすべらせ、ぬかるんだ道の真ん中で、汚らしい泥に足首まで埋まった。一瞬、気が動転した。あわててがむしゃらに足元のしっかりしたところに戻ろうとしたため、腸が刺激された。突如極度の緊張感が消えたかと思うと、排泄する感覚があり、収容所の主要な道の真ん中で漏らしていることに気がついた。

とてつもない疲労感に襲われ、尻に火がついたようになり、頭がぐらぐらした。ただ泥のなかに身を横たえ、糞をして、永遠に眠りつづけたかったが、その願望と闘った。またしても腹が絞殺具のように締めつけられ、悪臭を放つ肉汁が噴出するのがわかったからだ。息を切らして格闘し、出し切ったところで、腸がまたたちまちいっぱいになるのを感じた。

体だけに集中し、また格闘したが、そうしたことで、ベンジョに間に合わなかったことで、朝になったら仲間が歩く場所に汚物をまき散らしたことで、自分が嫌になった。衛生管理を徹底せよという兄貴の命令と、いまでは可能なかぎり清潔さを保つことが生き延びるための必須条件と全員が見なしていることを思った。この状況に対してできることはなにもなく、恥じ入り、挫折感を味わった。

自分の糞の流れを、深い泥と、果てしなく止めどない泥をかぶった糞まみれの世界と切り離す術はなかった。それはすでに雨で掘り返され、なにか別のものに変わっていた。すべてのものすべての人間は猛烈な腐敗を逃れられず、ジャングルに還っていく。次は、なにがあってもあのおぞましい糞たれ所まで行くぞ、と自分に言った。最後に中途半端な動きがあり、ぬめっとした血が筋になってついている粘液程度のものが出たのだとわかった。

出し終えると、奮闘したせいでめまいをおぼえながら、ゆっくりとまっすぐ立ち上がり、短い歩幅で道から数歩わきによろめきながら移動し、灯油の缶に入った水でできるかぎり下半身を洗いはじめた。尻は縄ほどにしか感じられなかった。しばらくかけて肛門を洗っていると、やせ衰えた肉のところで異様に突出しているそれに、とてつもない嫌悪感をおぼえた。突然寒気がし、太腿とふくらはぎを洗っているとき、それがガタガタと震えた。片方の脚にできた茶碗ほどの大きさの熱帯性潰瘍に水をかけながら、異様な音を立てて息を呑み、叫びたいのをこらえ、この傷をきれいにしておくのはいいことなんだと自分を慰めた。きれいに保たねばならない。頭の状態がいつもとちがい——マラリアだと思った——感覚は鋭すぎるのにどんよりしていた。だが、このことだけは自分のなかにくっきりと強く刻まれていた、このことだけはわかっていた——あきらめるのは簡単だ。どれほど熱が高くても、ダーキーの頭のなかでは、そうするのは悪いという程度ではなく、最悪のことだった。生き残る道は、小さなことを絶対にあきらめないこと。あきらめることは、ベンジョにたどり着かないこと。次は、どれほどつらくてもそこにたどり着いてやると彼は誓った。

泥に取られた足の汚れはとても落ちるものではなかったが、できるかぎりきれいにし、糞とぬかるみを通って小屋へと、竹でできた寝台の自分の寝場所へと向かった。汚れて悪臭のする毛布の下にもぐり込み、糞のついた足を引き寄せた。泥まみれになり疲労困憊して眠りに落ちる前に最後に考えたのは、またひどく腹が減ったということだった。

## 3

「起床ラッパ」を吹くジミー・ビゲロウのラッパの最後のいくつかの音がじめじめした夜明けに滴り、消えていくとき、ルースター・マクニースが目を開けた。広がりゆく灰色の光が、彼が寝ていた壁のない小屋、悪臭を放つ泥、汚れ、ジャングルの捕虜収容所の絶望を、鉄と煤がつくるのっぺりした陰に塗りつけた。遠くのチークの多雨林は、真っ黒な壁だった。

その朝、ルースターは、まだしっかり目も覚めていないうちから、毎朝行なっているように、精神と肉体と士気において生き延びることを確約するはずだと思っている自己鍛錬のいくつかの訓練のうちの一つめに取りかかった。前の晩に暗記した『わが闘争』のページを小声で諳誦する。ユダヤ人が出てくる部分――それが本の大部分を占める――がいちばん楽だと思った。ユダヤ人という言葉が繰り返されるコーラスのおかげで、ギャロップで駆けるようなリズムは、ほかの箇所より暗記しやすかった。しかしいま、バイエルンにおけるナチ党の初期の歴史のところでうまくいかなくなり、苦戦していた。ユダヤ人はどこだよ、いてもらわなくちゃ困るのに、とルースター・マクニースは思った。

バッキンガム宮殿が爆撃された、と近くで声がした。国王とグレイシー・フィールズを連れ出したって。

ルースター・マクニースは、竹のベンチの端に移動して、太腿を、それから股間をさらに激しくかきながら、ナチスの初期の突撃隊員たちの勇壮ぶりについて小声で諳誦した。股間に硬い貝殻のようなものを感じてそれをつぶしたが、そのあとも繰り返し同じものを感じ、そこで初めて、竹の薄板に棲みついているシラミにかまれてかゆいのだとわかった。

彼がかゆがっていることに気づいた年寄りが言った。ジャップについて一つ言えることはよ、連中はこっちをへとへとになるまでこき使うから、こっちはシラミが朝飯に金玉食らってても眠ってられるってことだ。

しゃべっているのはシープヘッド・モートンだとルースターはわかった。やつれて七十歳に見えるが、せいぜい二十三、四のはずだ。

へこんだラッパを手に小屋に戻って来たジミー・ビゲロウが、グレイシー・フィールズはどこかのラテン野郎といっしょだったたってだれかが言ったと思ったんだけどな、と言った。連中はムッソリーニのとこに亡命したんじゃないのか？

　そりゃ噂だよ、とチャム・ファヒー。この前収容所に立ち寄ったオランダ人たちからいい油もらった。オランダ人つっても、おれみたいなの。連中のほとんどは混血のイタ公。連中が言ってた、露助はスターリングラードで負けて、ヤンキーはシシリーに侵攻して、ムッソが倒されて、新しいラテン野郎政府が平和を呼びかけてるって。

　ルースター・マクニースは、もじゃもじゃの赤い髭をたくわえ、集中するとそれを下唇から吸い上げてかむという癖があった。髭をかみながら、先週、ロシア軍がスターリングラードで勝利したという噂を聞いたことを思い出した。明らかにアカのプロパガンダだな、と彼は思った。ダーキー・ガーディナーが流したんだろう。あいつはそういうこと言うからな。ルースター・マクニースはアカを毛嫌いしていたが、なんにしてもダーキー・ガーディナーはもっと嫌いだった。やつは下品で汚らしい男で、ほとんどの混血と同じで、信用できない。それに、夜、捕虜がよろよろと線路から戻って来るときに、ときどき収容所の端にあるチークの切り株の上に立って「ウィズアウト・ア・ソング」を歌う――それができたのも、「スピードー」が作業と睡眠以外のすべてを封じてしまうまでだったが――というガーディナーの習慣もがまんならなかった。男たちはそれが気に入っているようだったが、ルースター・マクニースは憎んでいた。

　憎しみは、ルースター・マクニースにとっての強力な力だった。食べ物のようなものだった。クロを、イタ公を、ジプシーどもを、ラテンどもを憎んだ。チャンコロを、ニップ野郎（日本人）を、ベト公を憎み、公平な人間ゆえに、入植野郎とヤンキーも憎んだ。自分の人種であるオーストラリア人には敬愛すべき点がほとんどないと思っていたので、おれたちは征服されて当然だと主張することもあった。再び小声で『わが闘争』を諳誦しはじめた。

おいルースター、なにだらだら言ってんだよ、とジミー・ビゲロウが訊いた。ルースター・マクニースは、つい最近この小屋に移されてきて、自分の朝の儀式を知らないラッパ吹きに向きなおった。ルースター・マクニースは、ジミー・ビゲロウがヴィクトリア州出身だと思い込んでいたので、彼に向かって、祖先が囚人の、トランプ遊びの、フットボール崇拝の、競馬中毒のタスマニア人――おれたち二人はやつらの小屋に放り込まれ、やつらはあるべきオーストラリア人とはほど遠い――のなかで知性を停滞させるのはやめろと遠慮なく言い、一日一ページ、一冊まるごと暗記するという課題に取り組んだ。

オッケー、とジミー・ビゲロウが言った。自分がフオンバレーの出身で、ガリポリ・フォン・ケスラーとともに入隊したことはルースター・マクニースに言わないでおいた。けど、戦争やりすごすのに、四人でやるクリベッジよりひどいもんはいくつもあるよな、と続けた。

頭だ!とルースター・マクニース。頭!

ガリポリ・フォン・ケスラーが、ファイブハンドレッドをやろうと思ったことはあるかと彼に尋ねた。ファイブハンドレッドはクリベッジよりも頭を使うゲームだって言うやつらがいる。必ずしもそうじゃないと思うけど、あんたは気に入るかもよ。悪い仲間のいないブリッジだから。

もちろん、本が連中の助けになるかはわからない、とルースター・マクニースが、フォン・ケスラーを見るのを避けてほかの小屋仲間を見まわして言った。あいつらには致命的な汚点があるからな。

オッケー、とジミー・ビゲロウは言ったが、ルースターがなんの話をしているのかわからなかった。ルースターは、『わが闘争』が、ヒトラーが、このソーセージ喰いのたわごとを毎日一ページ暗記しなくちゃならないことが嫌でたまらないとしゃべりつづけた。だが、ジャワの捕虜収容所で頭の訓練にとこれをやりはじめたときには、この本しか見つからなかった。それに、と唾で髭をわずかに光らせて言った。敵の主張を知るのはいいことだし、ともかく自己鍛錬に役立てば中身なんてどうでもいい。ヒトラーのマニフェストが自分にとってすごく意味をなしたから驚いた、とは口に出さなかった。イタ公系のオランダ人の一人がそのことよく知ってたよ、とチャム・ファヒーが言った。おれそいつを信用して、オーバー売ってやった。

ルースター・マクニースが、コートと交換になにを手に入れたのかと尋ねた。

三ドルとヤシ糖。それから本一冊。

コートは少なくたって十ドルの価値はあるぞ、と、どんな混血のオランダ人も嫌いなルースター・マクニースが言った。なんの本だ?

おもしろいウエスタン。

ルースター・マクニースはこれに激怒した。

おまえは『レッド牧場の殺人』とか『牧場《まきば》の夕暮れ』よりましなもんは求めないのかもしれないが、それがオーストラリア人の知性だっていうんなら、オーストラリアは救われない、とまくし立てた。

チャム・ファヒーは、これと『我が闘争』を取り替えてくれるかとルースター・マクニースに訊き、何度もめくられ汚れた『日は沈み、スー族は昇る』を差し出した。

いやだね、とルースター・マクニース。断る。

朝の光はまだ薄暗かったが、彼らの小屋をほっとするような藍色にゆっくりと染めていった。目を覚ましていた捕虜のあいだで始まっていた会話が突然やみ、全員がルースター・マクニースの肩越しに同じ方向を見た。押し殺した笑いがさざ波のように寝台に広がり、捕虜は一人また一人と目をこすって、自分が見ているものが現実であることを確かめた。ルースター・マクニースが振り返った。それは実に異様で、予想だにしないものだった。彼は髭をくわえた。

ほぼ全員が飢えと病で完全に性欲を喪失していたから、多くの男たちは、その影響で戦後の性交能力にいつまでも支障をきたすのではないかと不安になりはじめていた。軍医たちは、食事の問題にすぎない、それが解決されればだいじょうぶだ、と彼らを安心させた。それでも捕虜たちは、この苦しい体験を終えたとき、男として機能するのかと案じていた。最後に勃起したときのことをおぼえている者は一人としていなかった。帰郷したとき妻を悦ばせつづけられるのかと心配する者たちもいた。ガリポリ・フォン・ケスラーは、もう何か月も勃起したやつを一人も知らないと言い、シープヘッド・モートンは、一年以上勃《た》っていないと言った。

だから、彼らの目の前に立ち上がったのは、見逃すわけにはいかない、驚くべき、まさしく奇跡的な光景だった。

タイニーのやつ、とガリポリ・フォン・ケスラー。死にかけてるってのに、雨のなかに突っ立ってる竹みたいだぜ。

まだ眠っている骨と皮ばかりのタイニー・ミドルトン——かつて筋肉隆々だったこのキリスト教徒は、注目されていることも知らずに仰向けに寝たまま、飢えや病で堕落は影響を受けることなく、うれしそうになにやら罪深い行ないの夢を見ているらしい——の体から立ち上がっているのは、連隊旗を掲げる旗竿のように突き出した、勃起した巨大な陰茎だった。

タイニー・ミドルトンがここ数週間ひどく沈み込んでいたことを思えば喜ばしいことだと彼らは言い合った。見事な光景だったので、だれもが声をひそめてほかの者たちを起こして見てみろと促した。その光景に低く笑い声を立て、卑猥な冗談を言い交わしていると、一人の男が声を上げた。

おれたちにはこんなことしかできないのか？とルースター・マクニースが問いかけた。倒れてる男を笑うことしか？

チャム・ファヒーが観察したところでは、タイニーはしっかり立っていた。

おまえらは品がない、とルースター・マクニースがつぶやいた。他人への敬意もない。昔のオーストラリア人はそうじゃなかった。

ダーキー・ガーディナーは、おまえのためにあいつのこと隠してやるよルースター、と言うと、自分の膝のそばにあったアヒルの卵の殻の大きなかけらを一つ拾い上げ、体を乗り出し、それを勃起した陰茎のてっぺんにそうっと置いた。

タイニーはすやすや眠りつづけていた。帽子をかぶった陰茎は、森で早朝の微風を受けてほんのかすかに震えている新鮮なきのこのように、彼らの上にそびえ立っていた。

からかうのはよくない、とルースター・マクニース。そんなことしたら、おれたち下司なニップ野郎と変わりないじゃないか。

ダーキー・ガーディナーが卵の殻を指差した。それは司教冠を思わせた。

こいつ法王に昇進したぞルースター、とダーキー・ガーディナー。

ふざけんなガーディナー、とルースター・マクニース。気の毒だからかまうなよ、恥かかせるな。

ルースター・マクニースは体を起こしてきっちりすわり、立ち上がると、タイニー・ミドルトンが眠っているところへ歩み寄った。広げたタイニーの脚のあいだに近づき、彼にとっては下劣な冗談であるそれを取り去ろうと手を伸ばした。

卵の殻を指でつまもうとしたそのとき、タイニー・ミドルトンが目を覚ました。目が合い、ルースター・マクニースの手が卵の殻の上で凍りつき、わずかに砕いたかもしれなかった。タイニー・ミドルトンは、やせ衰えた体にまったく釣り合わない勢いで、激怒して体を起こした。

ルースター、この変態。

ルースター・マクニースが、恥をかき、全員にからかわれ、特にダーキー・ガーディナーに笑われながら寝台の自分の場所に戻ると、悲痛な発見をした。暗記できたか確かめようと『我が闘争』を探して背嚢を引っかきまわしていると、三日前に買って背嚢に隠していたアヒルの卵がなくなっていることに気がついた。卵がなくなったことと、そして、ダーキー・ガーディナーがタイニー・ミドルトンにアヒルの卵の殻を乗せたことで、黒太子が卵を盗んだとわかった。

もちろんどうすることもできない。ガーディナーは盗みを働いたことを否定するだろうし、ほかの連中はますます笑い、盗まれたというのをおもしろがりさえするかもしれない。だがその瞬間彼は、自分のものを盗み、さらにその行為で自分を辱めたガーディナーを、日本人に対するよりもはるかに激しい敵意をもって、猛然と憎んだ。ルースター・マクニースには、憎しみがすべてだった。

## 4

ダーキー・ガーディナーは身仕度した。ほかの者たち同様、頭に乗せるスローチハットと、昼も夜も着けている股布——陰茎とそのまわりを少しばかり覆う汚れたふんどし——以外になにもないから、身仕度するのに時間はかからなかった。寝床を整えた。寝床と言えるものではないから、これもまた時間はかからなかった。大日本帝国陸軍の規則に従って毛布をたたんでから、大日本帝国陸軍の規則によって定められた場所——竹の台の上の自分の寝場所の足元——に置いた。雨がやんだ。ジャングルの滴る音に代わって、ジャングルの鳥が小さな滴のような音で鳴いていた。

残った八つの所有物の一つである飯盒——皿にもマグカップにも食料入れにも使う二つの使い古し

たブリキの器が入れ子状に収まっている——を取り出し、針金の持ち手を髪留めのように股布に留めていたとき、叫び声が上がった。数人の監視員が抜き打ち検査をしようと小屋に向かってきた。一同はあわてふためき、ものすごい勢いで毛布をたたみ、背嚢にきっちり物を詰め込み、さまざまな密売買品をできるだけ隠す。

オオトカゲが二人の監視員を従えて小屋の中央の通路をやって来たとき、捕虜たちは両側の共用寝台の前に気をつけの姿勢で立っていた。オオトカゲが、一つの背嚢の中身を小屋の外の泥のなかにひっくり返し、背嚢の持ち主ではない男をはっきりした理由もなく平手打ちしてから、ダーキー・ガーディナーの前で足を止めた。

オオトカゲは肩からライフル銃を降ろし、銃身の先でダーキー・ガーディナーの毛布をたっぷり時間をかけて持ち上げると、それを泥だらけの地面に落とした。ほんの一瞬、汚れた毛布を見下ろし、また目を上げた。大声を上げ、ライフル銃の台尻でダーキー・ガーディナーの側頭部を力いっぱい叩きつけた。

捕虜はくずおれ、身を守ろうと片腕を上げようとしたが間に合わず、別の監視員に顔を蹴りつけられた。竹の寝台の下に横這いで移動し身を守ったが、それはオオトカゲに思い切り頭を蹴られた後のことだった。すると、始まったときと同様、いきなり終わった。

オオトカゲは小屋の通路を気取った妙な歩き方で再び進み、定かな理由もなくチャム・ファヒーを平手打ちしてから、手下を従えて別の出入口から姿を消した。ダーキー・ガーディナーがふらふらと立ち上がった。頭はまだ混乱し、口は血で塩辛く、体には寝台の下の臭い泥がついていた。

折り目、とジミー・ビゲロウが言った。

どうってことなかったよ、とダーキーが言った。

強打のことだった。血の塊をぺっと吐き出す。それは弱っている体には塩気が強すぎ、濃厚すぎた。めまいがした。指を一本口に入れて、蹴りが当たった臼歯に触れた。ぐらぐらしたが、幸い抜けていない。頭には違和感があった。

折り目のこと忘れただろ、とシープヘッド・モートン。

ちゃんとたたんだって、とダーキー・ガーディナー。

火をつけたばかりのくすぶるタバコを親指と人差し指ではさみながら、ジミー・ビゲロウが自分の毛布を指差した。

ほら、と彼が言った。

折り目が向こう向いてるだろ?

おまえのはこっち向いてたぞ、とシープヘッド・モートン。ニップ野郎の規則に反してる。わかってるだろ。

ジミー・ビゲロウは煙を吐き、オオトカゲはおまえにからかわれてると思ったんだ、と言い、ほら、とダーキーに湿ったタバコの吸いさしを差し出した。

ジミー・ビゲロウの手は割れたかさぶたに覆われ、ひどく感染して、黄色と赤に染まっていた。ダーキー・ガーディナーは病を恐れた。それにつかまったら、離してはくれない。

ほら、とジミー・ビゲロウ。取れよ。

ダーキー・ガーディナーは動かなかった。

このあたりじゃ死しか伝染《うつ》んないって、とジミー・ビゲロウ。おれはそれに感染してない。だろ?

ダーキー・ガーディナーがタバコを受け取り、唇につけずに、開けた口まで持ち上げた。

まだな、とジミー・ビゲロウ。

ダーキーはタバコを吸い、四人の男が病院に向かって竹でつくった担架をよろよろと運んでいくのを眺めていた。

あれ、ジッポー・ノーランだろ、とチャム・ファヒー。

ダーキーの口に煙が転がるように入ってきた。酸っぱく、苦く、うまい。

これで四人でやるクリベッジ大会がパーになった、とシープヘッド・モートンが言い、ルースター・マクニースに顔を向けた。おまえ、やつの代わりに入るか?

あ?とルースター・マクニース。卵の殻で恥をかかされたことにまだ怒っている。

ジッポー。やつは……やつは——その。死んだ。クリベッジが大好きだった。やつは考えたくなかったんだ、自分が——

死にかけてるって?

まあ、そんな感じ。あいつはうすのろだったかもしれないが、トランプは好きだった。おれのなかじゃあのジプシー《ジッポー》野郎はそんなやつだった。おれたちに続けてほしいと思ってるよ、きっと。

クリベッジをすることをか?

いいじゃねえか。ブリッジはジッポーのシノギじゃなかったんだから。

ダーキー・ガーディナーが、またゆっくりと吸いさしの端を吸って体の奥深くまで煙を取り込み、そこにためた。一瞬、世界が静止し、沈黙した。濃厚で脂っぽい煙とともに平安が訪れ、まるで世界が止まったようで、その煙が口と胸のなかにとどまっているかぎり、止まったままでいるような気がした。目を閉じ、ジミー・ビゲロウに返そうと吸いさしを差し出しながら、濃厚な煙とともに体に浸透する空虚に身をまかせた。だが、頭には違和感があった。

トランプなんざごめんだ、とルースター・マクニース。

また雨が降り出した。心が安まらない騒音だった。雨はチークや竹のあいだをかすかになでるように通り過ぎるのでもなく、ため息をつくのでもなく、穏やかな静けさをもたらすのでもなかった。豪雨は棘だらけの竹にぶちあたり、ダーキー・ガーディナーには、多くの物体が壊れる騒音のように聞こえた。その音はけたたましく、話すこともできなかった。

彼は外に出て嵐のなかに立ち、泥を洗い流した。細く汚らしい小川が足元に現れ、雨がいくつもの溝をつくって収容所を流れていった。小屋のそばで飯盒が一つ浮き沈みしているのを眺めていると、片脚の西オーストラリア人が、竹でつくった松葉杖をついて跳びながら、それを追いかけて行くのが見えた。

だが、彼は頭に違和感をおぼえた。

## 5

ドリゴ・エヴァンスは、毎朝髭を剃った。そうするのは、仲間のために外見を整えておかなければならないと信じていたからだ。自分が身だしなみにも気を使わなくなったように見えたら、彼らが気を使うはずもないだろう。小さな軍支給の鏡を覗くと、もはや自分ではない男の顔が、くもってぼんやりと映っている。以前よりも老けて、やせて、骨張って、彼らしくもない厳格な表情で、よそよそしく、わずかしかない粗末な小道具に頼っている――将校の帽子を不良っぽく斜めにかぶり、赤いスカーフをバンダナ風に首に巻き、仲間のためというより自分のためにジプシー風にしている。

三か月前、薬を取りに歩いて下流の収容所へ向かう途中、小川のそばに腰を下ろして死を待つ、ぼろぼろの赤いサロンを巻いたタミル人のロームシャに出くわした。老人は、ドリゴ・エヴァンスに助けてもらえるかもしれないということには関心を示さなかった。旅行者がバスを待つように、死を待っていた。一か月前、同じ道を歩いていると再び老人に出くわしたが、そのときは獣と虫にきれいに平らげられ、骸骨になっていた。彼は骸骨から赤いサロンをはずし、洗って半分に裂き、ましなほうを自分の首に巻いた。おれに死が訪れるときには、このタミル人のロームシャと同じようにそれを迎えたい。それは無理だろうが。生きているとき権威を受け入れないように、死に際してもそれを受け入れはすまい。

仲間たちも、生き延びて年老いたらこうなるだろうと思えるほど、実際よりすでに年老いている。彼らは心のどこか深いところで、自分は苦しまなければならないだけで、苦しみを与えるのではないとわかっているだろうか。キリスト信仰が苦しみを美徳とすることは知っている。このことについてボブ神父と議論したことがある。キリストが正しいことを願うが、同意はしない。無理だ。おれは医者だ。苦しみは苦しみ。苦しみは美徳でもなければ、美徳を生むこともなければ、必ずしも美徳からもたらされるものでもない。ボブ神父は、恐怖で、痛みで、希望を失って、叫びながら死んでいった。神父を看病したのは、戦前ダーリンハーストの暴力団の残虐な用心棒だったという男だった。美徳は美徳、そして苦しみのように、それは説明がつかず、単純化できず、不可解なもの。ボブ神父が息を引き取った夜、ドリゴ・エヴァンスは、自分が神と一つの穴にいて、二人とも禿げていて、かつらを取り合っている夢を見た。

ドリゴ・エヴァンスは捕虜たちの人間性については理解している。彼らは嘘をつき、ごまかし、盗み、そして、嘘をつき、ごまかし、盗むことを楽しむ。最悪の連中は仮病をつかい、誇り高い連中は健康だとうそぶく。彼らはしばしば高潔さに欠ける。前日、ドリーの端のしるしとなっている岩場の下で、具合が悪く収容所までの最後の数百メートルを歩けず、うつ伏せに横たわり、泥からかろうじて鼻だけ出している男に出くわした。二人の男が通りかかったが、疲れ切っており、自分が生き延びるため残っているわずかな力を温存しようとして助けなかった。ドリゴ・エヴァンスは、この裸の男を病院へ連れて行くのを手伝うよう二人に命じた。

　毎日、彼は彼らを運び、看病し、かき抱き、切開し、縫合し、彼らが生気を失わないようにトランプ遊びに加わり、さらにもう一つの命を救うため死に立ち向かう。彼も嘘をつき、ごまかし、盗むが、それは彼らのため、どんなときも彼らのためだ。彼らを大切に思うようになったのに、日々死者は増えるばかりで大事にしてやることができずにいると、日々思い知らされている。

　女性のことを考えなくなってしばらく経つが、彼女のことはまだ考えている。収容所の彼方の彼の世界は、縮んで彼女だけになっていた。エラではない。彼女。彼女の声、彼女の笑み、彼女のハスキーな笑い声、眠っている彼女のにおい。頭のなかで彼女と会話する。彼らを大切に思うのは、彼女を得られないからなのか？　彼女を得られない。自分の問いに答えられない。できない。

　ドリゴ・エヴァンスは典型的なオーストラリア人ではなく、彼らもちがう。広大な国の周辺、貧民街、影の世界から来た志願者たち。家畜商人、罠猟師、港湾労働者、カンガルー狩猟者、事務員、ディンゴ（豪州産の中型の野生犬）のわな猟師、羊毛刈り。銀行員、教師、店員、奥地の木こり、競馬のノミ屋、失業手当受給者、運だめしをする者、ならず者、チンピラ、やくざ者、犯罪者、まぬけ、ごろつき。彼らは、二十世紀中盤までふらふらと存続してきた十九世紀的な社会の軍人入植地、救貧院、スラム街、貧しい町の、電気も通っていないあばら屋、掘っ立て小屋で育ち、父親は第一次大戦で死んだか体が不自由になったか発狂したかのいずれかで、母親はアスピリンと希望でどうにか持ちこたえている、という抑圧された環境から吹き飛ばされてきた者たちだ。

死亡して数は減っていくが、「エヴァンスＪフォース」としてチャンギを最初に発った千人の捕虜――ジャワで降伏したタスマニア人と西オーストラリア人、シンガポールで降伏した南オーストラリア人、沈没した駆逐艦ＨＭＡＳニューカッスルの生存者、それとは別の軍事上の災難に遭遇したヴィクトリア州民とニューサウスウェールズ州民数人、オーストラリア空軍の航空兵数人の集まり――は、エヴァンスＪフォースとして存続する。着いたあのときも、発つであろうそのときも、エヴァンスＪフォースには千の強靱な者たちがいる。たとえ最後にこの収容所から生きて出て行くのがたった一人だとしても。彼らは、残されたこの最小限のもの――互いへの信頼、死に際にも強まるばかりの信頼――だけを手に、残忍で陰惨な年月を生き延びる。生者が死者をないがしろにするならば、生者自らの命は価値を失う。まだ生きているという事実は、両者が永久《とわ》に一つであることで成立するのだ。

# 6

泥だらけのトラックが、オーストラリアからの手紙が入った袋を運んできた。まれな、予期せぬ喜びだった。捕虜は日本人がほぼすべての手紙を渡さないことを知っていたから、大喜びで朝食もそこそこに袋を開け、中身を配った。ドリゴは、一年近く経って初めて手紙を受け取り、うれしかった。筆跡を見ないうちに、硬い厚紙の封筒でエラからだとわかった。夜まで開けずにおいて、ほかの場所が、別のもっとよい世界が、自分の居場所があり、いつの日か自分が戻るだろう世界が営みを続けているのだと実感する喜びを取っておくことにした。だがたちまち心は抗い、封筒を破り開けた。二枚の紙を広げたとき、気持ちがはやってその一部を破いてしまった。猛烈な勢いでむさぼるように読みはじめた。

一ページ目の三分の二まで読み進んだところでやめた。読みつづけられなくなった。車に飛び乗り、加速して、壁に突っ込んだかのようだった。塵が、どんどん増える塵がぶつかり合うように、エラの優美で細くしなやかな手書きの文字が、散らばり、ページから離れつづけ、彼女の顔をなかなか思い出せなかった。あまりにも現実的であると同時に、完全に非現実的に思えた。

それがまだ完治していないマラリアのせいなのか、疲労のせいなのか、一年近く経って初めて手紙を受け取った衝撃のせいなのかはわからなかった。読み直したが、記憶は正確であると同時に不正確になり、塵はより鮮やかにそして動きが激しくなり、すでに高く昇った太陽はいよいよまぶしかったが、彼女の顔ははっきりと見えなかった。考えていた――世界はある。ただそこにある。

海岸に向かってオースチン・ミニ・ベイカーズ・バンを運転していると、座席の馬巣織《はす》りの張り地のつんとするにおいと、かびた小麦粉のにおいがし、ヒリヒリと燃えるようなアデレードの暑さを感じたことは思い出せる。それはおじのホテルをたびたび訪れるようになった頃のことで、緊張で胃が落ち着かず、口が渇き、シャツはきつすぎ、動悸はドクドクいう音がわかるほどだった。ホテルは、自分がそこに再び佇んでいるかのように心に戻ってきた。奥行きのある暗いベランダ。すかし細工を施した鉄が、錆びて薄片になりはげ落ちている。風にかきならされ、トパーズが散りばめられたような海。浅瀬をボディサーフィンしているときのように、遠くからパチパチと聞こえるレスリー・ハッチンソンが歌う「ディーズ・フーリッシュ・シングス」。それなのに、エイミーの顔はまったく思い出せない。

彼女といたい、彼女とだけいたい、昼も夜も彼女といたい、彼女の語るどうしようもなく退屈な逸話やわかりきった見解にも付き合いたい、彼女の背中に鼻を走らせたい、彼女の脚がこの脚にからみつくのを感じたい、彼女がうめくようにこちらの名を口にするのを聞きたいというこの欲求、人生のほかのすべてを圧倒するこの欲求はなんなのか。彼女を思うとき腹に感じるこの痛み、胸を締めつけられる感覚、制御できないめまいをなんと名づけたらいいのだろう。彼女のそばに、彼女とともに、彼女とだけいなくてはならない。この直感とも感じられるただ一つの考えにいま取り憑かれているということを、わかりきった言葉以外の言葉で、どう言えばいいのだろう。

彼女は愛情を示してもらいたがった。ごくありふれた贈り物にも感動し、自分に対する彼の気持ちは消えていないと安心した。彼女には、贈り物、告白が必要だった。それ以外に証拠となるものがあるだろうか。一緒になることはできないのだから、それだけが、かつてそのような喜びを知っていたという、いまも今後も手にできる唯一の証拠だ。エイミーはドリゴとはまったくちがい、心のなかでは現実主義者だったのかもしれない。彼はそう思っていた。だから、ある日二人で街に出かけたとき、貯金のほとんどを引き出して、彼女に真珠のネックレスを買い与えた。銀のチェーンの上に真珠が一つ精巧に乗せられたネックレス。それは、彼女の腰のくびれの向こうに、月が海面につくった道を見ていたことを思い起こさせた。こんなことをするなんて、と彼女は二度までも返してきてと頼んだが、喜びは隠しようもなかった。人前では決してつけることはできないが、望むものを、証拠を手に入れたから。いまでも彼にはネックレスが見える。それなのに、彼女の顔はまったく見えない。

ネックレスの三角形の留め金を留めて、彼女のうなじに口づけながら訊いた。書店できみが初めてぼくを見たときのこと、おぼえてる？

もちろんよ、と彼女が指で真珠に触れて答えた。

きみがぼくらに加わったのは、あのときだったの？

どういうこと？

## 三つの空白
太宰治の誕生

鵜飼哲夫

桜桃忌70年。死や別離に彩られ、激しい苦悩と挫折を重ね、空白期を経るたびに異なる世界に脱皮していく作家の姿を、新たな視点で捉え直す。（5月中旬刊）四六判■3000円

## 奥のほそ道

リチャード・フラナガン〔渡辺佐智江訳〕

一九四三年、捕虜の軍医ドリゴは〈死の鉄道〉建設で地獄のような日々を闘っていた。そこへ一通の手紙が届き、すべてが変わってしまう……（5月下旬刊）四六判■3800円

白水Uブックス　218

## マンゴー通り、ときどきさよなら

サンドラ・シスネロス〔くぼたのぞみ訳〕

移民が集まる街に引っ越してきたエスペランサ。自由と夢を追い求める街の人々の悲喜劇を少女の瑞々しい感性

**新刊**

シリーズ近現代ヨーロッパ200年史　全4巻

## 力の追求（上・下）
ヨーロッパ史1815－1914

リチャード・J・エヴァンズ

井出匠・大内宏一・小原淳・前川陽祐・南祐三訳（5月下旬刊）

「下からの社会史」を標榜する英国の近現代史家が、時代の香りを伝える細部を活写し、人物と逸話を物語る、新たな通史の決定版！　A5判■㊤5600円㊦5800円

## 沸騰インド
――超大国をめざす巨象と日本

貫洞欣寛

めざましい経済成長を続ける一方で、国内にさまざまな難題を抱えるインド。そのチャンスとリスクを見極めるための視点を提供する。（5月下旬刊）四六判■2200円

## バルパライソの長い坂をくだる話

神里雄大

★第62回岸田國士戯曲賞受賞

パラグアイ、アルゼンチン、チリ、ペルー、沖縄、父島……国境を越えて思考し続ける注目の劇作家が、移民の目と声で紡ぐ壮大なる三部作、一挙収録！　四六判■2000円

しかし彼は自分で言ったのにどういうことかわからず、自分の考えがどこに行こうとしているのかと怖かった。それは、自分の人生をほとんど支配できないということなのだろうか。ある朝彼女が街から戻るのを待って、海で泳いでいたときのことを思い出した。引き波につかまれかなりの距離を流され、ようやく難を逃れた。

引き波、と彼が言った。ぼくらの。

彼女は笑い、きれいなネックレスね、と言った。

いまでも、ネックレスのミニチュアの月が、店の電灯に照らされて小さく波打っていたのが見える。彼女のうなじに乗った三角形の留め金が、とても魅力的な針葉樹が立ち並んだようなほんのかすかなうぶ毛を囲んでいるのが見える。だが塵は突然至るところに出現し、雨音が強まり、彼女の顔が見えず、彼女の声が聞こえず、そばでボノックス・ベイカーがテンコ（点呼）だと言い、エイミーはもうそこにいなかった。

いま行かないと間に合いません、だれかが作業にやられることになります、とボノックス・ベイカーが言った。

一瞬、ドリゴ・エヴァンスは自分がどこにいるのかわからなくなり、まごついた。定かではないまま寝台の傍らに手紙を置き、雨のなかへ出て行った。

考えていた——世界はある。ただそこにある、と。

# 7

ルースター・マクニースは、呪われし者たちの村を、雨と泥のなか野外炊事場へと向かう、くたびれた一団に合流するのが遅れた。彼らのほとんどは、ふんどしとオーストラリア軍のスローチハット以外なにも身につけておらず、着る物が少ないほど、体がやせ衰えてみすぼらしいほど、パレスチナでまた一晩ビールを飲み売春宿で過ごそうと、スローチハットをごろつき風にきざにかぶっているように見えた。しかし、以前のようには颯爽としていなかった。

薪の煙のにおい、粘土でできた粗雑なかまどのまわりを漂う乾いた温かい灰がつくる小さな聖域、もうすぐ食事が摂れる男たちの安堵感、抑えた声ではずむ会話、こういったものすべてが、ふだんであれば、異質な居心地の悪い世界にあって、炊事場に家庭的で心なごむ感じを与えた。しかしその朝、雨が炊事場に激しく吹き込んできた。そのニッパヤシの屋根から幾筋かの細い流れが落ちてかまどを打つと蒸気が上がり、黒ずんだ垂木から流れ落ちた煤で、大きな鉄鍋のなかの米を飾った。床は、たっぷり五センチ水浸しになっていた。

やっとのことでたどり着いたルースター・マクニースは、飯盒の留め具をはずし、自分の番が来ると、両方の器を差し出した。朝食として水っぽい米の濁った液が小さなカップから一方の器にばしゃりと移され、昼食として汚い握り飯が一個、もう一方の器にぼとりと落とされた。

進むのか、どうすんだ?と背後で声がした。

ルースター・マクニースは体を起こすと、水をバシャバシャ跳ね飛ばしながら、モンスーンの雨のなかに出て行った。彼の選択肢は、重湯を手にすべる斜面を降りて取りあえず雨風をしのげる小屋まで行き、そこに腰を下ろして朝食を食べるか、多くの捕虜のように、雨のなかに立ったまま一気に飲み下すかのどちらかだった。どっちみちそれは食べ物ではない。それは生き延びることだ。

彼は、ダーキー・ガーディナーが通りかかり、食事をするため就寝用の小屋へと戻って行くところを見ていた。ダーキー・ガーディナーは、スプーン数杯分の饐えた米ではなく、サンデーローストを食卓に並べようとしているとでもいうように、食事の際にちょっとした儀式をする捕虜の一人だった。一方ルースター・マクニースは、残飯を一気に飲み下すまいとがんばったが、いつもうまくいかなかった。一、二分食べ物を手に持っていることを楽しむというのは理解できた。これから食べられるのだという事実を楽しみ、ゆっくりと食べ、数口に分けて味わい、その数を増やしさえして、残飯の配給量に匹敵する三、四口ではなく、スプーンの上で少量ずつに分け、食べることと同じくらい期待感を楽しんだほうがいいということはわかっていたが、できなかった。

ルースター・マクニースは、自分の重湯をかき込んで、ダーキー・ガーディナーのようなやつが落ち着きはらってゆっくりとまだ食べていて、食べ物が残っているのを目にするのが嫌でたまらなかった。そういうときは見ないようにして、空っぽの胃を痛々しくふくれさせる嫉妬を無視し、半狂乱の頭を掻きむしる怒りを払いのけようとする。次はおれも賢く、慎重に、ゆっくり食べよう。次はおれ、ルースター・マクニースは、あのみじめな頭蓋骨みたいな顔、あの骨張った鼻と夢でも見てるようなでっかい目のあいつらが、顔を向けておれの残飯をうらやましそうに必死の思いで見る相手になってやる。次はこのおれが、残飯を食うことを勇気と反抗の行為にする、一味《ひとあじ》ちがう尊厳ある者になるんだ。

だが彼はそれができなかった。

空腹は野獣のようだった。空腹は死に物狂いで、逆上していて、食い物を見つけたらできるだけすぐにすばやく飲み下せと彼に迫った。ともかく食え、と空腹は金切り声を上げた——食え！　食え！　食え！　そして彼はどんなときも、自分のほうが空腹に食われているとわかっていた。

悲鳴が聞こえた。顔を上げると、ダーキー・ガーディナーが泥で足をすべらせ、重湯をぶちまけているのが見えた。望むよりも一瞬長くダーキー・ガーディナーの狼狽した目を見てから足元に目をやると、大雨ですでに米の残飯が茶色い泥に溶け、きらめく灰色の染みになっていた。

ルースター・マクニースは顔をそむけ、ダーキーに背を向けて、残飯の残りを飲み込んだ。一瞬にしてなくなった。食わなかったも同然だと思った。朝食にはあの量の十倍は必要だ。

汚らしい黄色いブタがおれたち全員を飢え死にさせる気だ、とだれにともなく言った。

食べ終えて振り向くと、やせ細ったグロテスクな姿で、腰が象の耳のように出っ張っているタイニー・ミドルトンが、ダーキー・ガーディナーを立たせようと四苦八苦していた。ルースター・マクニースは器をきれいに舐めながら、骸骨がダーキー・ガーディナーのブリキの器を拾い上げ、自分の米の残飯の半分をスプーンでそこに入れて差し出すのを見ていた。

ルースター・マクニースは、昼食の握り飯が入った飯盒をパチッと閉じ、それをふんどしに留めた。恥をかかされた男が、食事の半分を犠牲にして自分を苦しめた相手を助けるなんて理屈に合わない。そういう連中は、恥も知らなければ自尊心もない。自分の朝食を分け合わずにすんだという勝利にも近い妙な安堵感を抱きながら二人に歩み寄り、ダーキー・ガーディナーの泥だらけの肩に片手を置いた。

ガーディナー、手、貸そうか？

だいじょうぶだ、ルースター。

ルースター・マクニースは、仲間が朝の閲兵に向かっていることに気づき、収容所の西の端へと向かうみすぼらしい行列に合流しようと急いだ。日本人技師が本部として使っている、高床式で屋根がニッパヤシ、壁が竹でできた二部屋の小屋の前のぬかるんだ場所が閲兵場だった。ここで朝のテンコが行なわれ、人数が数えられてその日の作業のため組分けされた。

到着すると、ルースター・マクニースは、ほかの者たちが収容所の至るところからやって来るのを見ていた。ある者は片足を引きずり、ある者は仲間に立たせてもらい、ある者は背負ってもらい、ある者は這っている。彼の隣では、ジミー・ビゲロウが今日という日と神を罵っていた。

美しいな、と、口にすべきものは高尚な考えのみと思っているルースター・マクニースが言った。高尚な考えは、自分の横に立ち並んでいる男たちのような相手をときにうんざりさせる効果もあると気づいていた。捕虜は自分の小屋の仲間同士で結束する傾向がある。どんなに機嫌のいいときでも(いまはそこからかけ離れていたが)、ルースター・マクニースはそのような友愛などほとんど関知しないが、今朝方恥をかかされたあとでは、そんなものはいっそう意味を持たなかった。そこから逃げられないなら、壊すまで。

自然の大聖堂だ、とルースター・マクニースが背の高い竹林を指差して言った。

ジミー・ビゲロウが落ちくぼんだ目を空に向けると、見えたのは、まだ暗い早朝の空と、その下に真っ黒なギザギザの影となって広がるジャングルだけだった。

だな、とジミー・ビゲロウが言った。

互いに寄りかかって、ゴシック様式の堂々たるアーチをつくっている、とルースター・マクニース。その後ろでは、チークが窓ガラスの鉛の枠みたいに、すかし細工の線をなぞっている。

ジミー・ビゲロウが陰鬱に並んだ木を見つめ、ルースターに、『キングコング』っていうようなことかと尋ねたが、その口調には自信がなかった。

おれは美にはビタミンがあると思ってる、とルースター・マクニース。

ビタミンにはビタミンがあると思うけどな、とジミー・ビゲロウ。

美と言ったんだ、とルースター・マクニース。

彼はそんなことは信じていなかったが、ラビット・ヘンドリックスがそういうたわごとを言うのを聞いたことがあった。そういう高尚な所感は、他人から盗んだものであっても高尚であり、自分を下層階級から隔てる高尚な特質の証拠となるもの、自分の生存を保証するものと見なした。

黒い雨雲が、猛烈な速さで空を移動した。竹のあいだからこぼれていた光が突然消え、チークの枝が灰色のなかに溶けて、数滴の大きな雨粒が地面にパラパラと落ちて来たかと思うと、数秒のうちに唸りを上げる豪雨に変わった。ジャングルは、一つの重苦しい存在となった。木のてっぺんからものすごい勢いで水が落ち、地面ですらもう雨にはうんざりだから消えてもらいたがっているのか、閲兵場横の地面から雨水が跳ね上がった。だが雨は去ろうとせず、まるであらゆるものを支配したがっているようだった。雨の量はますます増え、けたたましい音を立てて激しく降ったので、男たちは大声を上げることさえあきらめて、最悪の降りがやむまで待つことにした。

次々に捕虜がやって来た。かつてないほど多くの者が病んでいた。立っていられない者たちは、〈嘆きの壁〉の呼び名で通っている閲兵場わきの大きなチークの丸太に沿って、腰を下ろすか横たわるかしていた。ルースター・マクニースは、土砂降りの雨の向こうから、兵士が一人閲兵場に向かって泥を這って来るところを見ていた。別の捕虜が、いっしょにレースを観戦に行くところだというように彼の傍らを歩いていた。這っている男は助けを求めてはいないらしく、傍らを歩いている男は助けようとはしていないらしかった。それなのに、土砂降りで二人がかすんで一つになったとき、なにかが二人を結び合わせているとルースター・マクニースには思えた。

二人がやっと近づいたとき、這っているのはタイニー・ミドルトンで、付き添っているのはダーキー・ガーディナーだとわかった。こうするのが世界で最も自然なことだというように。ガーディナーが手を貸そうとするところを二度見たが、ミドルトンは自力でたどり着こうとしているらしかった。ルースター・マクニースが心底軽蔑している男たちのこの光景、足が利かない男と彼をあざけりはしても見捨てはしない友のこの光景、最低のやつらにすらあるのに自分にはないこの光景はわけがわからず、一瞬すさまじい憎しみでいっぱいになった。ルースター・マクニースは竹に向きなおり、それらはゴシック様式のアーチだと、おれのいる牢獄は大聖堂だと再び想像し、美で心を満たそうとした。

# 8

ドリゴ・エヴァンスを先頭に、集まった捕虜が豪雨に打たれているあいだ、日本人たちは本部小屋のなかで最悪の降りが終わるまで待ってから、やっと出てきた。ナカムラが姿を見せたので、ドリゴ・エヴァンスは驚いた。いつもはフクハラ中尉が人選にあたる。閲兵場で常に完璧に見えるようにしているフクハラとちがい、ナカムラの将校用の軍服は汚れ、シャツには黒っぽいカビの花が咲いていた。立ち止まり、泥のなかで引きずっていたゲートルの紐を巻き直す。

ドリゴ・エヴァンスは、待つあいだ、かつてフットボール場で接触に備えてやったように、繰り返し手足を曲げていた。捕虜が各々大声で自分の番号を日本語で言うというんざりする手順で、人数が数えられた。ドリゴ・エヴァンスは、捕虜の司令官、上級軍医官としてナカムラ少佐に報告した——昨日四名、夜間に二名死亡したため、捕虜数八百三十八名となり、この八百三十八名のうち六十七名がコレラに罹ってコレラ隔離所におり、さらに百七十九名が重病のため病院にいる、そしてさらに百六十七名が体調が悪く軽い作業しかできない。そして丸太に寄りかかっている捕虜を指差し、加えてそこにいる六十二名が不調を訴えている、と言った。

したがって、線路で作業できるのは三百六十三名です。

フクハラが通訳した。

ゴヒャク、とナカムラ。

少佐殿は五百人の捕虜が必要だと言っておられる、とフクハラ。

五百人の元気な者はおりません。われわれはコレラにやられています。それは——

オーストラリア人も日本兵のように体を洗うべきだ、毎日熱い風呂に入って体を清潔にすればコレラは避けられる、とフクハラが言った。

風呂などない。あったとしても水をあたためる時間などない。エヴァンスには、フクハラの言葉がきわめて辛辣なあざけりに聞こえた。

ゴヒャク！とナカムラが怒鳴る。

ドリゴ・エヴァンスはこれは予期していなかった。というのも、先週要求されたのは四百人で、この芝居ごっこのやりとりの後にはたいてい三百八十人に落ち着いた。だが毎日死人が増え病人が増えて、作業できる者は減った。そして今度はコレラ。しかし彼は初めに戻って報告を続け、作業可能な体力を有するのは三百六十三名だと繰り返した。

病院からもっと出せと少佐殿が仰せだ、とフクハラ。

彼らは病気です、とドリゴ・エヴァンス。作業させたら死んでしまいます。

ゴヒャク、とナカムラが通訳を待たずに言った。

三百六十三名、とドリゴ・エヴァンス。

ゴヒャク！

三百八十、とドリゴ・エヴァンスが、この数で折り合えるようにと願いながら言った。

サン、ハチ、とフクハラが通訳した。

ヨンヒャクキュウジュウゴ、とナカムラ。

四百九十五、とフクハラが通訳。

簡単には合意できなかった。

押し問答となり、さらに十分以上言い合ったあと、ドリゴ・エヴァンスは、病人から選び出して作業させなければならないなら、ナカムラの正気の沙汰とも思えない要求ではなく、自分の医学的知識によって判断すべきと決めた。四百人と提案し、再度病人の数を挙げ、数知れぬ彼らの病状を詳しく述べた。しかし心の中では、自分の医学的知識は問題とされず、盾にはならないとわかっていた。とてつもない無力感に襲われ、それは自分を内側から食い荒らしている空腹感でもあり、よく考えもせずに受け取るのを断ったステーキのことを思い浮かべまいとした。

ドリゴ・エヴァンスは結論を述べた——四百人以上では、天皇陛下のためになにも成し遂げられません。回復すれば役に立つはずの者たちが命を落としてしまいます。四百人集めるのが精いっぱいです。

フクハラの通訳を待たずに、ナカムラが伍長に向かって大声を上げた。本部小屋から、大急ぎで白い曲げ木の椅子が運ばれてきた。ナカムラはそれに乗り、日本語で捕虜に語りかけた。短いスピーチを終えてそこから降りると、フクハラが上がった。

ナカムラ少佐殿は、鉄道建設において諸君の指揮を執ることを喜びとされている、とフクハラ。少佐殿は、健康問題が深刻だということを残念に思われている。少佐殿のお考えでは、日本人が持つ信念がおまえたちには欠けているからである――意志があれば健康はついてゆく！　日本軍では、健康を損ねて目的を達成できない者は、極めて恥ずべき存在と見なされる。死ぬまで献身するのが良いのである。

フクハラが椅子から降りるとナカムラ少佐がまた上がり、再び語った。今回は話し終えても降りずに立ったまま、捕虜の列を見渡していた。

日本人の精神を理解せよ、とフクハラがナカムラの下で獲物を吐き出そうとするカツオドリのように首をうねらせながら大声を上げた。少佐殿が言っておられる、日本は働く心構えができている、オーストラリアも働くべし。日本は食事の量が少ない、オーストラリアも少量ですますべし。日本は非常に残念だ、多くの者たちが死なねばならぬ。

ナカムラが椅子から降りた。

おめでたい野郎だぜ、とシープヘッド・モートンがジミー・ビゲロウに小声で言った。

なにかが倒れた。だれも動かない。だれも話さない。

最前列にいた捕虜が一人倒れた。ナカムラが捕虜の列に沿って倒れた男のところまで大股に歩いて行った。

クラァ！とナカムラが怒鳴った。

これにも二回目の怒鳴り声にも応答がないと、日本人の少佐は倒れた男の腹を蹴りつけた。捕虜はよろよろと立ち上がろうとしたが、また倒れた。ナカムラがまた思い切り蹴った。再び捕虜は立ち上

郵 便 は が き

おそれいりますが切手をおはりください。

101-0052

東京都千代田区神田小川町3-24

# 白 水 社 行

## 購読申込書

■ご注文の書籍はご指定の書店にお届けします。なお，直送をご希望の場合は冊数に関係なく送料300円をご負担願います。

| 書　名 | 本体価格 | 部　数 |
|---|---|---|
| | | |
| | | |
| | | |

★価格は税抜きです

（ふりがな）

お 名 前　　　　（Tel.　　　　　）

ご 住 所　（〒　　　　　）

| ご指定書店名（必ずご記入ください） | 取次 | （この欄は小社で記入いたします） |
|---|---|---|
| Tel. | | |

## 『奥のほそ道』について　(9629)

■その他小社出版物についてのご意見・ご感想もお書きください。

■あなたのコメントを広告やホームページ等で紹介してもよろしいですか？
1. はい（お名前は掲載しません。紹介させていただいた方には粗品を進呈します）　2. いいえ

| | | | |
|---|---|---|---|
| ご住所 | 〒　電話（　） | | |
| (ふりがな)<br>お名前 | （　歳）<br>1. 男　2. 女 | | |
| ご職業または学校名 | | お求めの書店名 | |

■この本を何でお知りになりましたか？
1. 新聞広告（朝日・毎日・読売・日経・他〈　〉）
2. 雑誌広告（雑誌名　）
3. 書評（新聞または雑誌名　）　4.《白水社の本棚》を見て
5. 店頭で見て　6. 白水社のホームページを見て　7. その他（　）

■お買い求めの動機は？
1. 著者・翻訳者に関心があるので　2. タイトルに引かれて　3. 帯の文章を読んで
4. 広告を見て　5. 装丁が良かったので　6. その他（　）

■出版案内ご入用の方はご希望のものに印をおつけください。
1. 白水社ブックカタログ　2. 新書カタログ　3. 辞典・語学書カタログ
4. パブリッシャーズ・レビュー《白水社の本棚》（新刊案内／1・4・7・10月刊）

※ご記入いただいた個人情報は、ご希望のあった目録などの送付、また今後の本作りの参考にさせていただく以外の目的で使用することはありません。なお書店を指定して書籍を注文された場合は、お名前・ご住所・お電話番号をご指定書店に連絡させていただきます。

がろうとして再び倒れた。黄疸が出た大きな目玉を汚れたゴルフボールのように、別の世界から来て行き場を失った奇妙なもののように飛び出させ、どれほどナカムラに蹴られたり怒鳴りつけられたりしても動かなかった。やせこけた顔としなびた頬のせいであごがいやに大きく見え、猪の鼻のようだった。

栄養失調だな、と思いながら、ドリゴ・エヴァンスはナカムラのあとを追い、ナカムラと捕虜のあいだに膝をついた。男は泥のなかに力なく横たわっていた。体は腫れ物と潰瘍と剝がれかけた皮膚に覆われ、やせ衰えてぼろぼろだった。ペラグラ、脚気、それだけじゃない、とドリゴは思った。尻は貧相な綱ほどのものでしかなく、そこから肛門が汚らしい縄の結び目のように突き出していた。悪臭のするオリーブ色の粘液がにじみ出て、ひものような脛にかかっていた。アメーバ赤痢。ドリゴは、手の施しようもない男をシャベルですくうように自分の腕のなかに抱えて立ち上がり、病んだ男を泥だらけの折れた棒の束のように両腕から垂らしてナカムラに顔を向け、言った。

三百九十九名。

ナカムラは日本兵としては背が高く、百七十センチ強で、がっしりしていた。フクハラが通訳しはじめるとナカムラは片手を上げてそれを制止し、ドリゴ・エヴァンスに向きなおり、手の甲でドリゴの顔を張った。

少佐殿、この男は重態ですから、とてもニッポンのためには働けません。

ナカムラがまた顔を張った。ナカムラにぶたれながら、エヴァンスは病人を落とさないように集中した。ドリゴ・エヴァンスは身長百八十八センチで、オーストラリア人としても背が高い。この身長差のおかげで初めのうちはもろにパンチを食らわずにすんだが、次第にこたえてきた。これはゲームのようなものなのだというように、両足に等しく体重をかけることに、次の一撃に、バランスを保つことに、痛みを意識しないことに集中した。だがこれはゲームではない、とてもゲームなどと言えるものではないということもわかっていた。そしてある意味、自分が罰せられるのは当然だと感じていた。

嘘をついたからだ。

三百六十三というのは本当の数字ではなく、三百九十九もそうではなかった。本当の数字はゼロ。日本人の要求に応えられる捕虜など一人もいない。全員が程度の差こそあれ飢餓と病に苦しんでいる。彼は、自分が普段ゲームをやるように彼らのためにゲームをやる。ゲームをやるのは、それが自分にできる精一杯のことだからだ。ドリゴ・エヴァンスは、ゼロ以外にも本当の数字があることを知っていた。それをいま数えなければならない。最も病んでいない三百六十二に、最も死にそうにない者の数を加える。そして連日、このつらい計算をやらなければならない。

彼は息を切らしていた。ナカムラにぶたれつづけながら、入院患者数をざっと数え直すことに集中していた。回復しつつある者、軽い作業ができる者——ナカムラに顔のこちら側を、反対側を張り飛ばされながら、病院にいる病人の数——恐らく四十人——をまた数えた。彼らは、まともな扱いを受ければ、ごく軽い作業ならこなせるかもしれない。軽作業ができる者のなかで体力のある者たちを同じ数、続いて作業班に入れることができるかもしれない。合わせて四百六人。よし、四百六人、それが最大数だ。しかし今日、ナカムラに何度もぶたれながら、それでは足りないと彼にはわかっていた。さらに多くの者をナカムラに差し出さなければならないだろう。

ナカムラ少佐が、始めたときと同じように突然ぶつのをやめ、一歩離れた。剃った頭を掻いて、オーストラリア人を見上げる。彼の目の奥深くをじっと見つめ、オーストラリア人は見つめ返し、その交わす視線は、フクハラの通訳にないことをすべて語っていた。なにがあろうが優位に立つとナカムラは言い、自分は対等であり服従しないとドリゴ・エヴァンスは返していた。その無言の会話がようやく終わると、この異様な生と死の市場で交渉が再開された。

ナカムラは四百三十人という数字を挙げ、変えようとはしなかった。エヴァンスは怒鳴り、ゆずらず、さらに怒鳴った。だがナカムラは肘を掻きむしり、強い口調になった。

天皇陛下のご意向である、とフクハラが通訳した。

わかっています、とドリゴ・エヴァンス。

フクハラはなにも言わない。

四百二十九名、とドリゴ・エヴァンスが言っておじぎをした。

こうしてこの日の取引は終わり、一日の営みが始まった。しばしドリゴ・エヴァンスは、自分が勝ったのか負けたのかと思案した。全力でゲームをし、毎日前回よりまた少し負け、負けは仲間の命というかたちで数えられた。

〈嘆きの壁〉に歩み寄り、先ほど倒れた病人をほかの病人たちがいる丸太のところに横たえ、人選をするため病院へ行こうとしたとき、なにかを失くしたか置き忘れたような気がした。

振り向いた。

雨が、丸太、枕木、倒れた竹、線路の鉄、ほかの多くの無生物を覆うのと同じように、それはいま、タイニー・ミドルトンの死体の上をうねっていた。相も変わらず雨が降っていた。

# 9

これ、おまえのだろ?とシープヘッド・モートンが、捕虜が道具を取りに行く補給所で、ダーキー・ガーディナーに大ハンマーを差し出しながら尋ねた。シープヘッド・モートンの手は万力《まんりき》のように大きく、頭は、本人の形容によると、ローズベリーの鉱山町から伸びる道よりでこぼこだ。呼び名は容貌からついたものではなく、クイーンズタウン——同じくタスマニア西海岸の僻地にある銅鉱採掘の町で、熱帯雨林と神話が等しく土地をつくっている——で育った子ども時代の環境からつけられたものだ。一家は極貧だったので、しばらくは羊の頭しか食べられなかった。しらふのときは温厚だが、酔うと暴れた。ケンカ好きで、あるとき酔って、カイロでの休暇から戻って来た兵士全員を相手にしたこともある。黙ってすわれと言われ、ジミー・ビゲロウに顔を向け、嫌悪でかぶりを振りながら、恥辱にまみれた世界を数語で要約した——野ネズミからドブネズミはできねえだろ、ジミー。

タイニーのだよ、とダーキー・ガーディナー。

タイニーは、収容所にあるなかでいちばん上等のハンマーの持ち手のいちばん上にTと刻み、自分かダーキーが毎朝それを見つけられるようにしていた。

最高のハンマーだ、とシープヘッド・モートンが、そういうことを気にかける相手に言った。持ち手は少しささくれ立っているが、頭はほかのものより五百グラムは重い。

タイニーに体力があり、出来高制だったとき、それは最高の大ハンマーだった。打つたびに重みで余分に力がかかり、より強くより深く棒鋼が打ち込まれ、タイニーとダーキーは早々に割り当てを終えることができた。ハンマーを振り上げ、正確に打ち下ろしつづけるには、タイニーのように体力があり強靭でなければ無理だった。

やつはそれが助けになるって思ったんだな、とシープヘッド・モートンが、ダーキー・ガーディナーがハンマーを手に取るのを待ちながら言った。

だがいま全員にとって問題なのは、作業を終えることではなく、一日を生き延びることだった。ダーキー・ガーディナーは衰弱しており、重たいハンマーを振り上げて、毎時間毎回正確に打ち下ろし、棒を一撃一撃平らにそしてしっかり打つことができなかった。いまは軽いハンマー、使いものにならないハンマーだけを見つけ出し、トントンやって、自分も棒を支えている相手も傷つけないようにし、次の一撃のために力を温存しようとし、また一日を生き延びようとしていた。

ダーキー・ガーディナーが、頭の部分がぐらぐらする軽めの大ハンマーを取り上げながら、やつを墓に入れるのを手伝ったと言った。

彼らはみな、また一日を生き延びやすくしてくれる、持ち上げるのに軽い、持ち運ぶのに軽いものを求めた。頭の隙間に竹でもねじ込めばいい、とダーキー・ガーディナーは思った。一日の終わりには少しだけ疲労が軽くなるだろう。かつぐのに鎖骨のところでハンマーの持ち手のバランスを取り、重さを最も楽に受けられるようにした。そこにハンマーの軽さを感じると、かつてないほど自分の頭が重く感じられさえしなければ、うれしいくらいだった。

低いつぶやきが微風のように捕虜たちをかすめ、消えていった。そもそも、口にできることなどあっただろうか。彼らは足を引きずりながら、ドリーに沿って線路へと歩き出した。捕虜たちは一列になり、日本人監視員が先頭に二人、最後尾にも数人ついた。最も衰弱していない捕虜たちが先導し、それに続いて具合が悪くて歩けないが十分働けると日本人に決めつけられた者たちを男たちが七台のた。

担架に乗せて運んだ。この位置にいれば、助けてもらえ、全員の邪魔にならない。彼らに続くのはさまざまな衰弱の段階にある男たちで、間に合わせの松葉杖をついている男たちはその後ろについてい

クリスマスの行列かよ、とダーキー・ガーディナーの後ろでだれかが言った。

彼は、自分の前にある脚に集中した。男たちは汚れ、やせ衰え、ふくらはぎと太腿の筋肉はぼろぼろの腱も同然で、尻があるべき場所に吸い込まれるように消えていた。

このグロテスクな隊列が収容所の最も遠い端にある小さな崖――そこで捕虜は針金でくくった竹の梯子を登らなければならないのだが、梯子は横木を一つひとつ確認しなければならないほど頼りなく、軽く見ることはできない――に着かないうちに、ダーキー・ガーディナーは横になっていつまでも眠ってしまいたくなった。梯子の上方にある足場は、雨と悪臭のする泥のような便でぬるぬるしていた。糞便にまみれているのは、早朝に捕虜たちが登っていくとき、腹に力を入れて当然の反応を示したからだ。

彼らは一丸となり、人間の鎖伝いに道具を渡し、弱っている者を引っ張り上げて、どうにか無事に担架を上げた。このように力を合わせたことで、ダーキー・ガーディナーは、崖のてっぺんに着いたとき少しだけ疲れが取れ、少しだけ力が出るような気がした。なによりその日彼には軍曹として六十人を預かる責務があったから、体力が必要だった。

朝の光はまだほの暗く、崖を離れてジャングルに足を踏み入れるなり世界は黒くなってゆき、道はダーキー・ガーディナーがおぼえていたよりも暗く、混乱を誘われた。ダーキー・ガーディナーはこれまで、全力で隊長としての務めを果たし、監視員を相手にできるだけうまく立ちまわり、割り当てをごまかす方法を見つけ、盗みを突き止められないかぎりあらゆる機会を捉えて価値のあるものを盗

み、叩かれないようにし、自分の隊の仲間がまた一日生き延びるのを手助けしてきた。しかし、今日はいつもの自分ではなかった。高熱に苦しんでいたが、デング熱、マラリア、ツツガ虫病、脳性マラリア、なんなのかわからず、いずれにしてもなんであろうとかまいはしないから、仲間を助けることに専念した。若いチャム・ファヒーから、濡れて重たい巻かれた麻縄を受け取った。彼の向こう脛は潰瘍を生じてめちゃくちゃになっていた。チャム・ファヒーはいとこの出生証明書を借りて入隊してから三年になるが、まだ十八にもなっていなかった。ダーキーは、チャムのような少年たちが、人生に背を向けられると棒のように折れてしまうのを見てきた。彼は巻いた太い綱を左肩にかけ、大ハンマーを右肩にかけて釣り合いを取った。

進みながら、ダーキー・ガーディナーは前方の道を読み、疲弊した体に鞭打って、足や脚をこちらに置く、あちらには置かない、というようにしてけがをしないよう注意した。彼はいつも敏捷だった。体が弱っていても、倒れかけたら体勢を立て直すことができた。太腿とふくらはぎには、障害物をよけるのにうまく少しだけ跳んだりひねったりする力を、エネルギーを吸い取る水たまりや棘のある竹がめちゃくちゃに倒れている場所を避けるのに石や丸太といったものを使う力をまだ残していた。

再び彼は、今日はいい日だ、幸いにも力があり、それに助けられて力を温存できる、と自分に言い聞かせようとした。ダーキー・ガーディナーは、弱さはさらに弱さをもたらすだけだということを、一つ踏み誤るとやがて千も踏み誤ることとなり、ごつごつした石灰石の上でつま先でバランスを取るたびに、次のごつごつした岩やぬめぬめした丸太に次の一歩をちゃんと置くことに集中するのが重要だということを理解していた。転んだりけがをしたりしないように、同じことを明日もその後もずっとやれるように。だが彼は、タイニー・ミドルトンのように、自分の体に救われるだろうとは思わなかった。おれ！と叫びながら自分の胸を掻きむしって終わりたくはなかった。ダーキー・ガーディナーは多くを信じてはいなかった。自分が特異な存在だとか、宿命のようなものを背負っていると信じてはいなかった。心のなかで、そういう考えはまったくのナンセンスで、死はいまこうして多くの仲間を見つけ出しているように、いつ自分も見つかってしまうとも知れぬと感じていた。人生とは観念ではなかった。人生は運のようなものだった。だが大方はいかさまトランプでカードを引かされるばかりだった。人生とはせいぜい、次の一歩をまちがわずに出すことくらいでしかなかった。

だれかが悪態をつくのを聞きつけ、捕虜たちの一列縦隊が止まった。彼らが顔を上げて振り返ると、ダーキー・ガーディナーが石灰岩の割れ目にブーツを引っかけたのが見えた。ダーキーが何度かひねって、ようやく足をはずした。笑いが起こった。ブーツの上の部分はダーキーの足の上にあったが、間に合わせの縫い目が裂けて靴底が完全に離れ、岩の割れ目にはまったままだったのだ。

ダーキーが身をかがめて靴底を引っ張り出すと、それは二つに割れた。それを捨て、肩を落とした。悪態をついたかもしれないし、つかなかったかもしれない。彼らは自分自身の闘いに没頭していて気にとめず、また歩き出さなければならなかった。ダーキーもまた、震え、ブーツの残りを足首のまわりでパタパタいわせながら、よろめきつつ前に進みつづけた。しばらくして片脚をぐいと後ろに引いたとき痛みに声を上げ、倒れると、それきり立ち上がれなくなった。

彼、だめになったみたいだ、とチャム・ファヒー。

靴がだめになったんだ、とシープヘッド・モートン。

同じことだよ、とチャム・ファヒー。

ブーツや靴がなくては、ほとんどの者は長く身が持たない。ブーツや靴がなくては、数日あるいは数時間で、切り通しの地面に散らばる竹の棘、石、爆破された数限りないとがった石のかけらで足を切り、傷を負う。ときには数時間のうちに感染し、数日で化膿し、一週間も経たないうちに熱帯性潰瘍にかかり、潰瘍で多くは死に至る。それまで奥地で暮らしてきた者たちはあまり影響を受けないらしく、生き延びており、裸足のほうがいいと言う者すらいた。しかし、ブル・ハーバートのような西オーストラリアの牧夫でもなく、ロニー・オーウェンのような黒人でもなく、ホバートの港湾労働者だったダーキー・ガーディナーの足は柔らかく、傷つきやすかった。

縦隊が止まり、待ち、休憩をとった。ダーキー・ガーディナーは、以前食べたことのあるサクサクした生地のキドニーパイとこってりしたチャツネなど、ジャングルから自分を連れ去ってくれるものを思い浮かべた。よだれが出た。チャツネはアンズ、グレービーにはコショウ。だが、息切れは止まらなかった。

おい、とシープヘッド・モートン。

なんだ、とダーキー・ガーディナー。

よくなってっか?

ああ。

よくなんないとな。

そうだな。

ダーキー・ガーディナーはもう三十秒ほど息を切らし、呼吸を整えようとしながら、猿を見ていた。猿は進路の数メートル先に立つ木の低い枝に、毛をぐっしょり濡らして震えながら背を丸めてすわっていた。

見ろよ、かわいそうにな、あいつ、としばらくしてダーキー・ガーディナーが言った。

バカだな、あいつは自由だろが、とシープヘッド・モートンが言い、サラミのような指でやはり濡れている自分の髪を分け、スローチハットをかぶりなおした。自由になったら、おれ、クイーンズタウンの家に帰る。酒浸りんなって、百歳までやめねえぞ。

そうか。

クイーニーに行ったことあっか？

雨は降りつづく。二人ともしばらく口を閉ざす。ダーキー・ガーディナーがゼイゼイいった。

ねえよ。

でっかい丘があんだけどよ、とシープヘッド・モートン。山だな、あれは。その片っ方がクイーニーで、もう片っ方がゴーマンストン。人里離れたとこ。鉱山町が二つある。昔は熱帯雨林だったんだがな。採掘で土地は殺《や》られた。ケツ拭こうにもシダ一本残ってやしねえ。あんなとこは世界中探したってどこにもねえぞ。月みてえだもんな。土曜の夜に酒飲んで丘越えて、ゴーミーでケンカしてクイーニーに帰って来る。そんなことできんの、この世のどこにもねえよなあ。

## 10

二人は待ち、これといって話すこともないのでほとんど話さなかった。だれもが労働に耐えられる力もエネルギーの蓄えもなかったから、それに猛攻撃される前に体を休めようとした。シープヘッド・モートンが、地元のタバコと日本軍の手引き書を破った紙でつくった紙巻きタバコに火をつけ、深く吸い込んでから手渡した。

これ、なんだ？

『カーマ・スートラ』。

それ、中国だろ。

だから?

足どうだ?とだれかが背後から訊いた。

よくない、とシープヘッド・モートンが答え、ダーキーの足を持ち上げて泥をはじき飛ばし、その足を、まるで自分が方角を確かめるのに使っている羅針盤だというように、顔の前で動かした。

足の親指と隣の指のあいだの皮が破れている。かなりひどい。

夜になったら、収容所で新しい靴底つくってやれるから、とだれかが言った。

それはありがてえ、とダーキー・ガーディナー。まだブーツあんのか?

だれも答えない。

新しい靴底くっつけたら、またふつうに動けんな。

だよな、ダーキー、とチャム・ファヒー。

一日の労働どころか、線路まで歩くのに耐えられるような、靴底として役立てられる、伸《の》して使える革やゴムと呼べるものなど収容所にないことはだれもが知っていた。

どんなときもありがてえことってのはあるもんだ、とダーキー・ガーディナー。

そうともよ、ダーキー、とシープヘッド・モートンが言って、自分の飯盒を開け、昼食用の握り飯を半分に割り、片方をほおばった。

それだけだった。できることはなにもなく、まもなく彼らは再び動き出さなければならない。ダーキー・ガーディナーはそこに横たわりながら、自分のブリキの飯盒が脇腹に食い込み、腹が減っていたことを、その小さなブリキの箱にゴルフボールほどの大きさの握り飯が入っており、それをいま食べてもいいのだということを思い出した。転んで泥がついたが、それでも食い物だ。収容所にある練乳は今夜食べることにしよう。それもありがたいことだ。

無理に体を起こす。ありがてえことはいっぱいあるな、とダーキー・ガーディナーは思う。足が痛くなかったら、頭が痛くなかったら、食べ物のことを考えれば考えるほど空腹にならなかったら、あれこれ考えてみると、そこまで悪くはないんじゃないか。

横でシープヘッド・モートンが飲み下す音がした。数人がそれに続いた。握り飯から米を数粒だけつまむ者もいれば、丸ごと食べ尽くす者もいた。

何時だ?とダーキー・ガーディナーが、なんとか腕時計を手放さずにいるリザード・ブランクーシに尋ねた。

七時五十分、とリザード・ブランクーシ。

いま握り飯を食ったら、あと十二時間はなにも食う物がない、とダーキー・ガーディナーは思った。五時間後には短い昼飯の休憩になるから、それを取っておけば、少なくとも五時間は物が食えるのを楽しみにできる。けどいま食っちまえば、食い物も希望もなくなる。

まるで二人の人間が自分のなかにいるようだった。一人は分別、慎重さ、希望を持てと促し——生き延びたいと願うなら、最小限に小分けするしかないだろう——もう一人は欲望と絶望を主張する。昼飯まで取っておいたって、そこから七時間食えないってことだろう? 食えないのが十二時間だろうが七時間だろうが、なんのちがいがあるんだ? そもそも、飢えと飢えのあいだにどんなちがいがあるっていうんだ? いま食えば今日一日を生き延びられる、監視員の殴打をよけられる、足を踏みはずさないように、あるいは誤って命に関わるかもしれないけがに結びつく強打をしないように、エネルギーを蓄えられる可能性が高くなるんじゃないのか?

ダーキー・ガーディナーのなかで欲望の悪魔が強くなり、片手を伸ばしてふんどしから飯盒をつかみ取ろうとしていたとき、シープヘッド・モートンに引っ張られて立たされた。ほかの者たちも立ち上がり、リザード・ブランクーシがダーキーが肩にかついでいた大ハンマーを手に取ったが、それは思いやる気持ちからではなく、彼らは一匹の奇妙な獣、どうにかともに生き延びようとする一つの有機体として、多くの状況同様、乗り越えるべき状況にあったからだ。ダーキー・ガーディナーは食べる機会を情け容赦なく奪われたことに腹を立てると同時に、昼食用にまだ握り飯があることにほっとした。怒りと安堵を同時におぼえ、妙な気分でまたとぼとぼと歩き出した。

すると、ダーキー・ガーディナーがまた転んだ。

仲間が引っ張って立たせようとしたとき、ちょっと待ってくれと言った。

彼らは足を止めた。道具を置く者、しゃがむ者、すわる者。

ダーキーが、ジャングルの地面の濡れた暗闇に横たわって言った。おれさ、いつも考えてんだよ、かわいそうな魚どものこと。

ダーキー、なんのこった?とシープヘッド・モートン。

魚のフライを出すニキタリスの店のことだった。ホバートにあった。土曜に映画を観たあと、エディを連れてそこに食べに行った。

オキサワラと揚げたイモ、とダーキー・ガーディナー。サメもうまいが、オキサワラはもっと甘い。店にはでっかい水槽があって、魚がいっぱい泳いでた。金魚じゃねえぞ。食用の、ボラとかブラックバックサーモンとかカレイとかの、ちゃんとした魚。二人して魚眺めて、エディのやつ、海から引き上げられて、こんな水槽に入れられて、フライにされんの待ってるなんて、魚は悲しいだろうにと思ったんだよ。

こいつ、いっつもニキタリスのフライ屋のことばっかしゃべってんだ、とリザード・ブランクーシが言った。

あれが魚どもの牢獄だとは考えたこともなかったな、とダーキー・ガーディナー。やつらの収容所。で、いまになってニキタリスの水槽の哀れな魚どものこと考えると、気分が悪くなる。

シープヘッド・モートンが、おまえはどうしようもない能なしだと彼に言った。

ダーキー・ガーディナーが、行かねえとオオトカゲにやられるぞ、おれは頃合い見て行くから、と彼らに言った。

だれも動かない。

行けよ、おまえら。

だれも動かない。

あと何分かここに横んなってエディのおっぱい思い浮かべてっからよ。きれいなおっぱいだったな。もうしばらくひとりでそれといっしょにいる。

置いては行かない、と彼らが言った。

おれは下士官様だぞ、行け。

行け！とダーキー・ガーディナーがいきなり叫んだ。ご命令だ。行け！

ご命令?とシープヘッド・モートン。それともただの命令か?

ああ、おもしれえ、とダーキー・ガーディナー。ルースター・マクニースが『我が闘争』諳誦してんのとおんなじくらいおもしれえ。行け。失せろ。

すわっていた者は立ち上がり、立っていた者は背を伸ばし、またゆっくりと歩き出した。たちまちダーキーは、彼らの視界から、頭から消えた。道はさらに泥にまみれて足場が悪くなり、ぎざぎざの石灰岩にできたぬるりとした溝を通るとき足を切る危険があり、実際たびたび深く切った。すぐに互いの間隔が広がりはじめた。列のなかの捕虜の位置は、多かれ少なかれ本人の病気によって決まる。まだ奇跡的に元気な十人ほどの小隊は先頭にいて、最後尾の者たちは何度も倒れ、よろめき、ときには這い、そのあいだにいる者たちは病人を乗せた担架を交代で運んでいた。そして、本人たちは元気だが、仲間のそばにいて、助け、支え、決してあきらめない男たちがいた。

こうして哀れな縦隊は、ジャングルのチークの巨木と棘のある竹を自分たちで切り倒してつくった狭い抜け道を進んでいった。鬱蒼としたその場所には、それ以外のかたちの通り道がつくれない。彼らは食べ物のことを考えながら、あるいはなにも考えずに、とぼとぼ歩き、倒れた。よろめき、すべり、悪態をついた。腹這いになって進み、糞を垂れ流し、望みにすがり、まだ始まってすらいない一日を延々と。

## 11

ダンテの第一の圏谷、とドリゴ・エヴァンスはつぶやき、潰瘍小屋を出て、小川を渡り、丘を降りて、コレラ隔離所——腐りかけたキャンバス地の屋根がかかる壁のない一群の見捨てられた小屋——で朝の巡回を続けた。コレラに罹った者は全員ここに隔離され、ほとんどがここで死んだ。彼は、自分たちの苦難の多くに象徴的な名前をつけていた。線路へ続く道は〈苦難の道《ヴィア・ドロローサ》〉としたが、それを受けて捕虜が〈ドリー・ローズ〉に変え、それからシンプルに〈ドリー〉となった。彼は子どものように裸足で泥をかき分けて進み、子どものように頭を垂れ、子どものようにどこへ行くのかも次になにが起こるのかも気にせず、自分の足をつけると一瞬で消える溝にだけ関心を示していた。

しかし彼は子どもではない。頭をぐいと上げ、背を伸ばして歩いた。目的と確信をはっきりと示さなければならない。そんなものは持ち合わせていなくても。おれは下手な俳優より少しはましだと自分を納得させながら、何人かは救われる、と思った。何人かは救える。そうだ、そうなんだ。彼らを隔離しておくことで、彼らはほかの者たちを救う。そうだ！　そうだ！　そうだ！　少なくともそのなかの数人を。すべて関連しているじゃないか。自分を王と見なしてもいいが、そうはしないし、そうは考えない。だっておれは北北西の風で南風ではなく、思いつくのはそういう無意味な言葉だけで、自分の思考すら自分のものではなく、鷹か鷺かもわからない。事実、もうどう考えたらいいかわからない、理性や思考はおろか、ほのめかすこともできず、気ちがい病院に身を置いている。演じることしかできない。

恐ろしい苦痛にある者たちとその世話をする者たちだけが通るのを許されているコレラ隔離所の境界を越えたところで、ボノックス・ベイカーがドリゴを迎えた。彼は、さらに二人の衛生兵がコレラで倒れたという知らせを聞き、志願して衛生兵になった。衛生兵に志願すること自体、死刑宣告を受けるようなものだった。ドリゴは医師という職業の一部として危険を冒すことを受け入れていたが、危険を回避できる者がなぜそのような運命を選ぶのか理解に苦しんだ。

伍長、ここに来てどれくらいになる？

三週間になります、大佐。

ボノックス・ベイカーの若々しい体が、滑稽なほど特大でいまでは傷んだブローグ（つま先に穴飾りのついた短靴）から立ち上がっていた。それを手に入れたのは、シンガポールの波止場で日本人の労働者の一団で働いていたとき。やはりそのとき、ボノックスの粉末スープの缶が入った箱が一日で消え、その後ずっと呼ばれることになる名前がついた。だれもが数十年分年老いて、十六歳が七十歳になるというのに、ボノックス・ベイカーは逆方向に進み、二十七なのに十九に見えた。

ボノックス・ベイカーは、自分が若返っているのは、日本の戦争の失敗が要因だとしていた。この失敗は、シャムのジャングル奥深くにあるその捕虜収容所にいるだれにも明らかではなかったが、ボノックス・ベイカーには明らかだった。彼はこの戦争を、ドイツと日本によって自分個人に直接向けられた大々的な軍事行動と見なしていた。その唯一の目的は自分を殺すことであり、いまのところ生き延びているから、彼は勝っている。捕虜収容所は、それにはなんの関係もない奇異な存在に過ぎない。ドリゴ・エヴァンスは、ボノックス・ベイカーにいつも好奇心をそそられた。

コレラが流行りだしてからか？

そうです。

二人は、新患を入れる一つめの隔離小屋へ向かった。二番目の小屋にたどり着けるのはごくわずかで、生存者はそこでできるだけ回復を目指す。第一の隔離小屋に収容された多くの者が、数時間で息絶えた。エヴァンスにとって、それは常に最も暗鬱な小屋だったが、真剣に仕事に取り組まなければならない場所でもあった。ボノックス・ベイカーに顔を向けた。

戻っていいぞ。

ボノックス・ベイカーは無言だった。

収容所に戻れ。おまえは役目を果たした。十分すぎるほど。

ここにいようと思います。

ボノックス・ベイカーが小屋の入口で足を止めたので、ドリゴ・エヴァンスもそうした。

大佐。

ドリゴ・エヴァンスは、相手が頭を上げて初めてまっすぐこちらを見ていることに気がついた。

そうします。

なぜだ?

だれかがやらないと。

ボノックス・ベイカーがぼろぼろのキャンバス地の垂れを上げると、ドリゴ・エヴァンスは小屋の開いた鼻孔を抜け、悪臭のなかへと入って行った。アンチョビーのペーストと糞便の強烈な匂いが、二人の口のなかで燃えた。ドリゴ・エヴァンスには、灯油ランプのぬめっとした赤い炎で、暗闇が跳ね上がったりねじれたりしながらぼんやりと奇怪に踊っているように見えた。まるでコレラの病原菌が生き物で、その腸のなかで彼らが生きて動いているかのように。小屋の向こう端で、とりわけ貧相な見かけの骸骨が、身を起こして笑みを浮かべた。

おれ、マリーに帰るよ。

大きくそっと笑みを浮かべたので、猿のような顔がいっそうグロテスクになった。

マリー出身の少年が、花の茎のような両腕を振り、黄色い潰瘍ができた口を花のように開いて言った——家族に会うんだ。ほんとなあ! やつらのレニーが帰ったの見たら、笑ったり泣いたりするだろうなあ!

あいつは半端なチンピラで始まって、能足りんで終わったんです、とボノックス・ベイカーがドリゴ・エヴァンスに言った。

そうだろ? な?

気が触れたような笑みを浮かべた猿顔のマリーの少年に答える者はいなかった。反応があったとしても、低いうめき声と弱々しい叫び声だけだった。

ヴィクトリア州はどんなやつでも入隊させましたけど、とボノックス・ベイカー。あいつがどうごまかして入隊できたのかはわかりません。

マリーの少年は、母親に寝かしつけられているというように、うれしそうにまた身を横たえた。

あいつ、来月で十六になります、とボノックス・ベイカー。

泥と糞便が混じり合う場所に長い竹の寝台が一つあり、その上に、彼のほかにもさまざまな段階の苦悶にある——というふうに見えた——四十八人の男たちが横たわっていた。ドリゴ・エヴァンスは、異様なほど年老いてしなびた莢《さや》のような者たちを一人ひとり調べた。泥の色をして黒い影がかかった木の皮のような皮膚が、ゆがんだ骨に貼りついている。マングローブの根のような体だ、とドリゴ・エヴァンスは思った。すると一瞬、目の前で、コレラの小屋全体が灯油ランプの炎のなかで泳いだ。見えたのは、身悶えしてうめきながら、棲息するための泥をいつまでも探しつづけるマングローブの根がはびこる、悪臭を放つ沼だけだった。ドリゴ・エヴァンスは一回、二回とまばたきし、デング熱の初期段階に現れる幻覚ではないかと不安になった。手の甲で鼻水を拭い、調べにかかった。

一人目は回復している様子だったが、二人目は死んでいた。二人で汚れた毛布に死体をくるみ、運び出して火葬するよう担当者に預けた。三人目、レイ・ヘイルはだいぶ回復していたので、ドリゴは彼に、今夜ここを出てもよい、明日は軽作業ができるだろうと言った。四人目と五人目も死亡と断定し、ボノックス・ベイカーと二人で、悪臭のする毛布で同じように死体をくるんだ。ここでは死は特別なことではなかった。ドリゴは、いっそ死んだほうが不憫ではないという心情と闘いはしたが、死には安堵のようなものがあると思った。生きていれば恐怖と苦痛に苛まれるが、それでも生きていかなければならない。

次の者も脈がないことを確かめるため、かがみ、体を丸めた骸骨の、骨と悪臭を放つ傷の動かぬ山のしわが寄った手首を取ったとき、骸骨がいきなりガタガタ揺れ、やせ衰えた頭が向きを変えた。ガラスのように突き出してほんのかすかに見ている半ば見えない奇妙な目が、じっとこちらに据えられているようだった。少年のような少し高めのその声は、死にゆく老人の肉体のどこかに消えていった。すまないね、先生。お迎えは今朝じゃない。がっかりさせて悪いが。ドリゴ・エヴァンスは、突き出た肋骨の上に洗濯ばさみでとめて乾かしているように垂れている汚れた胸の皮膚の上に、そっと手首を戻した。

その意気だ、伍長、とドリゴがやさしく言った。

ドリゴが一瞬目を上げると、その視線をボノックス・ベイカーの凝視が捉えた。衛生兵は、恐れを知らない上官の目にいつにない無力感を見て取ったが、それが恐怖に変わっていくのがわかった。エヴァンスがいきなりまた見下ろした。

いよいよだなんて言うんじゃないぞ、と死にかけている男に言う。

骸骨がゆっくりと頭をそらし、奇妙な静止状態に戻った。いくつかの言葉を発し、彼は空っぽになった。ドリゴ・エヴァンスは、しわが寄った彼の額に貼りついているひょろりとして濡れた髪を指先でなでで、目から払ってやった。

わたしにもだれにも。

骸骨のような二人組——長身の医師と背の低い助手、二人とも裸同然——は続けた。衛生兵は奇怪な特大のブローグを履き、やつれた顔の上に、縁がとてつもなく広がった軍のスローチハットを乗せている。医師は、女を探しに街へ繰り出そうとしているかのように、脂で汚れた赤いバンダナを巻き、将校の帽子《キャップ》を斜めにかぶっている。こうして練り歩いていることがとんでもない猿芝居だと医師は感じた。自分の役は残酷きわまりない人物で、まったく希望がないのに希望を差し出す男。この病院は病院などではなく、竹にぼろ切れを掛けただけの雨漏りのする小屋、寝台は寝台などではなく、害虫がはびこる竹の板、床は不潔で、自分は医師なのに、患者を治すための必需品などないに等しい。あるのは、脂で汚れた赤いバンダナ、斜めにかぶった帽子、癒すための心もとない権限。

しかしまた、続けない、日々の回診をしない、命を救うためにやれるだけのことをやりつづけないことはもっと悪いともわかっていた。病んだジャック・レインボーが、ヴィヴィアン・リー役で長い別離のあと橋の上で恋人に会う場面を演じている様子を、理由もなく思い出した。男たちが以前やった出し物が――彼らは映画やミュージカルに似せるため工夫をこらし、竹でセットを組み立て、古い米袋から衣装をつくった――自分の病院や治療の現実の描写としてさほどかけ離れたものではないと思った。だが、芝居のように、それはどこか現実的だった。芝居のように、それは助けになった。それに、人が死なないこともあった。ドリゴは、彼らが生きるのを助けるのはやめなかった。おれはよい外科医ではない、よい医者ではない。彼は信じていた、おれはよい人間ではないと。だが、助けるのはやめなかった。

一人の衛生兵が、収容所の新しい点滴装置――緑色の竹から切り出した粗雑なカテーテルが、前夜にダーキー・ガーディナーが日本軍のトラックから盗み出したゴム管につながれている――を設置しようと格闘していた。それは、灯油缶と竹でできた蒸留器で殺菌された水でつくった生理食塩水を満たした、古い瓶に向かって駆け上がっていた。彼の名はジョン・メナデュー少佐、厳密には収容所の捕虜の三番目の指揮官だった。映画スターのような容姿にトラピスト会修道士のような話し方、無理にしゃべろうとすると、たいていどもった。すべきことを指図される衛生兵の立場にあるときがいちばんうれしかった。

日本人は序列を重んじ、下位の者を働かせる一方、収容所の上官にはそれを要求せず、おかしなことに彼らは大日本帝国陸軍からわずかながら給料をもらっていた。エヴァンスは、芝居が役に立つとき以外、序列を尊重しなかった。将校が受け取る支払いを差し押さえるのに加え、収容所内で働かせ、病人の介護と衛生管理を手伝わせ、トイレ、排水路、水を運ぶ装置を新たにつくらせ、ほかにも収容所の一般的な維持管理をさせた。

ジョン・メナデューは、竹のカテーテルを挿入しようと、足首の血管を探していた。メスの代わりに、ジョゼフ・ロジャース製の研いだポケットナイフを使った。足首は骨ばかりで、引き延ばされた皮膚の上で線をなぞっていた。

傷つけるのを恐れてはだめだ、とドリゴ・エヴァンスが言った。ここだ。

ドリゴはナイフを手に取り、正確にしっかりと切開するまねをしてみせてから、その動きを巧みに繰り返し、こぶのような骨のすぐ上の皮膚にスパッと切り込んで血管を開け、自家製のカテーテルをすばやく挿入した。コレラ患者は縮み上がったが、速く確実な手さばきで始まるが早いか終わった。

彼は持ちこたえるよ、とドリゴ・エヴァンスが言った。

衛生管理の徹底のほかには、水分補給が彼の最大の成功だった。それによりここ二日だけでも数人の命を救い、何人かは、火葬用の薪の山へ運ばれて行くのではなく、コレラの隔離所から生きて自らの足で歩いて出て行くところだった。それは全員の希望になる、と彼は思った。

ここじゃ、死ぬかどうにか持ちこたえるかのどっちかだ、と別の兵士が小声で言った。

おれは死んじゃいねえ、と、点滴を挿されたばかりの男がしわがれ声で言った。

彼らが竹でできた寝台の横をさらに進み、調べ、塩分のレベルをチェックし、点滴装置を据え、ときどき少数の幸運な者たちを回復用に使われているはるかに小さい小屋に移しつづけていると、コレラは彼らから逃げ出しつつあるようにも思えた。ドリゴ・エヴァンスが近くに寄ってみると、全員、人間以下に見えた。恐ろしい病はほんの数時間で肉体のほとんどを衰えさせ、殺すことも多かった。

何人かは体を崩壊させ命を食い尽くす痙攣に苦しみ、うめいていた。また何人かは低い単調な声で水を求め、何人かはくぼんだ眼窩の暗がりから石のように見つめていた。二人が父母の待つ家に帰ろうとしている猿顔の男のところへたどり着くと、男は死んでいた。

ときどきこういうふうになるんです、とボノックス・ベイカー。うれしそうにして。バスに乗って家に帰りたいとか、母親に会いに行きたいとか。そのときが終わりってことです。

手伝おうとドリゴ・エヴァンスが言ったとき、全員にシャグスとしてだけ知られる衛生兵――使い古されいまではカビが生えたビートン夫人の料理書をシャムのジャングルの奥に持って来たことで有名だった――が、二本の太い竹の棒のあいだに古い米袋を張り渡して間に合わせにつくった担架を持って現れた。

ドリゴ・エヴァンスは自分の仕事を終えたので、シャグスとボノックス・ベイカーを手伝い、レニーの干からびた死体を運んだ。死んだ鳥ほどの重さしかないとドリゴは思った。なんの手応えもない。それでも助けているように、自分がなにかしらしているように感じた。米袋は担架の長さに足りず――ここには十分なものなどあるのか、とドリゴ・エヴァンスは思った――レニーの両脚を引きずった。

その呪われた家を出て移動しているあいだ、レニーの死体が何度もすべり落ちそうになった。担架から落下しないように、三人は死体を転がしてうつ伏せにし、骨張った脚を開いて竹の棒から垂らした。脛がやせさらばえ、肛門がおぞましいほどに突き出していた。

レニーが最後に噴き出さなけりゃいいんだが、と、担架の後ろを持っているシャグスが言った。

# 12

コレラが発生してからというもの、ジミー・ビゲロウは収容所で任務を担うようになっており、いまでは毎日執り行なわれる葬式でラッパを吹いている。呼び出され、コレラ隔離所の境で待っていると、仲間が担架を運んで出て来た。最後の担架は、しゃれた帽子をかぶり赤いバンダナを巻いたドリゴ・エヴァンスと、見るたびミッキーマウスを思い起こさせる滑稽な靴を履いたボノックス・ベイカーが前を、おかしな具合に頭をそらしているシャグスが後ろを持って運んでいた。

ジミーは、腐った革ひもに代えて結んだ布でラッパを肩にかけ、雨が降る暗いジャングルをこの哀れな葬列についていった。彼はラッパを愛している。ジャングルのあらゆるもの——竹、衣服、革、食べ物、肉体——のなかで、それだけが腐敗しないものに思えたから。彼は物事を深く考えない男ではあったが、自分の質素な金管楽器は不滅で、すでに多くの死を乗り越えてきたと思っていた。

じめじめした空き地で彼らを待つ火葬係の捕虜たちは、人間を一人燃やすのは簡単にはいかないことを識《し》った。薪の山は、胸の高さまである大きな長方形の竹の山だった。すでにコレラにやられた死体が一体、本人の粗末な持ち物数点と毛布とともにてっぺんに置かれていた。ジミー・ビゲロウは、それがラビット・ヘンドリックスだとわかった。自分が特になにも感じないことにいつも驚いた。

コレラ患者が触れたものには、火葬係以外だれも触れてはならず、コレラ患者が所有していたものは、伝染を阻止するためすべて燃やさなければならなかった。その場にいた者たちが新たに三体の死体とその所持品を薪の山の上に積んでいたとき、火葬係の一人が、ラビット・ヘンドリックスのスケッチブックを手にドリゴ・エヴァンスに歩み寄った。

燃やせ、とドリゴ・エヴァンスが言い、手で振り払う仕草をした。

火葬係が咳をした。

燃やしていいものかわかりません。

なぜだ？

記録なんです、とボノックス・ベイカー。彼の記録。未来の人たちが、なんというか、知る。記憶にとどめる。ラビットはそれを望んだんです。人々が、ここでわたしたちに起きたことを記憶にとどめる。

記憶にとどめる？

そうです。

いずれすべて忘れ去られるんだ、ボノックス。いま生きるほうがいい。

ボノックス・ベイカーは納得しかねている様子だった。

忘るるなかれ、とわたしたちは言いますよね、とボノックス・ベイカー。わたしたちはそう言うのではありませんか？

そうだ。あるいは呪文を唱える。その二つは同じというわけではないかもしれないが。

だから残しておくべきです。そうすれば忘れ去られることはありません。

詩を知っているか、ボノックス。キプリングの。それは記憶にとどめることを語っているんじゃない。忘れ去ることを語っているんだ——なにもかも忘れ去られるものだと。

遙けく征きし我らが艦隊は潰《つい》え。

砂山に、岬の端《はな》に、戦火は果てる。
見よ、我らが虚ろなる栄華、
ニネヴェ、ティルスとともに過ぎゆかん！
国々の裁き主よ、汝今なお我らにご加護のあらんことを！
忘れはすまい　忘るるなかれ！

ドリゴ・エヴァンスは火葬係に向かってうなずき、竹に火をつけるよう合図した。

ニネヴェ、ティルス、神に見捨てられしシャムの鉄道、とエヴァンスが言った。炎の影が虎の縞のように顔にかかっている。キプリングのその詩がすべては忘れ去られると言っているものだということをわれわれがおぼえていられないなら、ほかのことなどおぼえていられるはずもないだろう？

詩は法ではありません。運命ではありません。

そのとおり、とドリゴ・エヴァンスは言ったが、自分にとっては多かれ少なかれ逆だと気づいて衝撃を受けた。

絵、とボノックス・ベイカー。絵です。

それがどうしたんだ？

ラビット・ヘンドリックスは、自分になにが起ころうと、絵は生き延びると確信していたんです。

世界は知るだろうと。

そうなのか？

記憶は真の正義です。

もしくは新たに恐怖を創り出す存在だ。記憶は正義に似たものだというだけだよ。記憶は人々に正しいと感じさせる、また一つのまちがった観念だから。

ボノックス・ベイカーは火葬係に、スケッチブックにある、日本軍が占領したあとのシンガポールで、斬り落とされた中国人の頭部が大釘に刺され一列に並べられた光景をインクで素描したページを開かせた。

ここには残虐行為がありますよね。

ドリゴ・エヴァンスがボノックス・ベイカーのほうを向いた。しかし、ドリゴ・エヴァンスに見えたのは、煙と炎だけだった。彼女の顔は見えなかった。煙の向こうに生きているように見える斬り落とされた首があったが、それらは死んでいなくなった。炎が彼らの背後に立ちのぼり、その炎だけが生きていて、彼女の頭、顔、体、髪に飾った紅い椿の花を思ったが、必死に思い出そうとしても、彼女の顔は思い出せなかった。

ひとつとして持続するものはない。わからないか、ボノックス。それがキプリングが言おうとしたことだ。帝国も続かない、記憶も続かない。われわれはなにも記憶しない。おぼえていても一、二年。生きられれば人生の大部分かもしれない。たぶん。だがわれわれは死ぬ。そうであれば、だれがこのことを理解する？　とりわけ、心臓に手をあてて忘れないようにしているときにこそ、なにも思い出せないかもしれない。

ここでは拷問も行なわれていますよね、とボノックス・ベイカー。

彼がページをめくると、そこには、一人のオーストラリア人が二人の監視員に殴られている光景をペンとインクで描いたスケッチがあった。潰瘍の病棟を描いた水彩画のページ。骨と皮ばかりになった男たちが切り通しで石を砕く作業をしている鉛筆画のページ。ドリゴ・エヴァンスは苛立ってきた。ラビットはブローニーのボックスカメラより上ですね、とボノックス・ベイカーがほほ笑んだ。いったいどうやって絵の具を手に入れたんだろう。

こういった絵がどういう意味なのかだれにわかる？とドリゴ・エヴァンスがそっけなく言った。それらがどういうものなのかだれにわかる？　それらを奴隷にされている証拠と解釈する者もいれば、プロパガンダと解釈する者もいるだろう。鞭打たれながらピラミッドを建てて生きるのはどんなだったか、象形文字はわれわれになにを伝える？　われわれはそのことを語るか？　話すか？　われわれが語るのは、エジプト人の偉大さと栄華じゃないか。ローマ人の。サンクトペテルブルクの。それを建てた何十万という奴隷の骨についてはなにも語らない。そういうふうにジャップのことも記憶するのだろう。彼の絵もすべてそういうふうに使われるんじゃないのか――あの怪物どもが偉大だと正当化するために。

わたしたちが死んでも、この絵はわたしたちの身に起きたことを示して見せます、とボノックス・ベイカーが言った。

じゃあ生きなくちゃな、とドリゴ・エヴァンス。

彼は怒っていた。部下の一人に自分が腹を立てるところを見せてしまい、ますます怒りを募らせた。炎が上がりはじめたときすでに彼女を忘れ、その瞬間にも、彼女の顔、髪、唇の上のほくろをなかなか再現できなかった。明るい残り火、踊る火花といった断片は思い出せるのに、彼女のことは思い出せない――笑い声、耳たぶ、紅い椿の花に向かってすっと引き上がるほほ笑み――

さあ、とドリゴ・エヴァンス。炎が激しくなる前に彼を乗せよう。

彼らは糞便がついた汚れた毛布ごとラビット・ヘンドリックスを持ち上げ、ほかの死体に並べて横たえ、背嚢——中身は、飯盒一つ、スプーン一本、絵筆三本、鉛筆数本、子ども用の水彩セット、入れ歯、古くなった地元のタバコ数本だけ——を傍らに置き、スケッチブックも置いた。コレラにやられた者たちは、常に不気味なほど軽かった。ボブ神父亡きあと、葬儀は、なにやらはっきりしない道徳上の堕落のために聖職を剝奪された元英国国教会牧師リンジー・タフィンが執り行なっていたが、彼の姿はなく、炎は死体を焦がしはじめていた。

大佐?とシャグスが促した。

時間が押し、義務をこなさなければならず、自分の階級の任務なので、ドリゴ・エヴァンスは即興で葬式を執り行なった。葬儀にはいつも退屈させられたから、正式な手順を記憶していなかった。まずまずの芝居程度にできればいいがと願いつつ演じた。始める前、ほかの二名の死体の名前を尋ねなければならなかった。

ミック・グリーン、西オーストラリア人の砲兵です、とシャグスが答えた。それからジャッキー・ミロルスキー、ニューカッスル号の機関兵です。

ドリゴ・エヴァンスはその名前を神聖な記憶に刻み、一度だけ、二つの重要な場面で思い出した——そのとき執り行なった儀式、そして、何年も後に訪れる自分自身の死の瞬間での夢想。四人の善なる者たちは神に託されたと言って、葬儀を締めくくった。しかし、神がこのことにどう関係があるのかよくわからなかった。だれも、リンジー・タフィンですら、神のことはあまり語らなくなっていた。

ドリゴ・エヴァンスがおじぎをして炎から遠ざかったとき、ジミー・ビゲロウが進み出て、サソリとかムカデとか、そこに隠れているかもしれないものを追い払うためラッパを振り、唇まで持ち上げた。口蓋の皮がはがれ、口はひどい有り様だった。唇が腫れ上がり、舌——とんでもなく腫れ上がって傷むので、米は熱いぶどう弾のような味がした——は、役に立たないおぞましい厚板のように口のなかに収まっていた。兄貴に、それは食事にビタミンが不足しているせいで生じたペラグラだと言われた。彼にわかっているのは、口がふいごのようにラッパに吹き込まなければならない空気を舌がさえぎっているということだけだった。

だが、いまではいやというほど知っているその曲を演奏しようとラッパを唇に持ってくると、その奇妙な旋律に没頭できた。初めのうちはゆっくりと音を鳴らすのが精一杯だった。それから、曲が速くなっていき、「葬送ラッパ」がすごい力を帯びるといつも信じているその瞬間が来ると、旋律が紡がれ消えていくあいだ、音を短く止めるため全身で奮闘しなければならなかった。演奏している最中、舌が消え、ツーバイフォーの木材でマウスピースを叩いているような感じがした。そうすることで音を止め、旋律を奏で、魔法を呼び込もうと必死になって。

その暗く殺伐としたジャングル世界のほかのすべてと同様に、ジミー・ビゲロウはにわか仕立てでしのがなければならなかった。鯨のようなかたちの舌をそのまわりで息をすべらせることでだまし、悲鳴を上げる神経終末をなだめて音を出すことだけに集中し、ジャングルに骨を埋め家路につくことはない全員のためにもう一度それをまとめ上げた。そして終わりには、感極まったためではなく——そのときは昨日あるいはおととい演奏した五つの葬式以上のものは感じなかったから——演奏による肉体的な痛みから出る涙で恥ずかしくなったので、単純な曲を演奏するのがとてつもなくつらくなっていることがばれたり、自分が妙に軟弱になったと思われないよう、すばやく向きを変えた。

お粗末にラッパを鳴らし、死の音楽を演奏するあいだ、全身が燃えるようだったが、それでも吹きつづけた。すべてがまた新しく聞こえ、それがどういう意味なのかわからず、仲間たちが死んでしまったことを憎み、あらゆる曲のなかでいちばん嫌っているこの曲を演奏しつづけなければならないことはわかっているが、決して演奏するのをやめないと心に決めて。この曲は、兵士はいま安らかだ、彼の仕事は成された、ということを表わしているのだと言われたが、そうは受け取れなかった。なんの仕事だ？　なぜだ？　安らかになれる者などいるのか？　いま彼が奏でているのはそれだった。その後の人生において、アンザック・デイで、捕虜の集まりで、公的な行事で、ときには自宅で夜更けに押し寄せる記憶に押しつぶされそうになるとき、彼はそういう疑問を演奏するのをやめないだろう。自分が演奏しているものがそのままに理解されるよう願った。しかし人々がそれにほかの意味を与えても、彼にはどうすることもできない。曲は疑問の、終わりのない疑問の疑問を尋ね、ジミーの息の一つひとつが円錐形の金属のなかで増幅され、人間の超越性という共通の夢に向かって螺旋状に繰り出された。それは同じ音のなかに消えてゆき、もう少しなのに届かず、次の音、次のフレーズ、次の時へと——

終戦直後は、戦争など起こらなかったような気がした。ほんのたまに、真夜中、ベッドのなかでビクッとして目覚め、なんとも嫌な感覚に襲われた。のちにシャグスが言ったように、結局それはさほど長くはなかったが、ただ、終わりがないように思えた。するとそれは終わり、しばらくはそれについてなかなか多くを思い出せなかった。エル・アラメインとトブルク、ボルネオで戦った、北海の護衛船で航海したなど、だれもが途方もない体験談を持っていた。そしていまは、生きるべき人生があった。戦争は実世界と実生活への妨害だった。仕事、女性、家、新しい友人、昔からの家族、新しい生活、子ども、昇進、解雇、病、死、引退——ジミー・ビゲロウには、ホバートが収容所と線路の前に来たのか後に来たのか、つまり戦争の前のことなのか後のことなのか、思い出せなくなってきた。

自分に起きたことすべては本当に起きたのだと、見たものすべては確かに見たのだと信じることができなくなってきた。本当に戦地へ赴いたのだと思えないことすらときどきあった。

幸せな年月が訪れ、孫が生まれ、それから少しずつ下り坂になり、戦争のことがますます脳裏に浮かぶようになり、戦争以外の人生の九十年がゆっくりと崩れていった。しまいにはそのこと以外ほとんど考えなくなり、話さなくなった――それ以外のことはほとんど起こらなかったのだと思うようになったからだ。しばらくは、戦時中演奏したように、自分にはなんの関係もないという気持ちで、義務として、兵士の仕事として、「葬送ラッパ」を演奏できた。それから数年間、そして数十年間、九十二歳になるまで、それを演奏することは一度もなかった。三回目の脳卒中を起こし病院で死の床にあったそのとき、利くほうの腕でラッパを持ち、唇にあてると、再び煙が見え、肉が焼かれるにおいがし、突然、自分の身に起きたのはそれだけだったと知った。

ドリゴ・エヴァンスが、ボノックス・ベイカーとともに炎が死体を包みつづけるよう薪の山をつつきながら、神と言い争うことなどなにもない、と彼に言った。神が存在するとかしないとか、他人と議論する気はない。わたしが不愉快なのは神ではなく、自分だ。あんなふうに終わるなんて。

どんなふうに?

神のやり方で。神がこうだとか神がああだとか。

本当は、神よクソくらえと言いたかった。こんな世界をつくった神などクソくらえ、神の名などクソくらえ、いまもこれからも、こんな人生を歩ませる神などクソくらえ、おれたちを救わない神などクソくらえ、ここにいやがらない、竹の上で焼かれる男たちを救おうともしない神などクソくらえ。

だが彼は人間だから、そして、月並みではない男たちのなかでいちばん月並みな人間だから、葬儀中なにも言うべきことがないときは、神、神、神と早口でまくし立て、早すぎた無駄死ににについてはほとんど言うべきこともなかった。男たちは満足したようだったが、ドリゴ・エヴァンスは、神と繰り返し言った後で口のなかを転げまわる嫌悪感のかたまりを飲み込むことができなかった。彼は神を求めず、こんな火も求めず、エイミーを求めたが、見えたのは炎だけだった。

ボノックス、きみはまだ神を信じるか?

わかりません、大佐。わたしが疑問に思いはじめているのは人間です。

死体は、焼けるにつれパチパチ鳴ってはじけた。そのなかの一体は、熱のなかで神経がぴんと張って、片腕を持ち上げた。

火葬係の一人が、それに手を振った。

ジャッキー、達者でな。ここから出て行けるぞ。

これでいいんだと思います、とボノックス・ベイカー。

いいかどうかわからんな、とドリゴ・エヴァンス。

男たちにはなにかしら意味があった。そう思います。あなたにはそうでなかったとしても。

そうなのか?とドリゴ・エヴァンス。

彼は、カイロのカフェで聞いた冗談を思い出した。ある予言者が、砂漠の真ん中で、喉が渇いて死にかけている旅人に、水さえあればいいと言う。水がない、と旅人が答える。水はないと予言者が同意する。もしあったなら、あなたは喉が渇かないし死なずにすむ。旅人が、ならばわたしは死ぬ、と言う。水を飲めば死なない、と予言者が答える。

炎がさらに高く飛び上がり、煙と渦を巻く灰が空気を満たしていったので、ドリゴ・エヴァンスは一歩下がった。においは甘ったるく、吐き気をもよおすものだった。気がつくと唾液が出ていることに、自分でもおぞましかった。

ラビット・ヘンドリックスは、身を起こした状態で、顔を焦がしている炎をかき抱くように両腕を上げていたが、そのうち体内のなにかが勢いよく飛び出したので、全員が後ろに飛びのき、燃える竹の破片や燃えさしをよけた。薪の山が一段と激しく燃えさかる炎に変わると、とうとうラビット・ヘンドリックスは横倒しになり、炎に消えた。大きな爆発音とともに別の死体が破裂し、全員がひょいとかがんだ。

兄貴が立ち上がって竹の棒を一本つかむと、火葬係たちは、死体がしっかりと早く焼けるよう炎の中心に押し戻すのを手伝った。彼らは上がりつづける炎を絶やすまいとともに精を出し、竹でつつき、持ち上げ、動かした。汗を流し、息を切らし、手を止めず、止めたいとも思わず、燃え上がる炎にさらにもうしばらく身をまかせて。

作業を終えて引き揚げようとしたとき、ドリゴ・エヴァンスは、泥のなかになにかあるのに気がついた。それはラビット・ヘンドリックスのスケッチブックで、わずかに焦げてはいるものの無傷だった。小さく爆発したときの勢いで、火から吹き飛ばされたのだろうと思った。厚紙のカバーと最初の数ページがなくなっている。一枚目は、シリアの村の荒廃した通りで、ダーキー・ガーディナーが小さな魚の柄の豪華な肘掛け椅子にすわってコーヒーを飲んでいるところをスケッチしたものだった。彼の後ろには、保温箱を持ったヤビー・バロウズを含む数人が立っている。ラビット・ヘンドリックスは、ヤビーが吹き飛ばされた後で彼を描き加えたのだろうとドリゴは思った。彼は絵に残っただけだった。

ドリゴ・エヴァンスはスケッチブックを拾い上げ、炎に投げ戻そうとしたが、最後の瞬間に気が変わった。

# 14

男たちが、次々にダーキー・ガーディナーを追い越していった。男たちは不格好な空洞の棒といった感じで、口を不機嫌に結んでいるかぽかんと開け、目は乾いた泥のようで、その動作はもはやなめらかではなく、発作的でぎごちなかった。彼は見る見る縦隊の後方に落ちていった。なにもかもなくなった。自分に残っているものは、頭と肉のなかで激しく燃えさかっているものは、病だとわかっていた。潰瘍ができた脚を葉っぱでかすっただけで悶え苦しみ、激痛で異様な振動が走り、それに体を切り裂かれた。

それでもダーキー・ガーディナーは、自分を幸運だと思った――ブーツがあるじゃねえか。その片方にいまだけ底がなくても、今晩どうにか直せばいい。くたびれたブーツだって、それがあるのはありがたいことに決まってる。このように、惨憺たるときにあっても幸運だという思いに支えられ、巻いた太い麻縄が落ちないようにそれをまた引っ張って鎖骨のところまで戻し、肩を動かして首のいい位置にあたるよう調節しながら進みつづけた。

どんどん遅れを取っていたが、それでもジャングルの奥深くへと歩みを進めていた。自分の一日は打ち勝ちがたい闘いの連続だとわかってはいたが、それでも打ち勝とうとしていた。線路までたどり着く、線路で昼食時まで作業する、昼食のあとは――という具合に。そして一つひとつの闘いはいま、次の一歩をやっとの思いで踏み出す闘いとなっていた。

棘のある竹の茂みに倒れ込み、転ばないようにと片手を出したとき、深く切った。立ち上がったときには、一つの石の上でバランスを取って次の石に飛び移ったり、踏み越えたりする機敏さも力もなくなっていた。なにもかもうまくいかなくなってきた。たびたびよろめいた。釣り合いを取ろうとしてぐらつき、残っていた体力を失った。何度も倒れた。倒れるたびに、立ち上がるのが一段とむずかしくなった。

緑色の荒涼へとよろよろ歩き出し、次に顔を上げたとき、ひとりきりになっていることに気づいた。前方の男たちは上り坂の向こうに姿を消し、後方にだれかいるとしても、はるか彼方だった。麻縄にはさらに雨がしみ込み、いっそう重く肩にのしかかった。巻かれているのが何度もはずれ、ほどけて不揃いのひもになり、それが根に引っかかって彼はよろめいた。立ち止まり、縄を巻きなおし、肩の上でまた巻いた縄のバランスを取るたび、それはさらに重くなり、扱いにくくなった。

よろめきつづけた。衰弱し、頭がしっかりせず、平衡感覚がおかしかった。また縄が引っかかり、つまずき、顔から先に泥に倒れ込み、ゆっくりと体を転がしてわきを下にし、そこに横たわった。少しだけ休めば持ち直す、と自分に言った。たちまち気を失った。

目を覚ますとそこは暗いジャングルで、解けて乱れた縄がそばにあった。よろめきながら立ち上がり、指で片方の鼻を押さえてフンと鼻水と泥を出し、ぐらぐらする頭を振った。ぎくしゃくと一歩踏み出したが露出した石にあたって倒れ、頭上に張り出した部分からもろい石灰岩が崩れて肩にあたった。

行かないと、と彼は思った――そう思った気がしただけかもしれない。精神はもうぼろぼろだったので、それは分離したもの、重荷、大きな石のように感じられた。確かなのは、動転し、しばし気を失ったことだけだった。

体の釣り合いを取り、石、世界、人生に対して憤り、かがんで石灰石をひとかけら拾い上げると、ささやかな怒りが高熱を発する体から引き出せるだけの力で、それをジャングルに投げつけた。

やわらかいゴソッという音と同時に、悪態をつくのが聞こえた。身を固くした。

なんだよガーディナー、と、なじみのある声がかみつくように低く言った。

ダーキー・ガーディナーがあたりを見まわすと、ルースター・マクニースが片手を頭にあてて竹藪から出てきた。

おまえ味方か、それともたれ込むのか？

ルースター・マクニースの背後から見覚えのない六人の捕虜が現れ、そのまた後ろにはガリポリ・フォン・ケスラーがいて、ダーキーに向かっておなじみのどこかくだけたナチス式の敬礼をして見せた。

おまえ感づいてんのかと思ってたよ、とケスが言った。

なに感づいてるって？とダーキー・ガーディナー。

おまえは知ってて、注意してて、ひと眠りするふりしてんだと思った、とルースター・マクニース。

知ってるって、なにを？

おれたちが休む日だよ。ジャップがよこさねえから自分たちで休み取ってる。

ダーキー・ガーディナーが振り返って道を見上げた。

ジャップは今朝人数数えたから、収容所の夕方の閲兵まで数えない、とルースター・マクニースが続けた。線路じゃ連中絶対数えないし、絶対気がつかない。おれたち隠れて休んで、全員が収容所に戻るとき、何気なくそこに合流する。列におさまって、数えられて、東條のおっさんなんてちょろいもんさ。

ほかの連中かばってなんかくれねえよ、とダーキー・ガーディナー。うまくいきっこない。

先週やったけど、細目の野郎どもは騒がなかった。で、今日またやってるわけよ。

けどおまえらおれの隊だろ、今日。

だから?

だから、ほかの連中には不公平だろ?

一キロくらい離れたとこに雨しのげる張り出した崖見つけた、とケス。だれにもおれたちの声も聞こえないし姿も見えない。トランプひと揃い持ってんだ、ダイヤのジャックだけ欠けてるけど。ファイブハンドレッドやらねえか?

鞭で打たれて皮剝がされるぞ、とダーキー・ガーディナー。

ばれるわけない、とルースター・マクニース。

連中は突き止めて、鞭で打つよ。

あんたが隠すんだ、とルースター・マクニース。今日はあんたが隊の司令塔の軍曹だ。この前はミッキーだったが、なにも言わなかった。少しずつちがう配置にしたから、それぞれの作業にはちゃんと人がいた。隊の班のそれぞれに一人少ないだけ。

ダイヤのジャックがないと、ファイブハンドレッドがずっとおもしろくなる、とケス。それに——

そんなことが重要なんじゃない、とルースター・マクニースが割り込んだ。全然。ニップどもの戦争努力に協力すんのを拒否するってことだ。おれたちはどこかでいっぺん抵抗しなくちゃなんない、それがこれ。

それについてはダーキー・ガーディナーも考えたことはあったが、さほどではなかった。

ファイブハンドレッドなんざごめんだ、とダーキー・ガーディナー。

正直、ほかにすることなんかほとんどねえ、とケス。ファイブハンドレッドやるか寝るか。あとはがまんするかだな。がまんしたところでどうなるもんでもねえけどよ。

くだらねえ、とダーキー・ガーディナー。寝ると聞いてそうできたらと思った。頭がまたずきずきしていた。くたくたで言い合いもできねえ。けど命令だ。おまえらが仕事さぼんのはかまわんが、そのためにほかの連中が苦しむのは困る。

だれも苦しんだりしないって、とルースター・マクニース。

おまえは苦しむことになるよ、おれに従わなかったらな。行こう。

だが、彼が縄を手に取り、巻いて再び肩にかけ、線路の切り通しへ向かって哀れな行進を再開したとき、彼とともに行ったのはガリポリ・フォン・ケスラーだけだった。

ガーディナーは軍曹にしちゃ意気地がないからなにも言わないさ、とルースター・マクニースが、向きを変えて道から離れジャングルへ入って行く男たちに言った。昔ながらのリーダーみたいなリーダーじゃないからな。

## 15

コウタ大佐は、恐れていたことが現実となってもさほど驚かなかった。シャムのやつらは集団になると信用できず、個人になるととんでもない盗っ人だった。夜、大佐と運転手がジャングルの真ん中に置いてきたトラックを収容所まで押して移動するため、捕虜の救助隊がやって来たが、到着するまでの四時間のあいだにシャムの盗賊どもにホースを数本盗まれ、トラックが動かなくなった。コウタ大佐は、監視員がいちばん近い収容所から新しいホースを持って——予定では日暮れまでに——戻るまで、収容所にとどまらなければならなくなった。

一日遅れていたので、コウタ大佐は線路での作業を点検することにした。オオトカゲに案内させて線路へ向かう途中、二人の捕虜に出くわした。一人は腰を下ろし、もう一人は泥のなかに横たわっていた。腰を下ろしている捕虜はパッと立ち上がったが、道に横たわっているほうは動かなかった。まったく気づいていないらしい。二人はその捕虜が死んでいるものと思ったが、オオトカゲが足で捕虜を転がすとそうではないとわかり、相手を怒鳴りつけた。それが功を奏さないとオオトカゲは思い切り蹴りつけたが、男はうめいただけだった。脅されても殴られてもまともに反応できないのだとわかった。

コウタ大佐は絶望的だと思った。歩いて作業場へたどり着くことすらできないのに、どうやって鉄道を建設できるというのだ。すると、ダーキー・ガーディナーの首に目が止まった。

コウタ大佐はオオトカゲに、こいつをひざまずかせて頭を下げさせろと命じた。オーストラリア人捕虜の首をさらに入念に見た。やせていて、しわには汚れがたまっていた。

これだ、とコウタ大佐は思った。小便をかける土のように、皮膚は泥だらけでくすんでいる。これ、これ、とコウタ大佐は思った。爬虫類のような奇妙なしわと黒っぽい模様を目にして、彼のなかの記憶がざわつき、また何度もやりたいという切望が湧き起こった。これ！　これ！　コウタ大佐は、自分には理性を欠いた残忍な支配力があり、死の痕跡をアジアのあちこちに残してきたとわかっていた。こともなげに嬉々として殺すほどに、自分自身の最期は自分の手に負えないものになるだろうとますます思った。他人の死を支配すること――時、場所、確実に手際よく斬って終わらせるという技巧――は可能だった。そして奇妙なことに、そのような殺害行為のほうでも、彼の命の残りを支配したがった。

いずれにしてもコウタ大佐はいま、病気の男を収容所へ連れ帰ればほかの捕虜たちの貴重な体力が無駄になる、どうせまもなく男は死ぬだろうから、収容所の貴重な食料も無駄になる、と考えた。刀を抜き、水筒をよこすようオオトカゲに身振りで示した。自分の両手が震えているのがわかったが、恐怖も良心のとがめも感じてはいないから不可解だった。

月と吾《われ》ばかり残りぬ橋涼《はしすず》み

コウタ大佐は菊舎尼《きくしゃに》の俳句を二度諳んじた。しかし、手の震えを止めなければならない。水筒のふたをはずし、それを目の前で震わせながら、刀に水を注いだ。水滴が光る刀の表面をいっしょに転がり、濡れたムチヘビがスルスルとすべっていくのを見つめていると、その美しさに震えは止まった。顔を上げると、息を鎮めることに集中し、慎重に刀身を下げ、ダーキーの首にあてた。その状態を保ち、目標を定め、身構えた。

目つぶれ!とオオトカゲがダーキー・ガーディナーに大声で言った。目つぶれ!

オオトカゲはタバコに火をつけながら二度まばたきして見せ、意味するところを伝えた。

コウタ大佐は脚を開いてバランスを取り、叫び声を一つ上げながら刀を高々と振り上げると、最後にもう一度、菊舎尼の俳句を諳んじはじめた。だが、中ごろの言葉を正確に思い出せなかった。頭のなかで句が混乱しつづけた。

全員待っていた——コウタ大佐はひざまずいている捕虜の頭上で刀を静止させ、オオトカゲは唇の横でタバコを持ち、ガリポリ・フォン・ケスラーはじっと見つめたまま立ちすくんでいる。ひとりなにも見えないダーキー・ガーディナーは、毛布のような湿った熱と、閉じたまぶたを伝う汗しかわからなかった。みじめなぼろ布のような、恐怖でねじれた体で感じられるのは、自分と太陽のあいだで静止している刀だけだった。

彼はごくりと息を呑みはしなかった。

コウタ大佐は、腐った魚のような強烈なにおいがした。刀の刃が頭上で飢えているのが感じられる。血の音が聞こえる。自分の血の音が。彼らの血の音が。どんどん大きくなっていくのが。

一方コウタ大佐は、あらゆるものに調和と秩序が宿るべきと信じる男は、自分の心がそれ自身の弱さを罵り、混乱してきた。うろたえた。思いどおりに手順よく運べなくなった——そしてそれができなくなったことでこの最期を支配することができなくなり、自分の命も同様で、妙なことだが、それはまたコウタには完璧に筋が通っていた。コウタはそれが許せなかった。

ダーキー・ガーディナーには首が叫んでいるように思えた。刀を振ってくれと願った。そうすれば終わりにできる。刀はすでに振り下ろされているんだろうか、おれの頭はもう——

行ったよ、とケスが言うのが聞こえた。

だれかが歩き去る音がして、少しのあいだひっそりし、同じ足音が戻ってきた。

やつはずらかった、とケス。確かめた。目開けていいぞ、ダーキー。

ダーキー・ガーディナーは目を開けた。

コウタと刀は消えていた。オオトカゲはいなくなった。残っているのはケスだけで、りんごの種のような目でダーキーを見下ろしていた。ダーキーは、近くの崖のてっぺんに立ち並ぶ竹がつくる黒い線と、その向こうに浮かび上がるチークの影を見た。

うわっ、あののぞき魔ども見てみろよ、とケス。

猿の金切り声が聞こえた。

ジャングルの泥の悪臭がした。

あたりに息づく生命のなかで、ダーキー・ガーディナーは初めて自分の死を感知した。このすべては続いてゆき、自分はいっさい残らず、数年間、もしかしたら数十年間何人かの家族と友人が自分のことをおぼえていてくれてもやがて忘れ去られ、倒れた竹ほども、つきまとう泥ほども、意味を持たなくなるだろう。ダーキー・ガーディナーは、小道を見渡し、わずか二キロ先を難渋しながら歩く裸の奴隷たちを思いながら、すさまじい怒りにかられた。このすべては続いてゆき、おれだけがいなくなる。どこを見渡しても生命に満ちた活気ある世界が広がっているが、それはおれを必要とせず、おれが消え去ることなど露ほども考えず、おれのことなど記憶にとどめないだろう。世界は、おれがいなくても続いていく。

だいじょうぶか?とケスが訊いた。

ダーキー・ガーディナーはあちこちに目をやっていたが、見えるのは、自分が無意味で何ものでもない、自分を必要としない世界だけだった。彼らは竹を燃やした炎に彼を投げ入れ、なにか言うか、もしくはなにも言わず、ジミー・ビゲロウが「葬送ラッパ」を演奏し、十年か二十年後には、生き残った者たちはみな、新しい日本の帝国で奴隷になっているかもしれない。そして五十年、百年経てば、だれもがそれを当たり前のこととして受け入れ、いっさいが現在のどんなものより良くも悪くもなっておらず、ちがいは自分がそこに存在しないということだけ。突然、眠くなった。ともかく眠らなければならなかった。転がって仰向けになり、そこに横たわった。泥のなかに体が溶けていくような感じがした。

急ごうぜ、とケス。ここにいたら殺されるぞ。

ダーキー・ガーディナーを立たせようとかがんだとき、しわがれた叫び声が聞こえ、オオトカゲが早足で道を戻って来るのを見てぎょっとした。監視員はケスを押しのけ、またガーディナーを蹴りつけて、ビョーキハウス、ビョーキハウスと怒鳴り、収容所の方向の道を指差した。熱に浮かされていても、捕虜にはそんなことはあり得ないと思われた。

ビョーキハウス？　ダーキー・ガーディナーは息を呑み、信じられない思いで、収容所で使われている病院を表す混合語を繰り返した。

ビョーキハウス！とオオトカゲがまた叫び、再度蹴りつけて要点を強調した。

ダーキー・ガーディナーは力を振り絞って体を起こし、四つん這いになり、監視員の気が変わらないうちにくたびれた犬のように向きを変え、収容所に向かって這いはじめた。ケスはすぐに反対方向に歩き出し、線路の切り通しへと向かった。オオトカゲは訪問中の大佐に追いつこうと疾走し、ケスを追い越した。オオトカゲが視界から消えると、ケスは足を止めた。

左脚が理由もなく激しく痙攣し、電線に絡め取られたように飛び跳ねるのを驚いて見ていた。すると数分間、身体が激烈に打ち震えるのを抑えられなかった。ようやくそれがおさまると、線路に向かってまた歩き出した。

## 16

正午過ぎ、昼食に汚れて色がくすんだ握り飯を食べたシャグスは、壊れた蒸留器にちょうど合う蒸留槽として使う灯油缶をもうひとつ探し出そうと、炊事場へ向かった。むいた皮とかこそげ取った飯粒を調理人からもらうことも期待していた。

シャグスはほとんどの者たちよりもずっと年上で、三十近いかもしれない。その目を見るとだれもがあふれた灰皿を思い起こし、その上風変わりで無口だから、少々気が触れているのではないかと思う者もいた。戦前は罠猟師で、タスマニアの高地を放浪し、背嚢すら持ち歩かなかった。初めて下着を身につけたのは、入隊時に支給される制服の一部としてそれを二組受け取ったときだった。軍隊生活の贅沢さには心底驚き、その目新しさの最たるものは、ジャワにいたときトランプの二十一で勝ち取った料理本だった。そのシャグスがビートン夫人の豚肉巻きの調理法のことを考えていたとき、閲兵場の真ん中でダーキー・ガーディナーが泥のなかに倒れているところに出くわしたという。

のちにシャグスは捕虜仲間に、あいつがいったいどうやってドリーを戻って来たのかわかんねえが、とにかく戻って来たんだよな、と言った。

彼らもまた、ダーキー・ガーディナーが四つん這いで石と根っこを越え、泥と水たまりを抜け、崖を下り、どうやってたどり着けたのかと思った。彼らは驚いてみせたが、実のところそれは恐怖だった。なぜなら、翌日、翌週には、それは自分たちのだれかかもしれず、ダーキー・ガーディナーが備えていたものを自分のなかに見つけなければならないだろうから。

あの野郎、すっかり腹やられてて糞まみれでよ、とシャグス。そこらじゅう糞噴き出しながら、あのしょうもねえ道に這いつくばって、上《のぼ》ったり下《お》りたりしてったんだろな。

彼らはシャグスに耳を傾けた。

気の毒な野郎だよな、ほんと、どんだけ長いことそこにいたのかな。熱にやられて、風が強い日の虫食いだらけの葉っぱみてえになってた。死んでると思ったよ。それくらいひでえありさまだった。するとと、息してんのがわかった。で、おれ、ジャップの目に入んないとこに連れてかないとって思ったよ。病人の一覧に載ってなかったら、死んでたってジャップにはさぼってるってことになるからな。

その糞まみれの骸骨を立たせたら、やつはおれに、おれはやつに寄りかかって、よろめきながら使い古してぶっこわれた汚ねえほうきみてえにダーキーを引きずって、竹のシャワーまで連れてった。水と布切れで洗ってきれいにして、顔洗って、汚れたケツもきれいにしてやった。

彼らには、竹のシャワーの下でシャグスがダーキーを立たせているところが目に浮かんだ。二人の裸の男が二本の木のように互いに倒れかかる、それがどれほど厄介なことかわかっていた。小川から引いた竹の管から水が流れ落ち、きれいにすんのはいいことだよな、とシャグスが言っているところが目に浮かぶ。水がダーキーがシャグスの腕のなかであっちへこっちへと倒れかかっているのが目に浮かぶ。水がダーキーの肩のくぼみに根を張るようにたまり、鶏ガラのような胸を伝い、くっせえにおい追っ払おうな、とシャグスが言っているところが目に浮かぶ。そして彼らはそれぞれに、自分には口汚くて頭がいかれたシャグスの半分も親切心があるだろうかと考えた。

シャグスが彼らに語った。本人は荒っぽい男でもないのにギャングのような風情の、兄貴の副官スクイジー・テイラーがやって来たとき、ダーキーが少し正気に戻り、ジャップの将校が自分を打ち首にしようとしたがやめ、オオトカゲに戻るよう言われたと説明した、と。

ジャップは一貫性ないからな、とスクイジー・テイラーがギャングのような大きい頭を横に振りながら言い、ギャングのような両手でダーキーを調べはじめた。そのころにはダーキーのやつ、わけわかんねえこと言ってた、とシャグスが続けた。戦争が始まる前はノース・ホバートのニキタリスの店によく女房連れてって魚とイモのフライ食わせたとかしゃべってた。店の窓んとこのでっかい水槽で泳ぎまわってた魚のこと考えつづけてるって。コチにボラにブラックバックサーモン。ふつうの魚。そのあいだスクイジーは、やつをちょっとつついたり、ちっとばかしまぶた持ち上げたり、胸トントンたたいたり、医者がやることとやってた。

魚だけか？とスクイジーが尋ねる。

そう、魚だけ、とダーキー。かわいそうに、ガラスの箱に閉じ込められて外見てた。

ダーキー、舌出してみろ、とスクイジー。

〈アヴァロン〉で昼間の回の映画観たあとは、とダーキーがとりとめもなくしゃべりつづける。必ずニキタリスの店。オキサワラ二切れ――揚げたイモ――帆立のフライ――バター塗ったパン。

死ぬまで働けと全員送り出すくせに、こんな哀れな野郎を突っ返すとはな、とスクイジー。舌出せ、ダーキー。

ダーキーは、エディがそれを楽しみにしていたという話を続けた。映画を観てから魚の食事。そんで？って訊きたかった、とシャグス。けどやつは、ニキタリスの店の水槽で泳いでた魚のことが頭から離れねえって言いつづけるばっかでよ――不自然だ。やつらも捕虜だ。戻ったらニキタリスの店に行くぞ。魚を一匹残らずすくって波止場に運んで放してやる。ニキタリスの親父がどう思ったってかまやしねえ。魚買うなり店ごと盗むなり、なんでもして魚を救い出して、もといた海に戻してやるんだ。

興奮するな、とスクイジーがなだめる。おまえはいろんな病気に罹ってる、治るまで病院にいろ、出たあとは、魚も奥さんも安心していられないな。

ダーキーは草の茎みたいに揺れてた、とシャグス。やつがなに考えてるのか、そもそも自分がどこにいるかわかってるのか、こっちにはさっぱりだった。〈アヴァロン〉のあとでエディと食事すると想像してたのかも。水槽の魚を笑ってたのかも。魚なんか気にしてなくて、エディのおっぱい見てるだけなのかも。エディは魚なんか見てないでアタシに注目してよって言ってんのかも。けどそうじゃないかもな。エディになに見てんのって言われて、ダーキーのやつすっかり照れて魚を見つめ、おれも水槽を泳いでる魚だって、おれはこいつに片腕まわしてるジャングルの裸の捕虜だって考えてんのかもしれない。スクイジー・テイラーが、やつを病院に連れて行こうとおれに言った。

そこでキニーネと赤痢に効くエメチンを手に入れてたっぷり投与させようって言うんだが、そのでっかいギャングみたいな目をおれに向けて声をひそめるんだ。キニーネはない、エメチンはない、食べ物もほとんどない。だが、少なくとも体を休められる。

するとダーキーのやつが笑い出すじゃねえか。やつはこうしてジャングルの真ん中におれたちといるんじゃなくて、戦争が始まる前のニキタリスの店に戻ってったらしいんだ。キニーネいらん。エメチンいらん。オキサワラ二切れ、帆立のフライ十個、バター塗ったパン。スクイジーが、なんて言った？って訊くから、おれが、オキサワラ二切れ、帆立のフライ十個、バター塗ったパン。であります。

そしたらスクイジーが笑い出してよ。おれも。ダーキーも笑う。笑いが止まんない。オキサワラ二切れ、帆立のフライ十個、バター塗ったパン、ってダーキーが。泥んなかでお互いにつかまって大笑い。おれ、豚肉巻きってのがどんな味なのか全然わかんねえけど、アツアツで、塩がきいてるこってりした魚のフライだぞ？　その味忘れるやつなんかいねえよな。

# 17

ドリゴが潰瘍小屋の近くへ来ると、腐敗した皮膚の悪臭に包まれた。腐った肉のにおいは強烈で、ジミー・ビゲロウ——衛生兵として手助けするため、エヴァンスとともにコレラ隔離所の外を巡回している——は、ときどきその場を離れて嘔吐した。

二人が潰瘍小屋に足を踏み入れると、悪臭はいっそうひどくなった。ドリゴ・エヴァンスは片手を鼻にあてたが、すでに嫌と言うほどつらい思いをしている男たちをさらに傷つけることになると思い、すぐに引っ込めた。潰瘍の患者でいっぱいの竹でできた二つの寝台のあいだにある通路を歩いて行った。においが変わり、さらに強く鋭くなり、鼻を突き刺すほどで、ドリゴは目が潤んだ。裸の男たちが、奇妙にも群れ集まったあと死にかけているナナフシのように並んで横たわっていた。いくつものセミの抜け殻が編んだ竹の上でうごめき、互いに平行にではなくおかしな角度で横たわり、虫のようなどんよりした空っぽの目を大きく見開いている。鶏ガラめいた胸を上下させているのが、唯一生きているとわかるしるしだ。ときどきドリゴは、彼らの目のなかになにか見えるような気がしたが、それはぞっとするものだった——妬み、恐ろしい諦観、どこまでも深く堕ちつづけていくめまいのするような恐怖。見るのはつらい、だが見ずにいるのはもっとつらい。多くの者は気づかず、ほとんどの者は気にしない。何人かは無言。何人かは錯乱して頭を左右に振っている。何人かはぼそぼそつぶやき、何人かは、雨が竹を抜けるように痛みが体を走るため、絶え間なくうめいている。

ドリゴ・エヴァンスは、土曜の午後に郊外のパブで旧友に会っているかのように声をかけながら寝台のあいだを進んで行ったが、二人の衛生兵がジャック・レインボーを運び込んで来るのを目にすると、意気消沈し、胃が締めつけられた。もう一人が汚れたぼろ布を手に、ジャック・レインボーの右脚にわずかに残った断端《だんたん》からしみ出している血を止めようとしていた。ドリゴ・エヴァンスはこれまで二度、彼の手術をした。一回目は、膝の潰瘍が脛と距骨《きょこつ》を侵食したときに膝から下を切断した。二回目は、断端のあたりに壊疽《えそ》ができたため、太腿の上のほうで切断しなければならなかった。それは三週間前のことだったが、いままた運ばれてきた。衛生兵たちは、研いだスプーンで潰瘍を取り除くときに使う竹の治療台に彼を寝かせた。ドリゴ・エヴァンスが、脚を調べるために近づいた。

だが、見る前からにおいがした。

吐くのを抑え込むのがやっとだった。

同じことがまた起きた。治っているべき場所は黒く腐って感染し、小さな棒のような断端から血がドクドク出ていた。ドリゴ・エヴァンスは、大腿動脈を縫った糸が抜け落ちてしまったのだと思った。壊疽だ、とだれにともなく言った。鼻がある者ならとっくにわかっていた。止血帯。

だれも反応しない。

止血帯は？　くそぅ、なんてこった、とドリゴ・エヴァンスが、ここは潰瘍小屋で、止血帯といった備品などないことに気づいてそう言った。急いで自分のベルトのバックルをはずして半ズボンからベルトを引き抜くと、それをジャック・レインボーの太腿の残った部分に、排水管ほどの太さしかない細いモノに巻きつけた。汚れたアスファルトでつくった紙コップのように見えるそれに、ベルトをそっと、しっかり締めた。ジャック・レインボーが低くうめいた。出血が遅くなった。

起こせ。

衛生兵たちがジャック・レインボーを引っ張り上げ、すわる姿勢にさせて腕で支えた。一人がブリキの缶から水を飲ませようとしたが、口が震えて缶の縁をとらえられず、水がこぼれた。

レインボー伍長、手術室に移すからね、とドリゴ・エヴァンスが言った。衛生兵の一人が鼻を掻いて一瞬立ち止まったとき、ドリゴ・エヴァンスが、早く、と静かに言った。

彼が静かに話すほど差し迫った命令なのだということを、衛生兵たちは知っていた。二人が急いで担架を運んで行くと、エヴァンスがもう一人の衛生兵に指示した。

テイラー少佐を捜し出して、いますぐ手術室へ来るよう伝えてくれ。それから、半ズボンを押さえておくのに、ひもでも縄でもなんでもいいから持ってきてくれるか?

大佐とジミー・ビゲロウが手術室へと走った。彼は大佐に遅れまいとした。片手で半ズボンを押さえていても走る速さには影響しないらしく、泥のなかを長い脚で大股に駆けて行く。

手術室といってもそれは粗末な小屋で、利点は建っている位置だった。病院小屋と潰瘍病棟の中間にあるため、病人と、病人がいるかぎりまず克服できない衛生上の問題から切り離されている。屋根はキャンバス地ではなくニッパヤシだから、多少なりとも乾いていた。そこにある備品は、子どもが手術室と聞いて考え出すような代物だった。竹からつくられたもの、食べ物と灯油の空き缶、瓶・ナイフ・トラックのチューブといった日本人から盗んだガラクタで、呪術的思考が勝利していた。ブリキの缶を成形してつくった反射鏡に据えられた蠟燭、灯油の缶でつくった消毒器、竹でつくった手術台。エンジンから盗んだ鋼を研いでつくった手術用の器具は、ドブネズミや野ネズミなどがその上を這いまわることがないよう、テーブルに置かれた旅行鞄におさめられている。

どうすればいいんだ、と、器具を消毒する準備をしながらドリゴは思った。見当がつかない。いったいなにを考えてるんだ、と、処罰されようとしていた捕虜をめぐってナカムラと賭けトランプをしたあとで、スクイジー・テイラーに訊かれた。おれは、前進し、風車めがけて突撃することしか考えていない、とドリゴは打ち明けた。テイラーは笑ったが、ドリゴは本気だった。生きていくには幻を信じるしかないじゃないか、と説明し、その説明はこれまででいちばん本心に近かった。現実を信じるたびにわれわれは叩きのめされるんだから。

彼は日々、日常をでっち上げた。夢想を信じるほど、うまくいくように思えた。だがいま、どうやって前進すればいいんだ? 小屋の向こう端、手術台から離れたところで、竹の管から絶えず流れ出す水で手をごしごしこすり、脂っぽい血を洗い落としにかかった。これも男たちが近くの小川から水を運ぶために間に合わせにつくった配管だったが、彼はいま、それがコレラ菌を運んでいるのではないかと怪しんでいた。すべてが汚染されているように思え、どんな努力をしても状況は悪化する一方で、さらなる死につながっているのではないかと思うこともあった。ドリゴ・エヴァンスは、貴重な蒸留水を入れた灯油の缶を持って手術台へ来るようジミー・ビゲロウを呼び、それを自分の両手にゆっくり注がせた。

すすぎながら心と体を安定させ、落ち着こうと努めた。

気が動転していた。それがわかっていたから、手術前に必ず行なう洗浄に集中して心を落ち着けた。どの指も徹底してきれいにする。できる、と自分に言い聞かせる。爪だ——爪の下になにもついていないようにしなければ。できるとは思っていないが、仲間はできると信じている。おれを信じている仲間を信じるなら、自分にしがみつけるかもしれない。手首だ——手首を忘れてはいけない。なにもかもばかげているが、生きるには、生きられるというばかげた信念がなによりも必要じゃないか。

衛生兵たちがジャック・レインボーとともに到着した。彼はいま静かになっていた。手術台に載せたとき、スクイジー・テイラーが入ってきた。彼を捜し出した衛生兵が、色のついた布切れ数枚を手に入れ、結び合わせて縄のようにし大佐に差し出した。

それがわたしのベルトか？

サリーです。きっと。もとは。

大佐がほほ笑んだ。

たまにはズボンがずり落ちないようにしてもらえるのはうれしいな。ドリゴはここ、と言い、手を洗いつづけながら両方の肘で自分の半ズボンを示した。

衛生兵が間に合わせの縄を半ズボンのまわりに走らせ一方で結ぶと、長身の外科医の細い腰のあたりが海賊のような感じになった。

スクイジー・テイラーは、本人の姓、そして暗い魅力——警戒心が強く同時に無防備な有袋動物のような潤んだ目がそれを強調し、鉛筆形の口髭が際立っている——ゆえに、有名なメルボルンのギャングにちなんでその名をつけられたが、かつて粋だったのがいまではやせさらばえ、もともとはなかった極悪な風貌に変わり、いっそう仇名にふさわしくなっていた。容貌が異質である一方、アデレード郊外の医師としての経歴は月並みなものだった。エヴァンスを手伝って学んだこと以外で手術について知っているのは、医療訓練で得たことと聞きかじりの知識にとどまっていた。

大佐？

切断する、とドリゴ・エヴァンスが両手から目を上げずに言った。もう一度。

ドリゴ、とスクイジー・テイラー。断端を見ただろう？

わかっている。

切るところなど残ってないぞ。

ドリゴは両手がぶつかるのを感じた。きれいにしなければ。

わかっている。でき——とドリゴ・エヴァンスは言いかけ、ためらった。

いっそう強く手をこすり合わせ、思う。おれにそれができるのか？

なんだジミー、とドリゴがぴしゃりと言った。この水はシングルモルトより貴重なんだ。灌漑じゃないんだぞ。ゆっくり注げと言っただろう。

やつはショック死するぞ、ドリゴ。

やらなければやつは死ぬ。壊疽だ。きっと……きっと望みはある、腰のところで切断すれば。

そうなのか？とスクイジー・テイラーが言った。最も近代的な病院ですら、腰の関節離断は患者を殺す。体を切りすぎる。ここでは意味がない。

麻酔薬はどれだけある？

よせ。

一度、腰の関節離断を手伝ったことがある、とドリゴが言った。シドニーで、一九三六年に。アンガス・マクナミー先生が執刀した。名医の。

その男は助かったのか？

女。アボリジニーの女。一日。たぶん二日。正確には思い出せない。

太腿ぎりぎりを切断したらどうだ。それなら望みはある。

壊疽の位置が高すぎる。

おれは外科医じゃない。でもそこまで高くはないだろ。止血帯を当ててある脚を取れ。

太腿の高い位置だろうが腰だろうが、止血帯を当てる場所は残らないんだから、出血で死ぬ。脚なんか残ってないだろう、スクイジー。それが問題なんだ。

このへんを丸みのある平らなもので強く押し込むことができたら、とテイラーが言い、動脈、肉、心の葛藤を感じながら、自分の脚の付け根を指でつついた。ここ、と言って、鼠径部に指を二本押しあてる。ここ——大腿動脈の上、それならそこそこ血が止まるかもしれない。

止まらないかもしれない。

そうかもしれない。

持ち手が曲がったスプーンみたいなものならどうだろう。それならたぶん。

たぶん。

たぶん。

それならうまくいく。流れ出るのをどうにか食い止めて仕事ができる。血は出るだろうが、断端を切り取って動脈を締め、縫い上げる。それでも出血するだろうが、死ぬほどじゃないはずだ。すばやくやらなければ。

きみがぐずぐずしたためしはないよ。

ジャック・レインボーのやせ衰えた体がかすかに震えている。シューという低い音を立てながら、口から息を吸ったり吐いたりしている。

よし、とドリゴ・エヴァンスが言い、両手を振って水を払った。ジミー・ビゲロウにテーブルスプーンを取りに行かせ、竹の手術台に戻る。

ジャック、これからもうちょっとだけ脚を削るからね、ひどいにおいがする壊疽を取り除いて――

寒い、とジャック・レインボーが言った。

# 18

ドリゴ・エヴァンスは、やつれ果てた顔を見た。牛肉の肉汁に浮いている脂のように灰色で、白い無精髭は導火線のように硬く、目はフクロネズミのように大きく、しし鼻で、そばかすが汚らしくついている。

毛布を取ってこい、とドリゴ・エヴァンス。

先生、ポールモールある?

残念ながら持ち合わせてないんだよ、ジャック。終わったらちゃんと吸わせてあげるから。

あったまるにはポールモールがいちばんなんだけどね、先生。

ジャックは笑って咳込み、また震えた。

ヴァン・デル・ウードが、自家製の麻酔薬を持ってやって来た。ジミー・ビゲロウが、テーブルスプーン、そして補助としておたまを手に、調理場から戻って来た。蠟燭と二つの灯油ランプに火が灯されたが、光のかたまりは小屋の暗闇を強調するばかりだった。衛生兵が懐中電灯をつけた。

まだだ、とドリゴ・エヴァンス。予備の電池がない。指示するまで待て。

ジミー・ビゲロウとスクイジー・テイラーに、手術台に自分と並んで立ち、ジャック・レインボーの体の下に手を入れるよう身振りで示した。

三つ数えたら頼む。

三人でジャック・レインボーを転がした。スクイジー・テイラーが背骨に針を刺すと、ジャックは排水管がいきなり空になったような、ゴボッという音を発した。点滴から麻酔薬を流しはじめた。ワット・クーニーという、袋から盗まれた芽キャベツのような耳をつけた異様なほど小さい調理人が、調理場から肉切り用ののこぎりを手にやって来た。

ヴァン・デル・ウードの調合はよかったが、強さが一定ではなかった。ジャック・レインボーはすぐに感覚を失い、彼らは切断の準備にかかり、台所用ののこぎりと手持ちの手術用の器具数点を煮沸した。すべての準備が整うと、ドリゴ・エヴァンスが開始の合図を送った。点滴がはずされ、ジャック・レインボーがまた仰向けにされた。

できるかぎりすばやくやろう、とドリゴ・エヴァンスが言った。通常の手順で。出血を最小限に食い止めることが肝心だ。押さえていろ、とジミー・ビゲロウとワット・クーニーに指示する。スプーンの用意はいいか?とスクイジー・テイラーに確認する。テイラーは、曲げられたスプーンを持ち上げて、敬礼するふりをした。

風車に突撃だ、とドリゴ・エヴァンス。

深く息を吸い込む。テイラーがジャック・レインボーのやせ衰えた腹の底部にスプーンの頭をまずそっと、それから次第にしっかりと押し込んだ。

懐中電灯、とドリゴ・エヴァンスが言うと、ジミー・ビゲロウが進み出て、それで断端を照らした。

一般病棟として使われている小屋から騒音がしたが、たちまちジャックの叫び声でかき消された。

ドリゴ・エヴァンスが脚の断端を切りはじめたのだ。死肉の腐臭があまりに強烈なため、嘔吐しないようこらえるのが精一杯だった。だがジャック・レインボーの絶叫で、ドリゴ・エヴァンスは、やらなければならないこと、つまり生きた肉に切り込んでいることを確認した。

一人の衛生兵が手術小屋に駆け込んで来た。

なんの用だ、とドリゴ・エヴァンスが顔を上げずに訊いた。

オオトカゲが、ダーキー・ガーディナーを病院から連れ出しました。

なんだと？

止められませんでした。両腕をつかんで引きずり出して。線路の作業場にいるべき者たちがいないとかで。いまテンコが行なわれています。彼を罰するつもりです。

後で、とドリゴ・エヴァンスが、ジャック・レインボーの悪臭がする脚の残りの近くまで顔を近づけ、手元の仕事に集中しながら言った。

メナデュー少佐が、大佐しか止められる人はいないと。

後で。

大腿動脈を切るとひどく出血したが、噴出するほどではなかった。

鉗子《かんし》、とドリゴ・エヴァンス。いまはどうすることもできない。黄色いクソ野郎どもが。鉗子は？クソ野郎。鉗子だ！

大腿動脈を挟んだが、組織は崩れ、肉の管がテーブルに血を吐き出し、それから血を噴出しつづけた。

もっと強く押せ、とテイラーに言った。自分がその場にいて暴虐を止めるべきだったと考えていた。また、壊れた蒸留器のこと、シャムの商人からもっと麻酔薬を買う必要があること、今後は一回目は必ずできるだけ低い位置で切断し、こういう恐ろしいことにならないようにすべきであるとも考えていた。

再び大腿動脈を挟んだが、再びそれははずれ、悪臭がする死肉を押し上げてまた挟まなければならなかった。手を止めて待つ。今回はうまくいった。

よし、と彼が言った。よし。

さらに肉を切った。一分も経たないうちに、残りの腐った肉を切り落とした。血は流れたが、テイラーが言ったとおり大量ではなく、ぎりぎり切断できるだけは脚が残った。この一時間で初めて少しだけ緊張がほぐれた。

スプーン離すか？とテイラーが訊いた。

まだだ、とドリゴ・エヴァンス。テーブルの上の腐った肉を指して、さっさと始末しろ、とジミー・ビゲロウに言った。

次にエヴァンスは、最後の傷口を覆う弁として使うため、その分の皮膚を剝ぎ取った。それから生きている脚の筋肉を骨からきれいに切り取った。そうすることで高いところの骨を取り除き、肉がやがて下の部分と周辺で癒えて断端形成できるようにする。

のこぎり、と彼が言った。

衛生兵が、調理場で使っている肉切り用ののこぎりを手渡した。なかなかしっかり引けなかったので、そっと小刻みに動かし、大腿骨の上部に細かく切れ目を入れ、裂片をつくってさらに肉を傷めてしまわないようにした。ほどなく、指の長さほどの骨が一本落ちた。

三人の男たちは、一心不乱に手術に取り組んでいた。ドリゴ・エヴァンスは、ヴァン・デル・ウードが豚の腸の皮で間に合わせにつくった腸線で、大腿動脈を縫いはじめた。腸の皮は、洗い、煮沸し、切り整えて糸にしてから、再度洗って煮沸してあったが、手術前に三度目の煮沸をした。手術用の結《けっ》紮《さつ》糸と比べれば粗末なものだったが、つなぎとめることができた。しかし今回縫っているのは、手ごたえのないもの、濡れた感じ、あいまいな組織、血だった。懐中電灯がほの暗くなってきていたので、一針ひと針正しい位置で縫合するよう全神経を集中した。

すると出血が止まった。

やり遂げた。どうにか動脈を縫合した。ジャック・レインボーは生き延びる。息が荒くなっているのが自分でわかった。笑みを浮かべた。筋肉の残りと皮膚弁を骨断端にかぶせる準備にかかった。スクイジーを見上げた。

少佐、スプーンを離してくれ。そっと。

スクイジー・テイラーがスプーンを持ち上げた。ドリゴ・エヴァンスはさらにゆっくりと、さらに慎重に手を動かしつづけた。ジャックは生きる。この男の命を救う。体力を取り戻して切り抜けなければならないし、感染の可能性もある。だが見込みはある。楽観はできないかもしれないが、見込みはある。いまできる最高の仕事をすることに集中した。中年になったジャック・レインボーが、断端をクッションに載せ、子どもたちに囲まれているところを想像しながら。生きて。愛されて。自分がしたことはまったくの無駄ではなく、失敗ではなかったのだ。

懐中電灯を消せ、と彼が言った。

終わった。

背を伸ばし、背中をさすり、ジミー・ビゲロウに目配せし、断端にまた目を落とした。驚くほど手際のいい仕事だった。自分の手並みが誇らしかった。皮膚弁を縫い合わせた場所でわずかに血がしみ出しているのに気づいたが、衛生兵が断端を清め、血を拭っていた。

ドリゴはタバコに火をつけ、煙を深く吸い込み、笑い声を上げた。

スプーンか、と彼が言った。

それも曲がったスプーン、とスクイジーが返した。

『ランセット（英国の医学専門誌）』向き。

ドリゴがまたジャックに目をやると、血の滴が数滴、新たに断端に現れた。

なぜ断端に包帯を巻いて手当てしないんだ?と、また血を拭っているワット・クーニーにドリゴが訊いた。

それに応えるように、血がたちまちまた現れた。縫いとめた弁がふくらんできて、少しだけ浸出していたのが間断なくにじみ出すようになり、血が創面の至るところから滴りはじめた。ワット・クーニーが恐れおののきながらドリゴを見上げた。

大腿動脈を合わせている縫い目がほどけたんだ、とスクイジー・テイラーが、ドリゴが考えたくなかったことを口にした。一瞬、彼は凍りついた。

スプーン!といきなり大声を上げた。

え?と、小屋の反対側にいたジミー・ビゲロウが訊き返した。

大腿動脈の結紮糸が切れたんだ。もう一度開かなければならん。

スクイジー・テイラーがスプーンを手に駆け戻った。

懐中電灯！　ジミー、懐中電灯だ！　三十秒しかない。

三十秒後には、ジャック・レインボーの心臓は体から血を空にすることを彼は知っていた。もとの場所にスプーンを戻さないうちに、ジャック・レインボーの体が激しく揺れた。

スプーン！

ジャック・レインボーの体が痙攣を起こした。

スプーン！とドリゴ・エヴァンスが叫んだ。

スクイジー・テイラーがスプーンを押し込もうとしたが、跳ね上がる体に押しつけておくことはできなかった。ジミー・ビゲロウが懐中電灯をつけて位置に戻ったが、光はさらに弱くなり、すっかり消えた。

懐中電灯！とドリゴ・エヴァンスが怒鳴っていた。灯りはどこだ？

体が激しく飛び上がる。

押さえろ！　押さえつけろ！　強く。スプーン！　強く！　こいつを押さえろ！

全力で押さえ込んでるのにこいつが止まらないんだ、とスクイジー・テイラーが怒鳴った。

血がそこらじゅうに飛び散った。血は竹の上に、彼らの上に、足元の黒い泥に脂っぽい線を描いて落ちた。また少しかかってジミー・ビゲロウとワット・クーニーがジャック・レインボーをしっかり握って押さえつけたが、それでもそのやせ衰えた小さな体は電気が走り抜けているように激しく上下し、二人は握ろうとしても血で手がすべり、いまでは至るところが血塗《ちまみ》れになっていた。

脚、とドリゴ・エヴァンス。脚をつかめ！

だが、つかめるほどの脚は残っておらず、放っておいてもらいたがっているような、奇怪に動く血だらけのモノしかなかった。残った太腿の小さな断片は血ですべって処置を施すのが非常に難しく、かすかな光と血の混沌のなかで、ドリゴ・エヴァンスはいっさいはっきりと見えなかった。震えが弱くなり、おさまると、皮膚を合わせている縫合糸をどうにか見つけて大腿動脈に戻ることができたが、糸を切ったとき、ジャック・レインボーがまたガタガタ揺れた。スクイジーのスプーンがどろどろの血のなかですべり、血は大きな弧を描いてほとばしり、ジャック・レインボーのまともなほうの脚の先まで届いた。

ドリゴはジャックのめちゃくちゃな状態の断端を指で必死に探り、縫えるものを見つけようとし、盛り上がってぬるぬるしたものを挟み、はねまわる流体を探ったが、縫えるものなど、糸を固定できるものなどなにもなかった。動脈の壁は濡れそぼった吸い取り紙だった。血が噴出しつづけるあいだ、ジャック・レインボーの体が何度も激しく痙攣するあいだ、ドリゴ・エヴァンスはできることはなにもないと気づき、恐怖を募らせた。だがあるはずだ、と自分に言い聞かせた。考えろ！　考えろ！　見ろ！

電気が走ったようにビクッと動くたび、血は小さな噴水となって噴き出した。ジャック・レインボーの体が自らを噴き出して枯れ果ててしまいたいと望んでいるかのようだった。ドリゴ・エヴァンスは可能なかぎり動脈の上のほうを縫おうとしたが、血は猛烈な勢いでほとばしるばかりで、スクイジー・テイラーは血があふれ出るのを止められず、そこらじゅう血の海になり、時間をかせぐことを必死に考え出そうとしてもなにも思いつかなかった。彼は縫合し、血は噴出し、灯りはなく、縫い目は裂けつづけ、なにもつながらなかった。

強く押せ、とスクイジー・テイラーを怒鳴りつけた。血を止めろ。

だが、スクイジー・テイラーがどれほど強く押しても血は湧き出しつづけてドリゴ・エヴァンスの手や腕にこぼれ、逃れようのないアジアの泥とアジアの沼のなかへと流れ落ち、彼らはアジアの地獄へとどんどん引き寄せられていった。

痙攣は震えに変わった。ドリゴ・エヴァンスがさらに深く断端に押し込むと、そのさなかに肉はもげて落ちた。針が一瞬骨にあたった。彼は考えようとしていた、手立てを探そうとしていた、望みを捨てまいとしていた。そのとき、ジャックが息切れ程度に言葉をいくつか低く口にするのが聞こえた。

兄貴？

ジャック？

おれ死ぬのかな。

たぶんな。

寒い。すごく寒い。

ドリゴ・エヴァンスは休まずジャックの断端の処置を続けた。裸の足は間に合わせにつくられた竹の手術台の下の血だらけの泥に足首まで浸かっていた。自分の内部で大混乱に陥っているときにこそ、奇妙にも外側は沈着さを保っているように見えるのは自覚していた。その動脈を探しつづけ、すがりつくためのなにかを自分の処置に見つけようとし、無意識に足指で泥を引っかいていた。

するとようやくそれを手にした。必ずうまくいってジャックの命が助かるよう、細心の注意を払い、繊細に処置を施した。やり終えて頭を上げたとき、彼は知った。ジャックが死んで数分経っており、そのことを自分にどう伝えたらいいか、だれもわからないでいたことを。

# 19

コウタ大佐は、その朝鮮人軍曹に苛立ちを募らせていた。この監視員のすべてが、不誠実で信用ならないように思えた。気取った歩き方と極端にゆっくり振り向くさまさえ、どこかわざとらしい感じがした。コウタ大佐は、枕木、石、土、鉄、ゴキブリのように働いている裸の奴隷が入り混じったところを見ていると、朝鮮人を前線部隊として絶対に使えない理由がわかった。

鉄道建設作業——土手と側線、岩山を射抜く大きな切り通し、黒い雲を下から支えているような灰色の石灰岩の崖、雨季の豪雨のなかで虹のように湾曲しているジャングルの渓谷にかかる巨大なチークの構脚橋——を点検しながら、頭に浮かぶのは、さっき道沿いで捕虜を殺さなかったこと、朝鮮人軍曹に自分の奇異な振る舞いを目撃されてしまったことだけだった。だが、いまになっても、俳句の語順を正確に思い出せないでいた。朝鮮人軍曹はわざとらしい笑みを浮かべて彼を喜ばせようとし、コウタの言うことに逐一歯の浮くような同意の言葉を返し、自分たちの作業の効率が良いと自慢して、コウタをひどく苛立たせた。コウタ大佐は、賛辞の陰には必ず軽蔑心があり、同意の陰には必ずあざけりがあり、自慢の下には必ず不遜な態度があると信じて疑わなかった。あてずっぽうではあったが、うまくいけば朝鮮人に恥をかかせられるし、最低でも苛つかせてやれるだろうと、それができるという以外はなんの理由もなく、捕虜の人数を数えろと命じた。

監視員は驚いた。数が九足りない——九人の捕虜がいない。このことが判明してあわてふためき、三十分後再び数えると、不思議なことに八人現れた。とがった細面の日本人大佐が、罰するため隠れていた八人に進み出るよう命じ、雲隠れした九人目の男の名前と居場所を明かすよう要求した。
だれも進み出ないと、一隊の責任者である捕虜の軍曹を見せしめとして厳しく処罰しろと命じた。しばらく混乱が続いたあと、九人目というのが軍曹本人であり、線路ではなく収容所にいることが判明した。

その午後遅く収容所に戻ったコウタ大佐は、ナカムラを叱責した。彼の怒りを駆り立てたのは、俳句を忘れてしまいそれゆえ捕虜の首を斬れなかった、そして、それが朝鮮人監視員の目の前で起こってしまったという自分自身の恥だった。同様に深く恥じ入ったこの日本人少佐は、どうしても名前をおぼえられない朝鮮人軍曹を見つけるなり数回思い切りビンタを食らわせ、なんと病院に隠れているらしい捕虜の名前を吐かせ、捕虜たちを集めてその場でその捕虜を罰するよう命じた。

一方オオトカゲはビンタなど気にもかけなかったが、この命令には喜べなかった。捕虜のガーディナーとはいい取引をしていたし、この任務はほかのにも増して無意味に思えた。ガーディナーがときどき歌ったり口笛を吹いたりするのは迷惑だったが、この男は役に立つこともあった。ほんの数日前には、下士官全員のためにガーディナーから新鮮な牛肉を手に入れた。それなのにこういう展開になった。オオトカゲは思った――残念だ、しかしぶちのめされたあとでも、ガーディナーはおれが、おれはガーディナーが必要なんだ。そういうふうに続いていって、止まることはない。世界に抗ったところで、世界は必ず勝つ。おれにはどうしようもないじゃないか。

ガーディナーは、オオトカゲが行かせた場所、病院にいた。歩けないので、オオトカゲはいっしょにいた二人の監視員に、処罰するからやつを閲兵場に引っ張ってこいと命じた。

# 20

一日は過ぎてゆき、涼しくなってきて、少なくともここでは仕事をしなくていいと男たちは考えていた。数分もしくはそれにかかるあいだは休めて、休憩はどんなときでもうれしいものであり、彼らが置かれた世界では、食べ物を除いて最も歓迎すべきものだった。だが、彼らはここにいたくなかった。

軽い作業についていた百人ほどの捕虜が、閲兵場の真ん中に立っていた。彼らは夕方モンスーンの雨のなかに集められ、ダーキー・ガーディナーが、雨に濡れた猿を哀れんだ男が、犯してもいない罪のためにオオトカゲに殴られるのを見せられた。監視員が線路から戻って来る捕虜をこの陰気な集いに参加させ、人数は次第に増えていった。

オオトカゲが疲れると、ほかの二人の監視員が進み出て仕事を引き継いだ。一瞬、果実を思わせる湿った香りがジャングルから漂って来ると、それでシェリーを思い出し、家族と過ごしたクリスマス、母親がつくってくれたトライフルを思い浮かべる者もいた。監視員の一人が何度もダーキーの顔を張り、二人目がこぶしで胴を殴っているとき、何人かの捕虜は、蒸し焼きにしたかぼちゃと仔羊の肉、プラムのプディング、それをすべて流し込むビールを思い出して幸せな気分に浸ろうとした。彼らはダーキーが殴られたことを、六日後なり七十年後なり、自分が死ぬまで記憶にとどめることになるのだが、この時点では、この出来事は自分たちにはどうにもならないことだから、石が落ちてきたり嵐が起きたりするのと同じことで、自分たちの意識にのぼらないのだと思えた。それはただあるというだけで、考えるべきほかのことを見つけて対処するのがいちばんだった。

シープヘッド・モートンは――動くことを禁じられているから、注意を引かないようにゆっくりと慎重に――戦争が始まる前に人夫だったとき家の基礎を打っていたように、足指の下で泥を突いては再び固めていた。ジミー・ビゲロウは親指の先で人差し指のわきをなぞり、この上なくやさしいこの感触で、女の指が自分の腰に沿ってそうっと一本線を引く寝床に誘《いざな》われた。彼女がキスをしようとこちらを引き寄せたとき、かすかなうぶ毛のような口髭があって驚いたことを思い出した。

さらに十分過ぎたとき、休憩を取ったオオトカゲは、捕虜が注意散漫になっていると感づいたから か、六歩前に出るよう全員に命じた。これで、ぶたれ平手打ちされ殴られる音が、鈍くこもった音ではあるが、集められた男たちに伝わるはずだ。これで、裸同然の男が軍服を着た監視員たちに殴りつけられるのを見ないでいるわけにはいかない。男は監視員たちにこぶしや竹竿で打ちつけられるたびに、濡れて腫れ上がった顔に驚いたような妙な表情を浮かべた。

助けてくれ！とダーキーがうめいた。助けてくれ！

あるいは、彼が上げる切れ切れの悲鳴がそう言っているように聞こえただけかもしれない。ダーキーの苦しそうな異様な息の一つひとつ――体が殴打を乗り切ろうとして発するゼイゼイいう音、ゴボゴボいう音、時折り混じるうめき声――、音の一つひとつはいま、意識から完全に閉め出されることはなくなった。だが、彼らはそれを閉め出した。

リザード・ブランクーシは、妻メイジーの顔を見ようとしていた。彼は毎日ラビット・ヘンドリックスに描いてもらった鉛筆画を愛おしそうに眺めていたが、その向こうを見ようとすると、彼女を思い出そうとすると、すべてがかすんでいくのだった。メイ・ウエストの空想はどんどん強くなり、メイジー本人の姿はどんどん薄れていった。それでも、殴打が続くあいだ思い出そうとしつづけた。自分が生きる手段はいま、目の前で起こっていることではなく、なにかを、なんでもいいから信じる能力なのだとわかっていたから。

だから彼らは見たが見なかった。だから彼らは聞いたが聞かなかった。彼らは知っていた、すべて知っていたが知るまいと努めた。だがときどき捕虜たちは、目先の変わったやり方にだまされて、また殴打を直視させられた。たとえば、オオトカゲがチークの小ぶりの丸太を見つけてきてダーキー・ガーディナーの頭めがけて投げつけたり、自分の腕ほども太い竹竿で、こいつはとりわけ汚らしい敷物だというようにダーキー・ガーディナーの体を打ちつけたりするときだ。殴りつづける――怪物の顔、怪物の仮面を。

捕虜たちは腹が空き、頭のなかは夕飯のことでいっぱいになってきていた。どれほど乏しい食事でも、それは本物であり自分たちを待っているのに、殴打はそれを食べる喜びを彼らから奪っていた。粘つく小さな握り飯一個で一日中働いた。暑さと雨のなかで労働した。石を砕き、土を運び、チークの巨木と竹を切って引っ張った。作業場への行き帰り、往復十キロ以上歩いた。それなのに、殴打が終わるかダーキーが死ぬかするまで食べられない。彼らが密かに望んでいることはただ一つ、どちらにしても早くけりをつけてもらうことだった。

線路の作業場からさらに男たちがよろよろと戻って来た。捕虜の数は二百人に増え、そのうち三百人を超えた。彼らはほかの男たちが泥のなかでひとりの男を痛めつけるのをほかの男たちのように見ていなければならなかった。そのなかのだれ一人、この変えようのない一連の出来事を変えるためになにか言ったりやったりできる者はいなかった。

彼らは監視員に突進し、オオトカゲとほかの二人を捕らえ、意識がなくなるまで打ちつけ、水っぽい灰色の物質がぽたぽたと出てくるまで頭を殴り、木に縛りつけて銃剣で腹を突きまくり、監視員に自分たちの憎悪が少しは伝わるよう、まだ生きているうちに青と赤の腸の首飾りを頭から垂らしてやりたかった。捕虜たちはそう考え、それから、そう考えることはできないと思った。彼らのやつれた空っぽの顔は、殴打が長引くにつれ、ますますやつれて空っぽになっていくばかりだった。すると、これら男ではない男たち、人間とはいえない人間たちに、なじみのある声が叫ぶのが聞こえた――

ビョーキ!

振り返り、ドリゴ・エヴァンスがこちらへ駆けて来るのが見えたとき、彼らは一瞬元気が出た。切り払われた竹藪のところを潰瘍の生じた足首がかすめたとき、ドリゴ・エヴァンスは一段と声を上げた――

ビョーキ! ビョーキ!

だが、オオトカゲはオーストラリア人たちの司令官を完全に無視した。別の監視員が彼を捕虜の最前列に押し込んだとき、ナカムラ少佐がフクハラ中尉を従えて閲兵場を大股で横切り、懲罰の様子を見に彼らに向かってやって来た。

ドリゴ・エヴァンスが列から進み出て、罰するのをやめてくれと日本人の士官たちに嘆願した。数人の男たちは、ナカムラが相手の大佐という上位の階級に敬意を払ってわずかにおじぎをしたこと、そして、日本人には腹立たしいだろうに、自分たちの大佐がおじぎを返さなかったことを見逃さなかった。

彼が訴えるのが聞こえた――この男は重病です。彼に必要なのは休息と薬であり、殴打ではない。だが、彼の背後では殴打が続けられていた。

# 21

ナカムラは、かかとを軸に体を揺らしながら聞いていた。体がかゆく、口が渇き、腹が立っていらいらしていた。シャブが要る。一錠でいい。捕虜が殴られているのを見ていてもおもしろくもないが、こんな連中どうすればいいんだ、どうすれば。温厚で善良なる両親が、おれを温厚で善良なる人間に育ててくれた。自分が命令したがゆえにもたらされた苦しみによって自分が痛みを感じるのは、おれが温厚で善良きわまりない人間であることの証明だ。そうでないなら、こんなにも苦しく感じるはずがない。だがおれは善良な人間ゆえに――おれの善良さとはすなわち、服従し、崇敬し、つらい義務を果たすことと理解している――この懲罰を命じることができるのだ。

殴打は大義名分にかなうものだった。一夜にして、線路の担当部分を完成させるための作業が著しく増えた。それに今日、捕虜たちは特に扱いにくく、監視員たちはそれを感じ取りピリピリしていたから、一人の捕虜を罰することにより、自分たちの権威を再び誇示し、捕虜全員に自分たちの神聖なる義務をあらためて思い知らせた。

いなくなった捕虜を見つけたのがコウタ大佐だったというのはまずかった。それにより、おれとおれの指揮下にある技師と監視員全員が恥をかいた。懲罰は、罪ではなく名誉のためだ。選択の余地はない。人は天皇陛下のため、そして鉄道――それはつまり天皇陛下のご意志を具現化するもの――のために存在しているのであり、そうでなければ生きる理由も、死ぬ理由さえない。

フクハラは、オーストラリア人大佐がまた薬がどうとか言っているとナカムラに伝えた。薬だと、とナカムラは思った。中央の司令部からはなにも送られてこない——機械も、食料も、もちろん薬も。受け取ったのは、使い古しの壊れた工具と、この緑色の砂漠になにもないところから奇跡を建設しろという不可能な命令だけ。そして朝鮮人。役立たずの朝鮮人。やつらを前線部隊として使わないのも当然だ。信用ならないから、オーストラリア人捕虜の監視すらまかせられない。おれも薬が必要だ。シャブが必要だ。期限内に線路の担当部分を完成できないなどという恥をさらせば、自殺するしか道はない。自殺などしたくはないが、天皇のご期待に応えられなければ故郷《くに》には帰れない。おれはその程度の人間じゃない。次の数時間にやるべきことをやり遂げるには、少しだけシャブがあればいい。

殴打は続いていたが、ナカムラは朝鮮人軍曹が力を弱め、気合が入っていない様子に気づいてとてつもなく苛立った。朝鮮人というのは、まあ、朝鮮人だ。やつはしっかり仕事をやっていない。くたびれているんだろうが、言い訳にはならん。おれは罰せよと命じ、命令は必要であり正当なものなのに、あの監視員は命令を真剣に受け取っていないらしい。

オーストラリア人大佐が、この者はなんの罪も犯しておらず、病気だから監視員の一人に病院に送り返されたのだと主張するのをフクハラが通訳しているあいだ、ナカムラはそこに立ちつづけていた。どうしようもなく体がかゆい、朝鮮人が捕虜をはたきでなでてやっているのを眺めて時間を無駄にしている。捕虜はふらふらになっていたが、それでもどうにか監視員の弱々しいパンチを受けていた。ナカムラは、捕虜がよろめく動きを使い、竹竿で殴られるのに合わせて揺れたり転がったりしているのを見て、このままだと監視員がこの茶番を終わらせることはないように思えた。捕虜は懲罰をコケにしている。それでナカムラは激怒し、いっそう皮膚がかゆくなった――シャブが要るのに、こんなくだらないばかげた行為を見ながらあとどれだけ待てばいいんだ？

オーストラリア人大佐は作戦を変え、殴打をやめさせるため、相手が身分をわきまえないという議論に持って行こうとしているらしかった。フクハラはナカムラに、オーストラリア人大佐が訴えるには、朝鮮人軍曹に話をしたとき、こちらの階級を卑しめ敬意を払わず、大佐であり司令官である自分を完全に無視した、と伝えた。

ナカムラはフクハラにさっと体を向けた――懲罰を加えるのはこのへんで終わりにしよう、もういいじゃないか、お粗末な出し物だったが目的は達した。だが、体の向きを変えた拍子に、年中引きずっているゲートルのひもを左足で踏みつけてしまい、右の軍靴がねじ曲がり、左足を持ち上げようとしたとき右の軍靴に引っかかって、泥のなかに手足を投げ出して倒れた。

だれも口をきかなかった。殴打はしばし止まり、日本人少佐が立ち上がると、急いで続行された。ズボンの片面に泥がつき、シャツは汚れていた。

ナカムラが敵と同胞の顔を見まわすと、全員に恥辱的な転倒を見られてしまったことがいやでもわかった。捕虜。朝鮮人。仲間の日本人士官。もうたくさんだ。疲れた。午前三時から起きている。やるべきことはまだ山ほどある、もう日が暮れはじめた、鉄道建設はますます予定より遅れている。恥をかき、怒り、泥だらけになったナカムラは、捕虜が放り出した道具の山を見た。頭がいきなりはっきりした。オーストラリア人大佐ががまんならぬとした問題を理解した――将校として、自分が侮辱されたと感じた。そして、オーストラリア人大佐が抱えている問題と自分が抱えている問題をどうやって解決したらいいのかわかった。

ナカムラは道具の山へ行き、つるはし用の柄を一本手に取り、両手で重さを確かめ、野球のバットのように振りまわしながら、オーストラリア人大佐を通り越し、朝鮮人軍曹が捕虜を痛めつけているところへまっすぐ向かった。監視員に気をつけの姿勢をとらせた。ナカムラは足を踏んばり、つるはし用の柄を後ろに引き、それをサムライの刀のように振るって、相手の左側の腎臓のあたりを思い切り打ちつけた。

朝鮮人はうめき、揺れ、倒れそうになり、やっとの思いで体を起こして気をつけの姿勢に戻った。ナカムラは頭上に柄を振り上げ、それを力いっぱい朝鮮人の首にぶち込んだ。とどめに逆手打ちで側頭部に柄を叩き込むと、オオトカゲは片膝をついた。ナカムラが日本語で彼を怒鳴りつけ、頭に柄を投げつけて、ドリゴ・エヴァンスのところへ戻り、おじぎをした。思わずドリゴ・エヴァンスもおじぎを返した。

ナカムラは静かな口調で話した。フクハラが通訳し、監視員を罰したのはあなたに対して無礼を働いたからだ、これで捕虜に懲罰を与えることを続けられる、とオーストラリア人大佐に伝えた。

彼らの前でオオトカゲは立ち上がり、柄を握ってよろめきながらダーキー・ガーディナーに向かって数歩歩み寄り、構え、柄を高く掲げて、熱意も新たに捕虜の背中に振り下ろした。ダーキー・ガーディナーが両膝をつき、やっとの思いで立ち上がろうとすると、オオトカゲに思い切り顔面を蹴りつけられた。

オーストラリア人大佐が再び抗議すると、ナカムラは通訳を手で追い払った。

罪の問題ではない、とうんざりした様子で言った。

ダーキー・ガーディナーは、次の殴打から身を守るのに間に合わせようと、裸のやせ衰えた体で体勢を立て直し、バランスを取り戻し、再び動こうとしたが、その動きはもう優美なものではなかった。タイミングが狂ってきた。立ち上がったとき、監視員の竹竿が顔の側面にぶちあたった。頭が横に倒れ、あえぎながら後ろへよろめき、倒れまいとしたが、動作が思うようにいかなくなっていた。つまずき、地面に倒れた。

監視員たちが代わる代わるガーディナーを蹴りつけているとき、ナカムラは一茶の句をつぶやいた。

フクハラが尋ねかけるようにナカムラを見た。

そうだ、彼に言ってやれ、とナカムラが言った。

フクハラは見つめつづけた。

彼は詩が好きだ、とナカムラ。

日本語ならば大変美しいですが、とフクハラが答えた。

言ってやれ。

英語だとそうではないと思います。

いいから。

フクハラは片手でズボンのわきをなで、オーストラリア人に体を向けた。ピンと背を伸ばしたせいで、いっそう首が長く見えた。自分で翻訳した俳句を吟じた――

A world of pain――
if the cherry blossoms,
it blossoms.

苦の娑婆や
桜が咲《さけ》ば
咲いたとて

## 22

ドリゴ・エヴァンスは、太腿をガリガリかいているナカムラを見た。鉄道を建設するためには、その瞬間何十万人という人間の計り知れない苦痛の唯一の理由であるその鉄道――土手と切り通しと死体で、えぐられた土と集められた土と発破をかけられた岩とさらなる死体で、竹の構脚とぐらつく橋とチークの枕木と増えつづける死体で、無数の犬釘と不動の鉄の軌条で、死体、死体、また死体、さらに死体でつくられる理不尽な線路——が存在するためには、ダーキー・ガーディナーが罰せられねばならないのだとドリゴ・エヴァンスは理解した。その瞬間、彼はナカムラの恐ろしい意志に感心した。ダーキー・ガーディナーが殴られたことに絶望した以上にそれに感心した。残忍な力、名誉の掟への気高き服従がそうさせたのは疑いない。ドリゴ・エヴァンスは、それに対抗し得る生命の躍動を自分のなかに見つけられなかった。

その動かぬ表情、苦行者のようなぼろぼろの短い上着、オオトカゲを打ちすえたこと、たったいま命令を怒鳴ったこと——ドリゴ・エヴァンスにとってナカムラはもう、昨夜トランプ遊びをした風変わりだが人間味のある将校ではなく、今朝命の取引をした無情だが実際的な司令官ではなく、個人、集団、国を支配し、相手のあり方、相手の見解に反して相手を曲げ、ゆがめ、すべてをその眼前で無頓着に宿命論で破壊する恐ろしい力だった。

オオトカゲがかがみ、ダーキー・ガーディナーをすくい上げ、消防士が持ち上げるように肩にかつぐと、また立った。殴打が終わったかのような間があったが、ダーキーがバランスを取り戻すと、三人の監視員がまた竹竿とつるはし用の柄で殴りはじめ、やがてダーキーはくずおれた。こうして再び、殴る、倒れる、蹴る、また引き上げて殴る、という行為が繰り返された。

ドリゴ・エヴァンスは、オオトカゲがまたしてもダーキー・ガーディナーを打ちのめすために立たせ、すばやく二度手の甲で殴りつけるところを見ながら、恐ろしい震動のようなものが地面を揺らし、自分たち全員が否応なくそれと連動しているように感じた。そしてその不吉な連打は、この人生の真実だった。

やめてくれ、とドリゴ・エヴァンスは訴えつづけていた。まちがっている。彼は病気だ。重病人だ。しかし議論にもならず、ナカムラは片手を上げて制し、今度はやさしげな声で彼に語りかけた。少佐殿はキニーネが余分にあると言っておられる、とフクハラが言った。病人たちが働けるように。病人たちが働くことは天皇陛下のご意志であり、鉄道にはそれが必要だ。

連打は続き、音はいよいよ大きくなっていった。

ナカムラは助けようとしているが、命じた殴打は彼にはどうすることもできないのだとドリゴ・エヴァンスは理解した。キニーネはほかの者たちを助ける。ナカムラは自分が助けられる者は助け、キニーネは彼が彼らを助けるのを助ける。だが彼は連打を止められない。ダーキー・ガーディナーを助けられない。鉄道がそれを要求する。ナカムラはそれを理解している。ドリゴ・エヴァンスはそれを受け入れねばならない。彼にも鉄道で役目がある。ナカムラには役目がある。ダーキー・ガーディナーには役目があり、彼の役目は残忍に殴られることであり、全員が——各々が自分のやり方で——この恐ろしい連打に対処しなければならない。

ダーキー・ガーディナーは、身を守ろうとするとき腕と脚をぐいと動かしていたが、監視員にとっていままではそういう動きはすべて、雨や竹や石などのように無視したり切ったり割ったりすればいい単なる自然の障害物に過ぎなかった。彼が抗うのをやめたときだけ立たせるのをやめ、悲鳴は暖炉用の破れたふいごのようなゆっくりと尾を引くゼイゼイいう音に取って代わり、残忍な仕打ちはほどほどの速さまでゆるやかになり、単純労働のような性質を帯びた。

見ているうちに、ドリゴ・エヴァンスのなかでなにかが起きていた。三百人の男たちは自分たちが知っている一人の男を三人の男たちが破壊しているところを眺めているだけで、なにもしない。ひたすら眺め、ひたすらなにもしない。ある意味彼らは起きていることを容認し、連打に拍子を合わせ、ドリゴもそのなかにいた。到着するのが遅すぎて、ほとんどなにもせず、いまは起きていることに異を唱えずにいる。どうしてこんなことになったのかわからなかったが、ともかくそうなってしまった。一瞬、彼は恐ろしい世界の真実を把握したと思った。その世界では、人は恐怖から逃れられず、暴力が延々と続き、それが偉大なる唯一の真理としてある。それは世界が創った文明よりも偉大で、人間が崇拝するどんな神よりも偉大なもの。それは唯一にして真の神だから。まるで、暴力を伝え広め、暴力の支配を永遠に存続させるためだけに人間が存在しているかのようだった。世界は変わることなく、この暴力は常に存在し絶えることがないゆえ、男たちはこの世の終わりまで、ほかの男たちのブーツとこぶしと恐怖の下で死んでいくだろう。人間の歴史は、悉《ことごと》く暴力の歴史だったのだ。

だが、こういう感覚はあまりに奇妙であり圧倒的なので持続せず、束の間ドリゴ・エヴァンスの頭のなかでもがき、それから消えた。彼の背後では、ナカムラが歩き去っていくところだった。日本人将校の考えもまた混乱し、かき乱されて意味をなさず、持続するにはほど遠かった。義務、天皇、日本国、明日の鉄道建設に関する目前の実際的な心配という、もっと確かで気持ちが落ち着くほかの考えがそれに取って代わり、回し車のネズミとして与えられた役割を従順に果たすことをナカムラは再び考えた。

十分も経たないうちに彼は殴打のことなどすっかり忘れ、一時間後に閲兵場へ戻り捕虜たちがまだ気をつけの姿勢を取っているのを見たとき、それが終わっていなかったことにようやく気づいた。夜になり、追加の監視員二人がハリケーンランプでその場を照らしていた。例の捕虜は身につけていたぼろ布をなくしたらしく素っ裸で、懲罰を加えていた三人の監視員の軍服は雨と泥と血で黒ずんでいた。捕虜はもう抵抗したり殴打から身をかわそうとしたりせず、もみ殻の入った袋のようにそれを受けるばかりだった。監視員たちは、棒で殴っていないときは使い古したボールのように捕虜を蹴りまわしていたが、いずれにしても彼はもう人間には見えず、不自然で妙な物体に見えた。

ナカムラとしては殴打が少し前に終わっていたほうがよかったのだが、介入しないのがいちばんだと思った。シャブ三錠で元気が出たナカムラは、これからトモカワ伍長を見つけて川沿いの集落へ行かせ、シャムの水上市場の商人からメコンウィスキーを一瓶買わせようとしているところだった。シャブとウィスキー、それが要る、とナカムラは思った。

連打は続いていた。監視員たちが疲れて手を止めても、オオトカゲはまだ、せっせと、従順に、調子を取りながら、つるはし用の柄でダーキー・ガーディナーを打ちすえていた。

そして彼の連打には、一つの終わりしかなかった。

## 23

ダーキー・ガーディナーは目を開け、まばたきした。雨の滴が顔に降りかかった。両手をどろっとしたものに押し込むと、手は沈みつづけた。彼は糞便のなかで泳いでいた。立ち上がろうとしたがだめだった。さらに糞便まみれになって泳いでいた。体を丸めて身を守ろうとしたがうまくいかず、また汚れた穴に沈んでいくばかりだった。目を閉じると、またあの場所でぶちのめされていた。目を開けると、糞便のなかで溺れていた。浮かぼうとし、這い出ようとしたが、ツルツルすべり、真っ暗でつかまるところが見つからず、見つけても這い出る力がなかった。体は彼を助けられなかった。体は蹴りと殴打に反応するばかりで、殴打と蹴りは彼の体のどの部位でも意のままにねじ曲げた。どれだけの時間そこにいたのか見当がつかなかった。永遠のように思えることもあった。まったく時が流れていないように思えることもあった。ふいに母親の声が聞こえた。息が苦しかった。柔らかい雨粒がさらにあたるのを感じ、茶色い泥を背景に真っ赤な油が見え、また母親の呼ぶ声が聞こえたが、なんと言っているのかはっきり聞き取れなかった。帰っておいでと呼んでいるのだろうか、それともこれは海の音だろうか。世界があり、自分がいて、その二つをつなぐ糸はどんどん伸びてゆき、彼は体を引っ張り上げてその糸をたどり、母親が呼んでいる家へ必死で戻ろうとした。母親に呼びかけようとしたが、意識は口から出て、長い長い川を海へ向かって走って行った。またまばたきした。猿が鳴き、その歯は白く、山の背の上、月がほほ笑む。つかまるところもなく、彼は沈んでいった。海鳴りが聞こえる。いやだ、と彼は言った。言ったと思った。いやだ、海はいやだ。いやだ！　いやだ！

# 24

その夜更け、彼らはダーキー・ガーディナーを見つけた。うつ伏せになってベンジョに浮いていた。共同トイレとして使われている、雨にかきまわされた糞便がたまった長く深い溝。ようやく殴打が終わったとき、彼らは壊れた彼の体を病院まで運んで行ったのだが、どうやらそこからここまで体を引きずって来たらしい。しゃがんでいたときにバランスを崩して落ちたと推測された。這い出る力もなく、溺れたのだと。

糞をたれる場所には必ず糞があるもんだ、と、糞便だらけの水がたまった穴に縄で降りてゆき、人力で死体を出す役目を買って出たジミー・ビゲロウが言った。汚物のなかに太腿まで浸かったとき、上で縄を握っている者たちに、オッケー！と大声で合図した。オッケー！

死体に二本目の縄を結びながら、語りかけた。

おまえほんと馬鹿だよな、ダーキー。ほかのまぬけどもみてえに、寝床で糞すりゃよかったじゃねえかよ。正しい向きに毛布たためなかったのかよ。

ダーキー・ガーディナーの死体が引き上げられて行くとき、灯油ランプの灯りでちらりとそれが見えた。ウジに覆われ、奇怪なまでに傷み、つぶれ、汚物にまみれ、汚れ壊れていたので、やつのはずじゃないと一瞬思った。

彼らは死体を病院へ運んで行った。シープヘッド・モートンが、灯油缶に入れた水と、荒々しくそしてやさしい鉱夫の手で、黒ずんだ体から汚物を洗い落とし、翌日の埋葬に備えた。

それは、死ぬ一日だった。特別な日だったからではなく、特別ではなかったからだ。いまは毎日が死ぬ日で、次はだれの番かという彼らを苦しめているただひとつの問いに答えが出た。そして、それがほかの人間だったという感謝の念が、空腹と恐怖と孤独とともに彼らの腹を蝕み、やがてまた問いが戻ってきて、よみがえり、新たになり、退けることができなかった。それに対する唯一の答え、それは――おれたちにはお互いがいる。彼らにとっては永遠に、おれは、おれが、というのはなく、おれたちは、おれたちが、だけだった。

# 25

翌朝、ルースター・マクニースは、今日一日をいつもの十分間の暗記で始めようと、背嚢に深く手を入れてかきまわし、『わが闘争』を探した。ひとつの考えに苛まれ、真夜中に目を覚ました――おれが進み出て、作業から逃れようというのは自分の考えだったと言っていたなら、ガーディナーは死なずにすんだだろう。だが、もしそうしていたら自分が死んでいたかもしれない。あるいは死ななかったかもしれない。あるいは二人とも死んでいたかもしれない。日本人相手では見当がつかない。いずれにしてもガーディナーは、一隊を預かる軍曹として、病人として、死ぬ運命にあったのだと自分をなだめた。

前日、ルースター・マクニースが切り通しのところに立ち、罪を犯した捕虜は進み出ろと日本人が要求したとき、彼の心のなかで最もやかましく鳴り響いていたのは、日本人が怒鳴り散らす声ではなく、片手を卵の殻にかけたところで気づかれたあとにガーディナーが上げた笑い声だった。ルースターが進み出ることもできた瞬間に頭にあったのは、ガーディナーに盗まれた黒ずんだアヒルの卵と、ガーディナーがそれを使って自分をからかった卵の殻だけだった。前日の朝にガーディナーの手で辱められたことは、その後でガーディナーが殴られた記憶よりもつらい感情として残った。ごめんだな、そんな男を助けてやるもんか、と思った。しかし、殺すつもりはなかった。

ちがう。そんなつもりはなかった、とつぶやいた。そんなつもりは。

赤い髭を吸ってかみながら、背嚢の底で、飯盒、それから湿って反った下見板のような『わが闘争』を探り当てた。それを引き出そうとしたとき、この苦難の日々のあいだどうにか持っていた軍服用のシャツに手が触れた。いつもそれをきっちりたたんで平らにしていたが、いまはふくれ上がっていた。本を放し、背嚢を手探りして出てきたのはアヒルの卵だった。愕然として口が開いた。卵を見つけた安堵感はたちまち消え、言葉にならない恐怖に襲われた。アヒルの卵を、隠しておくべきとてつもない恥だというように急いで背嚢に戻し、『わが闘争』を取り出した。

どうがんばっても、まったく暗記できなかった。

# 26

数十年後、ジミー・ビゲロウは自分の子どもたちに、服は必ずたたむように、折り目が向こうになるようにと厳しく言った。ホバート郊外の下見板張りの家のたんすの引き出しを開けては、服がきちんとそこにあり、折り目が向こうになっているか確かめた。折り目を向こうにして服をたたまないからといって子どもたちを殴ったり平手打ちすることはなかった。彼は頼み嘆願し、命令し要求し、最後には腹を立て、子どもたちがびくびくしながら立っている横で自ら子どもたちの服をたたみ直し、重ね直す。自分では説明できない言いしれぬ恐怖を感じる――子どもたちもそれからの人生ずっと、愛と恐怖という混乱を抱えつづけた。それは引き出しを開け閉めすることにとどまらないもの、父親の苛立ちとつぶやきにとどまらないもの。彼は、子どもたちに理解できないのは承知していた。だが、この子らにはわからないのか？　知らずにすまされるのか？　心得ておくべきことなど、わかりきっていたはずだ。いつすべてが変わってしまうかなど、予測できはしないじゃないか――気分が、決定が、毛布が。

人生が。

子どもたちはそのなにも知らなかった。わかっているのは、自分たちがなにをしようと、父親は絶対に自分たちを痛めつけたりはしないということだけだった。最悪の場合、彼は子どもたちを自分の膝の上に手荒く置き、片手を上げたまま尻の上でためらう。ときどき子どもたちは、父親の膝と太腿のところで、父親が全身を震わせているのを感じる。こっそり見上げると、手を震わせ、目を潤ませている。子どもたちにはわかるはずもなかっただろう——父親が自分の柔らかい頬がライフル銃の台尻で不意に殴られぬよう懸命に守ろうとしていることを、この過酷な世界が、油断している者、賢くない者、備えていない者にどんな恐怖を用意しているか警告しようとしていることを、だれも備えることができないあらゆることに備えさせようと必死に努めていることを。わかっていたのは、父親が決して自分を痛めつけたりしないということだけだった。

子どもたちは、父親が体を震わせつづけながらオッケー?と言い、自分たちをいきなり膝から放って立たせたとき、その意味がわかった。父親は目をそらし、手を伸ばして振り、彼らを追い払う。それだけだ。オッケー? ともかく。ともかく次は折り目を向こうにするんだぞ。向こう。必ず向こうだ。オッケー?

すると子どもたちは、太陽の輝く外へ駆けてゆく。

おれは愛を与える時間や場所をつくらなかったのではないか、と彼は思った。それを見つけはしたが、するりと飛び去ってしまった。愛を奔放に駆けめぐらせることよりも予想どおりの一連の作業を、組んだ腕を広げることよりも毛布をたたむことを——なぜなのかわからないが——選んだのではないか。

だがときどき、愛はただそこにあった——開いた窓から外を見ると、幼いジョディーがこちらを見上げて大きくほほ笑みながら手を振っている。裏庭のスプリンクラーから水がダイアモンドのように降り注ぐ茶色い芝生で愛が戯れているのを見て、衝撃を受けた。自分が幸いにも生きていて、愛し愛されていることを知り、衝撃を受けた。子どもたちが外で太陽の光を浴びながら遊んでいるところを眺める。恥じて。驚愕して。空は相変わらず晴れわたっていた。

## 27

そして、線路はどうなったのか。世界を席捲《せっけん》する大日本帝国という夢が放射能の塵と消え、鉄道にはもはや目的も支援もなかった。その責任を問われた日本人技師と監視員は投獄され、あるいは本国へ送還され、依然として線路を維持させられていた奴隷は解放された。終戦から数週間のうちに、線路はそれ自身の終わりを迎え入れはじめた。それはタイ人によって遺棄され、イギリス人によって解体され、部族民によって引き抜かれ、売り払われた。

さらに時が経つと、線路は曲がりそして歪みはじめた。土手は崩れ、堤防と橋は流され、切り通しは埋まった。遺棄されて変容した。かつて死がはびこっていた場所に命が戻った。

線路は雨と太陽を歓迎した。広大な墓地では、頭蓋骨と大腿骨と折れたつるはし用の柄のあいだで種が芽を出し、蔓が犬釘と鎖骨の横に立ち上がり、チークの枕木と脛骨《けいこつ》、肩甲骨、椎骨《ついこつ》、腓骨《ひこつ》と大腿骨のまわりに勢いよく伸びた。

線路は、奴隷がタンカ（担架）で運んだ土と石でできた土手に雑草が生い茂っていくのを歓迎した。奴隷が切って運んで立ち上げた橋の倒れた材木をシロアリが侵食するのを歓迎した。奴隷が担ぎ長い列をつくって運んだ線路の鉄が錆びついていくのを歓迎した。腐り、朽ちていくのを歓迎した。

ついには、熱暑と雨雲、なにも知らず気にもしない虫と鳥と獣と植物だけが残った。人間は数多の存在の一つに過ぎず、これらすべてのものは生きることを望み、生存の最高の形態は自由である――人は人として、雲は雲として、竹は竹として。

数十年の時が経つだろう。記憶にとどめることが重要だと考える人々によって線路の一部から草が刈り払われ、それはやがて幹のない根のように奇怪に蘇るだろう——観光地、聖地、国の史跡として。線路は、すべての線路がいつかは壊されるように壊された。すべてが水泡に帰し、なにひとつ残らなかった。人々は意味と希望を求めたが、過去の記録は泥にまみれた混沌の物語だけだ。

涯もなく埋もれたその巨大な残骸、荒涼として彼方へと広がる密林。帝国の夢と死者の跡には、丈高い草が茂るばかりだった。

露の世は露の世ながらさりながら
一茶

# 1

新宿羅生門のでこぼこしたてっぺんに沿ってゴマのように散らばっている数羽のカラスが、石を投げつけられて驚き、過去の灰の上をまだコンクリートで固められていない東京の上空へと舞い上がっていった。羽ばたく翼の下、都市は無きに等しかった。さほど遠くない頃、同じカラスが、火事場風が発生した都市でごくふつうに転がっていた黒焦げの死体を食べて育った。いまカラスたちは、焦げてめちゃくちゃになった広大な平野の上を飛んでいた。不気味なごみごみした迷路のような場所では、未亡人や孤児、負傷しあるいは不具となった元兵士、気が狂った者と死にかけている者と絶望した者がさまよい歩き、時折り米兵を乗せたジープが彼らの行く手を横切った。一九四六年の厳寒、再建は、テント、差掛け小屋、ブリキ小屋程度にとどまり、そこに群れているのは多少なりとも幸運な者たちで、それ以外の者たちは、地下道や鉄道駅、瓦礫の隙間にできた大小の穴でしのいでいた。

石を投げたのはナカムラテンジ、大日本帝国陸軍鉄道第九連隊の元少佐で、焼夷弾で攻撃された建物の落下した梁や瓦礫が危なっかしいアーチをつくる道で激しい雨をよけていた。それは偶然の破壊と、人の手でうまく掘り進められたことにより、裏道にかかっていた。あたかもこの瓦礫の山が大都市へと続く堂々たる門だというように、この雑然としたトンネルを通って新宿の荒廃した歓楽街へ行き来しなければならない地元民たちは、それを新宿羅生門と呼んでいた。狐、鼠、売春婦、泥棒が新宿羅生門の最も一般的な住人で、穴、巣、崩れかけた部屋に住んでいた。富士山――ナカムラはそれをいまにも崩れそうな門からさえ目にすることができた――が再び彼らの世界の上にそびえ立っていた。一世紀半前、偉大な北斎が描いたように、再び完全に目の前に姿を現し、変わりつづけながらも変わらず、動かず、そして不滅だった。

しかし、いま富士山が君臨するこの世界は生死の境にあり、日々人々は死んでゆくが、生きつづけねばならなかった。道には、飢えた者と希望を失った者が選ぶ、安いが命取りの酒「カストリ」や軍の倉庫から盗んだシャブ、あるいはその両方で人事不省に陥った人々であふれていた。ナカムラは貧困のためシャブの習慣を断たざるを得ず、それには戻らないと決心した。飢えた犬たちが凶暴な大きな群れとなり、かつての道路が沈下した小道を徘徊していた。犬よりも腹を空かせた子どもたちが街路に現れて、スリや物乞いやポン引きをやっていた。

どいつもこいつも狼だ、とナカムラは思った。

彼らがゆっくりと目を動かし、突然動く様子で、ナカムラは彼らに、無力だが威嚇的な、なにか不気味な感じをおぼえた。やせ細り、六、七歳に見えるが、すでに十代であることが多かった。女たちは至るところで身を売っていた。なかには、実入りが悪くてもアメリカの悪魔たちに奉仕しないことを妙な名誉とする者がいた。しかし大部分は、パンパンガールであることがもたらす豊かさを享受していた。ある晩、ナカムラはそういう女を相手にしたあと、相手の商売に自分自身の人生が映し出されているのを見て腹が立ち、なぜアメリカ人を相手にできるんだと訊いた。女は火をつけたばかりのラッキー・ストライクを紅い唇にくわえて笑みを浮かべ、ナカムラに訊き返した――

いまじゃあたいら、みんなパンパンじゃないの？

二か月半前に復員してから、ナカムラはそのような人々が群れ集う廃墟で暮らしてきた。彼らのなかにいると自分が何者でもなくいられることがうれしかった。彼は唯一の武器の金てこを、あたりを掘り起こして生活の糧を漁る手段として、身を守る武器として役立て、また、数分ごとにその背でシラミを叩きつぶしてかゆい体から引きはがすのに使った。それを使って、方々の壊れた建物から、かつて東京だったものの沈泥と泥と灰から壊れた木枠を掘り出し、できるだけうまくばらして炭焼き人に木片を売った。かつて帝国の偉大なる首都だった焦げた残骸をひっくり返しながら、考えはいつも、どこで味噌汁や飯にありつけるかということに向かった。ときには、漁っていると予期せぬ報いがもたらされることもあった。昨日など、瓦礫に深く埋もれていてドブネズミでさえ見逃した、干からびたドングリをいくつか掘り出した。だが食べてしまったので、もうなにもなかった。

空腹から気をそらそうと、地面に落ちて踏みつけられた新聞を拾い上げた。数日前のもので、内容も気にせずにいくつか記事を読んでいると、突然一つの記事に強烈に引きつけられた。無我夢中でつぶさに読んだ。それは、戦争犯罪に問われる可能性のある元捕虜収容所の所員をさらに逮捕するという、アメリカ人が出した令状に関するものだった。記事の末尾には、手配中の容疑者の氏名一覧があり、そのなかほどに、長いあいだ恐れていたものを見つけた――自分の名前が、B級戦犯の疑いのある者として挙げられていたのだ。

ナカムラはまた体がかゆくなってきた。おれは戦犯じゃない、だが真の戦犯であるアメリカ人たちが、おれを殺しておれの人生について嘘をでっち上げようとする。怒りが込み上げてきた。だが怒りの下には、日々生存することを考える合間に、運命が自分を捜していると知っている獣が抱く、ぼんやりとだが常につきまとう恐怖が潜んでいた。至るところにいる図体のでかい目障りなアメリカ人たちが、戦犯だと信じている者たちをぞっとするほど効率よく捜しまわっており、最も狙われているのは捕虜と関係があった者だと聞いていたからだ。彼は、名誉にかけて生き延びるのだと、捕らえられて処刑されるわけにはいかないと心に決めていた。かゆみはますますひどくなり、ズボンのなかに手を入れて股間を掻きむしった。汚らしく混じり合った皮膚と陰毛とシラミを引き出し、地面に投げつけた。

ナカムラは天気が良くなるのを待ちながら、金てこの緑色の塗装が剝がれかけた部分に指を一本上下させ、まだ手に残っているシラミを、爪と鉄ではさんでつぶした。自分が置かれた状況について考えた——木片を漁っていても生き延びられない。金てこの歯が釘抜きから半分なくなっていて、二日前ふいに体に落ちてきたギザギザの梁でえぐられた顔の横側の穴が疼いていた。逃れようのないひどい寒さでいっそう腹が減り、おまけにアメリカ人に追いかけられている。新聞の一覧にある自分の名前に再び目をやったとき、少なくともここ数日アメリカ人が、片っ端から手がかりを追い、誤った手がかりを閉め出し、ほかのものに的を絞って自分を捜しまわっており、毎時間こちらに迫って来て、こちらは絞首刑の縄の端で死に近づいているということを実感して恐ろしくなった。生き延びるにはなにかしなければならない、それはつまり、いまとなってはどんなことでもやらなければならないということだ。しかしこの果敢に立ち向かおうという気持ちは、完全な絶望感と敗北感に屈した。なにができるというんだ？　なにが？　名誉ある行動とは、ほかの者たちがやったように、自殺することではないのか。

運命を受け入れ、立派に死のうと決心したそのとき、頭上からくぐもった悲鳴が聞こえた。その悲鳴はなんだろうと、強烈な好奇心でいっぱいになった。自分のみじめな運命をうつうつと考えているよりは、なにかするほうが、なんでもいいからするほうがましだというように。

穴から這い出し、雨のなかに立ち、耳をそばだてながらゆっくりと頭を動かした。すると、女が声を殺して話しているのが聞こえた。それは、頭上のどこかから、羅生門の左側を形づくっている瓦礫の山のなかから聞こえてきた。

金てこをしっかり握り、できるだけ静かに瓦礫を踏んで、アーチ形の門の左翼、ゆるく積み重なった石と壊れた建物がつくる大きな山をそっと登っていった。瓦礫にあいた、こぶしほどの大きさの小さな穴のところへ来た。そこからのぞくと、向こう側の壁の上半分があったはずの場所から照らされている、爆破された部屋の残りが見えた。そこはかつて小ぎれいで居心地のいい部屋だったのだろうが、いまでは分厚く積もった埃と煤の下に菊の模様の壁紙が見えるばかりで、まるで獣の巣になっているように見えた。腐りかけた畳の残りと座布団で寝床がつくられており、その横には欠けた煉瓦で支えられた三本脚のテーブルがあり、その上には汚れた鏡が置かれていた。

今度はごく近くで女が小声で話す声が聞こえた。声がするほうに体をひねると、部屋の向こう側の隅が見えた。そこには、パンパンガールと長い包丁を握った十六、七の少年が立っていた。二人の足元には軍服姿のアメリカの軍人の体が横たわり、ほんの少し前に切られた喉から、まだ弱々しく血が噴き出していた。パンパンガールは、なぜアメリカ人を殺したのかと少年に詰め寄っていたが、悲しげではなく、怒っていた。

ナカムラは二人の視界に入らないようにしながら、こういったことをすばやく見て取ったが、彼の目を捉えたのはこの劇的な状況ではなく——それについてはまったく関心がなかった——間に合わせの化粧台に置かれている、二つの餃子と一枚のアメリカの板チョコだった。

## 2

ナカムラは慎重にそっと覗き穴のところから這い降り、羅生門のてっぺんへよじ登ってそこを越え、壁がなくなっている部分にまわった。屋根にゆるく葺かれた鉄板の上にゆっくりと頭を出すと、パンパンガールが死んだ男のポケットをくまなく探っているところだった。女がアメリカ人の体を転がして横にしたとき、それが低くうめいた。女は飛び上がったが、肺に残っていた空気が押し出されただけだと気づき、また服を探りはじめた。後ろのポケットから、丸められた米ドル札を引っ張り出した。

だが、ナカムラが目を凝らしていたのは餃子だった。満州国で兵役に就いていたとき仲間としょっちゅうそれを食べていたが、そのときはなんとも思わなかった。そのときのことを思い出し、そしていま食べられるかもしれないという期待で、唾液があふれた。

餃子を手に入れたいということ以外なにも考えられなくなり、覚悟を決めて穴から身を投げた。転がって部屋に入り、飛び上がって立ち、金てこを振りまわした。一瞬、アメリカ人の死体越しに全員が互いを見つめた——高価な花柄のシャツ、幅の広いスラックス、光沢のある黒い下駄姿で米ドル札の束を握りしめたパンパンガール、ナイフを手にした少年、金てこを握りしめたナカムラ。

少年がナイフを手に叫び声を上げてナカムラに飛びかかった。ナカムラは力がみなぎるような感覚をおぼえ、恐ろしくもあったが冷静だった。わずかに腰を落としてバランスを取り、金てこを刀のように振った。それが空中で大きく上向きに弧を描き、少年の頭に振り下ろされると、柔らかく水っぽい音がした。ナカムラには、ハンマーがスイカに埋まる音が長い長いあいだ空中にとどまっているように思えた。奇妙にも永遠に思えたその一瞬に、少年がものすごい勢いで前方へと向かう動きはぱったり止まった。ナカムラには、少年が音もなく床に倒れる前、不思議なことに時間がとぎれたように思えた。

ナカムラもパンパンガールも無言だった。少年の体は激しく痙攣していたが、二人は彼が死ぬとわかっていた。血がにじみ出したとき、痙攣はゆっくりになり、そして止まった。シラミが突然あわてふためいたのか、少年の汚れた長い髪に群れになってうごめいていることにナカムラは気づいた。そして、部屋を満たしている湿って冷え冷えした埃のにおいを鋭く意識しだした。

パンパンガールがすすり泣きはじめた。ナカムラは三本脚のテーブルに二歩近づき、唾液のあふれる口に餃子を二つとも詰め込んだ。呑み込みながら、女に目を凝らしていた。考えが浮かんだ。話す代わりに、金てこで女が握っているドル札の束を指した。女は震える手でそれをナカムラに渡した。ナカムラは現金をポケットに入れると、伸ばした金てこの先で、女の花柄のシャツの裾を持ち上げた。女はゆっくりと目を金てこから相手の目へと上げ、おじぎをし、一歩下がった。服を脱ぎはじめた。

裸になると、O脚が現れた。見苦しいほどやせ細った太腿は、金鳳花《きんぽうげ》のような黄色いでき物で覆われていた。つややかな陰毛は、その下のうろこ状の白い皮膚と対照的だった。乳房は乳房というより腫れ物で、皮膚は不健康な色だった。女から、冬の終わりの家畜小屋の牛のような、体を洗わず汗にまみれた体のにおいが漂ってきた。

女は三本脚の鏡台まで行くと、汚れた畳に身を横たえ、両方の足先をナカムラに向けた。女が短く息をしているのが聞こえる。ナカムラは女に嫌悪感を抱いた。アメリカの悪魔どもに身を売って、今度はおれに汚れ傷ついた体を差し出している。ナカムラはパンパンガールの服を拾い上げ、板チョコをポケットに入れると、洞穴から這い出そうとした。一瞬足を止め、二つの死体に目をやった。

アメリカ人はもう用済みだ。日本人の少年はにきびだらけだった。殺しがどれほどのものだ、とナカムラは思った。人は良心の呵責、罪悪感をおぼえるべきなのかもしれない。満州国では当初それを感じた。だが、死人はすぐに顔がなくなった。どの顔もなかなか思い出せない。死人は死人、それだけだ。そうは言ってもここには二つの死体があり、一つはアメリカ人……用心しないと厄介なことになるし、おれはすでにお尋ね者だ。

黒ずんだ血が広くたまった場所をよけ、アメリカ人の上にかぶさるように膝をついた。復員したときシラミ駆除のために吹きかけられたＤＤＴのにおいがした。特大で異様なアメリカ人は、なにかほかの種に属しているような感じがした。ジャングルでオーストラリア人は、こんなふうには、こんなにでっかくてすっかり死んでいるアメリカ人のようには見えなかった。

決して死体に触らないよう注意しながら、アメリカ人のゆるく握った手に金てこの一方の端を巧みにねじ込み、それを胸の上に置いた。それから少し考えて、金てこを男の手のなかでまわし、指に強く押しつけてから、血だまりに落とした。パンパンが行方をくらまして黙っているかぎり、アメリカ人たちと警察は、ポン引きがこのアメリカ人をゆすろうとして喧嘩になり、どちらも命を落としたのだという当然の結論を出すだろう。

ナカムラが向きを変え、この巣窟の入口の役目をしている胸までの高さの穴のなかに体を引っ張り上げたそのとき、背後でパンパンが立ち上がる音がした。それまで女を気にとめていなかったが、女はナカムラの両足首につかみかかろうとしていた。それを振り払うため二度思い切り蹴りつけると、女はアメリカ人の死体の上に手足を広げて引っくり返った。

外の瓦礫をすべり降りていると、背後で大声がした。振り返ると、パンパンガールが血まみれになった小さな両の乳房を片腕で隠し、穴から体を乗り出して、アメリカ人に犯されていたとき弟が来て自分を守ろうとしてくれたというようなことを言っていた。ナカムラは彼女の話がよくわからず、わかろうともしなかった。穴に這い戻り、彼女の肩をつかんで、すすり泣いている女の頭のそばに煉瓦を一個かざした。

忘れろ、とナカムラが言った。やつのことは忘れろ、弟のことは忘れろ、おれのことは忘れろ。

パンパンガールがさらに大きな声で泣いたので、その口に煉瓦を押しつけた。

忘れれば生き延びられるんだ、と怒って言った。

ナカムラは女を穴に押し戻すと、大急ぎで新宿羅生門を降り、街へ向かった。

パンパンガールから巻き上げた五十ドルで、偽造身分証明書を買った。女の服を別のパンパンに売った金で、神戸までの列車の切符を買った。窓がすべて吹き飛ばされた三等車に乗り、厳寒の冬の夜を進んで行った。元鉄道連隊少佐ナカムラテンジとしての過去を離れ、元大日本帝国陸軍兵士キムラヨシオとして未来へと。

神戸も東京同様、ひどい状況だった。この都市も、陥没した穴と泥、積み上がった煉瓦と針金のようにねじれた鋼鉄ばかりで、日本人がその混乱のなかをゴキブリのように這いまわっていた。だがナカムラは、これで死んだアメリカ人と死んだ少年から必要な距離を置いたと思った。数か月間、ナカムラはけちなこそ泥と闇取引でその日暮らしを続けたが、心が休まることは一度もなかった。あるとき、捕虜収容所にいた長身のオーストラリア人将校を遠くに見たように思った。恐怖に怯え、一週間経ってからようやく夜の通りへ出て行った。

戦争犯罪裁判を注意して追うようになった。数回逃げ出した捕虜を殴ったある日本人兵士が戦争犯罪人として有罪となり、絞首刑に処せられたという記事を読んだ。ナカムラにはまったく理解できなかった。

一度殴っただけで？

おれは日本軍でしょっちゅう殴られたし、仲間の兵士を殴るのはおれの義務だった。訓練中に二度気絶させられ、鼓膜が破れたこともある。上官の下着を洗っていたとき、「熱意に欠ける」と、野球のバットで尻を叩かれた。新兵のときには命令を聞き違えて、三人の士官に気絶するまで殴られた。閲兵場に一日中立たされ、倒れると命令に逆らったと言って襲いかかられ、意識を失うまで殴りつけられた。

それなのに、一回殴っただけで戦争犯罪人になるのか？　では、戦争捕虜とはなんだ？　戦陣訓には、生きて虜囚《りょしゅう》の辱《はずかしめ》を受けずと明記されていたではないか。戦争捕虜とはなんなのだ？　物の数にも入りはしない。恥知らずな人間、誇りを持たぬ人間。人とも言えぬ存在。

一度殴っただけで？

おれは善良な士官で、ほとんどの規律違反をビンタですませたために、ほかの士官たちから非難された。

過ちを犯したトモカワ伍長を平手打ちしたあと、コウタ大佐におまえはやさしすぎると言われたことがある――そんなことをしでかしたのにビンタだけか？　おれなら相手が忘れられないほど思い切りぶちのめすがな。

ナカムラは晴れ渡った神戸の空に向かって叫びたかった。戦争捕虜とはなんだ？　なんなんだ？

## 3

チェ・サンミンは、暗闇で竹製の腰掛けにすわっていた。腰掛けは、有罪を宣告された者に許されていた贅沢だった。数人の元捕虜が、バンコクの売春宿にいたキム・イをそこの最上階から突き落としたと聞いた。もっともなこと、納得できることに思えた。宙に放られて死に向かっていったとき、キム・イが彼らに唾を吐きつけていればよいがと願った。キム・イは彼と同じく監視員で、捕虜を殺し、戦争が終わると捕虜に殺されたのだ。それは完全に理解できたが、自分の状況はそれとはちがい、理解できなかった。復讐を正義の儀式で飾り立てるオーストラリア人の偽善を軽蔑した。連中のほうでもいつも自分を殺したがっていたのはわかっているのだ。なぜそんなふうに正義を装うのか。

彼には腕時計も置き時計もなかった。自分の勘以外、あとどれだけ夜が続くか知り得なかった。だが、もう勘は働かないようだった。夜は果てしないのに、すでに足早に遠ざかっていた。夜が迫り、チャンギ刑務所は二時間ほど早めに閉められていた。そのことを考えに入れたら真夜中近くだと推測したかもしれないが、そのこともほかのことも考えなかった。チェ・サンミンは途方に暮れていた。心は二つの感情のあいだで時を刻んでいた。一つはパニックで、激しくしつこい咳のようにそれに襲われ、チャンギ刑務所の独房をまたしても狂ったように歩きまわり、脱出する方法を見つけようとするが、独房からも迫り来る死からも逃れられないと思い知らされるばかりだった。

それから心は怒りに傾いた。自分の運命に対する怒りや脱出が不可能だということに対する怒りではなく、責め苛まれているある事実に対する怒りだった。日本軍の一員として投獄されているのだから、月給五十円をまだ受け取れるはずなのに、二年前の終戦前から支払われていない。打算や貪欲で怒っているのではなく、支払いを受けていないことは不当な仕打ちでもあるという意識のためだ。五十円がおれがここにいる唯一の理由だ。なのに、なぜそれを受け取れないんだ？

心のなかでは、二度と金を受け取ることはないだろう、五十円にこだわるのは愚かだが、それは盗まれたということなのだとわかっているので、突然またパニックに陥り、またしても独房を行ったり来たりして、壁に指を走らせ、手を独房の窓の縦棒や扉にかけ、押したり触れたりして出口を探すが、やがてどうあっても脱出できないとまたわかり、五十円が支払われないという怒りに戻る。

彼の裁判はオーストラリアの軍事法廷で二日間にわたり行なわれた。直接に尋問されたとき以外はすべて英語で進められたので、ほとんど理解できなかった。終わりに、風に吹かれた蠟燭のような顔、墓掘り人のような声の裁判官が初めてチェ・サンミンをまっすぐ見て、語りかけた。通訳が裁判官の口元にしっかり目を凝らし、日本語の判決を切れ切れにチェ・サンミンの耳元で囁いた。

矛盾しているため――提出された証拠は――記述された証言という形で――殺人に関与したとされる訴えを――オーストラリア帝国軍軍曹フランク・ガーディナーの――却下する――と通訳が言ってから、いままでよりもくだけた口調に切り換えて付け加えた。とてもいい知らせですよ、とても。

そしてまた切れ切れに通訳した。

訴えは――兵卒ワット・クーニーの殺害を命じたという――認められる――ほかの重要性の低い数件の訴えを含め――食料と医療品を与えなかったことが回避可能な苦しみと死につながったことを含む虐待という。B級戦犯として有罪とし――被告を――を――絞首刑に処す。

通訳は今回、自分の注釈を加えなかった。

さらに判決文は続いたが、チェ・サンミンはもうなにも聞いていなかった。法廷で尋問されたとき、自分は朝鮮人軍曹として捕虜の殺害を命令できる立場にはなかったと説明しようとしたが、オーストラリア人弁護人たちは、コウタ大佐という日本人将校が尋問の際にチェ・サンミンが殺害を命じたと言ったことを引いた。コウタの証言ですでに朝鮮人及び台湾人の監視員兵数人が有罪判決を受けており、チェ・サンミンは、コウタが後日起訴されず釈放されたとも聞いていた。チェ・サンミンは、自分がクーニーの処刑を命じたとされている時期、クーニーはすでに収容所にはいなかったと指摘した。だが収容所の記録は混乱し不完全で、彼の主張を裏づける証拠がなかった。

刑を言い渡されたあと、オーストラリア人の彼の被告弁護人——締まりがない体つきの男で、その潤んで光る目は、有罪判決を受けた朝鮮人に外科用メスを思い起こさせた——が、情けをかけてくれと頼むよう彼に熱心に勧めた。チェ・サンミンは異国の地で死ぬのだと覚悟を決め、苦しみを長引かせるのは意味がないと思った。チェ・サンミンほか、チャンギ刑務所にB級及びC級戦犯として投獄されている朝鮮人と台湾人は、連合国側の勝者が日本の華族につながりのある将校を釈放し、自分たちのように身分の卑しい者を身代わりにして絞首刑にすることがよくあることに気づいていた。チェ・サンミンは、いまもこれからもまちがいなく逮捕されないだろうナカムラ少佐を、晴れて自由の身となったコウタ大佐を思い浮かべた。二人とも、どこかでアメリカ人の下で働いているのだろう。

どうでもいい、とチェ・サンミンが言った。

え?と弁護人が、濡れた目をキョロキョロさせながら訊いた。

どうでもいい、とチェ・サンミンが言った。そう口にすることで宿命を受け入れていると示してみせたのだが、弁護人はそれを、処刑を阻止し減刑させるという自分の試みに同意したものとして理解した。弁護人が嘆願書を提出した結果、チェ・サンミンの命と苦しみはさらに四か月引き延ばされた。チェ・サンミンは、チャンギ刑務所のだれもが自分の運命を各人それぞれに捉え、それに合わせて自分の過去をでっち上げていることに気がついた。何人かはきっぱりと罪を否認したが、いずれにしても、絞首刑になるか、長期間投獄された。自らの責任を認める者もいたが、オーストラリア人による裁判の権限は認めなかった。彼らもまた、絞首刑になるか、長期間あるいは短期間投獄された。ほかの者たちは責任を否定し、地位の低い監視員や兵士が日本の軍事組織の権威を認めるのを拒むのは、ましてや天皇の意向を実行に移すのを拒むのは不可能だったと述べた。人知れず彼らは、単純な問いを発した。自分たちと自分たちのあらゆる行為が天皇の意向をそのままに表したものなら、なぜ天皇はいまも自由の身なのか。なぜアメリカ人は天皇を支持し、天皇の道具に過ぎなかった自分たちを縛り首にするのか。

だが心のなかではだれもが、天皇が縛り首になることはなく、そうなるのは自分たちなのだとわかっていた。自分たちが天皇のために殴り、拷問し、殺したように、責任を認めない者たちはいま、天皇のために絞首刑にされようとしている。彼らも、責任を認めた者たち、あるいは、なにもやらなかったと言った者たち同様に、等しく縛り首になった。彼らは一人また一人と落とし戸の下で揺れ、みな同様に脚は痙攣し、尻は大便をもらし、陰茎は突然ふくれ上がって小便と精液を噴き出したのだった。

裁判の最中、チェ・サンミンは、ジュネーブ条約、指揮命令系統、日本軍の組織といった、これまで漠然としか知らなかった多くのことを知った。恐れそして憎んだオーストラリア人が、どういうわけか、自分を別格の者——彼らがオオトカゲと呼んでいた怪物——として一目置いていたとわかった。チェ・サンミンは、彼らの憎悪のなかに自分がそれほどまでにそびえ立っていたのだと知って、悪い気はしなかった。

というのも、オーストラリア人のなかにも日本人のなかにあったのと同じ自分に対する軽蔑を感じ取っていたからだ。またしても、自分は物の数ではないと思い知らされた。子どもの頃、朝鮮で、日本語ではなく朝鮮語で小声で話していたところを捕らえられ教室の後ろに立たされたときのように。日本人家族のもとで働いていたとき、ペット以下の存在だったように。日本軍で、最下位の日本兵よりも下の監視員だったように。いまのおれの運命より、キム・イの運命のほうがましだ。だが、おれが知っていた数人の男たちは、おれやキム・イよりもはるかにひどいことをやりながら命を救われた。どういうことだ？　なぜだ？　まったく筋が通らない。

一方、オーストラリア人捕虜を殴ることはちゃんと筋が通っていた。少しのあいだでも、自分よりはるかに体が大きいオーストラリア兵を殴っているときは、自分がいっぱしの存在だと感じた。好きなだけビンタを食らわせ、こぶしで、杖で、つるはし用の柄で、鋼鉄の棒で殴れた。オーストラリア人が屈してうめいていれば、そのことでおれはなにかに、何者かになれた。おれが殴ったためにだれかが死んだことは漠然とわかっていた。どっちにしたってやつらは死んだだろう。そういう場所であり、そういう時だった。どれほど考えても起きたことを説明できない。もっと大勢殺せばよかった、いまはそれだけが悔やまれる。殺すことを、殺すことが大半を占めていた生をもっと楽しめばよかったんだ。

裁判中にオーストラリア人たちが話し合っていたとき、これは憎悪を超えたものだとチェ・サンミンは思うようになった。それは彼にはないが彼の上に立つ日本人にはいつもあった、人の命の扱いに対する確信だった。彼がオーストラリア人の生死を左右する力を与えられたときに殴ったのは、それが自分を育てた日本人のやり方だったからにすぎない。相手がグズグズしている、仕事を怠けているとこちらが思えば、打ちのめすのが特別なことだとは思わなかった。

釜山では、大日本帝国陸軍兵士と同じ厳格な軍事訓練を受けた。ただし彼らは日本人ではなく、全員朝鮮人で、兵士として扱われることはなかった。彼らの仕事は、臆病すぎて自殺できず降伏した敵兵を監視することだった。行進し、撃ち、銃剣で突くことに加え、「ビンタ」も教えられた。きわめてささいなまちがいでも日本人がやれと言ってきかない、顔を張る行為。まちがいを犯したのが一人だけであっても、全員が平手打ちされる。毎日、日本人は訓練中の朝鮮人監視員全員を向かい合わせに二列に並ばせ、それぞれの訓練兵に向かい側の訓練兵を平手打ちさせた。右手で左の頰を、左手で右の頰を交互に張り、ぶたれている者の顔がひどく腫れ上がるまで続ける。命令にはすべて従わなければならない。ビンタ、そして命令に従うことは、いまやチェ・サンミンの人生だった——右手で左の頰、左手で右の頰。逃げて家に帰りたかったが、そんなことをすれば、日本の当局相手に家族が面倒に巻き込まれることはわかっていた。それに、もうすぐ月に五十円稼げることになっている。

向かい側の訓練兵に、手を抜いてくれたらこっちもそうすると小声で伝えたことをおぼえている。企みは日本人士官にすぐ見抜かれた。士官は美男で、新兵たちの憧れだった。チェ・サンミンは、彼の歩き方と、話しかけられたときにゆっくりと無駄のない動きで振り向く様子をまねたほどだった。その士官が、チェ・サンミンの耳元で叫んでいた。

やってるふりをするつもりか？　こうされても痛くないふりをしてみろ。

チェ・サンミンは鋼鉄の短い棒で両方の腎臓を思い切り叩かれたため、続く数日間、血尿が出た。翌朝、また新兵が並ばされ互いを平手打ちさせられたとき、チェ・サンミンは打ち消すことのできないどうにもならない怒りを込めて、右手で左の頰、左手で右の頰と、相手を打ちつけた。

やせて小柄な十六歳の朝鮮人の少年だった彼が遠くの国のジャングルへ送られた当初は、自分よりも体が大きく、背が高く、年上のオーストラリア人の男たちが怖かった。大きな背中、太い腕、毛深い太腿のオランウータン。彼らはいつも口笛を吹いて歌っていた。彼の経験では、朝鮮人と日本人はそのどちらも人前でやることはほとんどなく、この妙な陽気さが嫌でたまらなかった。それで彼は、必要以上に懲罰を加えた——おれはおまえらより男らしいのだというところを見せるために、陽気な態度は終わらせろとはっきりさせるために。しばらくすると、男たちは縮んでしなびてきた。腕はしぼみ、脚はやせ衰えた。めったに口笛を吹かなくなり、たまに歌うだけだった。

事実、捕虜は罰せられて当然だった。作業を避けようとし、避けられなければのらりくらりといい加減にやった。作業量は少ないくせに、彼がいても口笛を吹いたり歌ったりすることがあった。食べ物、道具、金、なんでも盗んだ。お粗末な仕事しかできなくても得意気だった。彼らは骨と皮ばかりで、作業中にくたばり、線路の上で死ぬ。作業場へ向かう途中で死に、作業場から戻る途中で死ぬ。寝ているあいだに死に、食事を待っているあいだに死ぬ。殴られている最中に死ぬこともあった。

そのことでチェ・サンミンは世界に対して腹を立て、死んでいく彼らに対して腹を立てた。食料や薬がないのは自分のせいではないから腹が立った。マラリアとコレラが発生するのはおれのせいじゃない。やつらが奴隷なのはおれのせいじゃない。運命があり、この場所にいるのはやつらの運命とおれの運命で、そこで死ぬのはやつらの運命、ここで死ぬのはおれの運命。日々、日本人技師が要求する数の男たちをそろえ、作業にかからせ、日本人技師がやり遂げたい作業をやらせつづけることだけが彼の使命だった。彼は自分の仕事をやった。食料もなく薬もなく、線路はつくられなくてはならず、仕事はやり遂げられなくてはならず、事は彼らにとっても彼にとっても必ず終わることになっているとおりに終わらなくてはならなかった。彼はそれらをやり、自分の仕事をし、担当する区間の線路はつくられた。チェ・サンミンはそれを達成したことが誇らしかった。それまでの短い人生でただ一つ達成したこと。彼はそれをやり、晴れやかな気分だった。

怒りを爆発させる瞬間、最も高揚した。暗闇と無知に支配された自分の世界で自由を感じた。さらには、人生で初めて生きていると実感した。憎しみ、恐れ、怒り、誇り、勝利、栄光、それらすべてが、他人を痛めつけているとき一体となった、というように思えた。その短い時間、人生にはなにか意味があった。そういう瞬間だけは、自分の憎悪から逃れられた。

技師からは早く鉄道を完成させろと圧力をかけられたが、自分が捕虜を殴りつければ殴りつけるほど彼らが男らしくなくなるのを、ほとんど口笛を吹いたり歌ったりしなくなるのを目のあたりにし、自分がこれまでよりずっと男らしくなるのを実感するのは楽しく、興味深くもあった。蹴りつけ、殴りつけ、打ちつけているかぎり、彼は解放された。大日本帝国陸軍がニューギニアでオーストラリア人とアメリカ人を食ったという話を聞いた。それは飢餓だけによる行為ではないと彼にはわかっていた。このいっさいはなんの抗弁にもならず、そのどれも、オーストラリア人には、外科用メスのような目の弁護人や蠟燭が滴るような顔の裁判官にはなんの意味もなさない。監視員だったとき、彼は獣のように生き、獣として振る舞い、獣として理解し、獣として思考したから。そして、そういう獣だけが彼に許された人間のかたちなのだと彼にはわかっていた。

彼は獣である自分のなかに人間性を発見しても恥じはしなかったが、それによってどこへ導かれたのかと当惑した。絞首刑を宣告されそれを通訳されたとき、自分にはかつて自由があった、そしていま自分の終わりが来たのだと、理解はできないがぼんやりと意識しながら、獣のようにそれに耐えた。

4

裁判官の蠟燭の芯のような目が炎を明滅させながら彼を見下ろし、彼はすでに死んでいると自分でわかっている目で相手を見上げた。頭を振った。なにか大きな恐ろしいことが襲いかかってくるのを感じた。五十円のことを尋ねたかったがなにも言わなかった。気がつくと再び独房を行ったり来たりしながら、脱出する方法を探していた。しかしそんなものはなく、これまでもありはしなかった。

彼らは奇妙なことに早々と、車の衝突で、自殺で、ぞっとする病で、次々に死んでいった。彼らの子どもたちの多くが問題や困難を抱えて生まれてきて、障害を持ったり発育が遅れたり奇異な状態になったりした。彼らの結婚生活の多くがうまくいかなくなり、長く続いている場合は、彼らにうまくいかない点をすべて正す能力があるというより、規範と慣例に従うがゆえに持続しているだけであることもあった。何人かにとっては、そのうまくいかないことというのが、手に負えないほどだった。彼らはひとり奥地へ赴いた。あるいはほかの者たちと街にとどまり、大酒を食らった。あるいは、酔っ払い運転で免許を取り上げられ、酒が飲みたくなると馬に乗って街へ繰り出すようになり、妻と心中する約束をし、毒を分け合い、目覚めると妻は死んで自分は生きていたという一件のあと酒量が増えたブル・ハーバートのように、少し狂っていった。あるいは黙り込むかしゃべりすぎるかのどちらかで、たとえば太りすぎのルースター・マクニースは、盲腸の傷を見せて、ジャップどもに銃剣で突かれたと語りつづけた。連中それはやってねえよなルースター、と、ある日ブロードメドウズ退役軍人協会の講演に立ち寄ったガリポリ・フォン・ケスラーが言った。

気にしないでください、とルースター・マクニース。あいつケスってんですよ。いつもアカだったけど、まともなんで。突いたのは、ピューマと呼ばれてた監視員。戦争が終わったあと、おれ、その野郎のこと証言してやりました。

いずれにしても彼らは酒を飲んだ。飲んで飲んで、どれほど飲んでも酔えなかった。彼らが除隊となったとき、軍医たちは彼らとその家族に、あのことについては語るな、語るのはよくないと言った。そもそも英雄の物語にはほど遠い。ココダ道の戦いでもなければルール地方のダムを襲った爆撃機ランカスターでもない。戦艦ティルピッツでもコルディッツ収容所でもトブルク戦線でもない。ではなんだった？　黄色い人間の奴隷になっていたということだ。彼らがパブ〈希望と錨〉で落ち合ったとき、チャム・ファヒーはそう言った。

自慢するようなことじゃねえよな、とシープヘッド・モートン。

男たちは妙だった。何人かは行方をくらました。ロニー・オーウェンはイタリア人女性と結婚した。彼女はシープヘッド・モートンの妻サリーに、二年前までロニーが兵士だったとは知らなかったと言った。そういう具合だった。

ボノックス・ベイカーは何年もしゃべらずにいたんだが、ある晩散弾銃をオープンに突っ込んだ、とジミー・ビゲロウが言った。めちゃくちゃぶち抜いた。チーズおろし器の裏みたいに穴だらけになった。するとやつはまた静かになった。やっぱりそんな具合だった。

かわいそうなことしたな、リザード・ブランクーシのやつ、とシープヘッド・モートンが言った。その話は悲しすぎてだれも繰り返せなかった。彼は描いてもらった女房の鉛筆画を、収容所で、日本へ向かう地獄船で持ち歩き、強制労働させられていた長崎の三菱造船所が原爆で吹っ飛んだときもそれを手放さず、どうにか生き延びた。川にぎっしりと薪のように浮かんでいる死者と、皮膚を海藻のように長いリボン状に垂らして逃げまどう生者のそばを通り過ぎ、安全な丘へと向かった。歩き、自転車をこぎ、走る、炭の彫像のような人間のそばを、よろめきながら通り過ぎて行った。青い炎と黒い雨が渦巻く地獄で悶え苦しむこの日本人たちを通り過ぎて行った。仲間の捕虜たちがそうだったように、彼らは母を呼びながら死んでいった。そのあいだ彼はずっと、苦境にある人間のにおいがするシリアの村で、あの朝ラビット・ヘンドリックスがスケッチしてくれたメイジーを見ようとしていた。

リザード・ブランクーシは彼女を、この世界ではない世界にいる存在として想像しようとした。あいつがそこにいるかぎりおれは死なないし頭がおかしくなることもない、あいつがそこにいるかぎり世界はいいとこだ。マニラへ向かうアメリカの空母で、アメリカ人水兵たちに葉書を見せると、あんたはとても幸運な男だと言ってくれた。メルボルンへ向かう船でようやくフリーマントルに到着したとき、自宅に電話した。

デイヴとメイジーの自宅です、と男の声。デイヴですが。

リザード・ブランクーシは電話を切った。船がフリーマントルを出航した最初の夜、彼が船べりからすべり落ちたところを目撃されたが、ついに発見されなかった。

突然、ビールが火にくべる燃料のようになった。彼らは、しらふのときのような気分になるため飲んだ。そうすると、戦前、しらふだったときのような気分になった。その夜彼らは、勢いがあって完全でまだ破滅していないと感じ、起きたことすべてを笑い飛ばした。そして、戦争などなんでもなかったと、死んだ者たち全員が自分たちのなかで生きていて、自分たちの身に起きたことはすべて、自分たちのなかで脈打ち、震え、跳ねまわっているものにすぎないのだと笑ったとき、彼らは昂ぶる感覚をなだめるために、すぐさまもう一杯飲まなければならなかった。

その夜、リザード・ブランクーシは彼らのなかで生きていた、チビのワット・クーニーは彼らのなかで生きていた、ヤビー・バロウズとジャック・レインボーとタイニー・ミドルトンは、死んでいった大勢の者たちは、彼らのなかで生きていた。シープヘッド・モートンが、くたばるべきだったあのみじめったらしいゲス野郎のルースター・マクニースのことをときどき懐かしく思い出すことさえあると言った。ガリポリ・フォン・ケスラー――やって来たときはいていた着古した毛織りのズボンは裾の折り返しのところがぼろぼろなので、案山子《かかし》から買ったように見えた――がダーキー・ガーディナーのことを口にし、それからジミー・ビゲロウが歌い出す――

毎日いろんなことが少しずつよくなっていく。

彼らはその晩、〈希望と錨〉の暖炉を囲んで立っていた。やがてズボンの後ろが熱くなったので、そこを離れてまたビールを取ってきた。一九四八年、それとも四七年だったか。いつだったにしろ、盛り上がった一夜とはいえなかったが、屋内の暖かいところにいるのは心地良かった。復員後に全員で集まったことはなかった。ジミー・ビゲロウは口数が少なかった。彼が戻って来た結婚生活は、戦地へ赴くためにあとにしたときのそれではなかった。あるいは、戻って来たとき、彼が変わっていた。

おれはできるかぎりのことはやってる、と彼がふと言った。

子どもがいた。全部で四人、家庭人と呼ばれていた。そうではなかった。彼は、四人の子どもがいる男だった。だれもそれ以上ダーキー・ガーディナーのことを口にしなかった。ガリポリ・フォン・ケスラーが、ニキタリスの店、と言った以外は。

だな、とシープヘッド・モートン。ニキタリスのフライ屋。そのことばっか言ってたもんな。

# 5

ジミー・ビゲロウは無言だった。しゃべろうとはした。そうすることに意味があるのだろうから。だが口をきかなかった。演奏家に、何者かに、何かになる望みはかなわなかった。亜鉛工場で倉庫係として働いた。愛するビッグバンドの音楽はもう流行らなくなっていた。ビバップやモダンジャズといった新種の音楽は、彼にとっては音楽ではなかった。それは、交通渋滞から音楽をつくるふりをする、まとまりのない騒音だった。あんな音楽で踊ったり恋に落ちたりできるわけがない、とジミーは思った。それは、アル・ボウリーでも、ベニー・グッドマンでも、デューク でもない。音楽の終わり。ジミー・ビゲロウのような者には希望の終わり。ビッグバンドは、なくなりはしないものの、すたれていた。

信じていたものは海へ出てゆき、消え、永遠に失われた。自分の帰りを待っていてくれると思ったもの。自分の人生となり、それをつくり上げたいと願ったもの。それらはなんの価値もないことが明らかになった。もう自分自身の人生にうまく収まらず、自分自身の人生は崩れ落ち、仕事や家族といったそこに収まっていたものはすべてばらばらになっていくようだった。ダルシーを、人生を、ビバップとスウィングを正したかったが、終わってしまった。正したいのに、できなかった。

だが、それが理由で彼らはパブを出てエリザベス通りを行き、ニキタリスの魚の店へ向かったのではなかった。すべてのまちがいを正すためではなかった。そこを出たのは、閉店時間もとっくに過ぎて真夜中近くになっており、酔って追い出され、ほかにやることがなかったからだ。

いつもと変わらぬホバートの春の夜だった。冷え込み、山には激しく雪が降り、港は泡立ち、みぞれが閉め出された大酒飲みのように窓とトタン屋根を叩き、引っかいた。

先頭を大股で行くガリポリ・フォン・ケスラーのすり切れたズボンのあとについて、彼らはエリザベス通りをニキタリスの店に向かって歩いて行った。道で迫撃砲を撃っても、だれにもあたらなかっただろう。魚の店は、彼らが収容所で想像していたようなものではなかった。客でいっぱいで、湯気が立ち込め揚げ物のにおいが漂い、ダーキーのガールフレンドが自分たちが入って来てやるべきことをやるのを腰掛けて待っているというような、そんな場所ではまったくなかった。

尼さんの戸みたいに閉まってら、とシープヘッド・モートンが着くなり言った。

ニキタリスの店は閉まっていた。ドアには鍵がかかっていて、店内には人気《ひとけ》がなく、正面に置かれた長い水槽を照らす灯りが点いている以外、真っ暗だった。魚は窓のところで泳ぎまわっていた。コチ二匹、フエフキタカノハダイ一匹、ミナミシマアジ二匹、カワハギ一匹。水槽をのぞいている彼ら以外、闇夜の通りにはだれもいなかった。

まあ、とシープヘッド・モートンが言った。こいつらは不満そうだとは言い切れないよな。

収容所じゃおれたちもいつもそうだったわけじゃなかったのかもな、とジミー・ビゲロウが言った。

彼らは真夜中に列車が到着するのを、あるいは出発するのを待っているように、ポケットに手を入れ、温まろうと肩をすくめ、片足から片足へと交互にひょいと体重を移していた。

酔っ払いの群れみたいにどうしていいかわかんねえ、とガリポリ・フォン・ケスラー。ヒヨコだってなんかすんだろ。

ジミー・ビゲロウは、自分は見かけだけで内側にはなにもないという感じがした。なかなか感じることができなかった。感じたかったが、それは望んで手に入るものではなかった。石を一つ拾い上げ、手のひらで転がした。店の窓を見上げた。それは大きな板ガラスで、その上に〈NIKITARIS'S FISH SHOP〉と美しく描かれており、上等でしゃれていた。片手を肩のところから後ろに引いたかと思うと、いきなり窓めがけて思い切り石を投げた。

ガラスにひびが入る音がした。一気にではなく、時の流れと同じように、長い割れ目がため息とともにゆっくりと開いていった。ジミー・ビゲロウは、口の両端に切り込みを入れられたように笑みを浮かべていた。

それから全員で石を投げ、窓が砕け落ち、なかに入った。間に合わせのものをうまく活用する才能のある果樹栽培者のガリポリ・フォン・ケスラーが、イモ用の揚げ物鍋をつかむと、それを使って魚をすくい上げた。彼らは何回かやり損ねたが、モップ用のバケツ二つに魚をすべて入れ、水をこぼさないようにしながら歩いて港へ向かった。

イセエビとオキサワラ漁のボートが、港まで入って来る大波と入り江の向こうから吹いてくる非情な風で揺れていた。コンスティテューション・ドックの縁で、シープヘッド・モートンがバケツのなかに頭を突っ込んで叫んだ——

おまえら自由だぞ！

そしてバケツを傾けた。

魚が波音のなかに落ちていった。

## 6

次の晩、〈希望と錨〉で、恥ずかしい思いを募らせつつも熱っぽく語り合った。とうとうジミー・ビゲロウが、店へ行ってニキタリスに会い、窓を修理しなければと言った。まだ早い時間だったので、店の灯りは点いていた。窓はすでに取り替えられていたが、まだ店名は描かれていなかった。

なかでは年配の女が数人揚げ物をし、一人の少年が店の一角にある魚売り場で陳列台をこすっていた。シープヘッド・モートンが、ニキタリスさんはいるかと尋ねた。小僧が姿を消し、裏手から小柄な老人と戻って来た。そのしなびた体には、若い頃石工だったときの静かな意志がしっかりと残されていた。髪は銀色で、皮膚はだれかが漂白しようとして失敗したようにまだらになっていた。暗い目は潤んで虚ろ。タバコとアニスの実のにおいがした。

ニキタリスさん、とジミー・ビゲロウが声をかけた。

あんたらなにごとだい？と老人が言った。外国なまりが強く、疲れて迷惑そうな口調だった。今日はびっくりするようなことがあってね。なんの用だい？

ニキタリスさん、とジミー・ビゲロウ。おれたち――

あそこのご婦人に注文しておくれ。

おれたち――

あそこにいるパフィティスさん、と老人が節くれだった指で指し示した。あの人がこしらえてくれるから。

おれたち、あやまりに来たんです、とジミー・ビゲロウ。

おれたちには仲間が一人いて、とシープヘッド・モートンが口を開いた。今度は老ギリシア人はなにも言わなかった。ひどく腰が曲がっているので、なかなか目を合わせられない。シープヘッド・モートンが語っているあいだ、目は白と黒のタイルの床をさまよっていた。

話し終わると、ジミー・ビゲロウが、割れた窓と魚とほかの損害に対して弁償したいと申し出た。

老ギリシア人はしばらく返答しなかった。目を上に向け見まわして頭をさまよわせながら、一人ひとりを見てわずかにうなずいた。

彼はあんたらのダチだったのかい?

移民の例にもれず、彼も新しく習得した言語で古くから使われている偽らざる言葉に対する直感は確かなようだった。彼がその言葉を口にした調子には、「友だち」という不実な感じがなかった。

おれたちのダチだったんです、とシープヘッド・モートン。

シープヘッド・モートンが財布を取り出した。ニキタリスさん、いくらお支払いすればいいでしょうか。

名前はマルコス、マルコでいいよ。

ニキタリスさん。店の窓壊したの、おれたちなんです。

彼は老いた震える片手を差し出して振った。

いや、支払いは結構だ。

腹が減っていないかと彼らに訊くと、返事を待たずに、客人として食べてくれと言った。

すわって食べなさい。食べるのはいいことだよ。

男たちはどうしたらいいかわからず、互いを見た。

あんた方はおれの客人だ、と言って椅子を一脚引っ張り出し、ジミー・ビゲロウの肩に片手を置いた。どうぞ。すわって。食べないとね。

男たちは腰かけた。

ワインはお好きかな？　気に入ってもらえそうな赤ワインがある。出しちゃならんことになってるからおおおっぴらにはできんが、飲みたいだけ飲んでおくれ。

ニキタリスは揚げ物をするところへ行き、揚げ網いっぱいにイモを入れてから戻って来た。サメがいいかね、それともオキサワラ？　サメのほうがいいっていう人もいるな。オキサワラは確かに骨が多いけど甘いよ。すごく甘い。食べてくれ。いいことだよ、食べるのは。

魚とイモのフライをテーブルに運ぶと、カウンターの後ろで小さなガラスのタンブラーに赤ワインを注ぎ、それらも運んで来た。そして彼らと同じテーブルについた。食べながら、彼らに話をさせた。話に勢いがなくなると、ニキタリスが、こういう冬だと夏にはいいアンズが出来るんだよ、と語った。それから自分の人生を語りはじめた。リプシ島の出身で、そこは美しいところだが生活が厳しいこと、死んだ妻のこと、彼らの前の時代の若者がどういう人生を送ったか。豊かな人生。良き人生。そう。この店に来ると幸せな気持ちになるとみんなが言ってくれたこと。そのとおりであればと願ったこと。

ほんとそうだといいが。それが人生。

お子さんは？とジミー・ビゲロウが尋ねた。

娘が三人。いい子たち。いい家族。あと息子が一人。いい子だよ。いい――

老いたギリシア人は、なにやらもごもご言っていた。顔がその不安定な軸からぐらりとずれたように見えた。剪定されたアンズの古木の枝が秋の強風に吹かれて揺れるように、指が節だらけになった片手を顔のところまで持ち上げた。動かぬ絵のなかに顔を戻そうとしているように。

息子は、一九四三年にニューギニアで戦死したよ。ブーゲンヴィル。

店からは徐々に客がいなくなり、店員が掃除をし、戸締まりをして出て行った。外、通りはひっそりとして、ほんのたまに車が水たまりを走っていくだけだった。なかでは男たちが老ギリシア人にさまざまなことを語りつづけていた。夜も更けて、開いているパブは一軒もない。だが彼らは気にせず、すわりつづけていた。釣り、食べ物、風、石細工について、トマトを育てること、家禽を飼うこと、羊を蒸し焼きにすること、イセエビと帆立貝の漁について語り、たわいない話をし、冗談を言い合った。話の内容は重要ではなく、漂って行けばそれでよく、それ自体がはかなく美しい夢だった。

揚げた魚とイモと安物の赤ワインがどれほど申し分ないものに感じられたか、うまく説明できなかった。しっくりくる味がした。老ギリシア人は、小さなカップに苦みと甘味の効いた濃いコーヒーを淹れ、娘がつくったクルミの焼き菓子を振る舞った。すべてが不思議で同時に心がこもっていた。質素な椅子でも座り心地がよく、男たちはその場にしっくりなじみ、満ち足りた気分に浸り、ジミー・ビゲロウは、この夜が続くかぎり、この世でほかにいたい場所はどこにもない、と思った。

一九四八年秋、シドニーでダグラスDC‐3から降り立ったドリゴ・エヴァンスは、彼女が自分を待っているのを見て、怯えると同時に胸を打たれた。日本とドイツは一九四五年に降伏したとはいえ、ドリゴ・エヴァンスは降伏していなかったし、しばらくはしないつもりだった。果敢に己れの戦争を続行しようとし、目の前に現れるどんな逆境も策略も瀬戸際政策もスリルも受けて立った。当然、そういったものが現れることはどんどん少なくなっていった。何年ものち、戦中に三年半捕虜ではあったものの本質的には自由だった、と認めることがなかなかできなかった。

そういうわけでできるだけ帰郷を先送りにしていたが、十九か月間、東南アジア各地でさまざまな軍関係の仕事——兵士の帰還手続きから戦没者墓地、戦後復興まで多岐にわたる——に従事したのち、口実がなくなり、軍隊でのありきたりのキャリアか、民間での可能性を選ぶかに直面した。可能性というのがどういうものなのか見当がつかなかったものの、急にそれらが魅力的に思えてきた。敗北し勝利する軍隊はもはやスリルに満ちた旅ではなくなり、生活——生活だって！——は確立されていたものを片っ端からズタズタにし、揺るぎないものすべてを跡形もなく宙に葬った。富、名声、成功、誇大な称賛——のちに手にしたそういったものはすべて、市民生活で見つけることになる虚しさという感覚を助長するだけだった。自分の人生に意味を与えたのは死だったと認めることは、決してできなかった。

逆境がわれわれのなかの最上のものを引き出すのだ、と、DC‐3がスコールのなかを不安を誘うほど跳ねるように旋回しながらシドニーへと降下して行くとき、隣の席にすわっているずんぐりした戦争墓地委員会の役人が言った。われわれをだめにするのは日常生活だよ。

タールマック舗装の道を横切り、見知らぬ人々が数人かたまっているところへ向かいながら、新しい市民生活に対処しようと決意を固めた。二人が最後に会ってから七年間に多くの障害にぶつかっては克服してきたように、魅力と度胸で、時が昔の愚行をやがて洗い流してくれる——そうなるのだと彼には思えた——という認識で、ほぼすべてのもので対処するのだ。

感じがよいと相手に映ると自覚している笑みを浮かべながら、進むんだ、と自分に小声で言った。風車に突っ込め。

型どおりの美人が、手袋をはめた片手を型どおりに振っていた。その身振りは、歓び、恍惚、安堵といった感情——たぶん愛——を詰め込んだ型どおりの晴れがましい心を伝えようとするものだと彼はわかっていた。貞節が立証されたのだ、と彼は怯えた。そのすべての外にいたから、そのどれも彼にはほとんど意味がなかった。初めの二言、三言を聞いて彼女の声だとわかったが、夏の大気は穏やかで空っぽで、アジアの蒸し暑いかび臭さを経験したあとではいささか物足りず、キスを交わしたあとですら、彼女の名前を思い出せなかった。彼女の唇は乾いており砂埃にキスしているようで、がっかりした。そしてようやく、ありがたいことに、思い出した。

エラ、と彼が言った。

そう、それだ、と彼は思った。記憶はすっかり錆びついていた。

ああ——エラ。

ああエラ、と、さっきよりやさしく言った。彼女の名前をある程度口にしたら、その名前と自分と二人について意味をなすほかの言葉がなにかしら舌の上に転がって来るのではないかと。そうはならなかった。エラ・ランズベリーは、ただほほ笑んだ。

なにも言わないで。偽りは言わないで。偽りを言う男たちには耐えられないの。だけどぼくは完全にいんちきだよ。それがぼく。

彼女はすでにほほ笑んでいた。そのどんよりした、すべてを知っている、なにも知らない笑みを、彼はますます不快に感じた。あの驚くほど乾いた唇は、すべては手配済みだからなにも心配しなくていい、と彼に言っていた。一九四一年にプロポーズの意味で彼女の乳房にキスしたことを思い出した。記憶するかぎりでは、それは出航前エラと過ごす最後の休暇になろうという夜で、エイミーのことが頭から離れなかった。なぜプロポーズしてくれないのかとエラに訊かれつづけることから身を振りほどくためエイミーのことを絶え間なく考え、その結果罪悪感をおぼえている状態から逃れようと、複雑な迷路をたどった。それはエラの胸の谷間へと続き、彼女に究極の謎をかけろと迫った——エラ、結婚してくれる?

彼女はおれの本心を知らなかったのか? そうなのか?

彼女の乳房は忘れていなかった。エラのすべてがますますつらくエイミーを思い出させるばかりだった。いまはあのときにも増して情けない。

だからあなたを愛してるのよ、アルウィン、と彼女が言った。

アルウィン? 一瞬、だれのことかわからなかった。すると、それは自分だと思い出した。その記憶もまた、すっかり錆びついていた。

だってあなたはにせもの以外のなにものでもないから。

それから彼女の抱擁の仕方に、息が止まるような逃れられない時間に、続く数日間に彼が会ったすべての人々が、同様にそしてなんの疑問も抱かずにこう考えたのだということが伝わってきた——二人は結婚するのだ、七年前に戦争の不気味な影のなかで大急ぎで約束が交わされたのはまちがいなく、彼はすぐにも海外へ出発するため、熟考することも再考することもなく急いで結論に至ったのだ、と。この間《かん》の年月に彼はいくつかの人生を生き、一方彼女の唯一の人生——とドリゴ・エヴァンスには見えた――は彼本人が自分でほとんどわからない彼というものに捧げられた。ときに彼は怒りや反抗心を抱いたが、これまで知らなかったような倦怠感をおぼえ、自分自身の個人的で理性を欠いた明らかに根拠がない恐怖によってよりも、はるかに広い総意によって自分の人生を取り決めてもらうほうが、はるかに楽だと思えた。いずれにせよ、自分の心は恐怖の捕虜収容所だと感じていた。これ以上、それに必要以上の重荷を加えたくはなかった。目前に迫った彼の結婚に高揚する周囲の多くの人々が自分よりもはるかに冷静で正気であることに気づき、彼らが自分を新たなよりよい場所へ連れて行ってくれるかもしれないという希望を抱いて、ますますおかしくなっていく自分の考えとはまったく相容れない彼らの冷静さと正気に身をゆだねた。その子どもっぽさはまた彼の性格でもあり、目新しく未知のものならどんなものにでも、とりわけ恐ろしいものには必ず惹かれた。エラ・ランズベリーと結婚するという見通しほど恐ろしいものはないから、それが三週間後に彼がしたことだった。酒で朦朧とし、彼女が選んだ新しいスーツを着たのだが、そのスーツを着た自分はセント・ポール大聖堂での結婚式同様に見せかけだと、その後もずっと思っていた。

キスを交わす前でさえ、彼はまた自分の名前を忘れ――彼女のおしろいのにおいでわからなくなってしまったのか――しばらくしてようやく思い出した。アルウィンか、そうだった――わたし、アルウィンは、と言った。しっかり化粧を施してレースとオレンジ色の花に縁取られた彼女に顔を向けて見つめたが、見えたのは、細い顔、いつもわずかに嫌悪感を抱いていた妙な鼻、高く弧を描く細い眉だけで、魅力的だとはまったく思えなかった。エラ、あなたを妻とし、とさらに声をひそめて言った。まもなくエラ・エヴァンスとなるエラ・ランズベリーは、唇をほんの少し開けたがなにも言わず笑みを浮かべていた。

わたしはアルウィンじゃない、それに完全にいんちきというわけじゃない、と披露宴の席で言いたかった。だがそうはせずに、嘘をつき、七年間に及ぶ別離を乗り越えた愛、ユリシーズ（オデュッセウス）とその部下たちにも匹敵する神話的な長さの時間について語った。わたしが真に似ている古典的な英雄といえば羊だけですが――ここでさかんに笑いが起こる――エラこそがわたしのペネロペであり、ようやく故郷イタケーにたどり着けてうれしく思います――そして盛んな拍手を浴びる。

それからの人生ずっと、彼は状況と期待に従い、こういった奇妙な重荷を義務と呼ぶようになった。結婚について、まず夫そしてのちに父親としての失敗について罪悪感を抱けば抱くほど、ますます必死に社会生活で善いことだけをしようと努めた。善いこと、義務であること、都合良く逃れられないからこそ彼にとって非常に都合の良い逃避とは、他人に期待されることだった。邪悪なのはおれ自身だ、と思ったのは、新婚旅行の一か月後に妻以外の相手と初めて寝たときだった。妻の親友でジョアン・ニュースステッドという、うっとりするような濡れた唇、いたずらな笑みを浮かべる女性。場所はソレントにある小屋で、昼下がり、全員が都合良くどこかへ姿を消したときだった。

だがあらゆる見聞はアーチをなし
踏み入る事なき世界を垣間見せる……

と事の後で彼女に囁き、蚊帳に指を一本、上へ下へと動かすとまた彼女に体を向け、頭を落として下唇の縁で彼女の黒ずんだ乳首を捕らえ、乳房にそっと息を吹きかけてテニスンを吟じつづけた――

……その縁は
進む毎、絶えず遠のきかそけし。

その晩はバーベキューだった。保冷戸棚に吊るしてあった肉が暑さで腐りかけており、肉の配給制は終わったばかりだったが、人々にはちゃんとした肉を無駄にしてはならないという気持ちがあった。酒を飲み過ぎたのかもしれない、飲み足りなかったのかもしれない、と彼はあとになって思ったが、頭は旋回し、胃はずっしり重かった。自分とエラとのあいだに入り込んだ、なにか大きくてまちがっていて隠れたものでふくれ上がり、ぴんと張りつめている感じがした。これから先エラにはいっさい隠し事をしたくはないが、ジョアン・ニューステッドは、ドリゴが自分の親友であり彼の妻である女を気にかけていることに嫉妬していた。おれはなにをしているんだ、と彼は思った。ばれてほしいのか？

燃えさかる熱いユーカリの炭の上でポーターハウス・ステーキが焼かれていたが、ナイフを入れるとまだ十分焼けておらず、一瞬ドリゴはあの場所に引き戻され、雨季と「スピードー」のただ中で、収容所からその日二回目の回診に向かっていた。潰瘍小屋に近づくにつれ、腐った肉の悪臭に包まれた。腐肉のにおいがあまりにひどいので、ジミー・ビゲロウがときどきそこを離れて吐いていたのを思い出した。

## 8

チェ・サンミンは、有罪判決を受けた後、日本人も朝鮮人も台湾人も、受刑者全員が平等に暮らしているチャンギ刑務所のPホールへ移された。英語の文字で「ＣＤ」と記された土色の囚人服を与えられた。文字は、死刑囚（convicted to die）という意味だと教えられた。チェ・サンミンは、そこにいるどのCDも活動らしきことをしてその日その日を埋めようと必死で、みな将来どうなるかと落ち込んでもおらず、過度に気に掛けてもいないらしいことに気がついた。彼自身も、まるでこれまでずっとつきまとってきた恐怖と劣等感が消失したかのように、なにか別のものにゆっくりと包まれて、心が晴れていくような感じがした。恐怖も劣等感も、もはやなんの意味もなかった。殺される番がまわってきたからだ。

彼らは毎朝独房から出され、顔を洗わされ、支配された無価値な一日をまた始めさせられた。彼らは両側に並んだ独房に挟まれたうだるように暑い廊下に上半身裸ですわり、囲碁を打ったり将棋を指したり、数冊しかない本や雑誌を読み返したり、ひとりでただすわったりしていた。数週間ごとに、銀縁メガネの奥でギラギラしたオタマジャクシのような目をゆっくりと泳がせているインド人の指揮官が、処刑の通知書を持ってやって来る。囚人たちは、だれが死ぬことになるのかと恐怖で凍りつきながら無言で待ち、自分ではなく隣の人間だとわかると、だれもがほっと胸をなで下ろした。

三回目にそのような訪問があったとき、チェ・サンミンは自分が死ぬのだとわかった。そのとき感覚はなかったから、そういう感じを抱いたというのではない。手渡された一枚の紙で知ったのでもない。その紙を手に持ってはいたが、その紙切れで言い渡されていることを、自分自身と自分の人生に関連づけることはできなかった。

顔を上げ、Pホールを見まわした。それはなんでもない紙で、自分は一人の人間。一人の人間はなにかではあるとチェ・サンミンは考えた。一人の人間は実に多くのもの、実に多くの変化に満ちているものなんだ、とチェ・サンミンは言いたかった。一人の人間は、善であっても悪であっても尊い。なんの意味もなく変化しないこんな紙切れが、自分のなかで動き変化している、善とか悪とか尊さとか、そういうあらゆるものの終わりを意味するなんて、あり得ないじゃないか。

だが、そうはいかなかった。

ほかの男たちが見せた並々ならぬ安堵から、燃える炎のような彼らの安堵から、明日の朝処刑されるのは自分だとわかった。

死ぬことになった四人の男たちに、日本食とタバコが供された。仏教の僧侶が一人同席した。チェ・サンミンは宗教について考えることはほとんどなかったが、やはりほとんど考えることのなかった父親が、自分は天道教徒だと言ったことがあったのを思い出し、仏教の僧侶がいることに腹が立った。

チェ・サンミンは、出された飯、味噌汁、天ぷらを見下ろした。母親の辛いキムチが食べたい、刺激のない日本食など大嫌いだ。しかしいまとなっては、憎しみや怒りを抱いても仕方がなかった。最後の食事は食べられなかった。最後の食事を食べれば、それが最後の食事となる。最後の食事を食べなければ、食べるまで死ぬことはできない。これが自分の最後の食事だと同意するまでは、ほかの食事があるかもしれない。だが、これが最後の食事だとは同意できない。最後の食事は死が避けられないという同意であって、死ぬことには同意していない。

ほかの死刑囚たちは愛する者のことを語っていたが、彼は無言でタバコを吸っていた。あいつらの話は、おれの生が運命の力に支配されているとする紙切れは、受け入れない。

食事が下げられた後も無言でいると、看守たちが秤を運んで来て床に置き、それに乗るよう身振りで促した。看守たちはチェ・サンミンの体重を量った。身長を測った。理由はほかの者たちに教えられて知っていた。彼らがどうやってそれを知ったかは謎だった。彼らは、絞首台に関する知識が身についていたものであるかのように語った。

彼らが言うには、絞首刑執行人は、死刑囚の身長と体重に合わせて麻縄の長さを決め、落下するとき正確に落ちて首に最大の力がかかって折れるように調整する。それからチェ・サンミンと同じ重さの砂を袋に詰め、それを麻縄に縛りつけ一晩吊るして縄を伸ばし、明日チェ・サンミンが落とし戸から落下したとき縄が弾まないようにする。弾まなければ、首は即座に折れる。

チェ・サンミンは、一人の日本人将校が、処刑前夜に落ち着きはらっていたことをおぼえている。看守が体重を量るためやって来たとき、将校はつたない英語で、わたしは日本のために死ぬのである、天皇陛下のために捕虜に重労働を課したことは恥じていない、軍人としてわたしは祖国が敗れたために死ぬのである、と言った。

チェ・サンミンは、そういう明快さと確信がほしかった。その日本人にはそれがあった。少なくとも、日本人にはそれがあったと彼は常に感じていた。そしていま、自分がこぶしと軍靴で捕虜からそれを叩き出そうとしたときに感じたものはなんだったのかわかった――オーストラリア人にもそれがあった。だれにもそれがあった。世界のだれにもそれがあった。恐らく自分以外には。

絞首台があるのは、チェ・サンミンほか三人が最後に独房へ入れられるのをすわって待っている廊下の向こうだった。処刑がある日は、自分の処刑の日が確定せずこの廊下で無言で待つＣＤたちに、死刑囚が絞首台を登っていく足音と、最期の言葉が聞こえた。日本人将校が、天皇陛下万歳！と叫んだ。落とし戸がパンと開き、その直後、ドサッという鈍い音がした。

だが、朝鮮人である自分がそういう態度を取っていいのか、とチェ・サンミンは思った。自分は祖国のためになにもしなかったし、祖国は自分のためになにもしてくれなかった。彼にはこれといった信条はなかった。両親のことが頭に浮かび、自分の死を知らされたときの二人の苦しみを思い描き、ひと月五十円もらっていたという以外、自分が死ぬしかるべき理由を一つとして二人に示せないことに気がついた。

彼らがこの死の控えの間で待っているとき、モガミケンジという死刑宣告を受けた監視員が歌を歌っていた。彼とはいっとき同じ捕虜収容所でともに働いていたことがあった。ピューマと呼ばれ、だれのことも痛めつけなかった彼も、死ぬことになっていた。チェ・サンミンは、一人のオーストラリア人が歌っているのを自分がやめさせたことを思い出したが、こうしてモガミケンジが歌っていてもどうすることもできなかった。日本人将校がひとり歩きまわっていた。それから彼らは独房へ連れて行かれた。

チェ・サンミンは眠れなかった。苦しいほどに生きて目覚めていると実感し、いまは人生の毎秒を味わい、それを知りたかった。逃げられないという焦燥感と、五十円を受け取れないという怒りのあいだで心が激しく揺れるのを止めるために、ほかの者たちがどのように処刑に向き合ったか思い出そうとした。

ある朝鮮人は、破滅の十三の階段を踏みながら、偉大なる朝鮮国万歳！と叫んだ。

偉大なる朝鮮国とはなんだ？とチェ・サンミンは思った。おれの五十円はどうなる？　おれは朝鮮人じゃない。おれは日本人じゃない。おれは属国の人間だ。おれの五十円はどこだ？　おしえてくれ。どこにあるんだ？

チェ・サンミンの父親は農夫で、息子に教育を授けたかったが、時代は過酷で、チェ・サンミンは小学校で三年間日本の神話と歴史を学んだのち、朝鮮人の一家に使用人として仕えるため家を出た。一家は彼に食事を与え、月に二円与え、習慣的にぶった。八歳だった。十二歳で働きに行った先の日本人一家は、彼に食事を与え、月に六円与え、ときどき打ちすえた。十五歳のとき、日本人が帝国のどこかで捕虜収容所で働く監視員を雇っていると耳にした。報酬は月に五十円。十三歳の妹は、満州国へ行き同じくらいの額で慰安婦として働く契約を日本人と交わしていた。病院で兵隊さんを助けるの、と言い、兄同様に心を躍らせた。妹は読み書きができなかったので、便りを受け取ることは一度もなかった。そして慰安婦がどういうことをするのかわかったいま、妹のことは考えないようにしており、考えるときは、本人のためにも死んでしまっているようにと願った。

彼にはいくつもの名前があり――朝鮮名のチェ・サンミン、釜山で与えられその名で呼ばれた日本名のサンヤアキラ、現在看守に呼ばれているオーストラリア名のゴアナ（オオトカゲ）――自分が何者なのかわからなくなっていた。死刑囚のなかには、朝鮮と日本、戦争、歴史、宗教、正義について確固たる考えを持つ者たちがいた。チェ・サンミンは、自分がどんなことに対しても考えなど持っていないと気づいた。だがほかの者たちが持っている考えは、なにも考えがないのと同然だと思えた。なぜならそれらは彼らの考えではなく、スローガン、無線放送、演説、軍隊の手引き、日本の軍事訓練で彼らも同じように耐えた果てしない殴打とともに吸収したのと同じ考えだったからだ。釜山では声が小さいとか姿勢が正しくないという理由でビンタされ、朝鮮人丸出しだとビンタされ、どうすれば相手をできるだけ強くビンタできるか手本を示すためにビンタされた。チェ・サンミンはそれが嫌でたまらなかった。家に逃げ帰りたかった。だがそうすれば罰せられ、さらには家族が罰せられる。おまえの顔を張るのは強い日本兵にするためだ、と彼らは言ったが、自分が日本兵になることは決してないと彼は知っていた。刑務所の看守になって、人間以下の者たちを、死に直面して降伏することを選んだ者たちを監視するのだ。

チェ・サンミンは死刑囚監房にすわり、どうしても自分自身の考えがほしいと思った。その長い夜に、自分が理解でき平穏を得られる考えがついに訪れて、心の霧を晴らしてくれることを願った。天皇を信奉する日本人将校、あるいは朝鮮を信頼する朝鮮人監視員のようになりたいと願った。五十円以上要求すべきだったのかもしれない。しかし考えは訪れないままに、たちまち朝になった。

独房が明るくなってくると、彼は落ち着きを求めた。子どもの頃日本人家族に仕えていたとき初めて知ったあの感じが必要だった。日本人の父親は、スコットランドで訓練を受けた技師だった。ツイードの服を着て、英国人のように犬を飼っていた。その犬は日本人一家のテーブルから上等な食べ物をもらい、チェ・サンミンよりもはるかにいい食事をしていた。一家は犬をかわいがり、犬を散歩させることがチェ・サンミンの日々の仕事の一つだった。犬は大きな目と頭を上げて、チェ・サンミンがまた棒を投げるのを待っていた。ある日、市場に用事があり、犬を連れて行った。近道をしようと裏道を歩いていたとき、行く手にあった古い煉瓦に爪先をぶつけた。怒って煉瓦を拾い上げると、犬はいつものように信頼しきって慕うような表情で彼を見て、頭を左右に振りながら、煉瓦を球か棒のように投げてくれるのを待っていた。チェ・サンミンは、犬の頭に何度も煉瓦を打ち下ろした。両手が犬の血と軟骨で黒ずみ、粘ついた。

犬の死骸を肉屋に十円で売ると、日本人家族のもとへ歩いて戻った。空気は芳しく、柔らかな風は顔にひんやりと心地良く、通り過ぎる人がみな笑みを浮かべ好意的であるような気がして、大いなる穏やかさと満ち足りた感じを抱いた。その感覚が再びよみがえることを、別の生き物を殺してもたらされる不思議な力と自由を実感する爽快な瞬間を再び体験したくてたまらなかった。だが、その感覚を呼び戻すために殺せるものはこの独房にはなく、日本人技師の飼い犬を殺したときに感じた歓びを、もうすぐ他人が自分の死に見出すだろう。独房がいっそう明るく照らされて、まず手が、次に太腿が、次に足元がはっきりと見えていくにつれ、胃のなかに突然、恐怖がぎゅっと集まるのを感じた。朝の光のなかで自分を見ることは二度とないだろうとわかったから。

看守たちが絞首台に連れて行こうとやって来たとき、チェ・サンミンは抵抗した。ゴキブリが目に入ったので、それを殺したかったのだ。時間はなかった。背中で手首を縛られたあと医師が呼ばれ、通訳を介して、気を鎮めるために薬がほしいかと訊かれた。チェ・サンミンは叫び声を上げた。まだゴキブリが見える。神経を安定させるためにフェノバルビタールを四錠与えられたが、体が昂ぶっていたため、すぐに錠剤を吐き戻した。医師にモルヒネの注射を打たれる前に、ブーツのかかとでどうにかゴキブリを押しつぶした。吐き気がして少しふらふらしながら、両側を兵士に支えられ、Pホールを出て絞首台までの短い距離を歩いた。いま、あらゆることが瞬く間に起こっていた。中庭に入って行ったとき、砂袋が二つ壁際に置かれているのが見えた。そこには恐らく十人以上いて、絞首台の上の六人以外は下にいた。ゴザに覆われた斜面から絞首台のてっぺんへと歩かされた。縄が思っていたよりずっと太いことにぞっとした。船の大綱を思い起こした。大きく強靱な結び目が、楽しげで残忍そうだった。わかってるよ、と縄に語りかけたかった。おまえはおれを待ちわびているんだろう。彼は平静に思考し、漠然と心地良くもあったが、顔は痙攣していた。大勢いるが一人として口をきかず、彼の顔は痙攣が止まらなかった。彼の横、五メートルほど離れたところには、二つめの落とし戸が口を開け放ち、そこからぴんと張った縄が出ていた。彼はその端の見えないところに、モガミケンジがぶら下がっているのだと気づいた。

なにか言いたいことはあるかと訊かれた。顔を上げた。どこかで鐘が時刻を告げた。自分にはちゃんと考えがあると言いたかった。だれかがこっそり笑った。彼は兵士たちと新聞記者たちを見下ろした。考えは浮かばなかった。五十円支払われたが、五十円などいい取引ですらなく、くだらない考えだった。五十円などなにほどのものでもなかった。目の前の落とし戸の上に、足を乗せるべき位置なのだろう、チョークで引かれた線が見えた。五十円！と言いたかった。兵士たちは両腕をつかみつづけていた。チョークの粉が、白い丸石のように見えた。頭を垂れると、頭巾がそこに落ちて来た。目を閉じ、そして開けた。数か月がだらだらと過ぎた後で、いますべてがすさまじい勢いで起きていた。帆布の感触があり、その漆黒の闇は自分の目で見た夜よりも恐ろしく思えたので、また目を閉じた。朝はすでに暑くなっていた。頭巾のなかは息苦しかった。頭上に輪縄が落ちて来るのがわかり、それと同時に足首を縛られていることに気がついた。彼らに、あわてるな、待ってくれと訴えようとしたが、一回強くしっかり押されると、首のまわりで輪縄がぎゅっと締まるのを感じ、思わずあえぎ声をひとつ出した。呼吸が苦しくなった。顔が激しく跳びはねていた。彼らに唾を吐きかけることすらできなかった。キム・イが捕虜のやつらに殺されたときそうしてくれていたらと願ったように。両側で腕をつかんでいた兵士たちに二歩前に進まされ、落とし戸にチョークで引かれた線の上に立っているのだとわかった。足元の床が突然消えたのを感じ、落とし戸がピシャリと落ちる砕けるような音が聞こえたときに彼が最後に考えたことは、鼻を掻きたいということだった。やめろ！と彼は叫ぼうとした。どうなるんだ、おれの五十――

# 9

時が過ぎた。彼は、カワバタイクコという若い看護婦と出会った。彼女の両親は、戦争末期の数か月に神戸を襲った焼夷弾攻撃で死んだ。平和が訪れてのち、弟は飢え死にした。その街も、瓦礫と廃墟の荒れ地だった。彼女は、自分の物語はありふれたものだから多くの人々のように語らずにおくほうがいいと思っていた。

イクコの肌は艶があり、右の頰には生まれつき大きなあざがあり、ナカムラはその両方に自分で認めたい以上になぜか心を動かされた。物憂げな笑みは官能的でもあり、不愉快でもあった。意見が合わなくなると、彼女は必ずその笑みで話を終わらせようとし、ナカムラにはそれが好ましいものであると同時に、愚かしさと性格の弱さを表していると思えることがときどきあった。

イクコを通じてナカムラは病院での仕事を見つけ、まず雑役夫、それから倉庫の事務員として働いた。大して儲かりもせず安全でもない闇市の仕事から手を引くことができてほっとした。正体を暴かれてアメリカ人に引き渡されはしないかと、四六時中不安だった。新しい仕事についてからも人々を避けた。しかし、大勢が同じことをしていたし、大勢の者たちが自らのことを知られたり勘ぐられたりしたくない理由をだれもがわかっているようにナカムラには思えた。イクコと暮らしはじめた。ひとりでいたいと思う一方で、人恋しくなったのだ。イクコは健康で家事をよくこなし、そのような女性と出会えたことに感謝した。

ひとりでいることが多かったが、病院のサトウカメヤという名の医師と囲碁を打つ習慣ができ、数年のうちには習慣は信頼となり、信頼は穏やかな友情に育っていった。サトウは大分出身、患者に献身的で、物静かで控えめな男だった。ほかの医師たちとは異なり、決して白衣を着ないという風変わりな習慣があった。サトウはナカムラよりもはるかに囲碁が強く、ある晩元兵士は、囲碁が強い秘密はなにかとこの外科医に尋ねた。

こういうことですよキムラさん、とサトウが言った。何事にも型と構造がある。われわれには見えないだけです。われわれはその型と構造を突きとめて、そのなかでその一部として動けばいいんです。

自分の答えが古参兵にはあまりピンと来ないらしいのが見て取れた。そこでサトウは、指を二本ナカムラの脇腹にそっと押し込んで続けた。

盲腸を取り除くとき、わたしはここから取りかかります。九州で教えられたように筋肉を型と構造にしたがって分ければ、患者に及ぼす危害とストレスを最小限に抑えて、炎症を起こした盲腸を取り去ることができます。

ここから話は、医師養成のための日本屈指の大学の一つ、九州大学のことに移った。ナカムラは、麻酔も使わずに生きたままアメリカ人航空兵を解剖したとアメリカ人が主張して裁判にかけられ投獄された医師たちについて新聞で読んだことを思い出した。そのときナカムラは記事と有罪判決に腹が立ったが、いま激高しながらその話題を持ち出し、熱を込めてこう結論づけた――

アメリカ人は嘘つきだ!

サトウが碁盤から目を上げ、また戻して、黒い碁石を置いた。

キムラさん、わたしそこにいたんですよ、とサトウが言った。

ナカムラがサトウに目を凝らしていると、やがて慎ましい外科医は目を上げ、奇妙なほどじっと見つめ返した。

終戦近く、わたしはそこで石山福二郎教授の下で学ぶ研修生でした。ある日、一人のアメリカ人航空兵を監視下にあった病棟から連れて来るよう言われました。彼はとても背が高く、鼻がとても細く、赤い巻き毛でした。彼を捕らえようとした日本兵に撃たれた傷があり、彼はわたしを信用しました。車輪付き担架に促すと、彼は自分でそこに乗りました。わたしは彼を、手術室ではなく解剖学部門の解剖実習室へ連れて行くよう言われていました。

ナカムラは興味をそそられた。

そしてそこで?

そこでも彼はわたしを信用しました。わたしは解剖台を指し示しました。部屋には、医師、看護婦、実習生、それに軍の士官が大勢いました。石山教授の姿はまだありませんでした。アメリカ人は立ち上がり、それから解剖台に身を横たえました。そしてわたしに目配せしました。アメリカ人て目配せするでしょう。目配せして笑みを浮かべました。まるでわたしが彼と二人で悪ふざけしているというようにね。

それから彼は麻酔をかけられ、石山教授が傷の手術をしたわけですね、とナカムラが言った。

サトウは碁石を握りしめ、レンズの形をしたその磨かれた球面の上を、視覚のない黒い目をもみほぐすように、親指でなでつづけていた。

ちがうんです、とサトウ。二人の雑役夫が、彼の手足と胴と頭を革ひもで台に縛りつけました。その最中に石山教授が現れ、そこにいる者たちに話しはじめました。被実験者を生きたまま解剖することが、この先の激しい戦闘でわれらの兵士を救う重要な科学的データを得る助けになると語ったのです。そのような仕事はたやすいものではないが、あらゆる科学的偉業は犠牲と献身とを要する。かくして、われわれは医師として科学者として、天皇陛下に恥じぬ僕《しもべ》であることを証明できるのだ、と。

ナカムラは碁盤に目をやったが、もう対戦は頭になかった。

わたしはそこにいる自分を誇らしく思いましたよ、とサトウが言った。

サトウが言うことはすべて筋が通っていた——結局、それぞれの異なる状況でそれぞれに述べられた同じ主張は、大人になってからの彼の全人生を決めた。そして、こう意識的に考えはしなかったものの、サトウが語る話のなじみのある型とリズムで、石山教授は麻酔を使わなかったとはいえ、正しく倫理的に行動していたとナカムラは納得した。

それでもそのアメリカ人は抵抗しませんでした、とサトウが続けた。自分に起ころうとしていることなど想像もできなかったのです。石山教授が取りかかる前、わたしたちはみな、通常の手術のように患者に向かって一礼しました。そのことで彼は安心したのかもしれない。石山教授はまず腹部に切り込み、肝臓の一部を切り取って、傷を縫い閉じました。次に胆嚢と胃の一部を取り除きました。初めは知的で活力ある若者に見えたアメリカ人は、いまは老いて弱々しく見えた。猿ぐつわをかまされていたが、まもなく叫ぶこともできなくなった。最後に、石山教授は心臓を取り除きました。まだ脈打っていた。秤に置くと、それは震えていましたよ。

サトウの話は、水かさの増している川が露出した岩の上を流れるようにナカムラの上を流れていった。それは彼のまわりをちょろちょろ流れ、続いて彼の上をどっと流れ、ついには彼を覆い尽くした。しかし、彼のなかのものはいっさい動かなかった。アメリカ人が言っていたことはすべて事実である一方、彼、ナカムラはまちがっていたということだった。だが、その行為がなされた理由がナカムラにとっては十二分に筋が通っていたので、生きたまま完全に意識がある状態で切り刻まれた男のこの話について、驚くべきことなどなにもないと思った。

奇妙には感じたけれども、初めのうちはそれについてあまり考えませんでした、とサトウが続けた。なにしろ戦争だったのですから。続く数日間に、ほかの航空兵たちに手術が行なわれました——一人は縦隔《じゅうかく》を切開され、一人は顔の神経根を切断された。わたしが最後に参加したときは、兵士の頭蓋骨に穴を四つ開けてから、脳にナイフを差し込んで、なにが起きるか確かめました。

二人は、職員のためにつくられた小さな庭で囲碁を打っていた。時は春、サトウが口をつぐんだとき、ナカムラに夕方の鳥のさえずりが聞こえた。一本の楓《かえで》の木が、最後の長い太陽の光線を、暗くそして明るくゆらめく糸に変えた。

戦後、石山教授は刑務所で首を吊りました、とサトウ。ほかの者たちも捕らえられて死刑を宣告され、それから減刑され、最後には全員釈放されました。わたしも一時は裁判にかけられるかもしれないと思っていましたが、もうはるか昔のこととなった。アメリカ人はその件について人々が忘れてくれることを望んだし、わたしたちも同様でした。

サトウは、読んでいた新聞をナカムラのほうへ押しやった。

これを見てください、とサトウが言った。

一枚の写真とともに掲載されている小さな記事を指し示す。それは、血を売り買いして成功した会社、日本ブラッドバンクの設立者である内藤良一氏の慈善事業に関するものだった。

わたしの同僚数人が、満州国で内藤氏と仕事をしました。内藤氏は、かの地での同様の仕事でわが国最上の科学者たちの指導者の一人でした。生体解剖。ほかにも多くのこと。細菌兵器を囚人に試す。炭疽菌。腺ペストも、と聞いています。火炎放射器や手榴弾を囚人に試す。最上層部の援助を受けた大がかりな活動でした。今日、内藤氏は非常に尊敬を集める人物です。なぜか。日本政府もアメリカ人も、過去を掘り返したくないからです。アメリカ人はわたしたちの細菌戦の研究に関心がある。それは彼らの対ソビエト戦に役立ちますからね。わたしたちはそういった武器を中国人に試した。アメリカ人はそれを朝鮮人に使いたい。縛り首になりましたよ、運が悪かったり重要な人物でなかったりすればね。あるいは朝鮮人なら。だがアメリカ人はいまビジネスをしたがっている。

われわれも戦争の犠牲者ですね、とナカムラが言った。

サトウは無言だった。ナカムラは心の奥底で、自分は日本人一般のように、誤って非難されている高潔な善人なのだと思っていた。そう、犠牲者だ——自分、イクコ、処刑された同志、日本という国。この感情が、自分に降りかかったあらゆることを自分に説明し、秘匿と逃避を繰り返し、偽名を使って他人からどんどん隔たっていくみじめな人生に、ある種の威厳を与えた。彼はサトウの話に胸が高鳴った。その話で、遠い未来に神聖なる解放が待っているという期待が持てるように思えた。

地震がおさまりかけたときに妙な音がしますよね、とサトウが問いかけた。消えゆく光のなかで、彼の疲れた顔がほの暗くなっていった。小刻みにそして大きく揺れた後で、とサトウが続けた。あらゆるものが――壁に掛けられた絵、鏡、枠のなかの窓、フックにかかった鍵といったあらゆるものが、震えて妙な音を立てるでしょう？　そして外では、知っているものすべてが永遠に消え去っているかもしれないという。

そうですね、とナカムラが言った。

世界が揺らめくような音を立てているような。

ええ、とナカムラ。

解剖実習室のステンレスの秤の皿が、アメリカ人の心臓でカタカタ鳴っていたとき、そんな感じだったんです。世界が震えているみたいな。

サトウは奇妙な笑みをつくった。

なぜ彼がわたしを信用したかわかりますか？

石山教授ですか？

いいえ、アメリカ人の航空兵。

わかりません。

わたしが着ている白衣が自分を助けてくれるものと思ったからですよ。

# 10

二人はサトウの過去について二度と語り合うことはなかったが、ナカムラは彼の話のなにかに悩まされはじめた。続く数か月間に二人が囲碁を打つ回数は減っていった。以前は実に興味深く温厚な相手に思えた外科医が、いまでは冴えない退屈な人間に思えて、対戦は愉しむ娯楽ではなく、耐えるべき重荷となってきた。説明はつかないが、その感覚をお互いが抱くようになってきていると察知した。サトウは倉庫の事務室に寄ってナカムラとタバコを吸うのをやめ、ナカムラはサトウがいそうな院内の場所を避けるようになっていた。やがて二人は、囲碁を打つのをすっかりやめた。

ナカムラはサトウから遠ざかるにつれほかの人たちに引きつけられ、人間としてもっと誠実になるための力を自分のなかに見つけた。自分のように己れを戦争の犠牲者と見なしている男たち——務めを果たし、恥じたりはしないと決めた、誇り高い善良な男たち——が大勢いることがわかった。そして、自分はこうだと言ったとおりの者はひとりもおらず、見かけどおりの者はひとりもおらず、だれもがそれについて話せることしかおぼえていない期間は終わったと気づいた。投獄されている戦犯の最後の一人が釈放されたとき、ナカムラはごまかすのをやめ、真実を認めて立派に人生を生きていくのがいちばんだと決意し、本名に戻った。翌年、イクコと結婚した。

娘が二人生まれた。健康な子どもたちで、成長するにつれ、やさしい父親を深く愛するようになった。次女のフユコは、六歳のときスクールバスにはねられて死にかけた。父親が昼も夜も枕元でうなだれていたことが、強くフユコの記憶に残った。娘たちには、父親は別の世界にいるように見えた。シャツのボタンを掛けちがえ、ベルトをするのを忘れ、蜘蛛を傷つけないようにと捕まえて外に出し、蚊も叩こうとしなかった。

彼だけが、自分が考える善き人間に変容していくその核心のところで、奇妙な感覚に襲われた。それは偽善か？　償いか？　罪悪感？　恥？　故意、それとも無意識？　嘘、それとも真実？　なんといっても、彼は数多《あまた》の死を目撃してきた――否定できず少しも矛盾していないと自分では思った凶暴なまでの自尊心で、きっといくつかの死に関わりさえしたと思うことがあった。だが責任を感じたことはなく、犯した罪の記憶は時間が経つにつれて薄れていき、それに代わって記憶が、善、そして情状を酌量する話を育てていった。時が経つにつれて、自分はほとんど悩まされることがなかったということに唯一悩まされていたのだとわかった。

期待感というより好奇心から、ナカムラは一九五九年春に日本ブラッドバンクの職に応募した。意外にも面接に呼ばれた。冬の早朝、列車で大阪へ行った。日本ブラッドバンクの本社で昼休み近くまで待たされ、ようやく案内されたのは予想していたような会議室ではなく、広い重役室だった。すわるよう促され、再び待つよう言われた。部屋にはだれもいなかった。十五分ほど経ったとき、背後の扉が開き、振り返らずそのまま掛けているようにと声がした。うなじで指が三日月を描くように動いた。すると背後で、男の声が朗唱しはじめた――

海行《ゆ》かば水漬《みづ》く屍《かばね》
山行《ゆ》かば草生《くさむ》す屍《かばね》……

無論ナカムラは「海行かば」を知っていた。大昔の詩だが、戦時中非常に愛好されるようになったので、ラジオは戦闘に関する報道――そこでは必ず日本兵が不名誉な降伏ではなく名誉の戦死を遂げたと報道された――をするたび冒頭でそれを流した。ナカムラは最後の二行を、合言葉だとでもいうように朗唱した――

大君《おおきみ》の辺《へ》にこそ死なめ
かえりみはせじ

またしても首に手の感触。

実にいい首、見事な首だ、と背後の男が言った。

ナカムラが振り返って見上げた。髪は白くなってつんと立ち、体は以前よりがっしりしていたが、顔はたるみ気味になっていまは笑みを浮かべているものの、相変わらず鮫のヒレのようだった。

首を見なければならなかったんだ。きみだということを確認するために。決して忘れないのだよ、わたしは。

ナカムラの問いかけるような表情を見て、コウタが説明した。

満州国の昔の同志たちは、わたしがここでいい仕事をするだろうと思ったらしいな。

それに続くナカムラの面接は、すべてがはるか昔に決まっていたというように、通り一遍のものだった。立ち去ろうとすると、新しい仕事を得たことにコウタが祝いの言葉を述べた。その夜帰宅してその日のことをイクコに語ったとき、ナカムラは泣きそうになった。

これほどのご厚情を賜るとは思いも寄らなかった、とイクコに言った。

数十年のち、若い日本人国家主義ジャーナリストで、大東亜戦争における日本の役割について生じた多くの誤解を正したいと願っていたオオトモタロウは、百五歳になる名高い軍人コウタシロウのもとへ取材に出向いた。オオトモは、コウタが一九五〇年代後半に禅の雑誌で発表した、日本の武士道の深い精神性について語った記事を読んだことがある。日本人は——禅が発想源となって——生と死には究極的に区別がないことを認識できたため、物資が不足していても圧倒的な軍事力を得られたのだとコウタは論じた。しかし、オオトモが区の職員数人と地元テレビ局の関係者一人を伴ってコウタの百五歳の誕生日を祝おうと自宅に出向いたとき、そこにはだれもいなかった。

オオトモタロウは若く頭が切れ、コウタの長女リョウコを通してこの高齢の退役軍人に会えることを願って長いあいだ彼女を訪ね、自分の目的がちゃんとしたものだと安心させようとした。だがリョウコは、父はとりわけ戦争と自分の兵役については正しく伝えられないことが往々にしてあるので、見ず知らずの相手には話をしたがらない、と言ってオオトモを落胆させた。父は高齢となったいま、生き仏になろうとしている、とも言った。

オオトモには、リョウコが父親にほとんど関心がないのは明らかだった。彼女を無視するのがいちばんだと判断し、国家主義者仲間数人とコウタの百五回目の誕生日を祝う会の手配を始めた。それは敬意に満ちた厳粛なものとなり、退役軍人に敬意を表するとともに、日本の二十世紀の戦争の誤解された精神性を広く知らしめるものとなるだろう。だがオオトモがコウタを訪れようと出向くたび、家には人がいる気配がなかった。

リョウコの対応の仕方と、不可解なことにコウタが戸口に出て来ようとしないことで、オオトモは不安になってきて、ある晩、昔学友だった警部補のハシモトタケシと飲んでいるときに、そのことを語った。

ハシモトは訝《いぶか》った。苦労してどうにか年金記録を調べると、父親の諸々の代理権がリョウコにあることがわかった。二か月前、コウタの口座から二百万円が引き落とされていた。ハシモトは、コウタのアパートを捜索する許可を得た。それは以前人気があったエリアに建っていたが、かつての高級アパートは近年荒廃していた。一階の上の外壁には、落ちてくる下地を受けるため、目の粗い針金のかごがボルトで留められていた。エレベーターのドアが開かないので、ハシモトと同行の男たち三人は、七階まで階段を昇るはめになった。

句集を入れた書棚が並ぶアパートの一室で、ハシモトはベッドに横たわる老いた男のミイラ化した死体を発見した。腐臭はしなかった。死んでから何年も、いや、何十年も経つんだろうとハシモトは思った。左手を降ろし、花柄のベッドカバーをそろそろと持ち上げた。ゆっくりと分解していく死体の体液が、シーツに分厚く黒い染みをつけていた。この光輪の中央に、皮膚を骨の上に羊皮紙のように広げたコウタシロウが横たわっていた。

いまは息絶えた生き仏の傍らにあるベッドサイドテーブルの上には、芭蕉の紀行文の名作『おくのほそ道』の古い本が置いてあった。ハシモトは、押し葉が一葉挟まれているページを開いた。

月日は百代《はくたい》の過客《くわかく》にして、行《ゆき》かふ年も又旅人也、とそこにはあった。

## 11

彼の上官として、それはジョン・メナデューの仕事だったが、ジョン・メナデューはそのことには関心がなかった。鉄道の建設現場にいたときも、オーストラリアに戻ってからも、どんなことにも関心がなかった。ドリゴ・エヴァンスがボノックス・ベイカーから受け取った手紙には、だれかがジャック・レインボーの未亡人に会いに行ったという話はまったく聞かない、彼女に渡すべき彼の勲章をジョン・メナデューが持っているが、渡しに行く気配がまったくない、と書かれていた。そこでドリゴ・エヴァンスは、新婚旅行から戻って数か月後、結婚生活が要するにそういうことであり、求める価値のないものだということが明らかになってきたとき、ANAでホバートに飛んだ。ニキタリスの店の二軒先にあるパブで、ジョン・メナデューと落ち合った。

ジャングルで、ジョン・メナデューは自分がリーダーの器ではないことを自覚した。兄貴のような人たちがその任にふさわしいのだろうと思った。だが自分ではない。不思議だった。父親に、おまえはリーダーだ、リーダーシップは人格以外のものとは関係ない、と言われていたからだ。ハッチンズ・スクールでは、リーダーだけがハッチンズ・スクールに入学を許されるのだから、きみはリーダーなのだと言われた。リーダーシップをとることはきみの自然の定めなのだ、なぜならそれは、生まれながらのリーダーの、ハッチンズの男子全員の自然の定めだから、と言われた。世の中にそう言われつづけたジョン・メナデューは、受けた学校教育と人脈、優れた人格と変えられない定めゆえに、士官学校へ一直線に進んだ。ジョン・メナデューは、すべてその通りで自明のことで自分はリーダーなのだと、鉄道に着くまで信じ込んでいた。すると自分の主要な関心事は他人を助けることではなく自分の命を救うことであり、父親は人格に関しては正しかったが、息子に関してはまちがっていたとわかってきた。

ジョン・メナデューは、権威について理解していた。そしてその日、ニキタリスの店から二軒行った先のパブで、五百グラムのオキサワラの切り身を前に、ハンサムな顔をそのままに、命もそのままに損なわれずすわっていたとき、権威など自分にはないことがわかった。なにがそれを、ドリゴ・エヴァンスのような男——醜悪なほどに見下げ果てた女たらし、群衆に隠れる一匹狼、暴挙ともいえる神の恩寵によって自分が命じる以外のどんな権威も気にとめない男——のなかに存在するのを許すのだろうと考えた。こうしてこちらにしてくれている親切がさしたる手間でもないようにしてしまうこの男のなかに。

すまない、とジョン・メナデューがドリゴ・エヴァンスに言った。レス・ウィトルの奥さんには会いに行ったよ。でもそれきりそういうことはできなかった。レスのことおぼえてる？

ああ。『哀愁』の彼のロバート・テイラーはすばらしかったよな。よりによってジャック・レインボーの相手役で。

そうだっけ。レスが死んだときのことは聞いてるかい？

いや。

日本の収容所で死んだんだ。瀬戸内海の海底の炭鉱で、ジャップに強制労働させられた。捕虜たちは飢えていた。戦争が終わったとき、ヤンキーがそこの捕虜収容所に支給物をパラシュートで投下した。アメリカの解放者たちが食料をぎっしり詰めた四十四ガロンの鋼鉄製のドラム缶をいくつか落としたんだ。ある男によると、ドラム缶はひらひら落ちて来た——夏のタンポポみたいにやさしく。男たちは胸を躍らせた。四十四ガロン缶が屋根を突き抜けて着地し、落ちた先のものすべてを壊した。ハーシーのチョコレートが詰まった四十四ガロン缶がレスの上に落っこちて、彼は押しつぶされて死んだ。

ジョン・メナデューは、リボンがついた勲章が数個なかで転がっている靴箱を一つ、ドリゴ・エヴァンスに渡した。ふたに、ジャック・レインボー夫人の名前と住所がセロテープでとめられていた。

なんて死に方だ、とジョン・メナデューが靴箱を見つめたまま言った。飢えた男が食べ物で殺された？　味方に？　ハーシーバーで。なあドリゴ、ハーシーバーだぜ。なんて説明したらいい？

なんて言ったんだ？

あたりさわりのないことだよ。嘘。彼女はとても威厳のある女性だった。小柄でずんぐりしている。だが威厳がある。彼女はぼくの嘘を聞いていた。長い時間無言でいたが、しばらくすると言った。あの人のことはよく知らなかったんです、それが悲しいところです、知っていればよかったのですが、って。

ジャック・レインボー夫人は、ホバートにそびえる山の中腹の森にある小さな村から数キロ離れたネイカの近くで暮らしていた。ドリゴ・エヴァンスが道を尋ねるのを聞きつけたバーテンダーが、カスケード醸造所のトラック運転手でその方角に配達で向かおうとしていた小柄な男に彼を紹介した。ドリゴをそこで降ろし、二時間後に戻るとき乗せてやると言う。

ホバートを少し離れたとき、雪が降りはじめた。トラックの一本のワイパーが振動して窓に小さな円錐形をあけると、そこには冬の世界が現れ、降ったばかりの雪がユーカリと巨大な木生シダに重く降り積もり、道に乗り出していた。そのほかのものは消えて真っ白になり、ドリゴ・エヴァンスはさまざまな思いにとらわれた。片手を差し出して空中に指を押し出し、大腿部の動脈が空になるのを食い止める自分が知らない方法がほかにあったか確かめようとした。指で虚空を、寒さを、白さを、無を、ぐい、ぐい、ぐい、と押してみた。

冷えるよねえ、と、彼が指を動かしているのに気づいて醸造所の運転手が言った。だからおれ、こういうのしてんだよ、とウールの手袋をはめた片手をハンドルから持ち上げた。じゃねえと、ひでえ凍傷で死んじまう。南極大陸のスコット、それがおれってこと。

二人はファーン・ツリーを抜け、山を登って行き、ネイカを過ぎた。山の端に降りたとき、醸造所の運転手が農場の入口でドリゴ・エヴァンスを降ろした。そこには緑色の苔が生えた二本の柱と壊れた扉があり、扉は雪に覆われた小道のわきに倒れていた。農場は荒れ果てているらしかった。雪で一面白くなり静まり返ったその場所には、打ち棄てられたような感じがあった。柵とホップ栽培の支柱は傾き、ところどころ倒れていた。どの小屋もくたびれていて、縦板でできた小さなホップ乾燥所はたわんでいた。

彼女は、バターを造る小さなコンクリートの小屋にいた。赤いハイビスカスの模様が舞う綿のスカート、片方の肘の糸がほどけている着古した手編みのセーターを身につけていた。むき出しの脚は毛が剃られておらず、あざがついていた。その顔は打ち砕かれた希望を宿しているだけで、口の線はたるみ、両端のしわへと続いていた。

名を名乗り、連隊の番号を伝えると、それ以上言わないうちに、パチパチと音を立てるストーブが中央にある暖かい台所を抜け、寒く暗い居間に通された。彼女は様とつけて彼を呼んだ。そうする必要はまったくないと言うと、エヴァンスさんと呼んだ。分厚く詰め物をした肘掛け椅子にすわると、それは湿っていた。

廊下の先の開いた戸口の向こうに、光沢のある明るいクリーム色に塗られ飾りのついた羽目板が天井まで張ってあるのが見え、手前に鉄の寝台があった。その場所で彼女がジャックと幸せな時間を過ごしたことを願った。まもなく訪れるような冬の夜に二人がいっしょにいるところを、二人が暖かい寝室で暖炉の炎が燃えさしになるのを見つめ、ジャックがポールモールをふかしているところを思い描いた。

## 12

子どもは五人です、と彼女が言った。息子が二人に娘が三人。グウェニーは父親にそっくりで。末っ子のテリーはジャックが出征したあとに生まれたから、父親を知りません。

長い沈黙。ドリゴ・エヴァンスは、相手が本当に言いたいことを言うまで待つことを診察室でおぼえた。

ひとりでいるのは耐えられません、と彼女がようやく言った。ひとりぼっちになるのがすごく怖いんです。夫が戦争でいなくなると、子どもたちみんなと眠りました。思い出してほほ笑む。ベッドに六人も。すごいでしょ？

やかんが鳴り、彼女は台所に姿を消した。ドリゴは、さっき軍のオーバーコートを預けたのを後悔した。彼女が欠けた緑色の琺瑯のポットと大きなクリームケーキの残りを手に戻って来た。

雪が降ってるせいでとっても静か、と彼女が言った。すごく大きな毛布みたい。だから子どもたちにいてほしいんですよね。でも幼い子たちは今日はジャックの妹のところにいて、大きい子たちは学校なんです。間を置く。ジャックは雪が大好きで。ほんと、ときどきつらくなります。

ケーキを勧められたが、ドリゴは丁重に断った。彼女はサイドテーブルにケーキ皿を置き、縁についた屑をしばらく人差し指で内側に払っていたが、やがて顔を上げずにこう言った――

エヴァンスさん、愛を信じますか？

思いもかけない問いだった。答えなくてもいいのだろうと思った。

それは自分がつくるものだと思うんです。与えられるのを受け取るんじゃなくて。それをつくる。

彼女は口をつぐみ、感想なり意見なりが返って来るのを待っている様子だったが、ドリゴ・エヴァンスがどちらも言わないと勇気づけられたらしく、話を続けた。

そう思うんですよ、エヴァンスさん。

ドリゴと。

ドリゴ。ほんとにそう思うんです、ドリゴ。ジャックと二人それをつくるんだって思ったんです。

彼女は腰を下ろし、タバコを吸ってもいいかと訊いた。ジャックがいて蒸気機関車みたいに煙を吐いてたときには一度も吸わなかったんですけど、いまはそうするとあの人がいるようで、助けになるような気がするんです――あの人がここにいないことに耐えるための。

ポールモール、と言って、真っ赤な箱からタバコを一本取り出した。ジャックはウッドバインは嫌がってたから。いまいましいことを埋め合わせるちょっとした贅沢。ジャックはそこそこイカしてました。よく言ってましたよ、ちっとばかしイカしてて、けっこう酔ってて、最高にグラマーな女がいて、幸せじゃないバカがいるか？って。

彼女は煙を吐くと、タバコを灰皿に置いて見つめ、顔を上げずに言った。エヴァンスさん、愛を信じます？

灰皿のなかでタバコの端を転がす。

どうですか？

家の外、この山と雪の向こうには、無数の人々が住む世界がある、とドリゴは思った。人々が、街のなかに、熱のなかに、光のなかにいるのが見える。遠く孤絶している、はるか彼方のこの家が見える。たとえ短い間でも、彼女とジャックには、この家が自分たち二人がその中心にいる宇宙のように思えたにちがいない。そして一瞬、ドリゴはエイミーと〈コーンウォール王〉の部屋にいた。二人はそこを自分たちの部屋だと思い――海と太陽と影、白いペンキがフレンチドアからはがれ、錠は錆び、午後遅くにはそよ風が吹き込み、夜更けには波が砕ける音が聞こえる――かつてそれも宇宙の中心だと思えたことを思い出した。

あたしは信じません、と彼女が言った。信じない。エヴァンスさん、あまりに小さい言葉だと思いませんか？　ファーン・ツリーに、ピアノを教えてる友だちがいるんです。音楽の才能があって。あたしは音痴。ある日彼女が、どの部屋にも音が一つあるんだって言ったんです。それを見つければいいんだって。彼女は高く低く歌い出しました。するといきなり一つの音があたしたちのところに戻って来ました。壁からはね返って床から立ち上がり、その場所を完璧なハミングで満たした。美しい響き。プラムを一個投げたら、果樹園が返ってくるみたいなね。すごいんですよ、エヴァンスさん。二つの全然ちがうもの、音と部屋がお互いを見つける。聞こえたんです……まさにこれだっていうふうに。あたしの言うこと、ばかげてます？　エヴァンスさん、それがあたしたちの言う愛なんじゃないでしょうか。返ってくる音が。見つけてほしくなくてもこちらを見つけて。ある日だれかを見つけて、不思議な感じでハミングしてすべてが返ってくる。ぴたりとおさまる。すばらしい。うまく説明できてませんね。あたし、言葉で表すのがヘタで。でも、それがあたしたちだった。ジャックとあたし。お互いのことはよく知りませんでした。あたしあの人のすべてが好きだったのかどうかわからない。あの人はあたしのどこかが気に入らなかったと思います。でもあたしはあの部屋で、あの人はあの音で、いまあの人はいなくなった。そしてすっかり静まり返ってしまった。

わたしはジャックのそばにいました、とドリゴ・エヴァンスが語り出した。最期のときに。彼、ポールモールを所望しましたよ。

## 13

マットレスはでこぼこで、中央の小さなくぼみには、ノースホバートのフットボールチームの古びたセーターが中途半端に詰め込まれていた。ドリゴはわきを下にして、その輪郭、その涸《か》れ谷と平原、その勾配とくぼみと峡谷のまわりで体を動かした。自分をマットレスの形にすると、彼女に身を寄せ、両膝を彼女の両膝の裏に、両方の太腿を彼女の太腿の裏に押しつけ、片方の肘を彼女の腰の上に置いて片手をまわし、このようにして抱きしめた。二人を悩ませる多くのことを、なにひとつ言葉で混乱させずに語ることには深い安堵があった。彼女はひとりでいることに耐えられなかった。二人は暖を取るため身を寄せて横になっていたのかもしれない。二人は沈黙に抗うため抱き合っていたのかもしれない。あの音が返ってくるのを期待しながら。どちらも、傍らに横たわる相手がその音は返ってこないとわかっていると知りつつ。彼には、みぞれがトタン屋根をかすめはじめる音が聞こえた。彼女といっしょに温まっているだけで十分だった。それがすべてだったのかもしれない。自分がとてつもなく年を取ったように感じた。七月で三十四になる。無言で抱き合っていると、私道の先で醸造所のトラックがクラクションを鳴らすのが聞こえた。

ドリゴが去ったあと、彼女は勲章をストーブにくべた。数日後、灰をかき出し、炉の受け皿にある溶けた燃えかすがなんなのかわからず、鶏の囲いに捨てた。十九年後、一九六七年の大火でなにもかも焼き尽くされた。息子が経営を引き継いでいたホップの農場、彼女の木造の家とそれより新しい息子の煉瓦の家、彼女とジャックの写真、そのすべてが炎に消えた。かつて鶏の囲いだったそのなかのかつて勲章だった燃えかすが半分埋もれたその上に、新たに灰の層が堆積していた。さらに数年経つと、そこから水生シダと花水木《はなみずき》と銀梅花《ぎんばいか》が生え、やがてジャックの人生の夢だったものは森となり、森は葉と樹皮と枝を落とし、さらに時が経つと、灰は腐敗物と泥炭と新しい生命でできたさらなる層の下に消えた。

彼女は自分を思いやってくれる若い男と結婚し、彼女も相手を思いやったが、ジャック・レインボーとの関係と同じものではなかった。男はトラクターの事故で死亡し、彼女はこの相手よりもまた長生きした。

彼女は晩年、ジャックの顔かたちを思い出せなくなっていた。彼がどういう口調だったか、どういうにおいがしたか、どういうふうに自分を抱きしめ愛撫してくれたか、そして雪が降っているとき家のなかでポールモールをゆっくり吸っていたことも。眠りに落ちていくとき、彼のポールモールの煙のにおいがしたと思うことがときどきあった。部屋がハミングするのをときどき思い出した。しかしにおいも思いも音もつかまえていることはできず、いっそう深い場所へ、そこよりもまた遠くへと眠りに連れて行かれた。思い出そうとしてみたが、いっとき、短いあいだ、自分がひとりきりではなく寒くはなかったということ以外、なにも思い出せなかった。


トラックが再び山を下っているとき、ドリゴ・エヴァンスはときに見知らぬ者同士がするように醸造所の運転手と会話をし、自分がそこを訪れた理由を少しだけ説明した。

二人にはなにかがありました、とドリゴが言った。彼は死に、わたしは生きているが、彼にはわたしが知らないなにかがあった。

なんです、それ。

彼はカップルだった、とドリゴ・エヴァンス。

カップルか、と醸造所の運転手。おれの母ちゃんと父ちゃん、二人はカップルだった。おれと女房は、そうだな、D-デイってとこか。毎日ね。

運転手はダブルクラッチを踏み、森をくねる道を形づくるいくつものヘアピンカーブの一つに対処するため、減速しようとブレーキの上に立ち上がらんばかりになった。道がまっすぐに伸びたとき、ギアをまたセカンドに入れ、話を続けた。

でもカップルじゃないなあ。あいつはいいやつだけど、愛なのかなあ。

愛、とドリゴ・エヴァンス。そう、愛だと思う。

醸造所の運転手はしばらく走りながらそのことを考えていたが、やがて言った——

愛なんて、多くの人は知らねえんじゃねえの。

ドリゴ・エヴァンスはそう考えたことは一度もなかった。

そうかもしれない。

おれたちはただ、顔とか命とか運命とか、幸福とか不幸を受け取るだけなんじゃないの。多くもらえる人もいるし、なんももらえないやつもいる。そして愛もおんなじでさ。ビールグラスの大きさがちがうみたいに。たくさんもらう、まったくもらえない、飲めばなくなる。それを知ってて知らない。おれたちはどうすることもできない。壁や家つくるみたいに愛をつくれるやつなんかいないしな。風邪引くみたいにそれを引きつける。そんでそれはこっちをひどい目に遭わせてから通り過ぎて、それ以外の状態は地獄への道だってふりをする。

それだけ？

そういうこと、とトラック運転手。あんた、どこ出身だって言った？

本土。

だと思ったよ。トラック運転手には、こう明らかにすることで、私的すぎる会話を説明し、かつ終わらせようとしているのだと思えた。

メルボルンへの午後の便が機体を傾けて方向転換し、水平飛行に移っているとき、飛行機の窓から完璧な青空を背景に雪をかぶった山が見えた。世界はある、ただそこにある、とドリゴ・エヴァンスは思った。するとそれは消えて真っ白になり、彼はさまざまな思いにとらわれた。片手を差し出し、指を空中に押し出す。まるで、あの大腿部の動脈を見つけるのにまだ間に合うかもしれないというように。

ここから冷気が入ってきますね、と、耳をつんざくような巨大なプロペラエンジンの振動のただなかで、繭に包まれているかのような親密な心地良い声が言った。向きを変えると、隣に魅力的な女性がすわっていることに初めて気づいた。青いジャカード織りのブラウスから、真っ白い乳房が盛り上がってつくる谷間の始まりが見えた。

そのようですね、と彼が言った。

どちらへ？と彼女が尋ねた。

彼がほほ笑む。

手が冷えきっているようですけれど、と彼女。

そうですね、と彼は言い、指が外に向かって開き、虚空、寒さ、白さ、無を、ぐい、ぐい、と押していることに突然気づいた。

世の中は地獄の上の花見かな
一茶

# 1

ここ数週間、ナカムラテンジの声は妙にかすれていた。会計副主任の職の長い面接を受けたあとで硬い首をなでてみると、妙に隆起しているのがわかった。気にしなかった――というより、人事部での仕事はかつてないほど忙しく、上級職につく見込みがあったから、病気かもしれないなどという考えに屈するわけにはいかず、気にすることができなかった。

しかし、喉はさらに痛んだ。食べ物を飲み込むのがつらいと感じるようになると、食べる量を最小限にし、味噌汁を主とした食事で生活した。血を吐いてようやく観念し、医者に行った。診断は明確だった――ナカムラは咽頭ガンに罹っていた。

腫瘍は取り除かれた。手術で声が影響を受けてはいたが、ナカムラはこの打撃に潔く対処した。自分を逆境に負けない人間と見なすようになり、新しく得た弱々しくか細い声を名誉の勲章とした。信じられないほど恵まれていると感じた。だが三か月後、指で首に触れたとき、ぴんと張った小さい妙なこぶがあたった。そのことは考えないようにした。しかしこぶは肥大してゆき、また手術を受けた。放射線治療も受けたせいで体が弱り、年齢よりはるかに老けた。唾液腺は涸れ、水分の多い食べ物しか飲み込めず、それすらなかなかできなくなった。この苦しい体験で、イクコがすばらしい女性であることを身をもって知った。彼女は献身的に彼の世話をし、いつも明るく気持ちよく接し、乾いて悪臭のする体も気にしない様子だった。すさまじい治療から回復に向かっていたとき、まるで彼女の肉体が善きものの総体であるかのように、いつも新鮮で心地良い香りを漂わせ、肌が輝いていることをはっきりと意識するようになった。彼女が振りまく健全さにときどき圧倒されてしまいそうになり、健全さは、絶やすことのないけだるそうなほほ笑みにいちばんよく表れているようだった。

毎朝出勤前、彼女はナカムラの世話をするため二時間早く起床した。ナカムラは彼女の手際のよさに感心したが、なによりそばにいて触れてくれることがうれしかった。しばらくすると、彼女に傍らにすわって指の裏で顔のわきをそっとなでてもらうのが、なににも代えがたいこととなった。自分がなにもしなければ自分の時間を無駄にしていることになると彼女は思ったが、そのなにもしないということがナカムラの人生で最も大切なことだった。すると彼は怖くなくなり、短い時間また痛みに耐えられ、どうして長いこと妻のやさしさに気づかずにいられたのだろうと不思議でならなかった。

そしてさらに、なによりも――妻のやさしさで、彼のなかの良い点がたくさん引き出された。彼はがまん強くそしてユーモアをもって病を耐えた。自分より重篤な患者たちに会う時間もつくり、そればかりか、老人に食事を届ける慈善活動も行なった。以前より、家族、友人、隣人、見知らぬ人にまでだれにでもやさしく接し、気づかうようになった。ナカムラテンジは、自分にそういう良いところがあるとわかり、実に驚いた。おれは善人なんだ。そう思うと、ガンに罹っているという状況にあっても深く安堵し、心の平穏を得、彼を知る者たちはみなその様子に感心した。

## 2

ナカムラテンジが、体は弱っているが体力を取り戻しつつあり、恵まれた人生を送っているとわかるようになったこの頃、鉄道建設で彼の小隊にいたトモカワアキから手紙が来た。かつての伍長は、何年も自分の指揮官を捜しつづけていた。そこには、この手紙がお手元に届くよう願っていると書かれていた。

ナカムラは、偏狭でしかもおもねるトモカワにいつも苛立っていたものだが、いまではこのかつての伍長に対してまったくちがう見方をした——多くを分かち合った、高潔で善良な男。ナカムラはトモカワの忠誠心に感動した。それは妻の思いやりと、毎晩自分とすわって語り合う娘たちのやさしさと同じものに思えたから、返礼として配慮ある行動をしなければと思った。新宿羅生門で戦犯容疑者のリストに自分の名前を見つけたあの日から、ナカムラは昔の同志と接触するのを避けようと決め——思いがけずコウタのもとで働くことになったのは別にして——それを守ってきた。

だがいま、この態度は身勝手でばかげているという気がした。連合国の一部に報復するときは遠く過ぎた。トモカワは、北の島、北海道に落ち着き、昔の同志の多くを追跡し、彼らのさまざまな運命を知ることとなったらしい。そればかりか、昔の連隊の鉄道技師の一団が、タイ——当時のシャム——に戻って、一九四四年にシャムとビルマ間の鉄道の全長を走行した最初の機関車の錆びついた残骸を発見した。彼らはそれを修復しているところで、最終的にはそれを日本へ運び、自分たちの偉業を記念して靖国神社に展示するのが目的だった。

ナカムラテンジはこのすばらしい仕事のことを聞き、これも歳とともに増えている幸せの一つであり、もう恐れる必要はないのだと悟った。恐怖が去ったいま、彼は誇りを抱きたかった、仲間と誇りを共有したかった。トモカワの手紙は、新宿羅生門でのあの日以来つながれてきた恐怖のくびきからようやく解き放たれた瞬間として心に刻まれた。ナカムラは病を押して、はるか北の凍てつく街札幌へ赴き、もう一度昔の仲間に会おうと決めた。

着いたときは真冬で、街の年間行事である雪まつりの準備の真っ最中だった。テレビで、一九六六年の雪まつりのテーマが、日本の映画とテレビで大人気となった怪獣だと報じていた。タクシーで札幌空港からトモカワ家のアパートへ向かう途中、自衛隊が巨大な氷の彫刻をつくるのを手伝っているのが見えた。

運転手が車で近くを通りながらそれらの名前を言った——火を吐くカメのガメラ、ゴジラ、ジャイアント・ロボ、額が大きく上の歯が突き出したレッド・コブラ、巨大な毛虫モスラ、巨大な頭と触手を持つギロチン帝王。どの名前を聞いてもナカムラにはなんのことかわからなかったが、そのような尽力が表す日本人のすぐれた技量、日本人の不屈の精神に感嘆した。

トモカワは高層の公営住宅に住んでおり、ナカムラは敷地のなかで道に迷った。目指す棟を見つけた頃には、探し疲れ、寒さで疲れていた。だが——トモカワだ！　また会えるとはうれしい！　彼は以前より太り、髪が薄くなり、背も縮んだとナカムラは思ったが、昔と変わらぬダイコン頭のトモカワだった。肝斑で顔がまだらになりダイコンは少々損なわれているものの、どこか爬虫類に似ている。いまもトモカワにはなんとなくイライラさせられるが、トモカワは昔の司令官に会えて心から喜んだ。率直で飾り気がない。ナカムラは、かつて苛立たしいと思った点を、いまはほほえましく好感が持てるとさえ思うことにした。

トモカワの妻は夫よりもさらに背が低く、あいにく受け口なので、言葉を話しているというより食べているような印象を与えることがあった。それにもかかわらず、あるいはそれゆえに、彼女は自信にあふれた女性だった――ナカムラの好みには少し過剰だったが、自分に対するなれなれしさをやさしさと思いやりの証と考えることにした。そういう特質がトモカワ夫人を特別な女性にしていた。

大変な才能をお持ちですね司令官殿、とトモカワ夫人が言いながら、ナカムラを居間へ案内した。西洋式のその部屋には、仕上げにふかふかした大きな肘掛け椅子が二脚置かれていた。兵士で、実務家で、しかもまさに現代の北斎！

ナカムラテンジは笑みを浮かべて困惑を隠した。彼女が不滅の画家と自分を混同しているのか、それとも少しばかり言葉を食べてしまったのか定かではなかったが、混乱はなかった。

司令官殿、いまも絵をお描きになるんですか？

夫人は手にしていた軍隊の葉書をナカムラに渡した。そこには、一九四三年に鉄道にいたときのトモカワを描いた小さな絵があった。葉書の裏に、ナカムラの書いた挨拶の言葉と、トモカワは至って元気だという短い文があったから、それを描いたのはナカムラだとトモカワ夫人が思ったのは明らかだった。

外は雪雲が垂れ込め、暗かった。

お許し願いたい、とナカムラが言った。少し体を休めねばなりません。

腰を下ろしていいかと訊いた。西洋式の肘掛け椅子は、彼には精神的に粗野で肉体的に不快、それにすわっていると、怪物めいたものに抱擁され窒息させられているような気がした。移動で信じられないほど疲れ、モルヒネの薬剤は、ぼうっとしているように見えてはいけないと、旅の最中は摂取を最小限にとどめていたが、いつもより影響を及ぼしているようだった。

不快というわけではない、漂い分離するような不思議な感覚をおぼえ、それと同時に、部屋の一つひとつの物音、一つひとつのにおい、空気の動きにまで敏感になってきた。家具は生き物となり、不快な肘掛け椅子ですら生きていて、自分はすべてを理解していると感じたが、この理解を言葉にしようとするたび、それは逃げて行った。突然家に帰りたくなったが、一通りトモカワ家訪問を終えるまでそれはかなわないとわかっていた。目を閉じたまま、自分のまわりで世界はこれまで知らなかったかたちで生きていることを意識した。そしてついにこの歓びに心を開いたそのときに、自分が死に向かっていることも認識した。

## 3

ドリゴ・エヴァンスは、中年になり太るにつれ、恰幅がよく、現実離れして見えた。どこから見ても疲れ果てているようで、エラが好んで言うには、音量が十一まで上げられたような感じだった。存在感は圧倒的だが、妙に隔たり、奇妙で、怪訝そうな目をしていた。彼を崇拝する者たちにとっては、魅力的で、気品すら漂っていた。彼を中傷する者たちにとっては、それは彼のまたもうひとつの腹立たしく特異な点だった。勇猛果敢なところはそのままだった。背の高さと中年の猫背によってそれがしばしば厳粛さとして誤解されることを彼はわかっており、そういう混乱が与える仮面に感謝しなくもなかった。

戦後数十年間、ドリゴ・エヴァンスは精神が眠っていると感じ、それを連続的なそしてときには同時進行の不倫、感情の爆発、意味のない同情的な行為、無謀な手術といったものが引き起こす衝撃と危険で目覚めさせようとしてみたが、うまくいかなかった。精神はまどろみつづけた。医師として現実を第一とし、それを説き、それを実践しようとした。実のところ、現実が存在するのか疑っていた。頂点に聖なる太陽王を擁する古代エジプトの奴隷制の一部だったことで、彼は非現実を人生における最強の力と理解するようになった。彼の人生はいまひとつの途方もない非現実で、そこではあらゆるどうでもいいもの――職業上の野心、地位の私的な追求、壁紙の色、オフィスの大きさ、駐車場の専用スペースの問題――に非常な重要性が与えられ、真に重要なあらゆること――快楽、喜び、友情、愛――は瑣末なことと見なされた。そのことでもっぱら倦怠感をおぼえ、たいていは疎外感を強めた。

気がつくと、閉じられた場所、群衆、路面電車、列車などの、自分を内部に押し込め光を遮断するものはもう恐れなくなっていたが、いまはほかの多くのものを、その光を回避するものと見なしていた。これまであまりに多くのものを目にしてきたので、夜、昼、年、ときには人生最良のときを埋め尽くすものを怖がることはなかったが、それは退屈に思えた。それでも退屈に付き合うことはできたから、数え切れない記念の夕食会、資金集めの朝食会、慈善行事、シェリーパーティーやめまいがするほど嫌でたまらない夕食会、そしてのちには病院や大学の役員会議、後援者になってくれと説き伏せられた数多の慈善事業、クラブ、協会の会議で退屈した。

すべてが退屈だった。エラは退屈だった。エラの友人たちは退屈だった。家庭は頭痛の種で、うんざりさせられた。自分が退屈だった。責任を求められる型どおりの手術にますます退屈した。型どおりではない手術とは、合併症が起こり、うまくいかなくなり、命取りになったりいきなり死亡したりするがときには命を救えるものだった。不倫のセックスに退屈した。だからこそ、麻痺状態を、魂の不可解な眠りを解いてくれる相手がどこかにいるにちがいないと想像して、ますます熱心に追い求めているのだと思った。女が誤解して、これからの生活をともにする姿を思い描くこともあった。彼はすぐに恋愛という相手の病をはねのけた。すると彼女たちは、彼が肉体の歓びにしか関心がないのだと思ったが、実のところ、それこそ彼には関心がないことだった。

こちらが前進すればするほど、風車は後退した。いちばん欲するものに絶えず手が届かないというギリシア人が考えた罰を思った。シシフォスは巨石を山頂に押し上げるがそれは転げ落ち、麓に戻って翌日まったく同じことをしなければならない。神々の食べ物を人間に持っていったタンタロスは、永遠に飢えと渇きに苛まれ、身をかがめて沼の水を飲もうとするたびそれが引いていくのをただ見ていなければならず、なにか食べる物をもぎ取ろうと手を伸ばすたび、たわわに実をつけた頭上の枝は手の届かないところへ舞い上がってしまう。同じ失敗を永遠に繰り返す、それが地獄なのかもしれないとドリゴは結論した。自分はすでにそういう状態にあるのかもしれない。ソクラテスが毒人参からつくった毒薬を飲んで死んでいくとき不死の魂を発見するように、ドリゴはエイミー以外の女たちといるとき、真に愛する人はだれなのか確認できたが、その人はいつもそこにはいないのだった。

熱情が衰えはじめたとき、素っ気ないセックスにも増して退屈に思える肉欲の舞台に戻った。それはばかげていて、滑稽で、信じがたいことで、現在身を置いているメルボルンの社交界では当然話題にできるようなものではなかった。他人といるとき自分を笑いたかったが、それはできなかった。

自分のなかの深く遠いところに隠れて、大きな乱流が眠っていると彼はわかっていた。理解できなければ手も届かない、虚空でもある乱流、完結していない事柄。酒を飲んだ――飲まずにいられるわけがない。昼食時にワイン数杯、ときには朝にウィスキーを入れたお茶、夕食前にはネグローニを一、二杯（神戸で占領軍といたときアメリカ人少佐の影響で身についた習慣）、夕食時にはワイン、そのあとブランデーやウィスキー、そのあとさらにウィスキー、そのあと再び。気分は以前より予測できず制御できないかたちでもたらされ、ときには忌まわしいものだった。冬のライオンは、エラの愛情と勤勉さに対し、言葉、冷淡な態度、怒りをぶつけ、しょっちゅう彼女を傷つけた。彼女の父親の葬儀のあとで、まともな理由もなく、まちがった理由すらなく、彼女を怒鳴りつけた。彼女を愛したかった。彼女を愛せたらと願った。愛していても、男が妻を愛するように愛していないのではないかと不安になった——彼女を傷つけて、同じ認識、つまり、おれはおまえにふさわしくないという認識を持たせたかった。自分を眠りから覚ましてくれるかもしれない反応を引き出したかった。決して訪れない終局を待っていた。そして彼女の痛み、苦悩、涙、悲しみは、彼の魂の冬眠を終わらせるどころか、ますますその眠りを深めた。

## 4

エラは、愛情もなく生きることなど想像もつかなかった。両親に愛され、彼女も心から両親を愛した。彼女の愛は彼女そのもので、愛を注ぐ対象を求めた。病院でドリゴが問題を抱えればそれに耳を傾け、彼の患者が亡くなればともに悲しんだ。おれをだめにするばかりか、オーストラリアの医療までだめにするろくでもない官僚どもや、おれの方法を認めない外科医たちと格闘しなくちゃならない、と語る彼の状況に同情した。

彼女は年を重ね、美しい女性に成熟した。黒髪は染めているためいっそう際立ち、肌は小麦色で、優美な落ち着きとスタイル、他人への思いやり、気さくな人柄が女性たちに賛美された。たっぷりとした体つきにしても輝く顔の色艶にしても、外見は年齢を感じさせず生き生きしていた。男たちは、彼女の容姿、身のこなし、夏に見える小麦色の脚、こちらが自分のことを語るとき熱心に耳を傾けながらほほ笑む様子が好きだった。鼻先がわずかに上向いているのが唯一の欠点で、ある角度からは、顔が諷刺画のように見えた。ほとんどの人はそれに気づかなかったが、ドリゴには年月を経るうちにますますそう見えてきて、しまいには、朝一番、あるいは仕事を終えて帰宅したとき、彼女のことはそこしか目に入らないといった感じになった。

彼女はドリゴとドリゴの人生を信じきっていたので、彼の意見を自分の意見であるかのように繰り返し、それをやられるとドリゴはいつも苛立った。ろくでもない官僚どもったら、患者だけじゃなくてほかのものまでだめにするわよ、と彼女が言う。あるいはバカな外科医たちの医療上の無知について細かく並べ立てる。

ドリゴはそれを聞いているあいだ、かつてとても美しいと思った顔がわずかに上向いた鼻のせいで滑稽なものにしか見えず、さほど美しくもなく、むしろおかしな顔だと思った。そして、自分が一か月あるいは一週間前に言ったことを彼女が繰り返すたびに、その意見の陳腐さと、自分にはいまではありふれていてくだらないとしか思えない話を彼女が忠実に繰り返すことの両方に驚くのだった。ところが、あなたが言っていることは陳腐でくだらないと彼女が示唆しようものなら、ひどく腹を立てた。彼女の同意を求め、それを無条件に得ていたので、そう言われることを嫌ったのだ。

彼女は子どもたちにも同意し、ドリゴはそれに苛立った。

親の役目を果たすことが親の仕事で、生きるのが子どもたちの仕事だ、と彼女に言う。

そう言ったあとで苛立ちを隠そうと努め、鼻先にばかり目が行かないよう彼女の顔から目をそらさなければならない。

わたし同意するわ、と彼女が言う。そのとおりよ。親が親の役目を果たさないなら、わたしたちがここにいる意味はないもの。

ドリゴ、子どもたち、友人たち、親族——彼ら全員が、世界をすばらしい場所にする方法として彼女のために存在した。世界は、彼らがいないよりもいるほうがはるかに広く、はるかにすばらしい場所だった。ドリゴから同じ愛を受け取ることを望んでも、期待を裏切られても、愛の不在が彼を愛さない理由にはならなかった。問題は、愛したことだった。彼女の愛には理由などなく、理由に屈することはなかった。彼女の愛は報いを求めたが、最終的にはそれを強要しなかった。

だが夜にドリゴが不在のとき、彼女は眠れず目覚めたまま横たわっている。そして二人のことを考え、悲しみに押しつぶされそうになる。彼女は人を疑わない女かもしれないが、ばかではない。彼の言葉を繰り返し、彼の意見をなぞるのは、自分自身の考えを持たないからではなく、他人を介して生きたいと願う性格ゆえだった。愛がなくては、世界などなんだろうか。ただの物体、モノ、光、暗闇。ろくでもない官僚ども。バカな外科医。あの人本当に気の毒に、と彼女は言う。何度も何度も。そして、なぜか涙が涸れるまで泣くのだった。

# 5

数分間、ナカムラテンジは無言だった。戦地に赴く前にこうだと信じていた日本を思い出そうとしていた——強靱にして生気溌溂たる精神の、美しく気高き日本。ナカムラはそれに全身全霊を捧げ、仕えた。だが、あの日シャムで自分と隊員の肖像画を描いていた捕虜を思い出し、そのなにかに悩まされた。なぜ悩まされるのかわからず、思い出そうとあがくうち、あるいはモルヒネの影響を受けて、たったいま考えていたことを忘れてしまった。思い浮かぶのは、凍った怪物たちがぬうっと都市に現れ、凍った怪物たちを通り過ぎてトモカワ家にたどり着き、凍った怪物たちの足元を通って空港へ戻って行く光景だけ。トモカワが自分に語りかけていることに気づき、話に集中しようとしたが、怪物たちが部屋にいるような気がした。

ほんとに、と言うトモカワが、怪獣ガメラのように見えた。戦犯にされるんじゃないかと初めは怖くて。よく思ったものです、冗談だろう！って。連中はわれわれが連合国側の捕虜たちにしたことだけを問題にしていましたから。

ナカムラにはトモカワの声が聞こえていたが、見ているのは炎を吐く巨大なカメだった。

満州国でチャンコロどもにしたことを考えますとね、とカメが硫黄の息を吐きながら言っている。あいつらの女ども相手に楽しんだこととか！

ナカムラはすっかり目を覚まし、不安げにあたりを見まわしたが、トモカワ夫人は台所にいて話は聞こえていない。

あなたもおぼえておいででしょう、と巨大なカメ――それはトモカワだとナカムラは自分に思い出させなければならなかった――が続けた。捕虜たちはさほど苦しんだわけじゃないと思うし、連中はわれわれと完成させたあの線路のことを誇るべきなんだ。それなのに、われわれを縛り首にするのは、チャンコロにしたことじゃなくて、そっちが理由だなんて！　実に――理不尽だ。ともかくわたしはそう思います。

トモカワ夫人が食べ物を手に部屋に戻って来ると、突然また人間に見えるようになったトモカワは話題を変えた。だがナカムラはずっと、トモカワが語ったその共通の認識について考えつづけていた。自分たちは十五か月で鉄道を建設し、イギリス人はその期間の五倍あっても建設できないと言った。首をなでた。そこにはその日も新たに隆起が現れていた。というか、そう思えた。毎日毎時間、毎時間毎分、自分のなかで腫瘤が肥大し、自分を食い尽くそうとしているのがわかると信じていたから。無論それを感じるまいとしていた。努力すればそれについては考えずに、ますます気にかかっていること——戦争——に集中できた。それも自分のなかで肥大していたから。

おれたちは、病と、飢餓と、連合軍の空襲と闘った。病んだ男たちを働かせるのは容易ではなかったが、ほとんど存在しない健康な兵士だけに頼っていたら、鉄道が建設されたわけはなかろう。おれは数百人のロームシャと捕虜が死んだことで告訴されていたかもしれない。何人だろう。数はわからない。

だが、輸送が困難で、病と死が日々の連れである果てしないジャングルで、おれは献身的にそして名誉にかけて無私を貫き自分の義務を果たした。鉄道は日本人の精神の勝利だった。おれたちは、技術でまさるヨーロッパ人がやってみようとすらしなかったことに、その精神が勝利できることを示してみせた。線路の鉄をつくる余裕がないため、ジャワ島、シンガポール、マレー半島といった帝国各地の重要性が低い線路を戦略的に分解し、シャムに輸送した。建設用の重機がないので、精神が肉体とともに起こせる奇跡に頼った。天皇陛下のために鉄道を建設しなければならず、鉄道はそれ以外の方法で建設できなかったから、自分の力で人が死ぬのを止めることはできなかった。ナカムラは、ジャングルで病に斃《たお》れた同志と、のちにアメリカ人に縛り首にされた同志双方の死を崇高なものにはしたと感じたことを、悲しみとともに思い出した。

彼の心は同志から急速に離れて自分の幼年期に向かって飛んでゆき、ここで暗黙の自然の秩序に従って生活した子どものなかに入っていこうとした。だが、自分はもうその子どもではないのだと、どこかで、どうしたものか、自分は世界に対するその子どもの理解と決別したのだとわかっていた。またイクコの声が聞こえ、例のいらいらさせられる愚かな笑みを見て、恥じると同時に恐怖を抱いた。

正しく真実だと思ったことはすべて誤りで虚偽であり、彼も後者だった。それにしても、なぜそのようなことが起こり得たのだ？　いかにして人生はこうなってしまったのだ？　迫り来る死が怖くなってきた。死ぬからではなく、望んだようには生きられなかったと感じ取ったからだった。そしてナカムラテンジは、なぜそうなのかわからなかった。

妻と娘たちが大切に思う自分のなかにある善なるもの、蚊の命を救ったその善良さのどこかに、苦悩と疑念を抱えながらも、帝国と天皇に人生を捧げようとする同じ揺るぎない善があったというのが彼の理解だった。そしてこの善は、仕事へ行く二時間前に起床して彼の頰に指を添えるというイクコの辛抱強い看護のようなものではなかった。それは異なる善であり、天皇は現在も未来もそれを具現するものだった。そのことのため、そして自分のためにナカムラは他人の血を流し、喜んで自らの血も流そうとした。この普遍的な善に貢献することを通して、自分は一人の人間ではなく多くの人間であり、自分たちが究極の善に貢献しているのだとわからなければ邪悪だと思っただろうこの上なくおぞましいこともやってのけられるということを知った。彼はなにより詩を愛し、天皇とはひと言で表される詩、恐らくは最も偉大なる詩だと思っていた。宇宙を包含し、あらゆる道義とあらゆる苦難を超越する詩。そしてあらゆる偉大なる芸術同様、それは善悪を超えていた。

だがどうしたものか――彼は考えないようにはしていたが――この詩は、恐怖、怪物、死体になった。そして哀れみを封じ、実を言えば愉快にも思う残酷さと戯れるという尽きせぬ能力を自分自身のなかに発見したことを、彼は自覚していた。人間の命など一つとしてこの普遍的な善には値しないから。束の間、トモカワの重苦しい肘掛け椅子に呑み込まれながら、ナカムラは思案した――こういったことがなにもかも甚だしくおぞましい悪のための仮面だったのだとしたら？

その考えはあまりに恐ろしく、維持できなかった。めずらしく明晰な時間が増えているなかで、差し迫っているのは自分の体内で繰り広げられる生と死の戦いではなく、善人としての自分という夢と、氷の怪物と這いまわる死体というこの悪夢との戦いだと気がついた。そして、シャムのジャングル、新宿羅生門の廃墟、日本ブラッドバンクで貫いたのと同じ鉄の意志をもって、これから先、自分の人生の仕事を善人のそれと考え、携わっていかなければならないと決めた。

彼の心はふいに静かになった。どんなときも、帝国と天皇のために尽力してきた。両親と同志が待つ死の国へ、穏やかにそして潔く行くつもりだと自分の子どもたちに伝えたかった。だが、善に対する自分自身の考えを持ちつづけることが、ますます困難になってきていた。その考えは、イクコに触れられたとき、その歳でもまだ美しい彼女の肌、どこか愚かな笑みを見たとき崩れ去りそうになり、直観的に、彼女の善は本当のところは自分のなかにないものなのだと理解した。天皇陛下の御心とは、秩序と権威とは別の、人生であったよい事柄を思い出そうとし、それをもとによき人生の証となるだろうほかの善というものを組み上げようとした。オーストラリア人医師にキニーネ剤をやったこと、殴打という暴力に絶望したことを思い返した。しかしこういった思いは、雨と泥を這いまわるやせ衰えた生き物たちのイメージと入り混じった全体的な絶望状態に取って代わり、やがてトモカワのアパートにいる怪物たちに混じって、その這いまわる死体が、降りやまぬ雨と地獄の炎のなか、至るところに見えはじめた。そしてナカムラテンジは、おぞましい体となった者たちが望まぬ死を迎えたのと同じように、自分自身もまもなく望まぬ死を迎えるだろうとわかっていた。

あの捕虜の画家のこと、おぼえてますか?とトモカワが訊いた。描いたのはあなたじゃないと妻に言ったんですが、聞いてくれなくて。描いたのはオーストラリア人です。あの軍曹といっしょに行動してた——夜になると歌っていた男ですよ。連中、わたしたちについて恐ろしい話を語っている！それなのに捕虜たちは歌っていた。そんなにつらかったはずはない。

よくぞ生き延びたものだ、とナカムラは思った。

人生最良の時でした、とトモカワが言った。

ナカムラの予想を超えて、吹雪は激しくそして果てしなく、存在するすべてのものを消し去っていた。もうすぐ彼は死に、あらゆる善もあらゆる悪も無に帰す。怪物たちは溶け、黒い海に流れ込んでいく。一瞬ＤＤＴのにおいがするような気がしたかと思うと、多くのものが見えた――サトウがなにか言おうと碁盤から目を上げる、シラミが少年の死体から逃げる、人間以下の人間がジャングルの空き地の泥のなかでぐしゃりとつぶれている。ナカムラは、自分の宿命をごまかしたという感覚でいっぱいになった。体がいきなりガクンと揺れ、目を覚ました。どれくらい眠っていたのか定かではなかった。

司令官殿、鯉《こい》のお寿司はいかがですか?と、トモカワ夫人が半ば話し半ば咀嚼するように訊いた。ナカムラは感情が抜けてしまったように感じたが、アメリカ人の心臓が病院の秤に載せられて秤が揺れたところを想像したときのように、体が震えていた。

市場で手に入れるんです。少し塩辛いんですが、わたしたち、鯉のお寿司は少し塩が強いのが好きなもので。

ナカムラは首を横に振った。


翌年の春、トモカワ夫妻は、ナカムラ夫人から夫が亡くなったと記された手紙を受け取った。夫人は、ナカムラが最期に荒れ狂い、ささいなことで癇癪を起こしたり、自分や娘たちが世話をする際、頬をなでたり笑いかけるというなんでもないことで凶暴に襲いかかってきたことは記さなかった。その代わりに、亡くなる前の晩、自分の最期が急速に近づいていることを知り、素人ではありますがちょっとした俳人として、伝統にのっとり辞世の句を詠もうとしました、としたためた。最後まで謙虚な人でした、とナカムラ夫人は続けた。数時間格闘しましたが、病気で弱り、自分が感じたあらゆることを自分よりはるかに見事に表現している百花《ひゃっか》の辞世の句をしのぐ力はないようだ、と夫は申しました。ナカムラ夫人は付け加えた。夫が最期にこのようなことをしたいと思い至ったのは、前年に冬の札幌を訪れてのことだったろうと感じましたので、お二人にその写しを送らせていただきます、と。夫は家族に見とられて亡くなりました、とナカムラ夫人は締めくくった。夫は動物が苦しむのを見るのも耐えられないやさしい人でした。良き人生を送った、恵まれた幸運な人間でした。

トモカワ夫人は百花の句が書き写された別の紙を手に取り、夫に読んで聞かせた——

氷解け行く水清し胸清し

## 6

ときどきわたし、夫はこの世でいちばん孤独な男だと思うことがあるんです、とエラ・エヴァンスが、外科医師会の委員会の夕食の席で言った。全員笑った。あのドリーが？と彼らは考えているのだろうと彼女は推測した。あらゆる男の親友が？　すべての女の密かな欲望の対象が？

だが、彼女にはわかっているとドリゴは知っていた。彼は結婚生活にあってひとりきり、子どもたちがいてもひとりきり、手術室でひとりきり、役職に就いている数多くの医療、スポーツ、慈善活動、退役軍人関係の団体でひとりきり、大勢の捕虜の会合で話をするときもひとりきりだった。彼のまわりには、この著名で反権威主義的な男を覆い隠す枯渇した虚《うろ》、入り込めない空無があった。あたかも、そこからは逃げ出せない別の場所――無限の夢あるいは終わらない悪夢を永遠にほどいたり巻きなおしたりしているのか、定かではない――にすでに住んでいるかのように。彼は、再び明かりを灯すことがかなわない灯台だった。夢のなかで、母親が台所から呼ぶ声が聞こえた――坊や、こっちにおいで。しかし、なかへ行くとそこは暗くて寒く、台所は焦げた梁と灰ばかりで、ガスのにおいが立ち込め、家にはだれもいなかった。

ところが、ドリゴ・エヴァンスは結婚生活を荒れ地とは見なしていなかった。そんなことはなかった。一つには、結婚生活を失敗と見なしたところで、あるいはエラを愛したことはないと思ったところで仕方がないと強く感じていたからだ。もう一つには、自分たちで取り決めたとはいえ、事実上見合い結婚なので、愛を育もうと努力したのだった。エラと出会ったとき、だれもが二人は結婚するものと考えていたので、将来の妻というプリズムを通してしかエラを見ていなかった。青年の心のなかでは、愛とは多かれ少なかれ詩句で織り上げられた結婚だった。そして、必ずやひとかどの人物になるだろう男の妻として、彼にはエラが完璧だと思えた――愛情にあふれ、溺愛し、彼が必ず出世するようにと本人以上に意気込んでいる。しきたりに従い、文学的な香りがする。彼はこういったことすべてを愛だと考えた。そして結婚後すぐにそれでは不足だと思えたが、仕方がないことと受け入れた。

続いてエラが妊娠すると、その体は変化して魅力的になった。張りつめた乳房と黒ずんだ乳首は驚くばかりで、思考は予測できず、不思議な雰囲気をたたえ、少しも退屈ではなく、そんな彼女を彼は心から愛した。彼の度重なる不倫で彼女が彼とベッドをともにするのががまんできなくなる以前、彼は彼女の背中に体を寄せ、彼女のにおいをかぎ、得られなかったはずの平穏を知った。自分にとってセックスは不貞ではなく、いっしょに眠りにつくことが不貞なのであり、そうしたことは一度もない、とはわざわざ説明しなかった。

彼は三人の子どもたち――ジェシカ、メアリー、スチュアート――を、彼らから距離を置けば置くほど深く愛した。彼の態度は見て見ぬふりをするというものだったが、子どもたちが自分とエラとの関係を互いのあいだで実践するとは考えもしなかった。彼らが互いに敵意を抱き冷淡なのが、彼には耐えがたかった。つらくてたまらず、いつまでもそんな状態が続かないようにと願い、自分がエラに示した冷酷で無関心な態度を彼らが反映するのを見るとき、彼らに冷酷で無関心にならないようにと懇願した。自分が父親にふさわしくないと自覚していてもあきらめなかったのは、何ごとに対しても最後まであきらめなかったからだ。決してあきらめないというそのこと自体が、自分自身が抱く個人的な恐怖に対する降伏なのだろうかと思うことがあった。

ドリゴとエラは人前に出ると最高の振る舞いをし、そのようなときは相手を見事だと思った――夕食の席でエラがまあ素敵と言うのを聞いたときさえ。まあ素敵！　彼は彼女を賛美し、そしてまた、自分の伴侶であることを哀れんだ。彼女が友人たちに、戦争と収容所は彼を放してくれないのだと大まじめに言っているのを聞いたことがある。彼を悲劇に仕立て上げたいらしかった。そして悲劇を見てきた彼は、彼女が実に無邪気に実に芝居がかった様子で自分の夫をまたもうひとつの悲劇にすることに腹が立った。自分は人でなしに成り果てたのだから、自分を非難してくれたらと願った。だがそうするのはエラにとっては単刀直入にすぎるし、彼女なりに彼を愛しているから、それはつまり彼が自分自身に愛想を尽かして長く経ったのちも、彼に愛想を尽かすことはないということだった。彼女はフランソワーズ・アルディのような髪型にし、彼に誘惑的に映るようにと願ってか、粋によそよそしく、紫色のソブラニーを吸うようになった。彼女のもろさ――それは彼には常に彼女の最も興味深い特徴だった――はそのままだったが、それは彼が忌み嫌う、香りのする煙にどんどん包み隠されていった。

なにが望みなの、とエラがソブラニーを唇から離して訊く。その問いには答えなどなかった。そして彼が嘘をついてなにもと言うと、あるいは嘘をついて平穏だよと言うと、あるいは嘘をついておまえだよと言うと、あるいは嘘をついてぼくらだと言うと、アルウィン、あなた本当はなにが望みなの、なんなのか言って、なんなの?と返すばかりだった。

なんなのかな、実際、と彼は思った。

彼女たちの肉体、セックス、それなの?　彼はどんな怒りよりも彼女の平静さに傷ついた。先っぽを濡らすため?　そうなの?

彼女の平静さ、彼女の不愉快なまでの率直さ、彼女の計り知れない悲しみ——おれが彼女をこういう状態に仕向けたのか?

あなたはそれだけの人なの?とエラがまたソブラニーの煙を吐き出して言う。そうなの?

そうなのか?　あの煙が嫌でたまらない。おれが彼女を粗野な人間にしてしまったのだろうか。そんなものにはいちばん遠かった彼女を。世界はそこで起こる事を組織して、文明社会が日々罪を犯し、そのために個人が一生投獄される。そして、人々はそれを無視するか、それを時事とか政治とか戦争と呼ぶか、あるいは文明社会とはなんの関係もない場所をつくり、その場所を自分たちの私生活と呼んでこの事態を受け入れる。そしてその私生活で人々が文明社会を断ち切れば断ち切るほど、その私生活が秘匿されればされるほど、自由に感じる。だが実際はそうではない。人は決して世界から自由にはならない——生を分かち合うことは、罪を分かち合うことだ。おれが抱いているこの思いを洗い流せるものはなにもない。彼はエラを見上げた。

そうなの?とエラ。

そうじゃない、とドリゴ。

彼の返事の言いまわしはどちらにとってもぎごちなく、信じがたい響きだった。さらに悪いことに、それは弱々しい響きで、彼女はかぶりを振るばかりだった。あんなふうに問いつめても、彼女はどんなときでも弱々しい真実より力強い嘘を好んだ。

エラは、あらたに率直さを身につけるとともに、中年になって濃厚な香水をつけるようになり、むっとするソブラニーの煙に絡みつくその香りを彼は胸が高鳴り官能的だとすら思うことがあるが、ほとんどの場合は——ますます——寄付されることになる古い衣服が詰まったタンスのようなカビくさい閉塞的なにおいだと思った。あんな香水をつけなければいいのにと、ソブラニーを吸わなければいいのにと、フランソワーズ・アルディのような髪型にしなければいいのにと、どれほど願ったことか。これらすべてのなかに、彼女の豪胆さ、彼女のプライド、あまりに痛々しいので家じゅうを震わせる彼女のとてつもない悲しみでできている、まやかしを感じ取ったからだ。自分のせいで彼女がこれほど頑《かたく》なになってしまわなければよかったのにと、どれほど願ったことか。

# 7

エラと結婚してから初めの数年間、ドリゴはたびたびエイミーのことを考えた。自分はエイミーのなにを知っていたのだろう。わからなかった。それは愛を超えた力だと思えた。最初の出会いは取り立ててどうということはなかった。唇の上のほくろがはっきり見えなかったのは、彼女が美しかったからではなく、埃っぽい光の矢が差すなかに立つ彼女の姿に目を奪われたからだ。二人の奇妙な会話を思い起こすのは、それに魅了されたからではなく、なんとなく楽しかったからだ。翌日、カトゥルスを買いに書店へ戻ったとき、最も強く記憶に残っていたのは彼女ではなく本だった。紅い椿をつけた娘との偶然の出会いは、少しすれば忘れてしまうだろうという程度の不思議な出会いだった。

もし終戦直後の数年間にエイミーを忘れなかったなら、しばらく彼女は彼が生きる理由そのものになったはずなのと同じくらい確実に、彼女はいま彼の頭のなかから遠のきはじめていた。記憶の宿命から逃れようとして、過去を追い求めれば必然的により大きな喪失につながるだけだということを、計り知れない悲しみとともに思い知らされた。仕草、におい、ほほ笑みを記憶に留めておくことは、それを一つの固定されたもの、石膏のデスマスクに固めることで、それは触れるとたちまち指のあいだで崩れ、粉塵に帰した。そして年月とともにエイミーの記憶が霧散していくと、エラがいちばんの盟友、最も信頼できる助言者となった。激怒すればなぐさめてくれ、障害にぶつかれば励ましてくれる。つまずき地滑りする人生で、少しずつ、ひとつずつ、エイミーの記憶はゆっくりと埋もれてゆき、やがて彼女のことをなかなか思い出せなくなった。数週間が過ぎたとき彼女のことを考えなかったことに気づき、その期間は数か月となり、さらに数か月が過ぎても、彼女のことは特に考えなくなった。分かち合うささやかなもの——食べ物、タオル、カトラリー、コップ、ともに追い求める人生の目的——に、その昔、キース・マルヴァニーのにおいに嫌悪を感じたのと同じ妙な覆い隠すような共謀のにおいをかぎつけるようになった。

ドリゴとエラのあいだには、経験という共謀が育っていった。子どもを育てること、こまやかにそしてやさしく互いを支え合う努力をすること、二人だけの会話と小さな親密さを重ねる数年そして数十年の合計——目覚めたときの互いのにおい、子どもの具合が悪くなったとき互いの息づかいが震える音、病と悲嘆と心配、予期せず湧き出るやさしさ。それはまるで、愛がなんであれ、このすべてが愛よりもっと密接で、もっと確かなものであるかのようだった。彼はエラと繋がっていたから。それなのにそのすべては、ドリゴ・エヴァンスのなかに絶対的な疑う余地のない孤独を生み出していた。それはあまりにも騒がしい孤独だったので、彼はまたぞろ別の女性を相手にしてその鳴り響く沈黙を幾度となく砕こうとした。じわじわと精力が衰えはじめても、無謀な猟色に励んだ。どの関係も、本気でなくても、多くの点で危険であっても、それは甚だしくなっていった。しかしそれは孤独の叫びを終わらせるどころか、増幅させた。

大昔に隕石が落下したためにいま大きな湖ができているように、エイミーのことを考えていないときでさえ——ときにはとりわけそういうとき——彼女の不在はすべてを形づくっていた。アデレードで職業上のあるいは退役軍人の大きな集まりがあっても、そこを訪ねることはきっぱり拒んだ。エラと庭師にまかせきりだったガーデニングで彼が唯一示した関心は、一家がトゥーラックの新居に移ったとき、実に美しい大きな紅い花をつける椿を引き抜かせたことで、エラはそれに激怒した。おかしな話だが、繰り返される不貞はエイミーの思い出への忠誠だった——まるで、絶えずエラを裏切ることによってエイミーを尊重しているかのように。彼はこのように考えたことはなく、だれかにそう言われたらぞっとしただろうが、その年月に出会ったどの女性に対しても、取り立ててなんの感情も湧かなかった。

だから女たちは怒り、戸惑い、ショックを受けて、来ては去って行った。彼は結婚生活を続け、仕事を続け、ますます地位は上がっていった。部署、評論、健康に関する国の調査を率い、人の善意は当人の地位とは逆の関係にあることをしばしば思い知らされ、夕食の席で話し手に華麗なる経歴の持ち主と言われるのを聞くとすっかり閉口した。その感情は消え、徐々にどうしようもない落胆に変わっていった。しょっちゅう移動せずにはいられなかった。長い期間退屈し待っていると、同じように功績がもたらすめまいに苦しむ人々との不要な会合がときどき入ってくる。執拗で不快な薬品のにおいがどこかに漂う密室で眠れぬ夜を過ごすあいだ、なぜ自分が関心を持てる人物が減りつづけているのかと考えた。本人にとっては不可解なことに、名望は高まりつづけた。新聞の人物紹介、テレビのインタビュー、討論会、役員会、参加せざるを得ない言いようもなく退屈な社交界の催し。それらはひどく単調で果てしないので、見つめすぎたら地球の湾曲まで見えるのではないかと不安になった。世界はある、と彼は思った。ただそこにある。

ある夜遅く、緊急の虫垂切除手術のため病院に呼び戻された。若い患者の名前はエイミー・ガスコインといった。

アミ、アマンテ、アムール、と彼は手をごしごし洗いながらつぶやいた。

外科医の朗唱に慣れている看護婦長が隣のシンクのところで笑い、なんの詩ですかと尋ねた。手術室へと移動しながら、数年ぶりでエイミーのことを意識的に考えたことに気がついた。

忘れちゃったよ、とドリゴは答えた。

彼は太陽から光を盗み、地上に堕ちた。少しの間、手術台に背を向けて気を落ち着かせ、チームの者たちに手にしたメスが震えているのを見られないようにした。

## 8

同時期、ドリゴ・エヴァンスは兄のトムとの関係を取り戻した。彼はこのことに、エラと子どもたち相手にさえ、ときにはとりわけ彼女たち相手に感じていた孤独を癒す慰めのようなものを見出した。

トムと過ごす時間に、兄弟姉妹がときに抱く特別な親近感を抱いた。一か月に一度電話で話していたのが、しばらくすると年に一度真冬にシドニーを訪れるようになり、彼の名声が高まるにつれ、頻繁にシドニーへ行くようになった。その関係には、ほとんどのことを言わないでおける気楽さがあった。ぎごちなさやまちがいはまったく問題ではなく、共有された魂という不思議な感覚はごくありふれた世間話をするとき表面に現れた。血縁関係以外にほとんど共通点はなかったが、ドリゴは自分が大きなことの一つの面に過ぎず、兄がもうひとつの異なるが補い合う部分であり、二人の会合は自己を主張するというより、むしろ互いのなかに自己を溶け込ませることができると日増しに感じるようになった。

二人の父親は妻の死後ほんの数年しか生きられず、一九三六年に心臓発作で他界した。七人兄姉の末っ子であるドリゴは、不況になるだいぶ前に仕事を探しにオーストラリア各地へ散った兄たちとはほとんど関わらなかった。四人の姉は、ヴィクトリア州の西の毛織物工場へ行った。姉たちのことはほとんど知らず、一九五〇年代、次々に人生に破れて死んでいったとき葬儀に参列した。ドリゴは姉たちの子どもと夫を他人として見たが、頼ってきたときには必ず手を差しのべた。姉たちの最後は最年長のマーシーで、十年以上あらゆる面で面倒を見たが、一九六二年にメルボルンで診断未確定のガンで死んだ。長兄のアルバートは、クイーンズランドのはるか北でサトウキビ伐採の職を見つけたが、一九五六年に同地の砂糖精製所で起きた爆発事故で死んだ。トムはシドニーに落ち着いて結婚したが、子どもはいなかった。レッドファーンの鉄道操車場の広大な施設で肉体労働に従事し、退職後はバルメインにある自宅の裏庭で野菜を育て、地元のパブでダーツをやって日を送っていた。

一九六七年二月、エラは、姉夫婦が移り住んだタスマニアの家で、子どもたちと一週間休暇を取る計画を立てた。人生を分かち合う最良の時という見せかけの下、ドリゴが関わらずに発案され予定されたこの休暇の計画は、家族としての彼らの最後の証だった。それゆえ、エラがそれをお膳立てし、彼がそれに同意し、全員が「家族団欒」という矯正のための懲罰としてそれを嫌悪した。

一家は土曜日にホバートへ飛ぶことになっていたので、ドリゴは兄トムが心臓発作を起こしたという知らせを電話で受け、複雑な気持ちになった。動揺する一方、少なくとも最初の一日か二日はタスマニアを逃れる格好の理由ができた。ドリゴはその晩シドニーへと飛んだが、トムは日曜に大量に鎮静剤を投与されたため、なにを言っているのかわからなかった。月曜になってようやく、かなり長い時間兄と話すことができた。

トムは、ケント・ホテルで的に矢を射ろうとしたとき心臓発作に襲われたと語った。

的？

バッグに入れてたんだ、とトム。恥ずかしいよな。小便たまった床で手にダーツ持って倒れてるなんて。だれもいない場所がよかったんだがな、トマトの畑とか。

兄はいつになく口数が多く、ドリゴはほどなくタスマニアで兄と過ごした幼年時代を追想していた。トムはクリーヴランドの話を果てしなく語り、ドリゴはそのいくつかを知っていたが、多くは一度も聞いたことがなかった。ドウイ・イェイツの名前が出てきて、トムはドウイが列車より速く走れるとよく自慢していたことを思い出した。ドウイはそれを証明しようと、服を脱いで白い長ズボン下姿になり、クリーヴランドの森林地帯のユーカリとフサアカシアを縫ってローンセストンからホバートへ向かう急行列車と競争した。列車が汽笛を鳴らしながらカーブし、乗換駅のコナーラに向かって消えていくあたりで、ドウイは離脱して地面に倒れ、へとへとになり、負けを認めなければならなかった。

いろんなことやってたよな、ドウイは、とドリゴ。

八十五になってもひとりだった、とトム。最後にはレイランドP76を集めてた。手放せない車。永久に自分のケツにキスさせてやろうと、うつ伏せに埋葬させた。だがおれがやつを思い出すのは、あの白い長ズボン下姿で茂みを駆け抜けてた姿だよ。それって人生みたいだろう？　追い越してやる、相手より上だ、と自分で思っていても、相手は毎回こっちを笑い者にする。こっちを地面に倒れ込ませ、嬉々として汽笛を鳴らしながら、蒸気を上げて行っちまう。

二人は笑った。

ドウイがジャッキー・マグワイアのいとこだったって知ってるか？とトム。

ドリゴは知らなかった。トムとジャッキー・マグワイアのために、詩を朗読したりローズおばさんの人生相談のコラムを読み上げてやったのを懐かしく語った。

ジャッキーな、とトム。いいやつ。最高にいいやつだった。奥地を知ってた。女房はクロだったんだよ。

ドリゴはしばしジャッキー・マグワイアの妻をまったく思い出せなかった。すると、長く眠っていた記憶、自分でわかっているよりもはるかに自分を悩ませ形づくった記憶が心の前面に押し出された。スペイン人貴族の血筋を引いているというあいまいな話、つまりタスマニアの昔ながらのアリバイの一つを耳にしたことはあるが、ドリゴは彼女がアボリジニーだとは知らず、この話題からいつも訊きたかった質問にたどり着いた。

あのとき、ずっと昔。彼女が姿を消す直前。兄さんが彼女といるところを見たよ。

ジャッキー・マグワイアの奥さんか？

兄さん、彼女にキスしてたよね。

キス？　どこで？

セント・アンドリュース・インの裏の古い鶏小屋。

キスなんかしてなかったよ。

二人でいるところを見たよ。彼女、兄さんを抱きしめてた。おれは兎狩りから戻ったとこで、彼女は洗濯物を干していた。なにもすることがなかったから手伝った。思い返してみれば、彼女は調子が悪かったんだろう。でも、そんな感じは受けなかった。二人で話をした。見たこと。家族のこと。知り合いのこと。そのうちおれは、だれにも言わなかったことを話しはじめた。見たこと。戦争のこと。それからしんどくなった。それはおぼえてる。息切れしてきて、まともに話せなくなった。わからなくなった。すると彼女はおれを子どものように抱きしめた。だいたいそんなとこだ。

彼女の首に顔を埋めてたよね。

おれは泣いてたんだよ、ドリー。泣いてたんだって。

トム、彼女になにがあったんだ？　どうして姿を消したんだ？　彼女になにがあったのかといつも思ってたんだよ。

ジャッキーのおっさん、よく彼女を殴ってた。愛してはいたんだが、相手は二十歳年下でいつも不満で、ジャッキーはそれを知っていた。まあ、どうしようもないよな。ローズおばさんは助けてくれないし。ジャッキーはいいやつなんだが、酒が入ると彼女に暴力を振るった。それは確かだが、彼女の行き先はわからなかった。何年も。するとシドニーのおれのとこに彼女から手紙が来た。メルボルンへ行き、その後ニュージーランドに移り、オタゴでレンガ職人と結婚したと。結婚相手についてはそれ以外なにもなかった。手紙にはほかには取り立ててなにも書かれていなかった。彼女の娘からのメモが同封されてて、自分が死んだらこれをおれに送ってくれと母親に頼まれていたと。それだけだった。ほかの者たちがそれを読むことを考えて、ジャッキーのおっさんのことにも、タッシー（タスマニア）にいる彼女の家族のことにも触れなかったんだろう。

会話はさまざまなことに及んだ。クリーヴランドで二人が参加したフットボールの試合、ジョー・パイクの荷馬車、キャメロン大佐の部下がトムの犬が大佐の羊を殺したからと犬を追ってライフル銃を手に家の台所に入ってきたので、トムがライフル銃を手に寝室から飛び出して、おれの犬を撃ったらおまえを撃つと言ったこと。

トムは疲れてきた。ドリゴは別れを告げ、兄を楽な状態にしてやり、兄さんはしっかり世話をしてもらっているから安心してと言い、そこを離れた。室内の通路を歩いていると、背後から老人のかすれた声がした。

ルース！

ドリゴ・エヴァンスは足を止めて振り返った。部屋の毒々しい緑色の光に包まれて、枕の急な傾斜を自力で上がろうとしている兄が、突然トム――この瞬間まで弟の心に若々しい活力に満ちた姿としてとどまっていた男――のようではなく、年老いて病んだ男に見えた。

名前はルースだよ。

ドリゴ・エヴァンスはそこに立ちつくし、トムがなにを言っているのか、なにを求めているのかわからぬまま、自分の兄である見知らぬ人を見つめていた。戻って、トムのベッドの傍らに腰を下ろした。トムはまた言葉を発しようと、口をすぼめたり突き出したりしていた。ドリゴは待った。トムは崩れた体勢から体を引き上げて安定させ、次に話したときは、弟ではなく遠くの壁を見ていた。

ジャッキー・マグワイアの奥さんな。名前はルースだったよ、ドリー。ルース。ルースは身ごもってた。

ここで彼は口をつぐんだ。ドリゴは無言だった。トムはまた枕の上に体を引き上げ、うなり、咳をした。

そう、赤ん坊。一九二〇年七月。三人目。どうやって隠してたのかわからんが、隠してた。ジャッキーは仕事を探しに本土へ行っていた――ディアマンティーナで仕事にありついたんだろう、そこに知り合いがいたから。ジャッキーは赤ん坊のことを知らなかった。クリーヴランドのだれも知らなかった。ルースはだぶだぶの服を着て――あそこがどんなとこかおぼえてるだろ、パリじゃないよな、まるで中世、なんでもありだ。だからうまいことやれたんだろう。ローンセストンで赤ん坊を産んだ。男の子。その子はホバートにやられた。その日おれは、なんというか、戦争のことで泣き崩れ、さっき言ったように彼女はおれを抱きしめた。そして赤ん坊の話をした。彼女はその後赤ん坊になにがあったか知らされたところだったんだ。

でもトム、なぜだ？

トムの潤んだ目が鋭くなり、弱々しい体が緊張したので、ドリゴは子どもの頃あこがれた男のなにかが再びそこにあるように感じた。

おれが父親だったんだ、だからだよ。

そしてトムはようやく弟を見た。その目はドリゴの目に迫った。瞳は妙に小さく虚ろで、マッチの火で古い新聞に開けられた穴のようだった。

ガーディナーっていう一家が子どもを育てていた。裕福な人たち。彼女は動揺した。おれも動揺した。だが、どうしようもないだろう？　子どもが面倒を見てもらってるってことじゃなくて、自分たちが面倒を見ていないってことだよ。だれもその子を追いかけて引き戻して、全員の人生を、子どもの、一家の、彼女の、おれの、ジャッキーの人生をめちゃくちゃにするつもりはなかった。いや。そんなことをしようとするやつはいなかった。この先そのことを抱えて生きていくしかない。終戦後、一家を知っているホバートの男に偶然出会った。子どもをフランクと呼んでいたらしい。戦死した。おれのたった一人の息子なのに、会うこともなかった。おぞましい捕虜収容所のひとつだよ、おまえがタイにいたときの。

## 9

シドニーは、ベトナムから保養休暇に来た米兵であふれていた。夕暮れ、街はうだるように暑い。暑さと米兵たちから逃れ、今し方トムから聞いたことと折り合いをつけるために、歩くのがいちばんの薬だと患者たちに助言しているドリゴ・エヴァンスは、自分自身の助言に従うことにした。

病院からサーキュラー・キーへ歩き、キリビリに住む外科医の友人を訪問するため、雑踏から離れてシドニー・ハーバー・ブリッジを渡っていた。幅の広い橋の歩道で散策する観光客たちに紛れ込むのは心地よく、そこからのシドニーの眺めは広大で、元気づけられた。

橋の真ん中で立ち止まった。軽やかな東の風が運んで来る涼しい海風に吹かれながら、咳込むように白く青い波を立てているはるか下の水を見つめていた。近くでは、赤褐色のタワークレーンが、新しいオペラハウスの巨大な裸の帆の周囲に歩哨のように立っていた。オペラハウスの複雑な骨組みで、ユーカリの乾いた葉の細かいレースのような葉脈を思い起こした。その向こうで、遅い太陽がつくる帯状の強くまぶしい光と影が、街を包んでいた。わきの手すりからまっすぐに立ち、また歩き出したとき、彼女がそのような暗闇の斜めの筋から瞬間的に光のなかへ踏み出すのを遠くに見た。

少しして、また彼女を見た。橋の北の端を支える巨大な砂岩の塔のアーチの枠におさまり、周囲にうねる歩行者のあいだで頭を浮き荷のように弾ませながらこちらへ向かってくる。ドリゴは幅の広い歩道の外側、橋の巨大な鉄細工がかける影のなかにいた。内側をこちらへ近づいて来るこの他人に、陽光のなかを歩いている亡霊に全神経を集中していたとき、相手は再び視界から消えた。

三回目に人込みのなかに見つけたときには、さっきより近くにいた。ファッショナブルなサングラスをかけ、紺色のノースリーブのワンピースに白いベルト。二人の幼い女の子が、それぞれ彼女の手を握っていた。リベットで留められた橋の鉄の胸郭で交通の騒音が反響しているのがわかるということは、子どもたちが笑い、おしゃべりし、彼女が返事をしているのを確かに見ているということだった。声が聞こえなくてもわかった――亡霊などではないと。

彼女は死んだものと思っていたが、こうしてこちらへ向かって歩いて来る。歳を重ねてはいたが、彼の目には、時が彼女を美しくしていた。年月が、奪うのではなく、本来の姿を浮かび上がらせたというように。

エイミー。

歴史的な戦争、名だたる発明、無数の恐怖と奇跡的な驚異――長い長い年月は何ほどのものでもなかったと彼は気づいた。爆弾、冷戦、キューバ、トランジスターラジオは、彼女の悠々たる足取り、不完全な点、解放を求める乳房、都合よく隠された彼女の目を支配できなかった。ブリーチされた前より明るい髪は、元々の髪の色よりも似合っているように思えた。どちらかと言うと少しやせたようだが、そのせいでより謎めいていた。わずかにやつれた顔は、苦労して得た落ち着きをたたえているように見えた。

アデレードの書店の埃っぽい光線のなかに初めて彼女を見てから四半世紀以上経ったいま、彼女の変化がほとんど自分に意味がないことにドリゴはショックを受けた。永久に失ったと思っていた多くの感情がいま、初めてそれらを知ったときと同じ強い力で戻って来た。

立ち止まろうか、それとも歩きつづけようか。大声を上げようか、それともなにも言わずにいようか。決心しなければならない。自分の現在の人生、二人の当時の人生、彼女の現在の想像もつかない人生という、知っている人生と知らない人生をしばらくよく考えるために。まちがえようのない彼女の顔立ちと思われるものを子どもたちに認めるだけは見えた。そして、子どもたちのなにかが彼女のものではなく、そのことが自分でも意外なほどにつらかった。幸せな結婚生活を送っているのかもしれない。息が苦しくなった。彼女に向かって歩きつづけているとき、数え切れない、おかしな、気を狂わすような考えが心を駆けめぐった。彼女の人生に立ち入って混乱を引き起こすわけにはいかない。いや、立ち入ってもかまわない、なにもかも失われたわけではない、ぼくらはやり直せる。

彼女が近づいてきた。さまざまな思いがいっそう猛然と心を駆けめぐったが、歩む速度を落とそうとした。胃がかきまわされ、バランスが取れなかった。上唇に映える小さなほくろが見えるほどに接近した。すると、彼女がいまも変わらず美しいとは思わなかった。まったく美しいとは思わなかった。ただ彼女を求めた。彼女がつけているネックレスで、抑えきれないほど荒々しく記憶が呼び覚まされた。彼女はおれを見たか？　呼びかけよう。声をかけるんだ！　すると、背後に太陽の光をいっぱいに受けて、彼女が親指と人差し指でワンピースの胸元をつかみ、谷間に引っ張り上げるのが見えた。一瞬、たぶん、彼はその魔術的な光のなかで、彼女が腕のなかにそして人生に自分を迎え入れてくれるのではないかと期待した。

しかし、事の初めにあるのは光だけ。

自分がなにか言いかけながらも、気がつくと互いにひと言も交わさずすれちがっていた。彼はまっすぐ前を見つめたまま、影のなかを歩きつづけた。彼はまちがっていた。彼女、自分、二人、愛——

とりわけ愛——が完全にまちがっていた。時をまちがっていた。信じられなかったが、信じなければならなかった。彼女の死、自分の人生、二人、すべてを。そのすべてがまちがっていた。そして彼の誤りは甚《はなは》だしく、疑いの余地がなかったから、それに抗って振り返り、呼びかけ、駆け戻ることができなかった。橋のもう一方の端に着いてようやく、振り返る力が出た。

エイミーの姿はどこにもなかった。

彼は歩道の真ん中に立ちすくみ、まわりには、まるで彼が保護柱、ゴミ箱、体など、もう一つの都市の障害物に過ぎないというように人があふれ、ロトの妻の話が真っ赤な嘘であることを思った。振り返らなければ塩の柱になるのだ。彼女を止めるべきだった、いまとなってはもうそれはかなわない、と思い知った。歩きつづけるべきではなかったのに、そうしてしまった。

彼は選んだのか？ 彼女は？ 選ぶことはできたのか？ あるいは人々はただ人生にすくい上げられ、もろとも運び去られるのか？

彼のまわり、彼の後ろ、彼の向こうには人々がいて、あちらこちらに動いていた。光のなかで激しく飛ぶ粒子ははるか昔に消え、いますべては、鋼鉄と石に、海と太陽そして晴れ渡った青空に立ち昇っては降りて来る熱に、赤褐色のクレーンと爆音を立てる高速道路に消えた。

彼はもうしばらくそこにとどまった。そびえ立つ半円の鉄、唸りを上げる車、青い一日と輝く水に取り囲まれた、ちっぽけな姿。そして考える——愛する人を失うとき、世界はどれほど空虚なことか。

向きを変え、道なき道を歩きつづけた。彼女は死んだと思っていたが、いまようやくわかった——生きていたのは彼女で、死んでいたのは自分だったのだと。

## 10

橋を渡り終えると、エイミーはサーキュラー・キーで二人の姪にアイスクリームを買い与え、マンリーの妹の家へ戻るため、フェリーに乗り込んだ。長年、彼は死んだものと思っていた。最近になってようやく、彼が有名になりはじめて、戦死しなかったのだとわかった。フェリーの後部デッキにすわり、きらめく水が遠のいていくのを見つめながら、なぜなの、生きていたのなら、なぜ戻ってあたしを見つけてくれなかったの?とまた思った。なぜ?と妹の家に着いたとき思った。なぜ、と疲れ切ってベッドに横たわって思った。約束を破った彼を許せなかったから。

彼女は夢にも思わなかった――ドリゴは彼女が翌朝爆発を発見したことを知らず、爆発で死んだと考えたかもしれないとは。カブリオレを運転して二人で初めて行った海岸から戻り、ドリゴは死んだとキースから告げられたあと、悲しみで途方に暮れてまたそこへ車を走らせ、ドリゴを想ってひと晩眠った。

ここ数年、彼女はときどきドリゴを捜し出そうと考えた。何回かその寸前まで行き、彼の電話番号を調べて書き留めさえしたが、実行するまでには至らなかった。連絡しようと思うたびにくじけた。彼になにを求めてるの?　それどころか、彼はあたしになにを求めるというの?　彼は自分のことをはっきりとおぼえてくれているだろうかと思うこともあった。いずれにせよ、なんて言うつもりなの?　あなたは死んだと思っていたと?

キースが死んだ後で十分な遺産を手にしたことを、そして、戦後ずいぶん経ってから、ノミ屋と再婚し、楽しくはあったけれど、その男は金を蓄えるよりなくすのが得意で、使い果たし、聞くところによればアメリカへ消えたということを、彼にどう伝えればいいの？　ほかに大した話はない。あと一人か二人、逢い引き程度。というより、それ以下。ノミ屋との関係さえ愛ではなかったと、彼にどう説明すればいいの？　なにかもっと当たり障りのないこと――帽子とかワンピースとか雲とか。だけど、雲のことをおぼえている人なんているわけがない。

そして、手紙を書いたり電話をかけたりしそうになるたび、彼がまったく自分を捜し出そうとしなかったことに、約束したように戦後自分のもとへ戻って来なかったことに、自分を拒絶する大きな障害を目の前に見た。いま、二人の立場はまったく変わった。彼はどこまでも上昇する有名なドリゴ・エヴァンスで、自分は沈みゆく名もなき人間。そして病気の診断が下った。彼に伝えようがないじゃないの。

また妹に呼ばれた。

もうちょっと待って。

疲れ切っていた。彼に関する多くのことを忘れてしまった。しかしあれは彼だった。彼は死んでおらず、自分も死んでいない。それで十分だ。ネックレスをはずし、指のあいだで真珠を転がす。さまざまな思いが脳裏をよぎる。ネックレスを置く。彼は何者かに、ひとかどの人物になった――彼がごくふつうの人間ではないなにかに変化しているのが見えた。

一方、彼女はもうすぐ消えてなくなるだろう。治療を受けた――厳しいものだったが、基本的に無駄だと担当の腫瘍医に言われた。二つの清掃の仕事をかけ持ちし、それでなんとか食べていこうと奮闘したが、妹が看病してくれることになり、投げ出した。夢はずっと以前についえた。

いまは、夕暮れ、数少ない大切な友人、住む街の魅力に喜びを求めていた。暖かな早朝、大雨の後のアスファルト道路とビルのにおい、毎日浜辺で繰り広げられる夏の祭、晴れた午後に橋から見るその眺め、ときどき出会う見知らぬ人たち、姪たちを甘やかすこと、夏の日の宵が誘《いざな》う記憶に浸る心地良い孤独。幸せを感じることもあった。

ときどき、海辺の部屋と月と彼を、暗闇に漂う置き時計の緑色の針と砕ける波の音を、これまでのどんなものにも似ていない感覚、そして再び知ることのない感覚を思い起こした。

彼とは連絡を取るまい。彼には彼の人生があり、あたしにはあたしの人生がある。合流することを夢見ることはできない。夢に見ることができないものは、決して実現できない。

一年半すれば（与えられたよりも半年長い）、彼女は郊外の墓地に、なんの変哲もない広い墓地にあるなんの変哲もない一画に埋葬されるだろう。二度とだれも彼女を目にすることはなく、しばらくすれば姪たちの記憶すらも薄れてゆき、姪たちの命もまた、やがては消えてなくなるだろう。後に残って地上の長い夜に光を放つのは、彼女がいっしょに埋葬してほしいと頼んだ真珠のネックレスだけとなるだろう。

# 11

その夜、ドリゴ・エヴァンスはメルボルンへ飛び、そこから翌日、朝の便でホバートへ飛んだ。707のエンジン音に圧倒され、すべてを忘れて宙吊りになっているような状態に置かれ、むしろ心が安らいだ。搭乗機がホバートへと降下する際、強風、そして島の南で発生した山火事の激しい煙に悪影響を受け、機体は激しく沸騰している鍋のなかの豆のように、沈み、放られ、跳ねた。乗客が降りて行くと、灰のにおいに包まれ、風に煽られた熱に打たれた。

彼を出迎えたのは、外科医師会のタスマニア支部を運営する年齢不詳の老外科医フレディ・シーモアで、古いグリーンの一九四八年型フォード・マーキュリーを乗りまわすという一風変わった趣味があり、それはフレディ本人のように、年を経ても非の打ちどころのない優美さを保っていた。その日はホバートにあるホテルで、ドリゴの栄誉を称える外科医師会主催の昼食会が開かれることになっていた。それが終わったら、ドリゴは、ホバートからすぐの絵のように美しい山林にある村で、エラの姉が住むファーン・ツリーにいる家族のもとへ向かう予定だ。空港の公衆電話からエラに電話した——姉は車で出かけたの。昼下がりには戻るって。ともかく、あまりに暑いから、子どもたちとじっとしているしかないわ。ユーカリの巨木の陰なら涼しくてしのぎやすいし、そこにいるのがいちばんね。

昼食会はドリゴが思っていたよりも楽しいものだった。少なくとも、頭のなかでひしめき合っているさまざまな事柄から気をそらすことができた。だが、シェリーと葉巻でくつろぐ段になったとき、山火事の状況がかなり悪化し、ファーン・ツリーを含む南に隣接するいくつかの街が火災旋風に脅かされているという知らせが飛び込んできた。

ドリゴ・エヴァンスはホテルの電話からエラの姉の番号にかけたがつながらず、オペレーターに、山にある家々の回線はほぼすべて切れていると言われた。彼はフレディ・シーモア——たったいま葉巻に火をつけたところで、くぼんだサーモンピンクの頰を震わせながら、小さく短い息で煙を吸い込んでいる——に、車のキーを貸してくれないかと頼んだ。

エヴァンス、愛しているよ、と老外科医が煙を吐き出して言った。息子のように。そして息子のように、きみはわたしの車を元通りの状態で返さないだろうが、わたしは父親のようにそれを許そう。

ファーン・ツリーは、市街から二十分走ったところにあった。その頃には強風が吹き荒れ、砂まじりの熱波が迫ってきた。フォード・マーキュリーに乗り込むと、煤まみれのバックミラーに映る自分の顔を見て驚いた。窓の外では、灰が黒い雪のように、黒々と渦巻いていた。

フォード・マーキュリーは、道路をかすめ飛ぶように猛スピードで走ったが、V8エンジンのパワーは安定していた。普段は偉容を誇る山は分厚い煙幕に姿を消し、数分もすると数メートル先までしか見えなくなり、ヘッドライトをつけた。時折り暗がりから車が現れ、なかの人々は、かつてシリアで見た村人が戦火を逃れようとしていたときのような表情で、街に逃れようとしていた。数台の車が焦げていた。一台は信じがたいことにフロントガラスがなかった。もう一台は、塗装が大きな黒い火ぶくれになってせり上がっていた。ホバート郊外の外縁から、背の高い木々がびっしり立ち並ぶ森へ入って行くと、そこを抜ける道路は曲がりくねった深い壕《ほり》のようになっていた。

角を曲がると、警察がバリケードで道路を封鎖し、そこから先に車が進めないようにしていた。そこにひとりきりの警察官が、一九四八年型フォード・マーキュリーに頭を差し入れ、引き返すようドリゴに言った。

この先に行ったら死にますよ、と警察官が言って、後方のファーン・ツリーの方角に親指を突き出した。

ドリゴはエラと子どもたちのことを伝え、バリケードを通って行ったかと尋ねると、ここに二時間いたがそれらしき人たちは見なかった、早めに避難したのかもしれない、とその若い警察官は答えた。

ドリゴは、エラと子どもたちが避難したのは、電話した一時間半後くらいではないかと計算した。しかし、街に危害が及んでいないとき家を出たというのはおよそあり得ないし、それに彼女には車がない。逃げおおせたことを願ったが、そうではないと想定して行動しなければと考えた。

火はフオンから上がってます、そして東からも、と警察官が続けた。いちばん激しく燃えてる前線の燃え殻が三十キロ離れたところまで飛んで来てるとかいうとんでもない話が入ってきてます。そう話している最中、警察官の言うことを証明するように、真っ赤な燃え殻がボンネットに落ちてきた。

この先に行くなんてどうかしてますよ、と警察官がしびれを切らして言った。

家族がいるんだよ、とドリゴ・エヴァンスは言い、ギアをローにシフトダウンした。行かなければそれこそどうかしてるんだ。

そう言うと、通してくださいと警察官に丁寧に頼んだ。拒まれると、ギアをシフトダウンし、バリケードを突破して、フレディ・シーモアに最初の謝罪の言葉をつぶやいた。

一キロも行かないうちに炎に囲まれた。燃え広がる火の手の前線ほどは激しくないと思えた。もっとも、前線がどんな状態かはわからなかったが。また、エラの姉を一度も訪れたことがなかったから、住んでいる場所も知らなかった。住所はわかっているが、道路標識が一つも見えない。それに、燃える枝、ときどき出くわす乗り捨てられ燃えている車、降りそそぐ燃え殻、もうもうたる煙でごった返す道もほとんど見えなかった。二十年近く前にカスケード醸造所のトラックで通ったのと同じ道を、歩いたほうが速いくらいの速度で運転した。かつて吹雪のなかで愛というものを探り当てようとした場所で、いまは濃い煙のなか、絶え間なくクラクションを鳴らしながら、車道、道端、避難場所に目を走らせて必死に家族を捜していた。しかし、だれもいなかった。全員がいなくなったか、あるいは死んだのではないか。もうそこに空はなく、ぞっとする赤い光に背後から照らされた激しくうねる青黒い雲が時折りちらりと見えるだけだった。ドリゴは、だれかの声が、なにかの音が聞こえるよう、その分だけ窓を開けて耳を近づけ、捜索に集中して運転をつづけた。

すると、だれかの声がしたように思ったが、木々が爆発したときに蒸発する樹液が立てる口笛のような音だろうと、ほかのさまざまな音とともに聞き流した。するとまた音が聞こえてきて、今度はさっきよりも弱く、異なる音だった。車を止めて外へ出た。

## 12

エラ・エヴァンスの姉の自宅から五軒目の家が爆発して炎を上げたあと、エラは三人の子どもたち――ジェス、メアリー、幼いスチュウィー――が裏庭のスプリンクラーからちょろちょろ出ている水の下で遊んでいるのを見つけ、歩いてホバートまで行きましょうと言った。

ホバート？　どれだけ遠いの？とジェシーが訊いた。

エラは見当がつかなかった。十キロ？　十五キロ？　怖くなった。いますぐ行かなくちゃならないの。

子どもたちが身につけているのは水着とビニールのサンダルだけで、スチュウィーは薄手のパンツしかはいていなかった。火は至るところで飛び跳ねているから、ジェスがクリスマスにもらった四十五回転のレコードプレーヤーを持っていくと言ってきかなくても、かまっていられなかった。それはユニークなつくりで、ヘアドライヤーも兼ねており、ジェスはホースの先についているビニールのシャワーキャップをかぶって火の粉で髪が焦げないようにしようと決めた。それに加えて、いまのところたった一枚しかない四十五回転盤でおばにもらった古いジーン・ピットニーのシングル盤を持って行くことにした。

四人は、空から降って来る燃えた葉や焦げた木生シダの葉を顔や髪の毛から払いのけながら、急ぎ足で道を歩いて行った。彼女たちは、アスファルト道路が縁から滴り落ちるのを、赤い燃え殻が蝶の大群のように宙を舞い、その光が突風に煽られて上下しているのを、驚きも不思議がりもせずに見つめた。年老いたピアノ教師のマクヒュー夫人の家を通りかかると、柵が燃えていた。いっしょに逃げましょうと大声で呼びかけたが、夫人は家に火が燃え広がるのを食い止めようと斧を手に柵を切り倒すのに忙しく、彼女たちの大声は気にも留めなかった。

初めのうち三人の子どもたちはこの状況に不思議と胸が高鳴り、母親の恐怖に潜むなにかで気分がよくなり、優勢に立った気さえした。子どもたちは別の世界、大人の世界に踏み込んでいた。そこでは物事すべてに異なる重みがあり、人々は言わんとしていることを言い、自分の行為は重要で、これまで意味がなかった自分の人生が他人にも自分にも影響する。それは彼女たちが初めて知る死の感触であり、決して忘れることはないだろう。

二キロ近く山を降りると、浮き浮きした気分は失せて、恐怖が募った。家を出たときは遠く離れていたように思われた最も激しく燃えている火はいま、近くにあった。スチュウィーが燃え殻で火傷し、泣き出した。彼はどこまでも火が終わらないと文句を言ったが、炎が空を覆い、空気を食い尽くしていたから、理由がないわけではなかった。一軒の煉瓦造りの家へ来た。それは、火が届かないうちからひさしのまわりを小さな炎に舐められてすでに煙を上げている、さっき通りかかった下見板張りの家々とは異なり、強固で安全な感じがした。

エラが玄関へ行ってベルを押すと、滑稽なチャイムの音が鳴った。会話ができる分だけ、わずかに扉が開いた。隙間から、慈善団体の昼食会に出かけようとしているような、黒い縁のついた白いウールのスーツを着た年配の婦人が見えた。グリーンのプリント地の綿のワンピースとサンダルだけを身につけていたエラは、汚れた油のような煤まじりの汗にまみれていた。年配の婦人がこちらを同じ階級ではないと感じ、裸同然の汚らしい子どもたちを悪童どもと見ているのは明らかだった。エラは避難させてくださいと頼むつもりでいたのに、口をついて出たのは、子どもたちに水を飲ませてやってくれないかということだけだった。二度頼まなければならなかった。女は無言で扉を開けると、家の奥にある小ぎれいな台所に案内し、古いプラスチックのコップを一つ取り出した。

はい、と言い、コップの縁を親指と弓形にした指でつまんで差し出した。蛇口はそこ。

子どもたちはともかくそこを離れたかった。老婦人が自分たちを追い出したがっていることはわかっていたし、老婦人とその家に対する嫌悪は火事に対する恐怖よりも大きかった。だが、女の気取った態度にあるなにかで、エラはここにとどまろうと決めた。スチュウィーは火傷をして泣いている。エラは年配の婦人に、息子を火の粉と燃え殻から守るため、子どもの古着があったら貸してもらえないかと頼んだ。

女が戸棚を開くと、どの段にもきっちりとアイロンをかけた子どもの服がしまわれているのが見えた。上質の服で、ほとんどが男児用。樟脳のにおいがする。エラはそのにおいをかぐたび、いつも時を超えた感覚をおぼえる。変わることのない場所と品々の、安堵するにおい。老婦人が向きなおり、畳んだ服をエラに渡した。エラは両方の手首を一振りしてそれを広げた。

着古した女児用の赤いワンピース。

ありがとうございます、とエラは言った。

これほどの辱めを受けてまで避難させてもらおうなどとは思わなかった。息子にみすぼらしい赤いワンピースを着せると、こうするのは正しいだけでなく賢明なのだと信じて、一家を火のなかに連れ戻した。

道へ戻ると、火の勢いはもはや常軌を逸していた。風は背後から吹きつけ、火は至るところにあり、風は旋回する赤い燃え殻を砂漠の砂嵐のように煽り立て、赤く輝く魔法の円錐体は、触れるものすべてを炎に変えた。一家は炎から逃げて来たのに、いま炎はそこらじゅうにあった。

囲まれちゃってるよ、ぼくら、とスチュウィーが言い、また泣き出した。

いい加減にしなさい、とエラが息子をつかんで言った。ホバートまで行かなくちゃならないの。ママの後ろについて、みんなで手をつないで、絶対に放しちゃだめよ。

希望と恐怖のこの細い線はしっかりとつながり、風と煙と炎のなかに続いていた。メアリーが足に水ぶくれができて泣き出した。

ホバートに着いたらお手当てしましょうね、とエラがなだめた。

まわりで、そしていまでは目の前で木や家が燃えていたので、エラは急ぐよう休みなく子どもたちをせき立てた。エラがスチュウィーを抱き、メアリーがその後ろについて片手で母親のワンピースの縁をつかみ、もう一方の手でジェスの手を握った。互いにつかまりつづけなければどうなってしまうのかと、全員が怯えた。炎と風の騒音を抜けていると衝撃音がし、前方で木が一本、火の球となって道に倒れた。エラは炎を迂回する小道を見つけると、倒木、燃える車の残骸、電線を毛糸のように巻きつけて倒れて燃えている電柱を通り過ぎて先を急いだ。しかし、火は後方にあったときより前方でどんどん激しくなっていった。メアリーの足の水ぶくれがひどくなり、熱は耐えがたく、突然エラが立ち止まり振り向いて、子どもたちに言った。

戻るわよ、みんな。さあ早く。ぐずぐずしてんじゃないわよ。

母親が乱暴な言葉を使ったことなど一度たりともない。子どもたちは、なにかが変わったと了解した。

早く、と母親は言いつづけた。早く！

ホバートは？と、いままでひと言もしゃべらなかったジェスが訊いた。ホバートに着いたらだいじょうぶなんでしょ、と息を切らしながら言う。行かなくちゃ！

ジェスは無理矢理向きを変えると、炎に向かった。エラが彼女をつかみ、思い切り顔を平手打ちした。

これ以上そっちに行ったら、みんな丸焼きになっちゃうわよ。火から守ってくれる場所を見つけなくちゃならないの。

大声を上げはじめたジェスを、エラはもう一度強く平手打ちした。ジェスがわっと泣き出し、レコードプレーヤーを落とすと、道の上で粉々になった。四人とも煙に含まれるタールで喉をやられ、呼吸が苦しくなり、涙があふれ、鼻水が流れた。ほんの数歩先の地点もよく見えず、時折り見える車道の始まり、道の曲がり角、標識などで、いまいる場所を確認するしかなかった。

一軒の家へ来た。庭はなく、りんごの古木が一本と、枯れた芝生の真ん中に石綿セメント造りの物置小屋があるだけだった。燃える材料はなにもなく、背後では火がごうごうと燃えさかっていた。枯れた芝生のあちらこちらに小さな火が現れ、燃やすものもないが、ともかく火は燃えていた。

ここよ、とエラが言い、石綿セメントの小屋の扉を開け、思った――ここ？　こんなところでわたしたちは死ぬっていうの？

四人はなかで身を寄せ、すさまじい熱だったが抱き合い、呼吸もままならなかった。火が世界中の空気を食い尽くしているのだろうか。頭上でジェット機が爆発するような音がした。一メートルはある卑猥な炎の舌が飢えた獣のように扉の下に忍び込もうとそこを舐めた。ジェスが叫び声を上げて後ろに飛びのくと、瓶が詰まった棚にぶつかった。

ジェス！とエラが叫んだ。

エラは棚を押さえていた。そこには、絵筆を浸したテレピン油とメタノール変性アルコールの瓶がぎっしり並んでいた。彼女はその棚にしがみつき、子どもたちに動かないようにと言った。

なにがあっても、この棚やわたしにぶつかっちゃだめよ。ジーンを見ていなさい。

レコードプレーヤー兼ヘアドライヤーの、火の粉と燃え殻で小さな黒い穴がところどころに開いたビニールキャップをまだかぶっているジェスが、ずっと抱えてきたジーン・ピットニーの四十五回転盤を暗がりのなかで持ち上げていた。熱のなかでそれはだらりと垂れ、プディングの器のかたちになっていた。

みんな、ジーンを見て、とエラが言った。ジーンだけ見てるのよ。

数分後、いっそう暑くなったが騒音はおさまり、炎は扉の下を舐めるのをやめた。奇妙な音が聞こえた。エラがそうっと扉を開けた。だれも動かなかった。四人は外をのぞいた。

わけがわからない。家がなくなっている。その残骸がくすぶる横には、りんごの木がまだ立っていた。少し焦げてはいるが無事で、一方、道の反対側の木立は激しく燃えていた。

また奇妙な音が聞こえた。それは車のクラクションで、車が遠ざかっていくにつれ小さくなっていった。エラがスチュウィーをぱっと腕に抱き上げ、娘たちが彼女とともに外へ走り出て、四人で炎の向こうに叫んだが、車はすでに通り過ぎ、道の先の煙のなかに消えてゆくところだった。四人はいっそう声を張り上げた。

すると車が止まった。ホワイトウォールタイヤをつけたグリーンの一九四八年型フォード・マーキュリー。子どもたちのだれもそれを忘れることはないだろう。運転手側のドアが開き、男が出てきた。男が振り返ると、それが父親で、自分たちを捜しに来てくれたのだとわかった。

四人は父親に向かって、父親は四人に向かって、煙と熱と炎のなかを駆け出した。合流すると、ドリゴはスチュウィーをつかみ、片腕で腰のところにパッと引き寄せた。空いているほうの手を大きく開いてエラの頭にかぶせ、顔を自分の顔にしっかりあて、エラを自分の体に、娘たちをエラと自分の体にそれぞれぴったり引き寄せた。枯木を支える絡み合った根のごとく。ドリゴがエラを離すなり、全員が車に飛び乗った。三人の子どもたちは、父親がこれほどの愛情を母親に示したのをいままで見たことはなかった。

## 13

ドリゴは、ホバートに広がりつつある火のなかへ向かうのではなく、すでに一部が燃えた森の奥深く進んだほうが助かる見込みがあると考え、四人が逃げて来た方角に車を進めた。数軒の家と森は残っていたが、彼女たちを受け入れずに状態のいい男児用の服をほかのだれかのために取り置いた老女がいた場所には、煙を上げるブリキと灰とポツンと残された一本の煙突以外、なにもなかった。マクヒュー夫人が家を守ろうと柵を切り倒していた場所は、家も柵もどこにあったのか煙でわからなかった。

彼らは異様な夜へと車を走らせていた。角を曲がると黒い空は巨大な赤い火の壁となっていたので、一キロ足らず先では炎が彼らのはるか上方に突き上がっているのかもしれない。これは新しい火で、別の方角から上がっており、それより小さないくつかの火が集まって一つの大火になっているように見えた。音はすさまじかった。車を走らせながら、彼らはしばらくそれに見入っていた。エラが呪縛を解いた。

あれは火の手の前線よ。

ドリゴはブレーキを踏み、急激にフォード・マーキュリーの向きを変え、ギアをローに入れ換え、いま来た道を引き返した。落ちた電線や燃え上がる車の残骸を通り過ぎ、取り憑かれたように運転した。だが、数分のうちに火の前線に追いつかれ、ドリゴはいま、炎の壁に両側から挟まれて走っていた。至るところに落ちてくる燃える枝をよけ、爆発する家々を通り過ぎ、道路に障害物がなく伸びているときにはできるだけスピードを上げ、必要なときにはスピードを落として進路からそれた。トロリーバスほどもある、ガスの炎のように青い火の玉が魔法のように道路に現れ、彼らに向かって転がって来た。フォード・マーキュリーがそれをよけて体勢を戻したとき、煙から姿を現しては車にあたってはね返る、棒、枝、杭などの燃える瓦礫を無視するしかないとドリゴは思った。唸りながらギアを切り替え、ハンドルを大きく右に左に切った。黒く泡立つアスファルト道路でホワイトウォールタイヤがキーッというかん高い音を立てているが、その音は、炎が唸り、風が金切り声を上げ、爆発の上方で枝がマシンガンのようにパチパチ鳴る不協和音の合間に、ほんのたまに聞こえるだけだった。

坂をのぼると、前方百メートルほどのところに、燃える巨木が倒れて来るのが見えた。地面を打ちつけて弾むと幹に沿って炎が高く燃え上がり、燃えるてっぺんが小ぎれいな前庭におさまって即席の焚き火となり、燃える家と合体した。ドリゴは片膝をドアに押しつけ、全力でブレーキのペダルを踏み込んだ。フォード・マーキュリーは全輪ですべり、横に旋回し、横すべりしながら木に向かい、燃え上がる木の幹からわずか数メートルのところで止まった。

全員無言だった。

汗で濡れた両手をハンドルにかけ、息を切らしながら、ドリゴ・エヴァンスはどんな選択肢があるか考えた。どれもまずかった。道路は前方の燃える木と後方の火の前線によって、両方向とも完全に塞がれていた。ドリゴはシャツとズボンの上で代わる代わる両手を拭いた。追い込まれた。後部座席の子どもたちを振り返った。気分が悪くなった。子どもたちは顔を煤だらけにして白く大きく目を見開き、手を握り合っていた。

しっかりつかまれ、とドリゴが言った。

ギアをバックに入れ、火の前線に向けて少しだけバックしてから前方へ走り出した。燃える木のてっぺんが着地した庭の杭垣を突破できるだけスピードを上げた。焚き火に突進した。伏せろと叫びながらダブルクラッチで繋いでギアをローに入れ、クラッチを離して、思い切りアクセルを踏み込んだ。

風車に突撃だ。

V8エンジンはタペットをカチカチいわせながら唸りを上げ、車は家に最も近い地点で燃える茂みに突っ込んだ。そこは炎がこの上なく大きかったが、ドリゴは枝がごく小さいことに賭けた。しばらくは火と轟音だけだった。エンジンが無謀な決意をもって叫びを上げ、すさまじい熱がガラスや鋼鉄を突き抜けて彼らは息をするたびつらく、すべてが鈍い赤に染まっていた。火がはじける音、枝が折れる音、パネルが歪んで曲がる金属の引っかきうめくような音、車輪がすべっては止まる音がした。エラと運転席横の後方の窓が割れた。火の粉、燃え殻、燃える棒が数本車のなかに飛び込んできた。子どもたちが叫び出し、子どもたちは後部座席の向こう端で怯えていた。車台の下になにかひっかかり、恐ろしいことに一、二秒車はスピードを落として止まりそうになった。するとたちまち焚き火が背後に迫り、ドリゴはまた別の壊れかけた杭垣に向かってスピードを上げ、やはりここも突破すると、その瞬間、折れた材木が大量に降りそそいだ。フロントガラスが粉々になって白い雲に変わり、ドリゴはエラに蹴り出せと大声で言い、それが崩れ去ると車は道に戻っており、倒木を越えてホバートへと向かった。ドリゴは片手で運転し、後部座席に身を乗り出して、もう一方の手、どんなときも必死でかばってきた外科医の手で燃える枝をつかみ、割れた窓から外に放り投げた。

グリーンの塗装が黒ずみふくれた一九四八年型フォード・マーキュリーが、キーッという音を立て、ずるずるとすべりながら燃える山を降りて行く。エラがドリゴに目をやった。左手の指はすでにふくれ上がり小さな風船ほどの大きさの火ぶくれができて、ひどい火傷を負っている。後で皮膚移植が必要になるだろう。本当に不可解な人、と彼女は思った。実に不可解。自分はこの人のことをなにも知らないのだと気づいた。結婚生活は、始まる前に終わっていた。二人のどちらにもそのいっさいを変える力はなかった。フォード・マーキュリーがタイヤ三本とタイヤのはずれたリム一つで突っ走って長い角を曲がり、煙を抜けると、ついに前方に逃げ場になる警察のバリケードが見えた。

フレディ・シーモアがあなたを昼食会に招いてくださるのはこれが最後かもしれないわね、とエラが言った。

後部座席の三人の子どもたちは、煤だらけになり無言ですわったまま、すべてに晒されていた——息が詰まるようなクレオソートの悪臭、風と炎が上げる唸り声、すさまじい運転で引き起こされた激しい車の揺れ、熱、叩き切られた肉のようなむき出しでひりひりする感情。愛とはいえず、愛ではないと否定もできない愛の生活をともに営んだ二人の人間を支配する、苦痛に満ちた絶望的な感情。ともにすることがかなわない人生をともにした人生。ぐるになって企む、愛情、病、悲劇、冗談、努力。結婚という、人間の、奇妙でおぞましい終わりなき状態。

家族。

# 14

年寄りってのは自責の念でいっぱいだ、とジョディー・ビゲロウの父親が彼女に言ったことがある。彼女の父親。ジミー・ビゲロウはジョディーの父親であったためしがない。父親は娘の人生のみならず、自分の人生にすら関心が薄かった。郵便物の仕分け人として働き、それ以上を目指すという目標はなかったようだ。ある日高校でアンザック・デイに関する研究課題を出されたので、お父さんにとって戦争はどういうものだったのとジョディーは尋ねた。別にあれやこれや話すほどのことはない、と父親は言った。ジョディーが食い下がると、父親は寝室へ行き、古いラッパを手に戻って来た。マウスピースを拭いておならのような音をいくつか出し、娘を笑わせた。それからちゃんとした音を出した。ラッパを下ろして咳払いし、息を吸い込み、娘がこれまで見たこともない軍人のような動きで頭を上げると、「葬送ラッパ」を吹いた。

それだけ？

これしか知らん。だれでもこれさえ知ってりゃいいんだよ。

それじゃ学校の課題に出せないよ。

そうだな。

なんかさみしいね。

ジミー・ビゲロウはこのことをしばらく考えてから、そうなんだろうがそう感じたことはない、その逆だった、と言った。

ジョディーは戦争捕虜に関する本を数冊拾い読みしていた。

つらかったよね、きっと。

つらい？　そんなことはない。苦しみはしたがな。おれたちは幸運だった。

その曲、どういう意味なの？

謎だよ、としばらくして父親が答えた。謎が深いほど意味は多くなるからな。

ジョディーが十九歳のとき、母親が白血病で死んだ。ジミー・ビゲロウは妻に先立たれてから二十八年間生きた。自分を笑い飛ばし、世の中は基本的に滑稽なものだと信じるようになった。人と交わることを楽しみ、自分の人生に——もしくは人生に対するこのような見方に——自分も他人も驚嘆するものをたくさん見出した。彼のまわりでは記憶にとどめようという動きが活発になっていたが、彼が思い出すことはどんどん少なくなっていた。冗談、身の上話、ダーキー・ガーディナーにもらったアヒルの卵の味、希望。善。チビのワット・クーニーを埋葬したときのことを思い出す。ワットはみんなのことが大好きだった。どれほど遅くなっても最後の一人が来るまで必ず炊事場で待ち、食事を取っておき、たとえ少量でも全員がなにかしら食べられるようにはからった。彼の墓をのぞき込んだだれもが、最初に土をかけたくはなかった。しかしジミー・ビゲロウは、ワット・クーニーがスリー・パゴダ・パスに向かって北へと行進していた最中に死んだことも、同行していた者たちが虐待を行なったこともおぼえていなかった。彼にとって、そのような事柄は真実ではなかった。

息子たちは、父親の記憶をどんどん修正した。あいつらになにがわかるんだ？　どうやら、おれよりはるかに多くのことがわかってるらしい。歴史家、ジャーナリスト、ドキュメンタリー製作者、おれの家族ですら、おれのいろんな話を、まちがってるとか、一致しないとか、脱け落ちてるとか、まったく矛盾してるとか指摘した。おれはなんなんだ？　ブリタニカ百科事典かよ。おれはそこにいた。ただそれだけ。カセットプレーヤーで「ウィズアウト・ア・ソング」をかけたときも不思議だった。一瞬、切り株の上で歌っている男が目に映ったから。おれはすべてを感じた、そんなことでもなければ感じなかったものを。おれにはすべてがわかった、そんなことでもなければわからなかったものが。

おれの言葉と記憶なんてなんでもない。すべておれのなかにある。連中にはそれがわからないのか？おれを放っておいてはくれないのか？

心のなかで、彼は捕虜収容所の記憶をゆっくりと蒸留し、美しいものに精製していった。奴隷だったときの恥辱を一滴一滴絞り出しているかのごとく。まずいっさいの恐怖を、そののち、日本人にふるわれた暴力を忘却した。高齢になると、暴力行為はまったくなかったと断言できるようになった。本、ドキュメンタリー、歴史家といった、記憶を呼び戻すかもしれないものを避けた。すると、病そして無残な死、コレラ、脚気、ペラグラの記憶も消えた。泥土の記憶すら消え、やがて飢餓の記憶も消えた。そして最後には、ある日の午後、自分が捕虜だったときのことをなにも思い出せなくなった。頭はまだはっきりしており、自分がかつて胎児だったとわかっているように、自分がかつて戦争捕虜だったとはわかる。しかしそのときの体験に関しては、なにも残っていなかった。残ったのは、人間の善良さは否定しようがなくそして美しいという揺るぎない考えだった。九十四歳にして、彼はついに解き放たれた。

そののちジミー・ビゲロウは、風に、雨音に、大いなる喜びを見出した。暑かった一日の夕暮れがもたらす感覚に驚嘆した。見知らぬ人がほほ笑んでくれるととてつもなくうれしかった。習慣と友情が唯一の代わりとなると感じ、それらに歓びを見出そうとした。庭に用意しておく餌と水を求めてやって来る、鮮やかな緑と青と赤のナナクサインコの群れを養った。続いて、ミソサザイ、いじめっ子のミツスイ、噂話をするサザナミスズメ、たまに来るサンショクヒタキ、焦げ茶色の雌の群れを引き連れた鮮やかな青のミソサザイ、ちらちら光るオウギビタキ、サンショウクイ、メジロ、チーチー鳴くホウセキドリが来るようになった。ときどきベランダのベンチに長い時間腰掛けて、鳥たちが餌をついばみ、水浴びをし、休み、羽づくろいし、戯れるのを眺めていた。鳥たちの飛行と美しさの謎に、鳥たちがやって来ては去って行く不思議さに、自分の人生を見るような気がした。

ジミー・ビゲロウは、老人ホームの階段のてっぺんで鳥に餌をやっていたとき、そこから転落して死んだ。そのあと、ジョディーはタンスで父親のラッパを見つけた。古びて汚れ、ひどくへこんでいた。ちゃんとしたひもではなく、赤い布を結んでつくったひもがついていた。彼女はそれをガレージセールで売った。

ときどき、父親の笑い声がふいに戻って来ることがあった——食器洗いの洗剤を探してスーパーの通路にいるとき、歯医者の待合室で芸能雑誌をめくっているとき。そのようなとき、父親が自分をぶてずに自分の頭上で手を震わせていたことを思い出し、父親がこう言うのが聞こえる——

これしか知らん。だれでもこれさえ知ってりゃいいんだよ。

彼女はもう一度尋ねる。その音楽、どういう意味なの？

彼女のまわりの世界、スーパーの通路と棚、歯医者の待合室と肘掛け椅子、ガレージセールと自分の前に置いた二台の組み立て式テーブルに並べた父親のがらくた、そして声がする、五ドルでどうだい？　それを手渡すと、使い古したラッパが返事をせずに震えた。

見知らぬ人がそれを手に取ったとき、オッケー、とラッパが言うのが聞こえたような気がした。それとも彼女が言ったのか。オッケー、と。

## 15

ドリゴ・エヴァンスが午前三時にパラマッタの交差点を車で走り抜けていたそのとき——この場所

と時刻については、アルコールが検出されたというささいな事実とともに、その後公にはされなかった——突如宙に放られて吹っ飛んだことはわかったが、地面には戻らなかった。酔った少年たちが、盗んだスバル・インプレッサにひしめき合って警察から逃走し、赤信号を突破し、ドリゴ・エヴァンスの年季の入ったベントレーを直撃し、双方の車が大破して、二人が死に、オーストラリアの偉大なる戦争の英雄の一人がフロントガラスから放り出され、重傷を負った。

ドリゴは三日間生死の境をさまよい、その間、人生で最も驚くべき夢を見た。教会のなかに光があふれ、そこにエイミーと二人ですわっている。まばゆい美しい光、彼はよちよち歩きでその超越的な忘却のなかに入っては出て行く。女たちの腕のなかへ。飛翔し、エイミーの裸の背中のにおいをかぎ、高々と上昇する。まわりでは国が喪に服す準備をし、同時に、一つの世代の高貴な英雄的行為を別の世代の卑劣で凶悪な犯罪行為と対比させて若者の堕落について議論し、彼は自分の命が始まったばかりであることに呆然とし、はるか昔に切り拓かれた遠くのチークのジャングルで、もう存在しないシャムという国で、もう生きていない一人の男がようやく眠りについた。

# 16

ドリゴ・エヴァンスは恐ろしい死の夢から目覚めた。疲れ切って、閲兵のため仲間が集まってくるあいだにうつらうつらしてしまったのだと気づいた。真夜中近くなっていた。集まった七百人の男たちを前に説明した——シャムのジャングルの、ここからさらに百六十キロ奥にある別の収容所まで行く者を、これから百名選ぶ、選ばれた者たちは朝の閲兵がすんだらすぐに出発する、と。何度人数を数えても合わない。線路からさらに男たちが戻って来て、ますます混乱する。軍曹たちが、だれがいて、だれがいなくて、なぜいないのか説明しようとする。こんな夜更けでも完璧な軍服姿のフクハラと監視員たちのあいだで激しいやり取りがあり、オーストラリア人軍曹の一人が何度もビンタされ、さらに混乱が続いたあと、また数を数えはじめた。

一時間前、ナカムラ少佐がフクハラを連れドリゴ・エヴァンスのもとへやって来て、スリー・パゴダ・パス近くの収容所へ行かせるから百人選べと命じた。

ドリゴ・エヴァンスは、これ以上あの男たちになにかやれと言っても無理だ、この収容所にはそんな行進に耐えられる捕虜は一人としていない、と抵抗した。

ナカムラ少佐は百人揃えろと言ってきかない。

捕虜の扱い方を変えなければ全員死んでしまう、とドリゴ・エヴァンス。

大佐がやらぬと言うならわたしが選ぼう、とナカムラ少佐。

全員死んでしまう、とドリゴ・エヴァンス。

再びフクハラ中尉が通訳し、ナカムラ少佐がそれを聞いてから話す。中尉がドリゴ・エヴァンスに向き直る。

願ってもないことだ、日本軍が米を節約できる、と少佐は申されている。

エヴァンスはわかっていた。ナカムラにやらせれば無作為に選ぶだろうから最も弱っている者も数に入り、しかも自分にとってはなんの役にも立たないからとまちがいなくそういった者たちを選び、彼らは全員死ぬだろう。一方、おれが選べば、最も体力のある者たちを、生き延びられる可能性が最も高い者たちを選ぶことができる。いずれにしてもほとんどは死ぬ。死の代理人に手を貸すのを拒絶するか、その僕《しもべ》となるか、どちらかを選ぶしかない。

閲兵が続き、負担の少ない任務についている者、料理や看護を担当している者たちも集められ連れて来られ、具合が悪く腹を空かした男たちが立ちつづけ、時折りだれかが力尽きて倒れ泥のなかに放置されたままになっているとき、捕虜たちは、閲兵場の向こう端に添って走る、雨季で通れないときには鉄道建設のための補給路として使われている荒れた道を、日本兵の長い一列縦隊が行進していくのを眺めていた。

日本兵たちは、消耗するジャングルが続くここから何百キロも先のビルマの前線を目指していた。汚れ、疲れ切っていたが、夜になっても足を止めず、かすかにうめきながら、台の車軸が泥に埋まった大砲を押したり引いたりしていた。なかには病んでいるらしい者もおり、多くは学童とも見えるほど年若く、全員が哀れな姿だった。

ここ数か月、ドリゴ・エヴァンスは日本の軍隊を間近に見たことがなかった。やつらは近眼のおどけ者だとオーストラリア人は情報将校たちに教えられていたが、ジャワにいたとき、彼らを手強い兵士として一目置くようになった。だが、一日中行軍したのは明らかな上、これから夜を徹しておぞましい別の前線へ向かっている目の前の日本兵たちは、捕虜同様に戦争で悲惨なありさまとなり、壊れ、汚れ、疲れ切っていた。ハリケーンランプを手にした一人の兵隊と目が合った。幼い顔のなかでぼうっと大きく浮かび上がったその目は、優しく無防備に見えた。せいぜい十七歳といったところだろう。少年がオーストラリア人将校のなかになにを見たのか、ドリゴ・エヴァンスには知る由もなかったが、憎しみや悪鬼でないことは確かだった。少年はよろめき、足を止めて、まだオーストラリア人を見つめていた。なにかを見たのかもしれないし、疲れ切ってなにも目に入らなかったのかもしれない。ドリゴ・エヴァンスは、少年の肩を抱き寄せたい衝動にかられた。

すると突然、兵隊がぽかんと見とれているのを目にした日本人軍曹が大股で歩み寄り、竹の杖で思い切り顔を打ちつけた。兵隊はすぐさま直立の姿勢を取り、怒鳴るように謝罪の言葉らしきものを口にすると、再び前方のジャングルに目を凝らした。捕虜がなぜ自分たちが悲惨な運命を辿らされるのか理解できないのと同じで、この兵隊もまた、なぜ殴られるのか、その目的はなんなのか理解できないでいることは、ドリゴ・エヴァンスには明らかだった。あの少年の故郷《ふるさと》はここからどれくらい離れているのだろう、とドリゴは思った。家は農家だろうか。都会にあるのだろうか。どこかの場所、どこかの谷、どこかの街路、小径、路地。少年は夢に見たことだろう、太陽と風がそっと肌をなで、雨がすがすがしさを運んでくる場所を。自分を大切にしてくれ、ともに笑う人たちがいる場所を。この腐敗臭、息が詰まるほどに生い茂った葉、苦痛、ただ憎み憎むよう教えられ、世界を憎しみに変えた野蛮な人間たちから遠く離れた場所を。少年兵がとぼとぼと去って行くとき、打たれた顔のあたりから血が流れているのが、簡素な軍服が汚れ、破れ、かびているのが、彼がそうしたことをなにひとつ気にかけない様子が見えた。しかし、ランプを手にしたこの優しい目の少年もまた、必要とあれば残虐に人を殺し、そしてまた殺されるのだろう。

少年兵を容赦なく打ちつけた日本人軍曹は、一休みしていた。ジャングルの暗闇に縦隊が消えていくのを眺めながら、タバコに火をつけ、吹かした。別の下士官が寄って来ると、笑みを浮かべてタバコを手渡し、冗談を飛ばした。子どもたちの隊列が闇に呑み込まれていくとき、ドリゴ・エヴァンスは、戦争がまるごと目の前を通り過ぎていくような感覚に襲われた。

隊列がジャングルに消えたあと、豪雨になった。空は黒く、いくつかの灯油ランプと監視員の懐中電灯以外に灯りはなかった。聞こえてくるのは、近くのチークの木々から雨がほとばしるように流れ落ち、せわしなく降りそそぐ音だけで、ドリゴ・エヴァンスには雨が固体で動いていて生きているものに感じられ、雨、そしてその小さな空き地に彼らの収容所がある広大なチークのジャングルは、果てしなく、捉えられず、ゆっくりと全員を殺しつつある牢獄をつくり上げているように見えた。

ようやく、捕虜が全員揃ったと確認された。ドリゴ・エヴァンスは手にしたランプと視線を上げたが、自分が意気消沈し、仲間の身に降りかかる苦難で心が折れているという印象を与えているのではないかと不安になった。彼らにそんな姿を見せることはできない。それよりはるかにひどいことをしなければならない。自分が抱きしめ、看護し、なだめすかし、乞い、だまし、どうにか生き延びられるようにし、どんなときも彼らが必要とすることを自分が必要とすることに優先させた七百人の男たちを見た。ほとんどの者はジャップのおむつかショーツもどきの汚らしいぼろ切れだけを身につけ、ぎらつきつるつるすべるようなランプの灯りに照らされた彼らの骨と皮ばかりの体に、一瞬ぞっとした。多くはマラリアで震え、何人かは立ったまま下痢便をもらしていた。そういう者たちのなかから、ジャングルの奥へと、見知らぬ土地へと、死出の道へと向かい、百五十キロ以上もの道のりを行進していく百人の男を選び出すのが彼に課せられた任務だった。

ドリゴ・エヴァンスは下を見た。なにも見えなかったが、生存するためのあの一つの鍵、ブーツを履いている者はほとんどいないことを思い出した。ランプを足首の高さに保ち、むき出しの足を照らしながら一列目に沿ってゆっくり歩いた。ひどく感染した足、脚気で腫れ上がった足、大きく汚らしい悪臭のする潰瘍が炎症を起こしたクレーターのように骨の近くまでえぐれている足。

ドリゴが足を止めた。手当てもされていないひどい潰瘍。ふくらはぎの外側に細いひものような損なわれていない皮膚があるばかりで、脚のほかの部分はひとつの大きな潰瘍となり、そこから灰色がかった不快な膿が流れ出ていた。崩れた腱と筋膜がさらされ、筋肉は掘られ分けられて大きく開いた洞《うろ》になり、そこに犬にかじられたような生の脛骨《けいこつ》がちらりと見えた。その骨も腐りかけ、砕けて薄片になりはじめていた。視線を上げると、青ざめてやせ衰えた子どもが見えた。だめだ、チャム・ファヒーは行かせられない。

閲兵が終わったら病院へ来るように、とドリゴ・エヴァンスが言った。

次はハリー・ダウリングだった。三か月前に盲腸を切除し、うまくいった。このような状況では勝利といえたから、そのときドリゴは誇りに思った。いま、ダウリングは最悪の状態には見えない。靴を履いており、潰瘍も軽かった。ドリゴは彼を見上げ、片手をその肩に置いた。

ハリー、と、子どもを起こすようにできるだけやさしく言った。

我れ、腐りし怪物となれり。

次はレイ・ヘイルだった。コレラに罹ったが、どうにか治せた。ドリゴは彼の肩にも手を置いた。

レイ、とドリゴが言った。

おまえは死の宴の真っ只中にやって来た。

レイ、と言った。

身の毛もよだつ、おぞましい、恐るべき渡し守カロン。

こうしてドリゴは、これまで助けようとしてきたのにいまは選ばなければならない者たちが並ぶ列を行ったり来たりしつづけた。なんとか行進できるかもしれないと判断した男たち、死なずにすむ可能性はあるが、それでもいずれ死ぬだろう者たちに触れ、名を言い、判決を下した。

選び終えるとドリゴ・エヴァンスは後ずさりし、いたたまれず頭を垂れた。苦しみを与えたジャック・レインボー、長引く死を見ていることしかできなかったダーキー・ガーディナーを思った。そしていま、この百人の男たち。

顔を上げると、判決を下した男たちに取り囲まれていた。死の行進になるとだれもがわかっているのだから、罵声を浴びせられるだろう、背を向けられ罵られるだろうと覚悟した。ジミー・ビゲロウが進み出た。

大佐、お体を大切に、と言うと、片手を差し出しドリゴに握手を求めた。いろいろありがとうございました。

きみも達者でな、ジミー、とドリゴ・エヴァンスが言った。

そして一人また一人と、百人全員が彼と握手を交わし、礼を言った。

それが終わると、ドリゴ・エヴァンスは閲兵場わきのジャングルに歩き去り、涙にむせんだ。

## 17

どこまでわかっていらっしゃるのかしらね、と看護婦が言った。彼女はこれまで、彼の黒目がちの目が、病室のネオン管の下、それ自身に命が宿って輝いているのを見てきた。でもわたしの声は聞こえてるんじゃないかしら。きっと。

大けがはしたものの、ドリゴ・エヴァンスは、土の上に根が出た青々と葉が茂る無花果《いちじく》の巨木が見えるよい部屋を与えられたとわかった。だが、くつろげなかった。自分の場所だとは感じられなかった。自分が生まれた島ではなかった。夜明けに聞こえる鳥のさえずりは、別種のものだった。テリハメキシコインコとアカサカオウムの耳障りで陽気な鳴き声。それは、もっとやさしくて小さく複雑な、故郷の島のミソサザイとミツスイとメジロのさえずり、ハイイロモズツグミが返す魅力的な鳴き声、いま彼がともに飛びともに歌いたいと願う鳥たちのさえずりではなかった。それは、女の腰のくぼみから白鑞《びゃくろう》の海へと走り、昇る月へと向かう道ではなかった。

ドリゴがつぶやいた、我が決意は揺らがず――

進みゆかん、落日の彼方、

西空のあまねく星が沈む海の彼方へ、死するその時まで

なんておっしゃってるの?と看護婦が訊いた。

うわごとよ、ともう一人の看護婦。先生を呼んだほうがいいわね。モルヒネの影響か臨終かのどちらか。その両方かもしれない。なにも言わない人、呼吸するのをあきらめる人、うわごとを言いつづける人、いろいろだから。

政治家、ジャーナリスト、ラジオのディスクジョッキーたちが、彼らが一度も理解できたためしのない男を競ってますます称賛していたとき、本人は一日だけを夢見ているところだった――ダーキー・ガーディナーとジャック・レインボーを、タイニー・ミドルトンを。ミック・グリーン。ジャッキー・ミロルスキー、ジッポー・ノーラン。レニー少年が母の待つマリーの家へ帰る。自分と握手する百人の男たち。さらに千人の、名前を思い出し名前を忘れた男たち、たくさんの顔。エイミー、アマンテ、アムール。

人生を積み重ねたとて、と彼がつぶやく。いま言葉の一つひとつは啓示であり、それは彼のために書かれたも同然で、詩は彼の生であり、彼の生は詩であった。

余すところはわずか。だが刻々の時は

永遠《とわ》の沈黙を免れ、新たな何ものかに、

――新たな何ものかに……新たな何ものかに……彼はある時点で詩句を忘れ、どの詩なのか、書いたのはだれなのかもうわからなくなっていたから、いまは完全に詩は彼だった。この老いたる心、と落胆しつつ思った、それとも思い出したのだろうか――そう、こうだった――

かくてこの老いたる心は渇え、
沈みゆく一個の星の如く、知を追い求め、
人たる者の及ぶ限りの、さらにその彼方へ

彼は恥じ、喪失を感じ、恥と喪失だけの人生だったと感じた。光が消えてゆくようだ。母親が大声で呼んでいる、坊や！　坊や！　しかし母親は見つからず、彼は地獄へ引き返す。それは二度と脱出できない地獄だった。

リネット・メイソンの寝顔、出て行く前にあおったミニチュアボトルのグレンフィディック、小さな銀色の魚が泳ぐ豪華な肘掛け椅子にすわるダーキー・ガーディナーを描いたラビット・ヘンドリックスの絵を思い出した。ヤビー・バロウズと彼のつんつん立った髪がシリアの村の土に消えていく。絵は残り、これから果てしなく複製されるのに、ヤビー・バロウズはいなくなり、その人生には未来も意味も結びつけられることはもはやないなど、彼には筋が通らなかった。だれかが青い制服姿で自分の真上に立っていた。ドリゴはその人物にすまないと言いたかったが、口を開いてもよだれが流れ出るばかりだった。

いずれにせよ、彼は人、物、場所が激しく渦を巻くそのなかへと後ろ向きに放り込まれていた。後ろ向きにまわりながら、深く、深く、深く、悲しみに沈み、踊り、次第に大きくなっていく嵐のなかに。忘れ去ったこと、うろおぼえのこと、物語、詩句、顔、誤解された身振り、はねつけられた愛、紅い椿の花、すすり泣く男、木造の教会の礼拝堂、女たち、あの日太陽から盗んだ光——

別の詩を思い出した。詩の全体は見えるが、見たくないし、知りたくない。カロンの燃える目が自分の目をのぞき込んでいるのが見えるが、カロンを見たくない、無理矢理口に押し込まれたオボルス銀貨の味がする、自分が空白になろうとしているのを感じる——

——そしてついに、その意味を理解した。

スーダン人の雑役夫が聞いたという彼の最期の言葉は——

諸君、前進せよ。風車に突撃せよ。

彼は首のまわりで罠が締まるのを感じた。あえぎ、片脚をベッドから投げ出すと、一、二秒痙攣させてスチールの枠を強く叩き、息絶えた。

## 18

長い夜、下弦の月が黒い梯子をゆっくりと昇りつづけ、夜はそこかしこで上がる唸り声といびきでうめいていた。ボノックス・ベイカーが上官用の小屋に現れ、ダーキー・ガーディナーが溺死したと知らせた。ドリゴ・エヴァンスはその報告を、灯油ランプの灯りで照らした日誌に殺人と記した。そんな表現ではまったく足りない。十分な表現などあるものか。日誌の横に置かれた髭剃り用の小さな鏡のなかに、ぞっとする自分の姿が映っているのを見た。髪は白くぼさぼさ、獰猛な目は火に照らされ、首のまわりには汚らしいぼろ切れがぶら下がっている。おれは渡し守になってしまったのか？　鏡を伏せた。真夜中近くになっていたので、またもう一日を乗り切れるよう、数時間睡眠を取る必要がある。夜明けにはだれよりも早く閲兵場へ行き、百人の男たちを出迎え、幸運を祈る気持ちを伝えて送り出したい。

その朝、トラックが郵便物の入った袋を九か月ぶりに運んで来た。いつものように、便りの届き方はいい加減だった。数通受け取った者もいたが、多くは一通も受け取らなかった。エラがドリゴに宛てた手紙が一通含まれていた。彼はいまこのときまで、一日の終わりまで、それを読む無上の喜びを取っておくつもりだった。そうすればそれとともに眠りに落ちて、夢を満たしてくれるかもしれないから。だが、その朝閲兵の前に手紙を渡されたとき、それを目にしたとたんとてつもなく帰心が募ったので、その場で破り開け、読んだ。信じられない知らせだった。一日中そのことが頭から離れなかった。いま、一日の終わりにそれを読み返しても、まだ呑み込めなかった。

手紙は半年前に書かれたもので、数ページに及んでいた。あなたから、またあなたの部隊からも一年以上音信がありませんが、ご無事と承知しております、と書かれていた。彼女の生活やメルボルンについて、ありきたりの事柄ばかりが細かく並ぶ。それについてはすべて信じることができた。だが、故郷から届いた手紙やカードの文章を余すところなく熟読するほかの男たちとちがい、ドリゴ・エヴァンスの記憶に残った事柄は一つだけだった。手紙には新聞の切り抜きが一枚同封されており、見出しは〈アデレードのホテルの悲劇〉、記事にはこうあった——ホテル〈コーンウォール王〉の調理場でガス爆発があり、ホテルは全焼、四人が死亡し、そのうちの一人は人望が厚かったホテル経営者キース・マルヴァニー氏。あとの三人の身元に関しては公表されていないがやはり死亡したとみられ、二人の宿泊客と、経営者の妻マルヴァニー夫人と思われる。

新聞の切り抜きを、三度、四度と読んだ。外ではまた雨が降っていた。寒い。軍の毛布をしっかり体に引き寄せ、灯油ランプの灯りでエラからの手紙を読み返す。

父の友人で重職に就いている方が、アデレードにある検死官の事務所に問い合わせてくださいました。その方によると、もう公式発表は済んだけれど、悲惨な事故であり、人々の感情や士気に影響するだろうことを配慮して、なにもかも新聞に発表するのは差し控えたということです。うまく収めなければならなかった。本当にひどい。お気の毒に、キース・マルヴァニー夫人は死亡が確認されました。ドリー、わたしからもお悔やみを申し上げます。あなたはおじさんとおばさんを慕っていらしたもの。このような悲劇があると、自分がどれほど幸運か思い知らされます。

キース・マルヴァニー夫人?

しばらくのあいだ、その名前は知らせと同様、ピンと来なかった。

キース・マルヴァニー夫人。

ドリゴにとって、彼女はエイミー以外ではあり得ない。それが嘘だとは思いも寄らなかった。エラが自分についた、ただひとつの嘘だとは。

彼は燃料を節約するため灯油ランプを消し、蠟燭の使い残しに火をつけた。長いこと、炎が消えまいとしているのを見つめていた。煙が上に向かって次第に細くなり、打ち震える蠟燭の光の輪のなかで上下し、戯れていた。光を、煤を見つめた。まるで二つの世界が存在するかのように。この世界、そして、粒子が激しく飛びながら旋回し、きらめき、でたらめにぶつかり合う本当の世界である隠された世界、そして新しい世界が生まれ出る。人の感情は、人生のすべての経験を反映したものだとは限らない。まったくそうでないこともある。彼は炎を見つめていた。

エイミー、アマンテ、アムール、と小声で言った。まるでその言葉そのものが上昇しては下降する灰の細かい粒子だというように。蠟燭が自分の人生の物語であり、彼女が炎だというように。

間に合わせの寝台に身を横たえた。

しばらくすると、読みかけの本を見つけて開いた。いい結末を迎えるのだと思っていた。この恋愛小説の結末はそうあってほしい。主人公の男女が愛を見つけ、平穏と喜びと救済と理解を得る。愛とは一つの魂を宿す二つの肉体である、と読んで、ページをめくった。

しかしそこにはなにもなかった——最後のページは破り取られ、トイレットペーパーかタバコの紙に使われ、希望も喜びも理解もなかった。最後のページはなかった。彼の人生の本は途切れた。足下には泥土が、頭上には汚らしい空があるばかりだった。平穏も希望もなかった。そしてドリゴ・エヴァンスは、愛の物語は永遠に続き、世界に終わりはないのだと悟った。

おれは地獄で生きることになる。愛もそうだから。

本を置いた。眠れず、立ち上がり、小屋の端へ行くと、その向こうではどしゃ降りの雨が降っていた。月は姿を消した。灯油ランプをまたつけて、収容所の向こう端にある竹でつくった小便所へ向かい、用を足し、戻って来る途中、真っ暗闇のなか、泥にまみれた道端に、深紅の花が一輪咲いているのが目に留まった。

かがみ、その小さな奇跡をランプで照らした。立ち上がると、滝のように降る雨のなかで、長いあいだうなだれていた。それからまた背を伸ばし、歩みを進めた。

# 訳者あとがき

泰緬《たいめん》連接鉄道、所謂「泰緬鉄道」は、太平洋戦争のさなか、日本軍がインド方面作戦を成功させるべく、ビルマ戦線への物資輸送を目的に、タイ〔泰〕側の起点ノンプラドックとビルマ〔緬甸〕（現ミャンマー）側の起点タンビュザヤを結んで建設した、全長四百十五キロメートルの単線の軍用鉄道である。一九四二年七月に着工、一年三か月後の一九四三年十月に開通した。人跡まれなジャングルを伐開し、山岳地帯の岩を削って切り通しをつくり路盤構築が行なわれ、軌道が敷設され、橋が架けられた。完成祝賀記念式で初めて軌道連接点コンコイターを通過した蒸気機関車Ｃ５６３１号機が、靖国神社に保存されている。

しかし、この鉄道には「死の鉄路」という別名がある。建設ルートに待ち受けていたのは、いくつもの工事の難所、二度の雨季、マラリアやコレラなどの悪疫だった。そしてもともとの難工事の上に、開始から七か月目の一九四三年二月、大本営は現場の切実さなどおかまいなしに、突如として、当初予定していた同年十二月の完成予定を四か月も繰り上げて八月とする、工期短縮命令を下した。そこからの「スピードー」時期には昼夜兼行の突貫工事が進められ、任務完遂への焦りを募らせる鉄道隊の指揮の下、現場の状況は悲惨を極めることとなったのである。

この過酷な建設作業に動員された労働者の数は、イギリス人、オーストラリア人、オランダ人などの連合国軍捕虜約六万人、タイ、ビルマ、マレー、インドネシアなどアジア各国から徴用された労務者が二十五万人とも三十五万人ともいわれている。日本軍は捕虜の取り扱いに関する国際条約を遵守せず、捕虜は粗末な小屋で寝起きし、食糧も医薬品もほとんど与えられず、雨に打たれ泥にまみれ、ときに体刑による私的制裁を加えられ、重労働と飢餓と病に苦しみながら、多くが惨死した。捕虜の死者数は約一万三千人とされ、アジア人労務者の死者は推定数万人と、現在に至っても定かではない。

著者リチャード・フラナガンの父アーチー・フラナガンは、この泰緬鉄道から生還したオーストラリア兵の一人であり、軍曹だった。一九四二年二月にジャワで日本軍の捕虜となり、その後シンガポールへ移送され、一九四三年初頭、ノンプラドックから一五五キロ地点のヒントクにある収容所へ送られた。そして、工事の難所のひとつといわれ、夜を徹して行なわれる作業の現場を照らす灯りが捕虜には地獄の業火のようにも見えたことからその名で呼ばれた「ヘルファイアー・パス」で強制労働に従事した。著者が幼い頃におぼえた日本語が、本書の献辞にある父親の捕虜番号「さんびゃくさんじゅうご」である。同鉄道で強制労働を課されたオーストラリア人捕虜は約一万三千人、死者は約三千人にのぼった。

リチャード・フラナガンは、この歴史の一時期をテーマに執筆に着手した。書きはじめてはみたものの、こうした父親の体験を題材にした作品を書きたいわけではない、なぜ書こうとするのかもわからない、父親の存命中に書き終えなければ決して書き終わることはない、しかし今後書きつづけるためにはこの作品を書き上げねばならない、という錯綜した思いにとらわれつづけたと語っている。完成までには十二年の歳月を要し、その間、俳文の形式を含む異なるスタイルで五つのヴァージョンを書き上げたがすべて破棄し、この最終版に到達した。父親が語った話は断片的なものであったので、著者が当時の状況を深く理解したのは本書を執筆するようになってからであり、そのときに父親から聞き出したのは、泥の感触、熱帯性潰瘍に蝕まれていく肉の腐臭、饐えた米のにおい、竹に帆布を結びつける方法といった細部の事柄だったという。執筆中には、父親がいたタイの収容所と建設現場などを訪れ、日本ではその収容所の監視員の任にあった人物とも面会している。

二〇一三年四月二十三日早朝、フラナガンは出版社に最終稿を送信し、病床にある父を訪ねた。どんな具合だと父に訊かれ、書き終えたと伝えた。その晩、父は九十八年の生涯を閉じた。

しかしながら、この作品が父親の物語にとどまるものでないのは自明のことだろう。フラナガンは泥の海を這う痩せさらばえたオーストラリア人捕虜となり、俳句を吟じ斬首する日本人将校となり、皇民化教育を受けやがて絞首台に送られる朝鮮人軍属となり、生体解剖に立ち会う研修生となって、彼らが行ない、感じ、語ることのみを記述するという手法を貫いている。ここにあるのは善悪の審判ではない。論理ではない。それは、ある一瞬を適確にそして簡潔に記述して読み手の解釈にゆだねるという、著者が愛してやまない俳句の手法に通じるものではないだろうか。戦前のタスマニア・メルボルン・アデレード、戦中のシリア・シンガポール・タイ、戦後のタスマニア・シドニー・東京・神戸・札幌——時と場所を交差させ、東西の詩人の言葉を刻みながら、愛の、人間の多面性、戦争ひいては世界の多層性を織り上げていくそのさまは、著者の他の作品とも響き合い、深く心に残る。

本書に関連する映像、書物をいくつか挙げておきたい。

『クワイ河に虹をかけた男』（二〇一六年）という、瀬戸内海放送制作のドキュメンタリー映画がある。監督は満田《みつだ》康弘。鉄道のタイ側の起点から五十キロにある建設の拠点カンチャナブリで軍務に服し、戦後、贖罪と和解に生涯を捧げた元陸軍憲兵隊通訳の永瀬隆の晩年を二十年間にわたり追いつづけた作品である。

『レイルウェイ　運命の旅路』（コリン・ファース主演、二〇一三年）は、元英国人捕虜エリック・ローマクスの著作 *The Railway Man*（『泰緬鉄道　癒される時を求めて』、角川書店、一九九六年）を原案とし、ローマクスと永瀬隆の戦中・戦後の関係を描いた映画である。

『ある戦犯の手記　泰緬鉄道建設と戦犯裁判』（現代史料出版、一九九九年）は、陸軍鉄道第九連隊に所属し数か所の拠点で建設作業の指揮を執り、戦犯として終身刑を宣告されたのち減刑となり釈放された、樽本重治《じゅうじ》による手記である。

『クワイ河収容所』（ちくま学芸文庫、一九九五年）は、泰緬鉄道の収容所から生還した元英国人捕虜アーネスト・ゴードンの著作である。映画『戦場にかける橋』が現場を知る人々から厳しく批判されているように、その原作であるピエール・ブールの小説について、ゴードンは同書で、「興味を本位にした娯楽小説である」と一蹴している。

『泰緬鉄道と日本の戦争責任　捕虜とロームシャと朝鮮人と』（内海愛子、ガバン・マコーマック、ハンク・ネルソン、明石書店、一九九四年）は、学術的にも貴重な文献である。また、内海愛子氏が共同代表を務める「POW研究会」のHPも有益かと思われる。

そして、BBC制作のドキュメンタリー *Richard Flanagan: Life After Death*。ネットで視聴できるので、ぜひご覧いただきたい。

本書は *The Narrow Road to the Deep North* (Chatto & Windus, 2014) の全訳である。原書タイトルには、芭蕉の『おくのほそ道』の英訳として定着しているものがそのまま使われている。長篇第六作となる本作は、二〇一四年度のブッカー賞を受賞した。フラナガンは、ロンドンのギルドホールでの受賞スピーチの冒頭で、「私には文学的なバックグラウンドはない、生まれ育ったのは世界の果ての島にある小さな鉱山町で、祖父母は読み書きができなかった」と述べた。そしてその二か月後、同書で豪州の総理大臣賞を受賞した際のスピーチでは、「読み書きができる、そのことが人生を変える力になる。読み書きができなかった私の祖父母と今夜ここに立っている私とのちがいは、教育によって読み書きの能力を得られたことにある」と述べ、先住民の子どもたちに識字教育を行なっている団体に、賞金四万豪ドルを寄付した。

なお、本書の日本語タイトルは、一般に芭蕉の作品の表記とされている『おくのほそ道』ではなく、『奥のほそ道』とした。日本人の登場人物の名前はカタカナ、実在の人物は漢字で表記した。また、原書で鉄道連隊の番号に一部誤りがあったため、著者に確認の上、第「九」連隊に統一した。

リチャード・フラナガン全作品(長篇)

*Death of a River Guide*, 1994

*The Sound of One Hand Clapping*, 1997

*Gould's Book of Fish: a novel in twelve fish*, 2001(『グールド魚類画帖　十二の魚をめぐる小説』、白水社刊、拙訳、二〇〇五年)

*Unknown Terrorist*, 2006(『姿なきテロリスト』、白水社刊、拙訳、二〇〇九年)

*Wanting*, 2008

*The Narrow Road to the Deep North*, 2013（本書）
*First Person*, 2017

本書の編集は鹿児島有里氏が担当された。翻訳者一人にできることなど限られていると、あらためて思い知らされた。彼女とともに歩いた二か月半は、決して忘れない。
全体の進行は白水社の藤波健氏が担当された。

二〇一八年四月

渡辺佐智江

## 訳者略歴

渡辺佐智江（わたなべ・さちえ）

訳書

リチャード・フラナガン『グールド魚類画帖』『姿なきテロリスト』（白水社）

キャシー・アッカー『血みどろ臓物ハイスクール』（白水社）

ウィル・セルフ『コック&ブル』（白水社）

ジム・クレイス『死んでいる』（白水社）、『四十日』（インスクリプト）

アーヴィン・ウェルシュ『フィルス』（パルコ出版）

アルフレッド・ベスター『ゴーレム100』（国書刊行会）

ローズ・トレメイン『音楽と沈黙』（国書刊行会）

ロイス・P・フランケル『小さなことから自分を変える7つの仕事術』（日本経済新聞社）他

共訳書

レム・コールハース『S, M, L, XL +』（ちくま学芸文庫）

チェス小説アンソロジー『モーフィー時計の午前零時』（国書刊行会）

パトリック・ロスファス『キングキラー・クロニクル第Ⅰ部、第Ⅱ部』（早川書房）他

# 奥のほそ道

二〇一八年五月二〇日 印刷
二〇一八年六月五日 発行

著者 リチャード・フラナガン
訳者© 渡辺佐智江
発行者 及川直志
印刷所 株式会社三陽社
発行所 株式会社白水社

東京都千代田区神田小川町三の二四
電話 営業部〇三（三二九一）七八一一
　　 編集部〇三（三二九一）七八二一
振替 〇〇一九〇-五-三三二二八
郵便番号 一〇一-〇〇五二
www.hakusuisha.co.jp

乱丁・落丁本は、送料小社負担にてお取り替えいたします。

株式会社松岳社

ISBN978-4-560-09629-1

Printed in Japan

# グールド魚類画帖

## 十二の魚をめぐる小説

リチャード・フラナガン 著／渡辺佐智江 訳

タスマニアの孤島に流刑された画家グールドの奇怪な夢想……残虐な獄につながれ、魚の絵を描き、処刑の日を待つが……。イギリス連邦作家賞受賞のピカレスク小説。魚のカラー画収録。